中国历史文化名人传

随园流韵

袁枚传

袁杰伟 著

作家出版社

中国历史文化名人传

组委会名单

主任：李　冰

委员：何建明　葛笑政

编委会名单

主任：何建明

委员：郑欣淼　李炳银　何西来　张　陵　张水舟　黄宾堂　张亚丽

文史组专家成员（按姓氏笔划为序）

王春瑜　王曾瑜　孙　郁　刘彦君　李　浩　何西来　郑欣淼
陶文鹏　党圣元　袁行霈　郭启宏　黄留珠　董乃斌

文学组专家成员（按姓氏笔划为序）

王必胜　白　烨　田珍颖　刘　茵　张　陵　张水舟　张亚丽
李炳银　贺绍俊　黄宾堂　程步涛

出版说明

中华民族五千年文明史中，涌现了一大批杰出的文化巨匠，他们如璀璨的群星，闪耀着思想和智慧的光芒。系统和本正地记录他们的人生轨迹与文化成就，无疑是一件十分有必要的事。为此，中国作家协会于 2012 年初作出决定，用五年左右时间，集中文学界和文化界的精兵强将，创作出版《中国历史文化名人传》大型丛书。这是一项重大的国家文化出版工程，它对形象化地诠释和反映中华民族文化的基本精神，继承发扬传统文化的精髓，对公民的历史文化普及和建设社会主义文化强国都具有重要而深远的意义。

这项原创的纪实体文学工程，预计出版 120 部左右。编委会与各方专家反复会商，遴选出在中国文化发展史上产生过重大影响的 120 余位历史文化名人。在作者选择上，我们采取专家推荐、主动约请及社会选拔的方式，选择有文史功底、有创作实绩并有较大社会影响，能胜任繁重的实地采访、文献查阅及长篇创作任务，擅长传记文学创作的作家。创作的总体要求是，必须在尊重史实基础上进行文学艺术创作，力求生动传神，追求本质的真实，塑造出饱满的人物形象，具有引人入胜的故事性和可读性；反对戏说、颠覆和凭空捏造，严禁抄袭；作家对传主要有客观的价值判断和对人物精神概括与提升的独到心得，要有新颖的艺术表现形式；新传水平应当高于已有同一人物的传记作品。

为了保证丛书的高品质，我们聘请了学有专长、卓有成就的史学和文学专家，对书稿的文史真伪、价值取向、人物刻画和文学表现等方面总体把关，并建立了严格的论证机制，从传主的选择、作者的认定、写作大纲论证、书稿专项审定直至编辑、出版等，层层论证把关，力图使丛书经得起时间的检验，从而达到传承中华文明和弘扬杰出文化人物精神之目的。丛书的封面设计，以中国历史长河为概念，取层层历史文化积淀与源远流长的宏大意象，采用各个历史时期最具代表性的文化符号与雅致温润的色条进行表达，意蕴深厚，庄重大气。内文的版式设计也尽可能做到精致、别具美感。

中华民族文化博大精深，这百位文化名人就是杰出代表。他们的灿烂人生就是中华文明历史的缩影；他们的思想智慧、精神气脉深深融入我们民族的血液中，成为代代相袭的中华魂魄。在实现"中国梦"的历史进程中，必定成为我们再出发的精神动力。

感谢关心、支持我们工作的中央有关部门和各级领导及专家们，更要感谢作者们呕心沥血的创作。由于该丛书工程浩大，人数众多，时间绵延较长，疏漏在所难免，期待各界有识之士提出宝贵的建设性意见，我们会努力做得更好。

《中国历史文化名人传》丛书编委会

2013 年 11 月

袁枚

目录

前言

袁枚似乎在文学史上不是很"有名"。

好几位二十世纪八十年代大学中文专业毕业的人听说我在写袁枚，说："是袁牧吧？好像是明朝的。"

也难怪，现在年龄在四十岁以上的人，中小学时代确实没有读过袁枚的作品，而绝大多数人对一个文学名家的了解与认知，又主要是在中小学时代。而在二十世纪九十年代以前，袁枚的作品并没有被选入中小学课本。即使在高校的古代文学史教材中，袁枚也只是在综合介绍时被提及，专段介绍都没有。而大学中文系的学生，能够记住专章、专节讲述的作家就不错了，被综合介绍提及的作家，大都是过目即忘（除非是有志于古代文学研究或对该作家特别感兴趣者）。

袁枚研究的集大成者、苏州大学的王英志教授，也是在北京大学读书时才接触到袁枚。而且他是偶然从书店看到一本评袁枚的书才知道有袁枚其人其书，不是从教材中接触到的。

但袁枚在新生代中又渐渐为人所知。近年来，袁枚的《所见》《随园后记》《与薛寿鱼书》《黄生借书说》等多篇作品入选不同版本的中小学课本，其《子不语》中的"女人是老虎"的故事，也被改编为歌曲广为传唱。中小学生对袁枚是不会再有我们这一代人的陌生感了。他们熟知袁枚的名字，就像熟知李白、杜甫的名字一样了。

而在一些对袁枚有更多了解的人中，很大一部分对袁枚的"印象"似乎不太好，有说他是"色魔"的，有说他是"吃货"的，更有人说袁枚就是"好吃好色好玩"的。也许，每一个名人被大众所认知的都是其表面，甚至是其被扭曲的表面。

我想，写这本书，至少要让读者对袁枚有一个比较全面、本质的认识，让读者感受到袁枚人生的追求选择及其思想、情感、诗文中所蕴含的正能量、超越时代的意义。

袁枚主张诗歌要抒发性灵，抒发真情实感，不苟同明朝公安派和钟惺、谭元春的"性灵说"和前七子的复古，反对沈德潜的格调说、翁方纲的肌理说等流派的理论，倡导真情、个性和诗才为核心的"性灵说"。其性灵之风风行海内，从王公大臣到贩夫走卒，从翰林学士到闺中淑女，无不学性灵、写性灵。袁枚在乾隆后期取代沈德潜主盟文坛，成为乾隆三大家（袁枚、蒋士铨、赵翼）之首。他招收女弟子，扩大了诗歌的影响，具有开风气之先的意义，也促进了妇女解放。

袁枚驰骋乾嘉诗坛五十年，不啻无冕帝王。袁枚的性灵说在当朝和后来的影响都不可估量，蒋子潇《游艺录》曾记载性灵说在当年诗坛的反响："乾嘉中诗风最盛，几于户曹刘而人李杜，袁简斋独倡性灵之说，江南北靡然从之，自荐绅先生下逮野叟方外，得其一字荣过登龙，坛坫之局，生面别开。"因而《乾嘉诗坛点将录》就奉袁枚为"及时雨"宋江。当代学者钱钟书也把袁枚的《随园诗话》喻为"往往直凑单微，隽谐可喜，不仅为当时之药石，亦足资后世之攻错"。

"自笑匡时好才调，被天强派作诗人。"袁枚的确是一个贤吏。蒋士铨对他的治世才能深表钦佩，认为他是一个相才："使公为宰相，三百六十官皆得其才而用之，天下宁有废物？"袁枚的确是一个循吏。他当知县虽然只有短短七年，但他的政绩却青史留名。他清正廉明、拒绝贿赂的做法，他果断机敏、既讲法律又注重人文关怀的断案故事，被群众编为戏曲、俚语，广为传唱于市井间。袁枚实在也是一名匡时济世的人才，但由于对清朝政治体制、腐败吏治、文字狱的不满，毅然选择归隐于闹市，卖文为生，追求文章救国。

袁枚更是一个肝胆相照之人，他对家人、朋友完全坦诚相见，没有丝毫的虚伪与欺诈。这也许是袁枚的人性中最为闪光最为让人动情之处。他不但奉母至孝，还抚养堂弟和外甥成人、做官，迎养寡姐，年至九十。袁枚曾说："御下过严则威亵，训子弟过严则恩衰。"他对仆人等也都是以礼相待，以恩相交，从不呵斥。他终日温和，而膝下堂前没有越礼的。

他和堂弟袁树都帮助过许多人，焚过的借券不下十数家。有人问其故，袁枚说："彼实无力，而我催逼过严，则恩尽而怨生。不特仁者不为，智者亦不为也。"朋友程晋芳去世后，袁枚焚烧其五千两银子的借据，此事被写入《清史稿》，他自己却从未提及。袁枚的朋友沈凤没有儿女，沈去世后袁枚年年去其坟前祭扫直到八十一岁，最后还郑重其事在遗嘱中将祭扫之事交给儿女。袁枚对朋友的赤诚可谓感动天地。

袁枚不信佛老阴阳，见人祸福，不论因果。生平最讨厌"庸"字。他以性灵为诗，以肝胆为文。既有乐天之易，也有史迁之愤。

民国时期的杨鸿烈认为袁枚不但是一个思想家，而且是一位大思想家，他的文学思想、经济思想、政治思想、伦理思想无不具有超越时代的意义。对此，我也深表认同。

2012 年 8 月 25 日，在北京亮马河酒店举行的《中国历史文化名人传》丛书创作会上，中国社会科学院研究员王春瑜老师在点评作者发言时就指出，一定要把袁枚当作一个思想启蒙者来写。在袁枚思想轨迹的描述上，我一直是按照这个提醒来定位的。

那么，如何看待袁枚在中国近代思想启蒙的价值呢？

早在十九世纪，英国的古典政治经济学家和德国古典哲学家就有中国文化自身不可能孕育出现代性因素的论说。这一学说曾影响 1929 至 1937 年的中国社会史论战。

然而，二十世纪以唯物史观为指导的明清经济史研究，以大量第一手材料验证了鸦片战争以前中国封建社会内部已孕育着资本主义萌芽的论断。清中期和晚清时期，许多商业资本转化为手工业资本而不再流向土地，不少地主、士人乃至官员弃农、弃文、弃官经商，一些不带有政治、军事性质的纯商业性质的市镇兴起，证明中国人也参与开创了世界现代史。袁枚就属于清朝中期弃官经商的典型代表之一。

1985 年出版的费正清主编的《剑桥中国晚清史》，承认中国的现代化萌动开始于鸦片战争以前，它在相当大的程度上"是中国社会内部演化的结果"。而中国内发原生的现代化思想文化的历史根芽就是在明清之际的早期启蒙思潮之中，这种启蒙思潮的集大成者以顾炎武、黄宗羲、王夫之等为代表。袁枚是在这一启蒙思潮影响之下的思想启蒙的思想者和实践者，他是以诗人、作家，而不是以思想家的身份出现在世人的面前，他具有启蒙意义的思想全部蕴含在他的生活和写作实践之中，蕴含在《子不语》《随园诗话》《小仓山房文集》等作品中，如盐之溶于水，由于缺少纯理论的著作，以致人们难以认同他是一位思想启蒙的重要参与者。《袁枚文集》六十卷，其中不少带有鲜明的思想倾向，抨击封建王权、封建道统、封建孝道，反对女子裹脚，提倡性灵之学，与格调说展开多次论战；在生活实践中，他倡导女子学诗，组织女子诗会，扶持后学，嘲弄腐儒腐官，经营文化产业，收费选诗，讲究美食，乐于与官场有识之士来往，这些做法大胆突破了传统的义利观，突破了传统的男女之大防，突破了传统的清高思想。由于袁枚交友广泛，他的书又广为发行，主盟诗坛达五十年之久，他的思想启蒙的实践和诗文都对社会产生了重大的影响。

在我所接触到的袁枚年谱中，上海大学郑幸的《袁枚年谱新编》最为翔实，而且对多个年谱所述的同类事实进行了比较分析，因而成为我最终采信的年谱，也是我写作时的重要参考资料之一。

虽然耗时四年才完成这部传记，但我对袁枚的研究与一些终身或长时间专门研究袁枚的专家或民间学者相比，还是远远不如的。

在写作手法上，我也没有办法像一般的人物传记或情节很强的报告文学那样，主要以情节、细节取胜。我不善于虚构，连意象填补也很拙劣。因而在不少章节中，我采用了自己最喜欢运用的杂文随笔的写法。而在情节性非常强的《七载芝麻官》等章节里，我又觉得无法完全展开来写，因为如果展开，光这一章就可以写成一本几十万字的书。于是我又只好采用故事的写法，将其浓缩。当然，更多的是根据所涉及的内容，综合使用了杂文、散文、随笔、故事等多手法。

字字读来皆是泪，四年辛苦不寻常。但愿我费时四年惶恐不安地奉献出来的这部作品，能够得到读者的喜欢，是为万幸！

第一章 杭州一少年

一

康熙五十五年（1716），这是一个闰年，是农历乙未年，按十二生肖是羊年。

虽然边境战事不断，但几乎每战都是以胜利结束，所以并不影响全国人民享受太平盛世的繁荣。浙江杭州，这个东南名城更是没有受到战事的影响，商业发达，都市繁华，歌舞升平。杭州最为发达的是织造业，杭州的官署在城西，织丝绸的工人大多住城东，是谓东城，日夜机杼之声接响连檐、机声鼎沸。

这一年的三月二日，袁枚出生在杭州东城大树巷的一所出租屋里。祖籍慈溪（今属浙江宁波）的袁枚曾经有过显赫的先人，六世祖袁茂英是明万历年间的进士，官至布政使，被尊称方伯。五代祖袁槐眉在明崇祯朝官至侍御史，辅佐御史大夫，掌管纠举百官、入阁承诏等大事。

据说崇祯元年（1628），京都五凤楼前发现一只黄绸包袱，内裹一卷小画，上面题写着十二个字："天启七，崇祯十七，还有福王一。"暗示崇祯在位只有十七个年头。崇祯见后勃然大怒，传旨巡城官员速查此物所从何来。负责皇城事务的袁槐眉闻讯后火速向崇祯启奏："此事不经，何由得至大内，如一追究，必有造讹立异，簧惑圣听者。"崇祯沉吟半晌，觉得有理，乃下令收回成命。于是避免了一场皇城乱局。袁槐眉的淡定与卓识可见一斑。尽管崇祯帝确实只在位了十七年，这是另话。

有这样光荣的先祖，难怪家世早已衰微的袁枚一直以先祖为骄傲了。袁枚后来在《示香亭》一诗中写道："我家虽式微，氏族非小草。高祖槐眉公，乌台称矫矫。"当时慈溪祝家渡还有槐眉的祠堂。

袁枚的四代祖袁象春，官至知府，一生好游览，八十一岁还在游广东。

袁茂英、袁槐眉合刊有《竹江诗集》行世，惜未留传。

袁枚的祖父袁锜屡试不第，一生依人做幕府，家族至此开始由盛转衰。袁锜由慈溪迁入杭州，也住不起官府居住的西城，只能到东城租个住处。东城是个平民社会，是工人、手工业者、小商人杂居之地，房租相对便宜多了。

袁锜生有二子，长子袁滨，次子袁鸿。二人都是一生游幕。袁滨是袁枚的父亲，他对先秦申不害、韩非等人的刑名之学颇有研究。他曾对年幼的袁枚进行启蒙教育："旧律不可改，新例不必增；旧律之已改者宜存，新例之未协者宜去。"（袁枚《答金震方先生问律例书》）早年的教育，对袁枚担任县令后治理一县之政起了不可低估的作用。

大树巷在杭州的哪个位置呢？这要从东城门说起。杭州北城墙的东端有座城门名艮山门，与此门正对有一条通贯杭州城东的南北方向的大街名艮山门直街（相当于今天的建国北路），大树巷就在成衙营之南，东园巷之北，是一条由艮山门直街通入向东延伸的小巷。小巷遇一长方形水塘，岔为两条小巷，分别为"南大树巷"与"北大树巷"。大树巷的周围就是清代历史上的东园，这一带水塘很多，很好地调节了东城的气候。与袁枚一家比邻而居的是桑调元（授工部屯田司主事），周围还住着厉鹗（清代文学家）、杭世骏（官至御史）等。

一晃两年过去了，袁枚三岁那年暮春的一天，袁枚三十一岁的姑姑沈氏夫人因守寡，又无儿女可依，背着一个很大的包袱，满面愁容地回到了娘家。袁枚的祖母柴氏、母亲章氏接过沈氏夫人的包袱，三个人无语相对，一片凄凄惨惨戚戚的氛围。沉默了好一会儿，沈氏夫人竟嘤嘤地抽泣起来。柴氏搂着沈氏夫人说："你回来了正好，你知书达礼，正好你来教侄儿，侄儿是个聪明的孩子，你来辅导他，正好把你的满腹诗书派上用场。"章氏也说："是啊，母亲说得极是，我过几天就要陪他父亲到外面做事去了，培养侄儿的事以后就靠大妹了。"沈氏夫人停止了抽泣，说："嫂子和母亲放心，我会视侄儿如同己出，好好教他的。"从此，沈氏夫人每天都给袁枚讲故事，教他诵读《弟子规》《诗经》等传统文化经典。袁枚不时地打断沈氏夫人，问："这是什么意思？""为什么是这样的呢？"沈氏夫人并不觉得侄儿问得幼稚，每个问题都认真回答。

袁枚五岁那年，因得了一场感冒，呼吸困难，哭个不停。沈氏夫人又是煎药，又是喂药，还要照料袁枚的妹妹，忙得不可开交。祖母柴氏看着着急，也帮着照料孙子。到了晚上，柴氏见女儿累着了，便说："你先睡吧，晚上我来管。"柴氏抱着五岁的孙子睡觉，把被窝掖得紧紧的。袁枚一会儿要喝水，柴氏便倒来开水，把杯子在冷水中泡到温热再给袁枚喝。一会儿袁枚额头上尽是汗珠，柴氏便把毛巾放到温水中打湿，拧干再擦汗。一直到凌晨时分，袁枚额头上的温度才降下来。柴氏于是把袁枚抱在怀中，用体温温暖着她的宝贝孙子。袁枚的感冒很快就好了。从这以后，袁枚几乎每天都跟祖母柴氏睡觉，一直到将近二十岁祖母去世之前。因此袁枚对祖母有着深厚的感情，这是后话。

章氏跟着袁滨在外面漂泊了一段时间，到底思儿心切，不久就回到了家，只留袁滨一个人在外面做事。

袁滨饷银的标准本来不高，却又慷慨好客，乐于助人。因此常常没有什么钱寄回家里。家里妻子、母亲常常要靠织布纺纱做女工赚点钱维生，但断炊的事还是经常发生。

二

姑姑拿着一本《尚书》，教袁枚读，袁枚读不通，觉得聱牙。

姑姑把他抱到腿上坐着，贴着他的耳朵悄悄地与他同读："皇祖有训，民可近，不可下，民惟邦本，本固邦宁……"

姑姑与袁枚同声读着，帮助袁枚发声，袁枚开始声音小，慢慢地声音大了、流畅了。姑姑就停下来让袁枚一个人读。读了十来遍，姑姑问："懂得意思吗？"袁枚说："不懂！"姑姑笑着说："不懂没关系，书读百遍，其义自见，慢慢地你就会懂的。"

祖母柴氏说："今天就读到这里吧，我要带孙子睡觉了。"

姑姑说："枚儿再见，跟奶奶睡觉去！"袁枚乖乖地来到奶奶的房里，奶奶一把把袁枚抱到了床上。

袁枚先钻进被窝，说："奶奶，我先给您暖被子吧！"奶奶笑了："为什么呀？"袁枚说："《弟子规》上说了，冬则温，现在虽然是春天，天气还比较凉，所以我要先把被子给您睡热。"柴氏搂着袁枚，说："孙儿是个大孝子，活学活用，真是个好宝宝。奶奶给你讲个故事吧。"

柴氏与袁枚同睡一头，柴氏悄悄地说："孙儿啊，我给你讲个你爷爷的故事吧。你爷爷与一个姓沈的秀才是好朋友，你爷爷帮他可是赤胆忠心啊。沈秀才与一个杨氏妹妹有文君夜奔的事，沈秀才托你爷爷帮忙去带那个女的到沈家来。杨氏是个纤足，晚上走路不能过沟，你爷爷就帮助杨氏，扶着她过了沟。事情暴露之后，把杨氏藏匿在我们家里。杨氏的娘家告到太守那里，太守认为杨氏的行为超越了礼的范围，就把杨氏卖给了驻防的旗人。然而那杨氏假装疯狂，披头散发，并自己喝自己的尿。旗人不能容忍。沈家于是暗地里派人将那杨氏买了回来，两人终于成了夫妇。"

袁枚似懂非懂地说："祖父真是个豪侠之人啊，这比那些当官的好多了，好多当官的都是没有良知的坏人。"祖母说："人在世上，首先是人要好。"就这样，祖孙俩聊着聊着就睡着了。

三

袁枚七岁时，全家已迁居至杭州东城的葵巷，因汪启淑（清著名藏书家、金石学家、篆刻家）在此居住建有葵园而得名。袁枚一家迁居到这里时，葵园没有了，四周全是菜地，空气很好。当然，这里离闹市区也更远一点，估计房租也更便宜，经济上不宽裕的袁滨也许正是考虑到这一点才迁居于此。

一早起来，姑姑又教袁枚读《大诰》，读《盘庚》，袁枚读不流畅时，还是姑姑助读，与他同时发声，再让他一个人读。读了不知多久，袁枚说："姑姑，读了这么久了，您还是给我讲点历史吧，我喜欢听您讲历史故事。"姑姑笑着说："好，我给你讲，但你听完了故事要回答我的问题哦。"袁枚爽快地回答姑姑："没问题，我不但要回答您的问题，还要提问题请您答呢！"姑姑笑了："那就好，那你听着，我讲了——"

姑姑说，古时候有个叫河内温的地方，那里住着兄弟三人，郭巨是哥哥，他们的父亲死得很早。安葬了父亲之后，两个弟弟要分家，家里一共有二千万钱，两个弟弟一人分得一千万。郭巨和妻子就与老母亲住在故乡以外的地方，夫妻俩用为人做雇工的报酬来赡养母亲。没过多久，郭巨的妻子生下一个男孩。郭巨想，要花这么多精力照顾儿子，妨碍了侍奉老母，这是一个方面。另一方面呢，老人得到食物后，高兴地分给儿孙，减少了老人的食物。于是，郭巨便想在野外挖一个坑，把儿子埋掉。挖着挖着看到一个石盖，揭开盖子，只见下面有一坛黄金，打开一看，坛子里有一封红笔写的信，信上说："孝子郭巨，黄金一釜，以用赐汝。"于是郭巨名振天下。

袁枚一听，纳闷了好一会儿，既而说："姑姑，这个郭巨把自己儿子都埋掉，是个坏人啊，好可怕，要是你们把我也埋掉……"

姑姑立即打断了袁枚的话，说："枚儿说得对，我给你讲这个故事的目的，也是想告诉你，对书上讲的不要盲目崇拜和相信，我看这个郭巨就是坏人，不是什么孝子，孝也不是这个孝法，你说对不对？"袁枚说："姑姑说得太好了，您写篇文章，批评郭巨吧，让别人不要学他。"姑姑点点头说："枚儿不错，姑姑昨天特意写了首诗，你听着。"

姑姑于是念起了自己作的诗，袁枚也一字一句地跟着姑姑念：

孝子虚传郭巨名，承欢不辨重和轻；
无端枉杀娇儿命，有食徒伤老母情。
伯道沉宗因缚树，乐羊罢相为尝羹；
忍心自古遭严谴，天赐黄金事不平。

四

七岁这年，袁枚正式向私塾先生史中（字玉瓒）拜师。史中此时是个童生，来袁枚家教书，同时还教了其他学生。这相较单独请一个塾师来说，学费就低很多。加上史中没有功名，当时还没有中秀才，学费就更加便宜了。史中也是名门之后，后来家道衰落，自幼孤贫无师。但他聪明好学，二十岁时听邻居的小孩读孔子、曾子、子思、孟子的书（合称"四子书"），一开始读就好像在哪里听到过的一样，越听越爱听，于是反复诵读。看到书桌上的文章，也模仿着写，没想到还写得很像。有人拿着史中的文章去给一些老儒看，老儒说："这是八股文。"听说这是一个没有读过书的人写的，老儒们根本不相信。有人把详细情况说给老儒听，老儒感到非常惊奇。

随着年龄的增长，加上史中更加努力地学习，知识涉及天文、地理、乐律等。他虽然没有正规学历，却是一位知识的集大成者。

史中是一个胸有大志的民间高士，其高洁的品格、良好的人格、渊博的学问让袁枚着迷。亲其师而信其道，袁枚对这个老师既亲又信。

作为科举正业，袁枚还是得跟史中学"四子书"：《大学》《中庸》

《论语》《孟子》。袁枚读书时也非常顽皮，有时还故意戏弄他的老师史中。有一次，史中的父亲到学馆来，而此时史中正在给学生讲《齐陈乞弑茶》一篇。袁枚看到史老师的父亲缺了一颗牙齿，于是灵机一动，就故意去向史老师请教："老师，这孺子牛是什么意思呢？"史老师一听，脸都涨红了，知道他是故意讽刺自己的父亲。但学生来"请教"，老师发作不得，只好给他解答：相传齐景公晚年非常宠爱小儿子茶，也叫孺子。有一天孺子撒娇，要景公装头牛让他牵着玩。景公应允，就口中衔了一条绳子，双手着地，让他牵着到处走，并不停地学牛叫。景公年岁大了，一不小心，竟一头栽在地上，磕掉了一颗门牙。听到这里，袁枚忍不住咯咯咯地笑了，顽皮地问老师："史老师，令尊小时候是不是也装牛让您骑呀？要不怎么也掉了一颗牙呢？"史老师这才瞪了袁枚一眼，袁枚知道老师动怒了，才表情严肃起来，但又发作不得。史中回家后将这件事告诉了父亲，史父说，他自有办法。

过了一天，史父又到学馆来，让史中以"孺子牛"三字让袁枚作对子，对不出就打板子。没想到袁枚不假思索，应声回答："老甲鱼。"

甲鱼俗称"王八"，"老甲鱼"也就是"老王八"，如此辱骂人是要引发斗殴的。但史父不以为怒，反而哈哈大笑，以手抚摸着袁枚的头顶说："聪明！聪明！"

学生竟当面骂自己的父亲为"老王八"，这口气哪里吞得下？等父亲走后，史中将以夏楚从事，也就是用教鞭抽打。同窗张有虔帮着求情，才免了袁枚一难。

学馆里有十多个学童，老师不在的时候，教室哄闹是自然而然的事。袁枚生性好动，只要老师一出门，就带头玩，捉迷藏、翻筋斗。但等老师一回来，老师要求背的内容他已完全背熟了。老师见学生玩耍，就必定检查背诵，袁枚总是第一个把书呈给老师，说："老师，我先背吧。"一背，居然没有一个错字、漏字。其他同学都不及，因此也就深恨他，然而也没有办法。有的故意到史老师面前讲袁枚的坏话，说是袁枚带头玩耍，但史老师也不加责怪，同学就更加恨他了。一些同学就暗地里与袁枚为难，袁枚又巧为引避，最终不受同学之欺。

到了十一岁左右，老师教学生学习写"四子文"，也就是八股文，又名制艺、制义、时文、时艺、八比文。八股文结构呆板，有破题、承题、起讲、入题、分股、收结等严格程式。史中每每讲八股文时，袁枚听了一会儿就东张西望，希望有什么人来找老师，让老师停下来。

史中同样不喜欢八股文，但也要硬着头皮讲一些基础知识，他对袁枚不专心听八股文，内心是表示赞赏的。史中布置一个题目要他写，袁枚握着笔要发呆很久，长时间也写不出一个字。史中从不惩罚他，还跟他讲内心话："这些文章老师也不喜欢，但没办法，这是敲门砖啊！你用这块砖敲开了秀才、举人、进士的门，求得了功名，就可以丢了！"于是，袁枚思考一会儿，往往很快就写成一篇，一上手就是五六百字，才思横溢。史老师为他圈点改评，按部就班，只有几节课，袁枚的文章就文采斐然，可以诵读。史中感叹说："都说教学相长，但想不到到了这个地步，我不及你这个学生。"

有一天晚上，袁枚来到史中的房间，发现史中用一支红笔写了一篇《仆固怀恩传后》，其中只有四句话："怀恩本不负君恩，青史何曾照覆盆？万里灵州荒草外，至今夜夜泣英雄。"袁枚感到特别新奇，他不知道这就是诗歌，老师从没有教他写过这种文体，他想能用这种文体表述心迹该多好啊。他偷偷读了并记在心间。这是袁枚第一次接触到抒发个人之情的诗歌。这是老师在课堂上不能教的。在此之前，他不知诗为何物，此时此刻，他也不知道这就是诗歌。学诗是不务正业，老师只能偷偷写，学生只能偷偷学。

不久，袁枚意外地得到了一本诗集。

那天，史中老师有事外出了，袁枚一个人在学馆看书，只见一个三十多岁的男人手里拿着一本书走了进来。袁枚立即站起来，很有礼貌地问："先生，您找谁？"那人温和地说："我是史老师的朋友，姓张，叫张自南，过来找他有个事。"袁枚说："先生刚好外出了，张老师您有什么事可以跟我讲吗？"张先生说："这样吧，我留一封信在这里，你帮我把这四本书和信转给他吧。"于是他提笔写了一封信：

　　适有亟需，奉上《古诗选》四本，求押银二星。实荷再生，感言非罄。

　　袁枚看完信，又看了那四本书，知道这个张老师急于用钱，便说："张老师，您稍坐，我去跟我舅舅说一声吧。"

　　袁枚找到舅舅章升扶把这事说了，章升说："张先生仅仅为了二星钱，语气如此之哀，不要等史老师回来，马上把钱给他，他的书留下也可，不留下也可。"

　　于是章升扶和袁枚一起来见张自南，把二星钱给了张先生，说书可以不留下。但张先生执意把书留下，再三道谢走了。

　　袁枚拿起《古诗选》一看，就被迷住了。就像一头饿了多日的野兽突然进到了菜园子一样，一个劲地猛啃。诗歌真是令人着迷。他的灵感、他的才思、他的热情找到了一个天然的宣泄口，他的才气与作诗实在是太匹配了。这本诗歌启蒙教材让袁枚终身受益，为他一生的诗歌创作奠定了丰富的营养基础。这一年，袁枚九岁。不久，他开始学习写诗了。

　　有一次袁枚陪父亲游吴山，路上碰到一个相士，相士看了看袁枚的相，然后对袁父说：这个小孩赋性聪明，其为科第中人，肯定是没有问题。但是他的双眼太露，额头微微有点高，其发泄早，其显达有限。官虽不过六七品，然而，终其身，而中年以后，福分非凡，比之王公卿相，有过之无不及。到底为什么会这样，我也解释不了。我看相半生，没见过这等奇相。

　　袁父认为这是相士乱说，一笑置之。他心想，一个六七品官，怎么会与王公卿相比福分呢？后来，袁枚入词林、做县令，早年辞官，尽享平泉之福，自王公以下，无不折节下交，这不都与相士所说的相吻合吗？

　　当然，这是后话。

五

袁枚爱诗,自从看了《古诗选》之后,他还读了《离骚》,《离骚》的浪漫主义诗风,举类迩而见义远的表现手法,很能引起他的共鸣。有一次,袁枚看到有人抄写女子赵飞鸾的《怨诗》十九首。便在一旁看,然后自己也抄来下阅读。赵飞鸾是一个姑苏女子,被卖给某个官员当妾,但不被正妻所容,于是被发配给家奴,因悲伤而写了十九首《怨诗》。袁枚非常喜欢这诗中的才气。

袁枚看了不少"不正经"的书,思维自然就活跃,知识也丰富了。功夫在"经"外,比起只读四书五经的人,他在考试时更为得心应手。雍正五年(1727),袁枚十二岁时与他的老师、四十四岁的史中一起参加了县学的考试。

当时主考的学使叫王交河,他看了袁枚的答卷,觉得袁枚很有才气,就录取袁枚为秀才,同时也录取了他的老师史中。

只要是同年考中秀才,不管年龄相差多么悬殊,都被认作"同年"。因此史中既是袁枚的老师又与袁枚是"同年",而且还继续当袁枚的老师,一直到袁枚十七岁迁徙到别处为止。

史中特别喜欢袁枚这个学生。有一次史中带袁枚去过钱塘门,看浙帅举行的大阅兵式,只见旌旗蔽野,铁骑成列,气势蔚为壮观。袁枚感到非常好奇,史中却一副瞧不起的样子,斜着眼睛看着这阵势,大声说:"完全错了,这样的阵势根本不能打仗。"袁枚大吃一惊说:"老师对军事也很懂啊?"史中说:"唐朝安史之乱时,萧颖士曾去看封常清的军队阵营,可是不看就走了,封常清后来果然兵败被问斩。军旅之事与文学之事是一样的,我曾经学习过军事。"回到家,史中画了一幅军阵图,袁枚在一边认真地看着。画完后,史中像一个军事专家一样,指着图讲解,说队列应该如何排,矩阵应当如何布,如何才能成为一个迷阵,又如何变才能关门打狗,要怎样变才能强势突围。讲到最后,史中叹息说："哎，讲这些又有什么用呢？一点用都没有，还是烧掉吧。"袁枚听得似懂非懂，但能感觉到史老师的博学多才却怀才不遇的无奈心态。

师生两人沉默了好一会儿，史中说："袁枚，你今后的志向是什么？不妨写首诗表达一下看。"袁枚想了想，挥笔写下了诗歌《咏怀》，其中两句云："每饭不忘惟竹帛，立名最小是文章。"史中吟咏了几遍，抬头久久凝视着这个十二岁的秀才，他的学生和"同年"，向他伸出了大拇指，说："好小子，有志气！"史中继而说："文章是经国之大业，不朽之盛事，所有的辉煌都会灰飞烟灭，只有文字能够留下来。官做不做都没有关系，但文章一定要作好。"袁枚深深地点了点头："老师所言极是，学生记住了。"

杭州东城，是一个非常热闹繁华的市井之地。十二三岁时，袁枚开始置身于这样的地方，观赏市井的万千气象。但他从不流连于市井之中，而是来到街两边的书肆中，忘情地阅读那里数不清的书籍。杭州造纸业和刻书业都比较发达，书肆比比皆是，书肆里的书比学馆里的书多得多，各种闲书、杂书、野史、历代诗词歌赋，应有尽有。这些才是袁枚真心喜欢的。特别是一个张记书店，书非常多，袁枚一有时间就来到这里，贪婪地阅读着各种书。

六

一晃到了十四岁，袁枚此时已经读了不少书，有了自己初步的思想，他不但写些童稚的诗，也开始写文章了。一段时间以来，他如饥似渴地阅读《史记》，他太喜欢读历史了，觉得读历史才真正可以让人知得失，让人生出无限的感慨。他读完《史记·高祖本纪》后，感慨万千，立即提笔写了一篇《高帝论》。写完之后，还觉得不过瘾，前不久读过的《二十四孝》让他不吐不快，特别是其中的孝子郭巨的故事。这个故事以前也听姑母讲过，现在再读，思考更深。郭巨为了孝敬母亲，为了不让儿子抢母亲的食，居然要把亲生儿子埋掉，而这样残忍、惨无人道的行为居然得到了上天赐给的黄金作为奖励！这还有天理吗？当然，这只是无聊文人为了宣传他们的所谓孝义而杜撰的故事罢了。他记得姑姑沈氏也给自己讲过郭巨埋儿的事，姑姑也是批判的。对于这样无聊透顶荒唐的故事，不批判不足以平心中之气。于是，他又一口气写下《郭巨埋儿论》。他在文章中写道："吾闻养体之谓孝，养志之谓孝，百行不亏之谓孝……杀子则逆，取金则贪，以金饰名则诈，乌乎孝？"

袁枚的叛逆精神，反传统的精神，一腔正气洋溢在字里行间。姑姑看了袁枚的文章，喜上眉梢，反复地读，又读给袁枚的祖母听。祖母也说写得好。沈氏夫人对袁枚的教育，与塾师的教育相得益彰，给少年的袁枚奠定了独立思考、自由表达而叛逆的思想基础。不久，沈氏夫人却因病去世了。从此，袁枚的生活中失去了一个爱他、呵护他、教育他的长辈。

袁枚十五岁时，因岁考两试在一等前列，被补为增生。

七

清代书院甚多，书院是士子准备科举考试的读书场所。

杭州有座敷文书院，这个书院始建于唐贞元年间（785—805），元代为报恩寺。明弘治十一年（1498），浙江右参政周木改辟为万松书院。明代理学家王阳明曾在此讲学。清康熙帝为书院题写"浙水敷文"匾额，遂改称为敷文书院。书院在杭州郊区一山顶上，遍山苍松翠柏，环境静穆清幽。

这所千年书院在杭州非常有名，主管书院的人自然令人崇敬。袁枚入书院时，朝廷派一个叫杨绳武的人来主管书院。袁枚找到杨绳武的一些著作来读，觉得非常喜欢，于是把能找到的杨绳武的每一篇文章都抄来读了。杨绳武在官场也是一个另类，他在康熙五十二年（1713）就中了进士，被选为庶吉士，毕业后被授予编修一职。但自他父亲去世之后，就再也没有出来做官，只到书院主讲，像闲云野鹤一般过着自由自在的生活。袁枚对此非常向往。

袁枚十八岁那年，其卓超的才华被浙江总督程元章所知，于是他被推荐到万松书院深造，说起来这得益于雍正皇帝的一项新政。雍正在对各地考察时，发现各省大吏渐渐知道崇尚实政，没有沽名钓誉的行为；而那些读书应举的人，也很能摒弃浮躁喧嚣的陋习，于是下令建立书院，各省择一省的文章、行为都优秀的人到书院读书，使之朝夕讲诵、整躬饬行，有所成就，也使远近士子观感奋发。这也是兴贤育才的一种方法。浙江总督程元章根据皇帝的命令，在全省选应举的学生到万松书院就读，袁枚就这样被选上了。袁枚能入书院，也是间接受到了"上谕"的恩惠。

由于书院距袁枚家有二十里之遥，晚上赶不回家中，袁枚便借榻同学沈谦之、沈永之寓所。沈氏兄弟是浙江湖州人，后沈谦之官至道员，掌管一省内若干府县事务，类似唐代的观察使，所以又被尊称为"观察"；沈永之后来与袁枚同年中举，晚年官至云南驿盐道。后来二人成为亲家，袁枚之子袁迟与沈永之之女沈全宝结为百年之好。此是后话。

一天下午，书院的人们在传着杭州有哪些人中了进士。其中有一个人叫桑调元。袁枚听到这个名字的时候，略略一惊。因为这个桑调元曾经是他大树巷的邻居。他的父亲是一个叫桑文侯的隐者，卖粽子为生。这个人非常孝顺，他的父亲得了膈病，胸腹胀痛、下咽困难、常打嗝。桑文侯用羊奶和粥喂给父亲吃，其父去世时，抱着铛长哭不已，很多人为之感动，当时就有人画了一幅《抱铛图》征诗。桑调元就是这个孝子的儿子，他性格孤僻，能步行百里，自带干粮游五岳。桑调元的老师叫劳史，是一个农民，没有任何功名。但《清史稿》中居然有他的传记。桑调元一直尊敬自己的农民老师。

邻居桑调元中了进士的消息，对袁枚起到很大的鼓励作用。他一天到晚，勤奋读书。

一晃到了岁末，又要举行一年一度的考试了。主考官是浙江的学政帅念祖。首先考古学，袁枚赋了《秋水》，其中两句："映河汉而万象皆虚，望远山而寒烟不起。"帅念祖听了，点头道："不错，写得好。"又问："国马、公马，怎么解释？"袁枚回答说："出自《国语》，注自韦昭。

至于做什么解释，我实在不知道。"交卷的时候，帅念祖抚着袁枚的头，说："你年轻，能知道二马的出处，已经足够了。何必再解说呢？"接着又说："国马、公马之外，还有父马，你知道吗？"袁枚回答说："出自《史记·平准书》。"帅念祖大惊，兴奋地说："你能够对吗？"袁枚回答说："可对母牛，出自《易经·说卦传》。"帅念祖大喜，说："好小子，真不错！今后必成大器。"

"国马""公马"这个题目是相当难的，帅念祖用这个题目考了许多人，结果"八邑之士，无以应者"，所以袁枚的回答才如此令他惊喜。袁枚不喜应试，而喜欢博览群书，其知识面肯定比那些专门应付考试的人要广得多。

帅念祖于是将袁枚定为第三名。

得了第三名就可以补廪，就是领公家发的补贴。

袁枚得岁试第三的消息传到家里，全家都很高兴。

这时杨绳武在万松书院执教，杨绳武教的是实学，即考辨经史之学。由于苦心学习经史，这一段时间袁枚没有写什么诗，也没有写出什么文章。他想，遇到杨老师这样的名人，机会不可多得，要当面请教请教。于是他把十四岁时写的《高帝论》和《郭巨埋儿论》交给了杨老师。

第二天，杨老师把这两篇文章带到了书院的讲堂上，当众朗读，读完后，全班的目光都聚焦到了袁枚的身上。袁枚个子高，坐在最后面，大家都转过头来看他。杨老师读完后，又把这两篇文章发给大家传阅，大家都抢着看，只见老师在文后用红笔写了批语："文如项羽用兵，所过无不残灭。汝未弱冠，英勇乃尔。"袁枚一下子成了众学子关注的对象。下课后，杨老师又来到袁枚的座位边，说："真不简单，一个二十不到的年轻人能有这种思想，前程无量，前程无量啊！"

八

雍正十三年（1735）的春天，袁枚二十岁了。一天，他去参加浙江博学鸿词之选。考试的当天正下着雪,考试的题目也就是《春雪十二韵》。主考的人一个是浙江总督程元章,一个是浙江学政帅念祖。这两个人都对袁枚有恩。程元章是推荐袁枚入万松书院读书的人,而帅念祖是将袁枚的岁末考试评为第三名的人。袁枚本以为参加这次博学鸿词之选应该有希望,但却意外地落选了。这次入选参加博学鸿词考试的浙江读书人共有十八个。袁枚落选,可能主要还是由于资历不够,也不排除受到本地俗儒的排挤。总之,通过博学鸿词科出头这条路是走不通了。

一晃又到了秋天。秋天是学子们考试的季节。这年秋天举行科试,科试是当时考试制度之一。每届乡试之前,由各省学政巡回所属府州举行考试。凡欲参加乡试之生员,要通过此次科考,考试合格者,方准应本省之乡试。科试相当于我国二十世纪八十年代的高考的预考。科试仅仅是一次资格考试。当然,考得再好也只是取得考试资格。这次科试袁枚考得很好,名列前茅。

科考之后不久,接着举行乡试。本以为这次是胜券在握,发榜后才知,仍然名落孙山。袁枚的失意到了极点。从十二岁中秀才到二十岁已是八年,一次次的失败,袁枚感觉自己的功名之路走到了尽头。

二十岁的男人,没有功名,前途无法预料。空负少年才子的美名,却接连乡试失败。到底何去何从?这年春节,父亲也从外地回家过年了,一家人团团圆圆,袁枚心中的失意却挥之不去。春节一过,很快就是二十一岁。也许,要到异乡,寻求别样的道路,才能实现人生的突围。

第二章

桂林遇知己

一

乾隆元年（1736）春节，杭州的大街上洋溢着一派喜庆的气氛。

袁枚正为自己的前途忧心忡忡。

过年了，父亲袁滨从外地回了家，一家人算是团团圆圆。但给别人当幕僚的袁滨并没有带回多少钱，虽是过年，一家人的日子还是过得紧巴又节俭。

这节一过，袁枚就二十一岁了。袁枚虽已与王氏订亲，却显然无力完婚。

过去的一年，袁枚乡试报罢，这意味着自十二岁中秀才后，九年来袁枚的功名没有任何进展。用袁枚自己的话说，叫作"四战秋闱"。即九年内三次参加乡试，再加上雍正十三年（1735），袁枚参加浙江关于博学鸿词的预选考试，就是"四战"四败了。当然那次博学鸿词的预选考试，即使被选上也是白搭，因雍正帝暴亡，考试也无果而终，全国性的考试也停止了。

袁枚想寻求异地的乡试，因为浙江的竞争太激烈了。想到这里，袁枚对父亲说："父亲，这几天我也想了很久，江浙自古以来多才子，读书人太多，竞争太残酷了。现在的科考又没有限制异地报名，要不，我干脆跳过杭州，到外地去考怎么样？"

"换个地方，换到哪去呢？"

"叔叔不是在广西吗？前段时间叔叔来信说要以身后事托我，据说叔叔很得金巡抚的看重，我想到桂林找叔叔去。"

"唉，看重，我当了几十年幕僚还不知道看重是什么意思？再怎么看重，也是看别人的脸色，你想凭着这层关系，想要一个巡抚推荐你参加博学鸿词科的考试，那是基本上没有可能的事。何况你年纪又这么小。"

"凡事都靠尝试嘛，父亲您说呢，我还是想去试试，碰碰运气。"

袁滨摇了摇头，又点了点头："也只有这步棋可以试试了。"

袁枚见父亲同意了，心里顿感轻松了许多。

二

可是，从杭州到桂林，路途遥远，耗时要将近半年，旅费不菲，家里根本拿不出这笔钱来。袁枚知道家里拿不出钱，在脑子里紧张地搜索可以借钱的人的名字。突然，柴耕南三个字跳进了袁枚的脑海。袁枚的朋友柴耕南是一个非常热心、赤诚的人。

袁枚找到柴耕南，把想到桂林投奔叔叔，苦于无路费的事说了一遍。

柴耕南听了袁枚的讲述，也皱起了眉头："这还真有点难呢，到桂林没有一二十两银子做路费是不行的，我这一下也拿不出这么多。"说完，一脸爱莫能助的样子。

袁枚有点失落。

柴耕南说："等会儿我哥哥东升会回来，看他能否想点办法。"说着，他拉着袁枚往村口走。

袁枚与柴耕南一起到了柴家。

柴东升酷爱吟诵、写诗，与袁枚有很多共同话题，两人非常相投。

当他听说袁枚将作桂林之行，限于财力无法成行时，柴东升义气十足地说："这事你不用担心，我一定会帮你帮到底。"

袁枚兴奋地说："全仗柴哥帮助。"

柴东升沉思了一会儿，突然眼前一亮："我刚从高安回来，过几天还要回高安，高安距广西较近，如果不走陆路，而走水路从高安去桂林，可以节省近半的旅资，也可节省一个多月的时间。而从杭州到高安的旅资我完全可以帮助，那就先到高安，我们到了高安，再帮你想办法，你看如何？"

"当然好呀！"袁枚高兴地说。

袁枚回到家里，把柴东升为他出谋策划，并且为他解决经济问题的事情告诉家人，全家都喜出望外。袁滨说："如此甚好！我也一定想办法给你筹一点钱，多了没有，二两银子应该是没问题的。"

袁枚感激地说："让父亲操心了！"

几天后，袁滨果然拿了二两银子交给袁枚，把袁枚送到柴东升家，说："东升贤侄，枚儿这一路就有劳你了，后谢有期！"

柴东升带着袁枚，两人一路观赏沿途风景，吟诗唱和，兴致勃勃。

一天，客船夜泊浙江桐庐严子陵钓台。严子陵，名光，字子陵，生卒年不详，东汉著名高士（隐士），浙江会稽余姚（今宁波余姚市）人，妻子梅氏。严少年时就很有才气，与刘秀（后来的汉光武帝）是同窗好友。刘秀登基做了皇帝后，回忆起少年时期的往事，想起严子陵，便多次征召其为谏议大臣，严子陵婉拒之并隐居富春江一带，终老于林泉间。他因此被时人及后世传颂为不慕权贵追求自适的榜样。北宋名臣范仲淹任睦州知州时，建了钓台和子陵祠，并写了一篇《严先生祠堂记》，赞扬他"云山苍苍，江水泱泱，先生之风，山高水长"，严子陵才以"高风亮节"闻名于天下。南宋嘉定年间，陈山严子陵墓旁也建起了高风阁，后来还办了个高节书院。

面对历史遗迹，袁枚"想见严子陵，投竿在此坐"，心有所感，乃赋《钓台》《书子陵祠堂》，对严子的"名节"，流露出钦羡之意。这时的袁枚年方弱冠，正是年轻求取功名、积极上进的大好时光，按常理对严陵这样的隐士行为应该还不能理解，但袁枚居然非常钦羡，反映了他内心深处潜伏着热爱自由、皈依自然的思想因子。袁枚归隐自然的思想流露，最早可以追溯到这里。

三

来到江西鄱阳湖的时候，两人看到野外有一棵大树，树盖大得足可以遮住一头牛。可这大树已朽折委地，旁边一小枝条从根部穿出来，高十余丈。相传明太祖朱元璋与陈友谅作战时，此树代明太祖受了一炮，因而被明太祖封为将军。两人仔细看时，此树还有烧灼的痕迹。于是两人又赋诗联句。

柴东升首先来了一联："大树兵火余，枯根尚委地。"

袁枚回了一联："曾抱纪信忠，一死代汉帝。"

袁枚的这一联里用到了一个典故。楚汉大战的时候，有一个叫纪信的曾服侍汉王刘邦，官至将军。刘邦住在荥阳城里的时候，项羽攻城很是厉害。到了极危急时，刘邦眼看逃不脱身了，纪信就请求和汉王换了衣服，并坐了汉王的车子。车子里面都是用黄色的缯绸做里子的，左边竖起了牦牛尾子做的大纛旗，堂堂皇皇出东城门去诳骗楚军。汉王就乘了这个当儿，扮了一个普通人，从西城门逃走了。纪信因为这一回事，竟被楚国的人用火烧死。后来刘邦得了天下，做了皇帝以后，就在顺庆这地方替纪信造了一座庙，叫作忠佑庙。汉高祖的诰词里面说："以忠殉国，代君任患，实开汉业。"

柴东升出联："轮囷根盘存，焦枯枝叶弃。"

袁枚回联："丛丛莓苔痕，郁郁霜露气。"

柴东升又出联："祖干扶桑倾，孙枝小龙继。"

袁枚回联："穿出盘古坟，犹作拿云臂。"

柴东升感叹说："你的这两句用得好险绝，可不必继续联了。"彼此一笑而休。

柴东升还赠给袁枚一首五言古诗，其中有两句是这样写的："浩气盘九嶷，晴襟豁万谷。"

到了南昌，东升带袁枚游滕王阁。滕王阁与湖北武汉黄鹤楼、湖南长沙岳阳楼并称为"江南三大名楼"。唐贞观年间，唐太宗之弟李元婴曾被封于山东滕州，于滕州筑一阁楼，名以"滕王阁"（已被毁）。后来滕王李元婴调任江南洪州（今江西南昌），因思念故地滕州修筑了著名的"滕王阁"，此阁因王勃一首《滕王阁序》，特别是序中的名句"落霞与孤鹜齐飞，秋水共长天一色"而闻名于世，《滕王阁序》也成为传世的经典。滕王对旧地强烈的思念之情，王勃盖世的才情让袁枚的内心感慨良多。

过了南昌，两人直奔高安，到达高安县衙后，袁枚待了几天，柴东升一直陪伴他，两人"谐语穷昏朝"。临行时，柴东升赠给袁枚"十二两银子"。

有了这"十二两银子"的资助，袁枚去桂林就有了资金保障。

袁枚对东升的资助，终身未忘。袁枚在江宁任县令时，曾一度邀请柴耕南到县署为幕友。后柴耕南去湖南，袁枚隐居随园。分别了十七年后，袁枚忽接柴耕南信，说是湖广方面书院有机会，他可为袁代谋，征求袁的意见。袁枚以母老为辞。柴耕南显然是一番好意，但柴耕南哪里知道，此时的袁枚，不但早已绝意仕途，而且生活优裕，乐享林泉之福。这是由于两人长久不通音讯，柴耕南对袁枚山居的舒适优裕生活有欠了解。但柴耕南助友求职之心，拳拳可见。不到十年，袁枚得到柴耕南噩耗，不禁追怀往事，赋长诗哭之。

二十三年后，四十四岁的袁枚写《诸知己诗》中，就有一首《处士柴东升》，深怀感恩之情。此时，柴东升已亡故多年。袁枚六十四岁时，带着一岁的儿子到杭州扫墓，带着酒和鸡，想找到柴东升的墓地祭奠，心想柴是杭州人，死后可能归葬。遍访邻人，才知柴全家迁往广东，未曾归葬。于是写了《访柴东升墓不得》：

当年曾附李膺舟，同到滕王阁上游。

一路联吟春梦在，百年再见此生休。

浮家闻说居东粤，归骨何曾葬首丘？

斗酒只鸡无处荐，腹犹未痛泪先流。

四十余年的往事，袁枚刻骨铭心，言悲语怮，令人唏嘘！袁枚的感恩之情，可见一斑。柴氏兄弟的爱才之举、无私献爱，因袁枚的文名而流传后世，也是他们未曾想到的。

四

话说袁枚继续前往广西。他一路坐倒划船，历尽险境，受尽饥寒。经过湖南长沙的时候，袁枚前去拜谒贾谊祠。

贾谊（前200—前168），洛阳（今河南洛阳东）人，西汉初年著名政论家、文学家，世称贾生。贾谊少有才名，十八岁时，以善文为郡人所称。文帝时任博士，迁太中大夫，受大臣周勃、灌婴排挤，谪为长沙王太傅，故后世亦称贾长沙、贾太傅。三年后被召回长安，为梁怀王太傅。梁怀王坠马而死，贾谊深自歉疚，抑郁而亡，时仅三十三岁。司马迁对屈原、贾谊都寄予同情，为二人写了一篇合传，后世因而往往把贾谊与屈原并称为"屈贾"。

贾谊对其所事主人极度的忠诚和呵护之情，主人出事后极度的内伤之情，深深地打动着袁枚的内心。袁枚为其际遇所感，作诗、赋以吊之。袁枚认为贾谊有治国安邦、辅佐君王的经天纬地之才，具有非凡的治国能力，于是作《长沙吊贾谊赋》，为其怀才不遇、忠而不用感到惋惜。其实也昭示着自己的际遇多少会与贾谊相似，因而有点把贾谊引为知己和同类的意思。

袁枚在《长沙谒贾谊祠》中有"道大功臣忌，心孤鵩鸟怜"之句，可谓气势磅礴，以贾谊自况，可见青年袁枚志向远大，心高气傲。

袁枚还写了一首《贾谊祠》，其中有这样几句："浮云天地空萧瑟，春雨文章很渺茫。七国直堪流涕泪，百年谁敢议明堂。汉朝人物伤心地，愁下南阳更洛阳。"

一切景语皆情语。"春雨文章很渺茫"一句，表露了青年袁枚对前途感到茫然无助的心态。

五

历时三个多月，直到农历五月初四日，即端午节前一天袁枚才到达广西桂林。

此时的袁枚衣衫褴褛，神情落魄，一副急于找到衣食归宿的样子。他经过好一阵打听才找到叔叔袁鸿的住处。袁鸿住在离官衙不远的一处略显偏僻的房子里，听说有人来找，三步两步跨到门外，一眼看到落魄的袁枚，大吃一惊，似乎很生气地说："你不该来！你到这里来干什么呀？"袁枚感到惶恐无措，待在那里半天没动。

袁鸿把袁枚让进屋里，就给他讲起了大道理："我做幕僚，你父亲也是做幕僚，我们这一代人没出息也就算了，没成想你也来干这个，而且还要我来介绍，还要和我在一个主子那里当幕僚，你如果做得好，相当于是抢我的饭碗，与我竞争，做得不好，我更没有面子！幕僚不是人做的，你年纪轻轻，小有名气，十二岁中秀才，我想你应该更有前途，考个举人进士之类的。"说完，袁鸿长叹一声。袁枚惨戚戚地说："叔叔，我是专程来看望您的，不是来做幕僚的。我在家乡不走运，看能否在这里转一转运，希望金巡抚能推荐我考博学鸿词科。"

袁鸿苦笑了一声："你真是想得天真！你年纪轻轻考什么博学鸿词科，博学鸿词科都是地方一些有名望的老先生才有资格被推荐，况且名额相当有限，一个巡抚一次也就推荐一两个，多的也就三五个。有些省一个也推荐不出来。你才二十一岁，哪能获得这样的机会？真是痴心妄想，痴心妄想呀！"

袁枚听了，心一个劲地往下沉，就像一个人不小心在水里掉下了一个葫芦，刚掉到水里时还希望它能浮起来，可这个葫芦竟然就像装了铅似的，一点也没有上浮的样子，竟一直往下沉落，要沉落到水底。

袁枚几乎是悲沉地说："叔叔，那可怎么办啊？"

袁鸿沉吟了良久，说："有什么办法呢？你既然人都来了，那就只好试一试运气。你今天早点休息，明天一早就带你去见金大人。看得上是你的运气，看不上，再说吧。"

听到这句话，袁枚心里的那个葫芦似乎又在往上漂浮起来。

是死是活，是成是败，就在明天见面的第一印象了。

六

第二天上午，袁鸿把袁枚带到官衙外面。袁鸿先独自进去。

听完袁鸿一番介绍，金巡抚说："你先让你侄儿进来见个面再说吧！"袁鸿十分感激，把袁枚带进了巡抚衙署的内庭。

袁枚由袁鸿带着，先来到抚衙官厅，官厅两边的一副对联吸引了袁枚："坐此似同舟，宦情彼此休关戚；须臾参大府，公事何妨共酌商。"袁枚觉得此联用意深厚，似乎能感受到主人做事重商量、不霸道、有人情味的风格，顿时对金巡抚产生了亲切感。

来到大厅内，袁枚不敢正视金巡抚，非常礼貌地向前请了个安便笔直站着。金巡抚打量了一下这个小伙子，只见袁枚身长玉立，英气逼人，不禁暗暗叫好："好小子。"袁枚心情有点紧张，竟把事先想好的见面词给忘了。金巡抚没有见怪，挥手示意袁枚坐下。

袁枚悄悄地打量金巡抚，金巡抚方面大耳，面带慈祥，是个性情中人，没有什么官架子。

金巡抚问袁枚年纪几何，有何功名，有何想法，袁枚一一作答。金巡抚又出了几个题目，要袁枚现场赋诗。袁枚文思敏捷，题刚命出，袁枚几乎随口吟出诗来。金巡抚面露喜色，拈须而笑，说："小伙子，有空就常到我这里来坐一坐。"

金巡抚与袁枚相谈甚欢，一个月下来，两人几乎成了形影不离的忘年之交。

金巡抚每每与属吏们闲聊时，不管当面还是背面，都要谈袁枚的诗，对他赞不绝口。在属吏们的眼里，袁枚成了巡抚衙里的"红人"。于是在下班之后，不时有属吏请袁枚吃饭、喝酒。有些阔气的属吏在请袁枚吃饭后，还请袁枚去花街柳巷逛。袁枚开始打死也不去，但毕竟是二十一岁的男人了，还没有碰过女人。何况，有钱的文人与妓女交往在当时也是公开的秘密，甚至是一种"习俗"。袁枚大开眼界，这样的生活是他以前不敢想象的，从前生活都过得非常窘迫，现在过得如此滋润。他用诗歌记录了他这些浪漫的生活，如《席上赠歌妓五排二十韵》《歌妓桂仙二首作赠答语》等。

可这样的好日子似乎才只是个序幕。一个月后，就有属吏请袁枚到外面游玩，一个叫金沛恩的请袁枚游了桂林诸山，游了栖霞寺。这里的奇山异水激发了袁枚的诗情。"奇山不入中原界，走入穷边才逞怪。桂林天小青山大，山山都立青天外……我本天涯万里人，愁心忽挂西斜月。"袁枚的诗传入衙署，又受到金巡抚的称赞。

当时桂林有一个掌管教育的陆奎勋写了一本《礼经解义》，拿来请金巡抚作序。陆奎勋是浙江平湖人，康熙六十年（1721）的进士，散馆授修，后充《明史》纂修官。此人理当是袁枚的前辈，人家在袁枚五岁时就中了进士，可金巡抚大胆地把这个写序的任务交给了袁枚。袁枚也不客气，读完全书，洋洋洒洒写起序来，写完后交给金巡抚。陆奎勋来取序时，金巡抚让他当面看看，怕有差错。陆奎勋看完，连连称赞写得好。金巡抚以实情相告，说是请袁枚代写的。陆奎勋顿时大跌眼镜，说："这是个古文老手，根本不像一个少年人！了不得，真正的了不得啊！"

七

这一年的秋天还有一次博学鸿词考试。各省都推荐了人才，广西巡抚也推荐了一个叫吴王坦的人，此人字衷平，是一个白发老翁，当地的名师宿儒，时任永福县知县。

袁枚多么想参加这次考试啊。可是，金巡抚已经推荐了别人，并且名单已经报到了朝廷。能不能让金巡抚再推荐一个人呢？毕竟自己是来寻找获取功名的捷径的。

第二天上午，袁枚上班后站在金巡抚身边不动，一副欲言又止的样子。

"什么事？子才，有事尽管跟我说嘛！"

袁枚憨厚地笑了笑。

"说吧，是不是考试的事？"

袁枚欣喜地点了点头："大人，今年的博学鸿词科考试，能否给我一个机会？"

"这可是大事，我还要再试一试你，也算是对你的一次考试吧。"

袁枚点了点头："大人，请命题！"

金巡抚指着大厅里的铜鼓，说："你能写一篇《铜鼓赋》吗？"

铜鼓？袁枚在广西各地游玩的时候到处都看到铜鼓，有些街头还立有巨大的金属做的铜鼓。袁枚早就问过、了解过铜鼓的来历了。铜鼓最初是作饮器之用（即釜），后才演变为敲击乐器。据裴渊《广州记》和刘恂《岭表录异》说：壮族铜鼓有的鼓面有一丈多宽，厚有两分以上。鼓身"遍有虫、鱼、花、草之状（花纹）"，制作极其精巧。铜鼓以广西数量最多，分布最广，几乎成为了广西的一个重要图腾。幸亏这些天到外面游玩，袁枚又是个有心人，随时都了解民俗风情，走到哪问到哪，学到哪。他对铜鼓的历史和在广西的现状，已完全掌握。

尤为凑巧的是，袁枚第一次在杭州参选博学鸿词考试资格的时候，试题就是《铜鼓》。当时那篇文章就写得非常漂亮，袁枚后来一直在回想，哪些地方还可以润色润色，哪些地方还可以修改修改，正想抽个时间写一篇这样的文章。这个题目，还真的很对自己的路。难道这一切是天意？

袁枚自信地说："可以！"

沉吟片刻，他就开始挥毫，一个时辰不到，便一气呵成。

金巡抚接过一看，眉头一皱，不到一个时辰能写出什么好文？

认真读完之后，他眉宇大展，大为激赏："奇才！真正的奇才！这样的奇才不向皇上推荐，那是我的失职啊！"

金巡抚还当即召来文史办负责人，说："这篇文章你看看！"文史办那位老者捧着文章看了一遍，又读一遍，吞了口水说："大人？这是您的新作？妙笔生花，生花妙笔啦！既有史才，又有文墨，建议收入省志之中。"

金巡抚微微笑道："不是我的新作，是这个年轻人写的！"

老者转过脸对袁枚打了个拱手："后生可畏！后生可畏！老朽有眼不识泰山，见谅，见谅啊！"

袁枚连打拱手："前辈客气，折煞我也！"

金巡抚接着说："至于你说收入省志，我正有此意。我想，还可以放到《省志·艺文志》的卷首，因为铜鼓就是广西的符号嘛，这篇赋的文采，估计本省不会有超过它的。"

"应该置于卷首，老朽也是这么认为！"老者说。

"那就这么办吧！"

老者走后，金巡抚说："袁枚，我现在马上向皇上写荐疏，推荐你参加今年的博学鸿词科考试！"袁枚深深施礼，忍不住内心一阵狂喜。

八

金巡抚在奏章中说，袁枚虽然只有二十一岁，但贤才通明，羽仪景运，完全适合参加这次考试，特意专为此向天子推荐。奏章中还说了许多溢美之词。

金巡抚为一个二十一岁的小伙子写奏章之事，立即传出了巡抚衙门，传到了天下读书人之中，到处都在传颂着这件奇事、美事。袁枚的文名，也因此一夜之间传遍了天下仕林。

然而此时的金巡抚似乎已不得乾隆皇帝的信任。一连推荐两人参加博学鸿词考试，此举更有点令乾隆怀疑。乾隆回旨说："以人事君，本来是人臣的重要事情，但你所推荐的人，我还是有点疑惑。"此前，乾隆皇帝也因其他的事斥责过金巡抚。前不久官场上也有人告他的御状。袁枚此次考博学鸿词的命运，实际上在开始时就已经注定了。

这年的博学鸿词考试定在九月。八月立秋一过，金巡抚派人为袁枚购置衣服，送给袁枚一百二十两银子，还派专人护送袁枚到北京。袁枚人生第一次享受出公差的待遇。

出发那天，袁枚看了一眼住了三个月的房间，一种伤感、一种离愁悄悄地袭上心头。

人生无常，这一别，谁知道何时再见金恩人！金恩人对自己恩重如山，如再生之父母。

官署门口，金巡抚与袁枚惜别。马车已准备好，袁枚跨上车子，开始了北上的旅程……

马车从桂林出发，一路经过湖南、湖北、河南、直隶直达北京。沿途的景色如诗如画，车子走了几千公里，袁枚的诗也写了几百首，如《洞庭春》《黄鹤楼》《澶渊》《易水怀古》《景泰陵》等，记录了自己一路走来的美好心情和少年得志的豪情壮志。

第三章

漂泊在京城

一

到了北京，袁枚首先想到的自然是投奔老乡。江浙的读书人在北京当官做事的很多。袁枚找到的第一个容身之所是老乡赵大鲸家。赵大鲸是浙江仁和（今属杭州）人，字横山，号学斋，是雍正二年（1724）的进士，后来选庶常，官至副都御史。

赵大鲸有两个儿子，一个叫赵震，一个叫赵升。赵震时已在外地为官；赵升字书山，已是举人，正准备参加进士考试。于是袁枚就跟赵书山同住一床，赵书山是个谦谦君子，待人真诚友好，两人相处很是融洽。当时还有一个叫张顾鉴的，是四川遂宁人，其祖父是吏部尚书张鹏翮，其父由地方官转任刑部员外郎，也是刚到北京，他作为随迁家属，住处不好安排，也找到赵大鲸家里寄住。于是三个人挤在一张床上。三个年轻人在一起志趣相投，常常晚上聊到深夜才抵足而眠，于是三人订立车笠之盟。

车笠之盟来源于一个传说，传说古代苏越一带风俗淳朴，凡初次同人交往，就封土坛，拿出鸡犬等作为祭品，向天祷告说："卿虽乘车我戴笠，后日相逢下车揖；我步行，君乘马，他日相逢君当下。"希望以后再次见面时不分地位变化，还是不忘这贫贱之交。

不久，赵书山中了进士，异地为官去了。张顾鉴因父亲被调到江苏任职，又随父到了江苏。三人的车笠之盟很快分散，此后近六十年都没有音讯。他们六十年后的交往详见《肝胆照知己》一章。

当时凡参加博学鸿词考试的人，从三月份开始可以按月到户部领取月俸白银四两，在户部按名字给发。袁枚八月才到北京，九月就参加考试，显然就只有一次领取月俸的机会。

八月下旬，袁枚第一次也是最后一次到户部去领取月俸，看到在走廊上排队领取月俸的人黑压压一片（毕竟有一百七十六名考生），个个脸上春风得意，洋溢着一种"仰天大笑出门去，我辈岂是蓬蒿人"的自豪表情。大家一边排队一边谈笑风生，显然这也是一次文曲星的聚会，户部的走廊上一下子聚集了这么多参加博学鸿词考试的考生，有一种星光灿烂的氛围。

刚走进来，袁枚四处一看，一张熟悉的面孔出现在眼前，两人都上前一步，紧紧握住了双手。"子才，你也来了！"程川高兴地说。程川是袁枚在浙江万松书院的同学，当时交情一般，但在京城相见，就有一种老乡见老乡，两眼泪汪汪的亲切感。"程川，没想到今年是你来了！"

两人在一起聊了起来。聊天中，两人都相互了解了情况。程川是由浙江总督程元章推荐参加博学鸿词考试的。袁枚也讲述了自己的经历。两人聊了一会儿，程川说，"我给你介绍一个朋友"，于是指着边上一个人，用开玩笑的口吻说："这是我家的娘子秀才！"袁枚笑了，连忙拱手为礼。袁枚正想问，为什么一个大男子被称作"娘子"。程川接着解释说："他跟我一个姓，姓程，入学时，最初的名字叫默，寓居南京，擅长写诗。现在不写诗了，专心攻读经书，名字也改了，改名廷祚，号绵庄。因为他的性格闲静修洁，所以大家都叫他程娘子。"袁枚呵呵笑了，看上去，这人面色白净，性格温和，确实有点像个娘子。程川又向程廷祚介绍袁枚，说："这是个大才子，名叫袁枚，字子才，今年才二十一岁，是最年轻的博学鸿词考生。"程廷祚点了点头，跟袁枚聊了几句，发银处念到了程廷祚的名字，程廷祚就领饷银去了，于是告辞先去领饷银。

程廷祚是江苏上元人，喜欢钻研经学。他是一个非常有个性的人，力摒异说，以颜氏为主，兼及顾炎武、黄宗羲。他读书极为广博，而且都归于实用，这个时候就已经很有名声了。

领完饷银后，程廷祚又回来与两人聊天。

程廷祚叹了口气："我今年肯定考不上的，只是来陪你们玩一玩而已，干脆把我叫作陪考生吧。"

袁枚诧异道："此话怎讲？还没开考，怎么就说自己考不上呢？你是个算命的吗？"

三个人呵呵地笑了起来。

程廷祚悄悄示意，两人把耳朵凑了过来，他说："我刚到北京时，朝廷有位大员派其好友来找我，私下里对我说，要我跟定那位大员，以后做他的人，这次就可以包我考中翰林。否则没门！我拒绝了。我得罪了大员，哪里还会有希望？"

袁枚诧异道："这么说，难道有些考生就已经内定了？那我们不都是陪考的吗？"

程廷祚说："内定的肯定也是有的，那些能够影响皇上的人，他要谁上要谁下，还不是一句话的事？"

袁枚倒抽了一口冷气，没想到这博学鸿词科的考试也不公平，里面的水深得很。

程川也愤愤不平："这世道，哪里有真正的公平，不过总有考上的，我们还是不要灰心丧气。"

袁枚宽慰地笑了笑："娘子，别泄气，也不一定呢，试还是一定得参加呢！"

"那当然！"程廷祚温柔地一笑，就像是一个娘子。

这时走廊上又进来了一个人，此人身材矮小，长着一双鸡眼，皮肤黑，脸上遍布痘瘢。

程川立即向袁枚介绍，这也是浙江老乡，山阴（今绍兴）人，叫胡天游。

人不可貌相，袁枚隐隐约约感到这个人是个奇才，并且觉得这名字好耳熟，热情地伸出手去："久闻大名，如雷贯耳！今日相见，请受小弟一拜！"说着，模仿古典小说中拜见的动作，把几个人逗得哈哈大笑。在这笑声中，胡天游感受到了袁枚对他的敬重和热情。

胡天游看到袁枚高大、英俊，气度非凡，说："美才多，奇才少，你是个奇才。年少修业而息之，他日写出唐朝那样文章的人，肯定就是你了。"

两人一见如故。

领完月俸，四人一起出来。胡天游说："走，今天咱兄弟喝一杯去。"

车子来到一个院落门前停下，又到院子里喊来了两个文人，分别叫王次山、商宝意，胡天游向他们介绍袁枚等人，大家相互认识了。六个人一起吃了饭，喝了酒，聊得非常尽兴。

胡天游是个心性高傲的人，一般的人他瞧不上，对袁枚如此客气、看重，在他的生活中是非常少见的。吃饭时，袁枚从谈话中对胡天游有了更多的了解。

胡天游是文坛的一个奇人。少有异才，五六岁时，母杜氏口授《昭明文选》，他即能成诵。年纪稍长，博览群书。胸中睥睨一切，气雄万夫，自比管仲、乐毅。为文挥斥百家，别具炉锤。性耿直孤傲，不求人知，人们也很少知道他这人。他家庭贫困，在会稽皇甫庄当童子之师。当时制艺名师徐廷槐与他同在皇甫庄坐馆，有一天，徐廷槐来到胡天游的住处，而这天胡天游外出了，徐廷槐看到胡天游桌子上都是形形色色的古籍，以为胡天游故作高深以掩自己的浅陋。后面又去了一次，听胡天游讲话，又请教他的学问，非常惊奇他学问如此渊博。胡天游在雍正六年（1728）参加县试获得头名，第二年乡试，又中了副榜。这次是礼部尚书任兰枝荐举他参加博学鸿词科考试。

袁枚恍然大悟，心想，胡天游考中的可能性比自己还大。

这次相见之后，胡天游经常在杭世骏、王峻诸前辈面前称赞袁枚，劝他们与袁枚交往。袁枚的文名因而得以在坊间流传。

胡天游为袁枚所引见之人，其时多已称名文坛。其中王峻对袁枚帮助最大。王峻是江苏常熟人，雍正二年（1724）进士。逢人就夸袁枚的诗品和人品，纵使别人不怎么爱听，他也不厌其烦地说，称赞之词不绝于口。

杭世骏对袁枚的宣传也是不遗余力。他在《词科掌录》卷十三的"袁枚"条中这样表述："仁和袁枚子才，廪生，奉天金公有国士之目，力荐于朝。在诸征士中，最为年少，兼有美才，一时名满日下。"

袁枚虽然报罢博学鸿词科，但由于有胡天游、王峻、杭世骏等人的大力宣传，他的名声鹊起于公卿之间。

袁枚也是个傲视群贤的人，但唯独折服胡天游。他曾经说："我于胡天游，要拜他为师；于元木、循初，则是以朋友相称；至于其他人，则要拜我为师了。"元木，指的是周大枢，是浙江山阴人，工诗。循初，指的是万光泰，浙江嘉兴人，袁枚认为这两人与他水平相当，只能以朋友相称。但在这一次的博学鸿词科考试中，他们两人都考上了。

九月二十八日，也就是孔子生日这天，乾隆元年（1736）的博学鸿词科考试在保和殿举行。参加考试的有一百七十六人。

参加考试的人大多是白发苍苍的老者，或者额头上布满皱纹的中年人。偌大的考场，袁枚举头一望，觉得只有自己最年轻、最帅气，自信、自豪之情充盈胸间，洋溢在脸上，遮都遮不住，压也压不了。考试时，他奋笔疾书，一边写竟一边发出得意的哼唱声来。监考的衙役走到袁枚身边，提醒他不要做声。袁枚看了他一眼，又继续写继续发出声音。一连几次都是这样，衙役只好呵斥袁枚，袁枚还是不听。有不少考生也对袁枚如此放肆投以白眼。袁枚毕竟是年少轻狂，沉不住气，显然高兴得太早了一点。

胡天游则比袁枚沉稳得多，他笔走龙蛇，心无旁骛，文章写得非常漂亮。但在第二场考试时，就在胡天游准备交卷的时候，一件意外的事情发生了。胡天游只觉得鼻子一痒，下意识地用手一摸，一股不争气的鼻血流了出来，把一张好好的试卷弄污了，几乎污满了整个试卷。衙役给他拿来东西止血，可这份试卷已经是布满了血污，根本交不到皇帝老子那里去。

背时啊，真正的背时！

胡天游在心里恨恨地骂道！不知是骂自己，还是骂老天。

十月三日，只过了五天，博学鸿词的试卷就看完了。保和殿前张榜公布，钦定一等五名，二等十名。袁枚落选。对落选的人，没做任何安排。

袁枚得知落选的消息后，写了一首诗抒发自己的感慨："听说天门传玉旨，春寒留住早开花。"表达了自己落选后失落的心情。

二

又一次名落孙山，就这样回老家准备参加乡试？自己四战秋闱失败，才从老家出来寻求他路，现在功名未获，何以家为？但不回家，又怎么办？

袁枚走到了人生的低谷。

如何解决自己居住下来的问题，让这个年轻人心焦。没有功名是不能回去的，而要获得功名，还有很多的路要走，要等到两年以后的秋天才能参加乡试，这两年到哪里吃住？如何度过？何况，袁枚是浙江杭州人，户口不在北京，这属于异地参加考试，那就还得交一笔费用，这笔费用又从哪里来？这一切都得靠二十一岁的袁枚自己去想办法。

为了生存，袁枚只有不断地拜访他认为可以拜访的人，不管是不是老乡。

袁枚拜访过孙嘉淦。孙是山西人，康熙五十二年（1713）的进士，乾隆时擢升他为左都御史，兼吏部侍郎，专管监察。两年后又担任直隶总督。袁枚听说孙嘉淦为人正直，以直言进谏出名，雍正皇帝都佩服他的胆量。袁枚以秀才修士礼拜见。相见后，孙嘉淦对这个年轻人很客气，还特意给他泡上一杯茶。孙嘉淦说："我听说过你的大名，现在公卿之间半数都在说你袁枚。"袁枚知道，这是胡天游等文友宣传的结果，要不然，一个考生也见不到这些大臣。"我这次专门给大人创作了两首，请大人斧正。"袁枚呈上诗，孙嘉淦展开一读："百年事在奇男子，天下才归古大臣。"还有一首是这样写的："一囊得饱侏儒粟，三上应无宰相书。"孙嘉淦读了袁枚的诗后，夸奖袁枚"满面诗书之气"。

袁枚还拜访了时任直隶总督李卫。李卫是个没有科名的人，其父为他捐资员外郎，随后入朝为官，历经康熙、雍正、乾隆三朝。他深受雍正皇帝赏识，历任户部郎中、云南盐驿道、布政使、浙江巡抚、浙江总督、兵部尚书、署理刑部书、直隶总督等职。李卫为官清廉，不畏权贵，不论所任何职，在位时都能体察民间疾苦，深受百姓爱戴。

袁枚拜见李卫时，刑部侍郎厉万宗也在座。袁枚没有带诗，因为他知道即使带了诗，李卫也不一定喜欢。袁枚以弟子礼登门拜见，李卫热情相待，于是三人一起聊天。李卫幽默地说："我是个大老粗，你这个诗人到寒舍来，是不是走错门了？"袁枚真诚地说："大人体察民情、修筑海塘、善于捕盗、全心为民，袁某十分敬佩。今日相见，真是十分高兴。"于是三人相谈甚欢。

袁枚袖着诗去拜访过唐绥祖。

唐绥祖是江苏江都人，是雍正元年（1723）举人，时任太常寺卿，后来担任过湖广总督。这一天刮着大风，雨雪交加，袁枚身着单薄的衣服，冻得瑟瑟发抖，在顺治门里第找到唐绥祖的家。都说侯门深似海，但唐绥祖家也只是一个普通的四合院。听到敲门，唐绥祖的家人马上开了门，把这个冒着风雪前来拜访的年轻人请进了屋。一见之下，唐绥祖觉袁枚英气逼人，顿生好感。一谈开来，袁枚神采飞扬，谈古论今，见多识广，才华横溢。唐绥祖甚是喜欢。

唐绥祖说："袁枚，你是个奇才，你今后一定会前程远大。"

袁枚这才意识到自己的谈话是否过于"放肆"了，说："小辈无礼，还请前辈见谅！"

唐绥祖呵呵笑道："我就喜欢你这样的年轻人。"

袁枚告辞后，唐绥祖想："侄女儿待字闺中，如果让这个年轻人做我的侄女婿，倒是非常好的事。"想到这里，唐绥祖欣然一笑。

第二天，唐绥祖派一个叫朱佩莲的学士去袁枚的住处。

袁枚一见，是昨晚在唐绥祖家见过的朱佩莲，异常高兴。

"是朱学士啊，是唐大人派您来找我吗？"

朱佩莲微笑着，意味深长地点了点头。

"袁枚，恭喜你！你就要成为唐大人的乘龙快婿了。"

"此话怎讲？"袁枚颇为讶异。

"是这样的，袁枚，你昨天拜访唐大人，唐大人对你的印象特别好。他有个宝贝侄女儿，目前待字闺中……"

一片红云不经意地从袁枚脸上滑过："感谢唐大人错爱，只是小子在家已经有婚约了！"

朱佩莲的脸上不觉地闪过一丝失意。

唐绥祖得到这个答复后，并没有冷落袁枚，反而对他更加看重，认为袁枚的人品可嘉。

回忆这段经历，袁枚后来在《诸知己诗》中这样写道："贱子趋未阶，短衣不掩胫。公命下达来，平章将女赠。我曾订范云，何敢学子敬。缘薄已惭恩，福薄更惭命。"

袁枚拜访这些前辈大官，一方面是认同他们的精神和价值取向，对他们心怀景仰；另一方面，当然也希望他们能帮助自己解决眼前流浪之苦。

终于，他等来了机会，一个叫高景蕃的人接纳了他，袁枚在他家一住就是三个多月。高景蕃与袁枚是老乡，是雍正二年（1724）的进士，其时他的职位是礼部主客司郎中。在高景蕃家找到了相对稳定的住处，袁枚的生活马上有了色彩，又与一些文朋诗友相聚了。十一月四日这天，袁枚与胡天游、叶酉、沈荣昌、张凤孙、杨潮观、赵森等举行消寒会。所谓消寒会就是在入冬后，亲朋相聚，宴饮作乐。这个习俗在唐代就有了。南人在京宦游者，也有设筵祭祀祖先的，同时也邀请同僚或挚友在一起聚餐、聚饮。北京是政治中心，南人在京宦游的很多，所以这种风气比较流行。袁枚在高景蕃家不是完全白住，是"坐馆"，还教高景蕃的小孩读书。袁枚对高景蕃的关照是心怀感激的。后来还写了一首诗《赠高嵩瞻观察》回忆这段往事，对高景萼的感激之情，溢于言表。

> 当时落魄帝城东，两脚行縢类转蓬。
> 脱粟一瓯谁饭我，居停三月敢忘公？
> 儒林身负三朝望，廉吏家余四壁风。
> 惭愧王孙恩未报，千金还在此心中。

袁枚不但与朋友做消寒之会，而且还有机会到外面走一走，逛一逛，了解一些北京的风土人情。在一次游土地庙的时候，袁枚看到一个英俊的少年，就主动上前作揖打招呼，那少年也微笑回礼。袁枚一问之下，得知这个少年是李重华的第三个儿子，名叫李光运。李重华是江苏吴江人，号玉洲，是雍正二年（1724）的进士，改翰林院庶吉士，后被授编修之职。袁枚对翰林院出来的前辈大都是熟悉的，一听李重华的名字就有一种敬仰之情，于是两人一见如故成为朋友。李重华也是一个喜欢写诗、游历的人，听儿子这么一说，马上说把袁枚请到家里来玩。不久，李光运就把袁枚邀到自己家里做客，还让袁枚带朋友来。袁枚也不讲客套，呼朋唤友，把张栋、张凤孙、沈廷芳等一大班朋友都带来，李家也非常客气，热情款待。这不是一般的聚会，而是变成了一个诗会。大家兴致很浓，吟诗作对，好不开心。之后，大家还在李家聚了好几次，诗会变成了诗社。张栋对袁枚的诗评价很高。袁枚与张栋也结了车笠之盟。

当时与袁枚一同住在高景萼家里的还有一个叫田锡（字古农）的南京人，田锡很佩服袁枚高大帅气的外表和奇才。看到袁枚经常挨饥受渴，他常常想方设法弄酒来请袁枚喝，两人一边对饮一边聊天。他经常对袁枚说：你总有一天必定会显贵。两人建立了很深的感情。数年后袁枚在南京江宁当县令的时候，特意去寻找田锡。没想到此时田锡已作古，袁枚寻找到他的子孙，亲自到田锡的墓前，写了一首诗祭他，诗写得满怀深情：

欲访长安旧雨痕，破墙流落小儿孙。

斯人雅负千秋鉴，我辈难忘一饭恩。

萍水再逢风不偶，山河如梦客销魂。

与君曾订梨花约，寒食还来拜墓门！

　　袁枚在高景蕃家里坐馆三个多月之后，乾隆二年（1737）春的一天，袁枚得到金鉷来京的消息，此时金鉷已被免去广西巡抚的职务，担任刑部左侍郎之职。金鉷邀袁枚住到自己家里，袁枚自然是欣喜若狂。与恩人重聚，心情自然很好。难得的是袁枚与金鉷的第二个儿子金序伦也相处很好，他们有共同兴趣和共同语言，非常相投。金序伦原来在济南当太守，此时被弹劾归旗。金序伦相貌伟岸，性情超脱，天天与袁枚宴饮聊天，甚为相得。但不久后，金序伦被派到外地做官，两人只好分别。

　　在金鉷家里，袁枚又与一个叫王复旦的举人成了好友。到了八月，王复旦要回家结婚成家。袁枚哭着送他到彰仪门外，与之告别，并写诗描述了当时的心情："可怜客路暂逢君，君又还家我失群。借马送行秋夜月，含愁极目楚天云。"

　　袁枚在金鉷家里住了好几个月，本来以为在这里可以一直住到自己考取功名。但天有不测风云，不久，金鉷因被后任广西巡抚污告，被罢去官职，回了河南老家。袁枚又一次失去住所。

　　这一次，幸亏老乡沈廷芳把袁枚延请为助手。沈廷芳家住北京烂缦胡同，胡同中间有个接叶亭，这是一个非常热闹、流浪文人会集的地方，各地举博学鸿词的考生，也多住在这个胡同里边。袁枚在这里与一个叫庄有恭的人成为好朋友。两人在沈家园初识，后来无话不谈，交往密切。庄有恭是广东番禺人，乾隆四年（1739）中状元，被授修撰职，入值南书房，后来官至福建巡抚。

　　秋天的时候，袁枚又与一个叫梅兆颐的人订交成为朋友，当时梅兆颐在一个叫李穆堂的人家里坐馆。梅兆颐是梅尧臣（世称宛陵先生）的后裔，他也是参加博学鸿词考试没考上而留在北京等待来年的考试的，与袁枚同病相怜。袁枚素来就喜欢梅宛陵的诗，想要找个人共同分享梅宛陵诗的逸韵已觉得很难，现在听说他的后代就住在烂缦胡同，袁枚自然是兴奋异常。于是袁枚袖着自己的诗前去拜访。梅兆颐当时已是六十来岁，袁枚初见之下只觉得他"貌古而神旷"，内心生出景仰之情。梅兆颐把袁枚推荐给了李穆堂，李穆堂当时已经六十五岁，他是康熙四十八年（1709）的进士，当时在朝廷担任侍讲学士，后又官内阁学士。袁枚很喜欢李穆堂的文论，后来还深受其影响。当时李穆堂以大儒的身份担任三礼馆副总裁，命各翰林条陈所见，也让袁枚发表自己的高见。袁枚大胆写信应征。袁枚说，自己自幼读《礼》而疑，稍微长大之后又泛览百家，而怀疑更加深厚。对《礼》的怀疑，表现了袁枚的怀疑精神，也是袁枚继对孝表示怀疑、批判之后，又一次对封建礼教的另一重要价值——礼进行怀疑。

袁枚在庄有恭家做了一段时间的幕客，不久又到一个叫王畹的家里坐馆。这是王畹主动请袁枚去的。坐馆期间，有一天袁枚去逛街，发现市场上有个卖爬背麻姑爪的，其杆子上有"宣德八年余干县所贡竹箭"字样。献给朝廷的竹箭怎么用来做爬背呢？大概后来因没有什么用处，流落到民间，改作了爬背的用具。袁枚想到这根竹箭的身世，为之唏嘘不已。想到自己的境遇，感慨人生不就如这根竹箭么？回来时他对王畹等人说："杭州陆丽京之子客居长安时也见过此物，当时有宣德箭长歌一篇。是一是二，无不究诘。因此想到天下沦落不遇如这根竹箭的，正是大有其人。"王畹等为之怃然。

在王畹家坐馆还不到三个月，王畹出守江苏兴化，并且带着家眷一起走。袁枚一下子又失去了住处，面临流落街头的危险，顿时有一种诚惶诚恐的感觉。

当时一起在王畹家做事的有一名叫赵贵璞的人，此人非常热情，他看出袁枚的担忧，对袁枚说："你别担心，郎中（指王畹，当时任刑部安徽司郎中）虽然走了，这个房子我租下来，这个灶我们继续用来做饭吃。"袁枚心头一热，充满了感激之情。于是两人同吃同睡，一起读诗文。袁枚特意记下了他的名字：名贵璞，字再白。

王星望、赵大鲸得知袁枚处境后，向嵇璜推荐袁枚，希望给袁枚弄个吃饭的地方。嵇璜满口答应，当天下午就向袁枚发出了邀请。这时已是乾隆三年（1738）正月，袁枚已经二十三岁。袁枚受嵇璜之邀，于是与赵贵璞告别，到嵇璜家坐馆，生活才又暂时稳定下来。袁枚多年后回忆这段生活时说：当时如果没有嵇璜邀我的话，赵贵璞的余粮也快吃完了。而如果没有赵贵璞的帮忙，我可能饿死街头，没有机会受嵇璜之邀了。他对这两个人都充满了感激之情。

嵇璜是江苏无锡人，雍正八年（1730）的进士，改庶吉士，授编修。乾隆元年（1736）入值南书房，官吏部尚书。他是清朝水利专家，嵇曾筠之子，父子皆长于治河。历任乾隆间南河、东河河道总督、工部尚书。

到了嵇璜家，袁枚的生活又一次暂时稳定下来。袁枚十二岁中秀才，十四岁第一次参加乡试，至此已是十年。之所以一再考不上，与袁枚不喜欢作应试的八股文有关。十年了，年纪渐渐大了起来，父母亲头发花白了，望子成龙一年又一年。袁枚的思想压力渐渐大了起来，为了应试，于是潜心作起八股文来。除了教授嵇璜七岁幼子外，他忍痛割爱，不再作诗，整天坐在家里练习写八股文。正如他自己说的："于无情处求情，于无味处索味。如交俗客，强颜以求欢。"赵大鲸也经常来看他，指点袁枚作八股文，还有一个叫倪国琏的，也来指点袁枚。袁枚慢慢地于此道有了长进，半年多时间内一共作了四十多篇，感觉进步很大。

嵇璜喜欢与袁枚一起谈经史，两人成为好朋友。嵇璜跟袁枚讲在宫廷里与皇帝谈经史的故事，说南书房的诸公各有所长，但大家都推嵇璜的见解第一。嵇璜说袁枚的诗好，人也好。

三

按当时的考试政策，袁枚应该在浙江参加乡试，而在北京参加乡试，则要捐一个顺天监生的资格。但这需要一大笔钱，他当时生活都困难，哪来这笔钱呢？袁枚也在考虑这个问题，但一直没有想到办法。再过几个月就要乡试了，如果没有捐一个监生，袁枚连考试的资格都没有，这是一个非常严峻的问题。

稽璜出资为袁枚捐了监生的资格，袁枚感激不尽。多年之后袁枚还写诗说"知恩心不老，报恩身已衰"，恨不得有来世报答稽璜的恩情。

袁枚应顺天乡试时，有个姓吴的考生与袁枚一同居住，吴某患喉病，想回家，可这时距考试只有七天了。吴家离顺天三百里，吴某病重垂危，除了送回老家，别无他法。

袁枚决定送他回家。

有人对袁枚说："你之所以能在顺天参加乡试，是因为朋友们为你捐资入监，才获得这个资格。现在考期近了，你这样徇私情而送他，你怎么对得起那些为你捐资的朋友啊？"

袁枚流泪说："我并不是不知道大家对我情意重，可是吴生已经快死了，袖手不顾，这样对朋友怎么讲得过去呢？况且这一去仅三百里路，有七天时间来回，未必就赶不到考场啊？"说毕，他掉头不顾，亲自送吴某。

在旅馆住时，吴某非常痛苦，大呼有鬼，要袁枚与他同睡。吴某口臭，腐秽气扑鼻，袁枚强忍着，非常自然地陪他同睡。早晨起来上路，吴某坐在轿子里坐不稳，在路上死了。抬轿的人因害怕而散开，都要走。袁枚跟抬轿的人讲为人处世的大道理，并给以很高的劳务费，终于把吴某的尸体送到家，大哭给他出殡。等袁枚回来的时候，安排应试的事，时间还绰绰有余。

将入闱应试时，袁枚坐着休息打了个盹儿，梦见一个身材伟岸的人执旗相迎，并立即出示所写的十六字给袁枚看：马到成功，可惜无丁，有言记取，小二联登。袁枚马上受惊而醒，醒后，十六个字仍琅然成诵。他心想，自己还没有结婚，哪会就有儿子呢？再三思考，总想不出一个所以然。

八月九日，袁枚入闱，第一场试毕后，袁枚冠长缨，立贡院牌坊下，自己朗诵自己的试文。八月十二日考第二场，八月十五日考第三场。

九月九日重阳节，也是乡试发榜的前一天，袁枚与李重华、钱之青、沈廷芳、查学、张凤孙、李治运、李泰运、李光运等登高望远，分韵赋诗，等待榜发。

九月十日是发榜的日子，袁枚心怀忐忑地前往探讯，在路上碰到一名报捷的人，老远地告诉袁枚中了。袁枚知道自己中了之后，甚至怀疑是在做梦。当即题诗为自己庆贺，其中两句云：

> 一日姓名京兆举，
> 十年涕泪桂花知。

从十二岁到二十三岁，整整十一年了。

袁枚这一科的房师（推荐试卷的同考官）和座师（主考官）都对袁枚的闱墨评价甚高。房师邓时敏评袁枚的闱墨"洞悉政体，如读名臣奏疏"。邓时敏是四川广安人，字逊斋，乾隆元年（1736）进士。袁枚对房师邓时敏深怀感激。

座师孙嘉淦评价袁枚的闱墨"高文典册用相如"，"清思劲笔，有养由基射穿七札之勇"。将袁枚比之为司马相如。

如此之高的评价，让袁枚深受感动。三十年之后，袁枚还写诗记此事，认为老师的恩德几乎还在父母之前。其感激之情，可谓深入骨髓。

袁枚最感恩的还有一个人，那就是王复旦的父亲王星望。王星望这年秋天得病，病重之中还在读袁枚的闱墨，许为第一。而榜发这天，王星望因病去世，袁枚怀着知己之恩，往视含殓，赋诗哭之。

金榜题名时与洞房花烛夜一样被认为是人生最重要最喜庆的时候，谁会在这样的时候去探视一个死者？但袁枚这样做了，怀着真诚的感恩之情。往视含殓时，袁枚脸色凝重，王星望的亲戚唐某以为袁枚没有考中，再三道屈。其中不少坐客掩口而笑，笑他借人死的悲伤来掩盖落第的悲伤，哪知袁枚早已把中榜的兴奋抛到了九霄云外，为一个知己的离去而心怀悲痛。

这一年，袁枚的老乡沈德潜第十七次参加江南乡试，中第二名。

四

中举之后，袁枚接着要加第二年的会试，因此继续留在京城。第二年春节过后，袁枚受聘于浙江老乡孙宗溥家，在其家坐馆。会试是在乾隆四年（1739）三月九日进行的。袁枚二十四岁。

会试成进士前，袁枚做了一个梦，梦到自己被一个老僧带到一座山上，这座山穹隆高峻，老僧带着袁枚直登山顶后，停下来对袁枚说："这山叫点苍山，山上多白猿，各自据着一个白洞为栖身之所。"然后，老僧指着一个空洞对袁枚说："这就是你的住宅，本来早就应该回到这里来了。"

而凑巧的是，这天晚上袁枚的房师蒋溥也梦见自己做了一个梦，梦见一只白猿来执弟子礼，榜发后狂喜。

袁枚写的是《生而知之次也》一文，房师蒋溥的评语是："心似玲珑，笔如牛弩，奇才，奇才！"另一题是《舜好问而于民》，座师留保评语是："此是闱中敛才就法之文，恰亦如题而止。"他们对袁枚的评价最高。

四月五日殿试，钦点袁枚为二甲第五名。连中举人、进士，袁枚豪情满怀，赋诗言志：

> 一声胪唱九天闻，最是三珠树出群。
> 我愧枚之名第五，也随太史看祥云。

这科的一甲为庄有恭、涂逢震、秦勇均三人。所谓"我愧枚之名第五"说的是唐朝的杜牧是以进士第五名登第。

鄂尔泰曾预言数人中，结果只有袁枚一人中榜。鄂尔泰是满洲镶蓝旗人，康熙朝举人，任内务府员外郎，与田文镜、李卫并为雍正帝心腹。

因此他对袁枚说：今年闱后阅人文，所预测的都不准，只有你袁枚一人中了。如果不是你袁枚中了，谁来光我颜面啊。那我就真的会脸上无光呢。

直到这时，袁枚才明白当初那个梦的含义，成字无丁就是戊字，其余则显然是午、己、未三个字。

莫非真有神助？

这里要插述一下的是，是谁看中了袁枚的试卷？袁枚到底出自谁的门第？

袁枚连捷举人、进士，都是邓时敏看中了他。这个邓时敏，比袁枚只大了四岁。

历经坎坷的袁枚对座主有着不胜感激之情。而座师邓时敏则以袁枚和阿广廷将军出在他的名下而感到荣耀。

几年后，邓时敏调任大理寺卿，以父丧服缺，即请归养，这时他才三十多岁。二十年后，邓时敏母丧服缺入都，经过金陵，袁枚邀请老师重聚。这时的袁枚精心营造随园，名满天下，老师以学生为荣，学生对老师充满感激之情。袁枚想到自己过着优裕的生活，饮水思源，都是来自座主当年对他的拔擢，如果当时不是老师的赏识，看中了他的卷子，他怎么能够从那么多的考生中脱颖而出？而且是连续两次都中榜？如果没有功名，他的诗歌能够名满天下吗？袁枚与老师彻夜交谈，殷殷款待，感恩之情，溢于言表。

邓时敏重新入朝任原职十年后，告老还蜀，他的夫人已在前一年病故。启行的前一个月，他写信给袁枚，附了他夫人的行状，嘱袁枚为夫人写墓志铭，并说：我和你都已衰年，蜀道大难，未必再见，即生死音耗，也可能少通。他自己的平生事迹，唯袁枚知道最详，要袁枚也给他作一墓志铭，留待后用。袁枚接到这信，感叹世易时移，人生易老恩难老。他当即为师母写了一篇墓志铭。但是，对座主所说为老师作墓志铭，不便应命，说"预凶非礼"。但贤者事迹，不能淹没，古人有生存立传者，引例为先生写了一篇传。袁枚善解人意，立传与撰墓志铭，实际都是表彰生平，同样满足了座主的要求。邓时敏夫妇的一传一铭，均收入袁枚文集中，得以留传，袁枚不愧为邓时敏的得意门生！不久，邓时敏即路过金陵，袁枚作七律二首，盛情相待座师。邓时敏回蜀两年后即病故，袁枚写哭诗一首。

后来，袁枚在《八十自寿》中有"诗多幸赖辞官早"句，假如袁枚不能坚持归隐，重新出山，所做官职，未必能与老师同等爵位。当老师告老还乡时，袁枚的名声已胜过公卿。在袁枚绝意仕途之时，不少关心他的好友为之叹息。袁枚有坚强的自信，他认为宦场不是他的战场，只有文章才是他出人头地的凭借。果然去官成就了他的一生。

一个多月后举行朝考，乾隆皇帝在勤政殿引见新进士。这次廷试通过者将被录取为庶吉士，进入翰林院继续读书。廷试的题目是"因风想玉珂"。袁枚为了刻画"想"字，写了这么两句："声疑来禁院，人似隔天河。"一个姓甘的大司马看了袁枚的试卷后，认为袁枚语涉不庄，在这么严肃的考试中，居然写妓院的事，实在太不像话，想把袁枚置之孙山。好几个考官都同意把袁枚置之孙山。唯独大司寇尹继善看了之后，力排众议，说："这个人肯用心思，肯定是个少年才子。只是还不太明白应制体裁。而这正是庶吉士需要教习的地方。如果向皇上进呈时，皇上驳问，我将独自跟皇上汇报情况。"他这番话一说出来，就真正是一言九鼎，那几个议论纷纷的考官就不做声了。袁枚受尹继善的知遇之恩，就是从这时开始的。

与袁枚一起进入翰林院的，还有裘曰修、沈德潜等数十人。

第四章 三年庶吉士

一

乾隆四年（1739），北京的冬天异常寒冷。雪，纷纷扬扬地下着，燕京雪花大如席，皇城根下积了厚厚的雪，屋前、地上、路边，人们堆起了一个个高大的雪人、雪狮、雪虎或叫不出名字的雪状"动物"。七八寸长或一尺多长的冰凌从屋檐瓦角伸出来，短的就像被冻僵的手指头，长的就像人参或胡罗卜，一排一排的，甚是壮观，也给看到的人们平添了几分寒意。出门在外，哈一口气就可以成为冰渣，用双手一搭，嘎吱嘎吱作响。

在翰林院学习的袁枚，并没有感觉到天气的寒冷。他不再是一个穿着单薄、瑟瑟发抖、流浪京城的年轻人，而是一个新晋的少年得志、意气风发的庶吉士，此时的袁枚，不必说穿得厚实已不成问题，成功的喜气、得志的温暖也早驱散了周边的寒意。尹继善不久担任川陕总督，离开了北京，由鄂尔泰接任教习。两人都对袁枚甚为关心。但让袁枚稍感懊恼的是，自己被分到了清书班，学习满文。自小对汉语言文字如痴如醉、对经典古诗文烂熟于心的袁枚，一看到那弯弯曲曲的满文就觉得头大，兴趣全无。当然，这些并不影响他整体的美好心情，事实上他只是上课时听听满文课，更多的业余时间，他还是运用汉文写诗作文，浸淫于汉文所构建的或深远、或缥缈、或浩大、或繁复、或汪洋恣肆的意境之中。

生活稳定下来，更有时间写诗了。不久，他就邀请徐垣等到自己的住处来玩，分韵赋诗。他也喜欢到朋友家玩。有一次袁枚碰到一个叫蒋和宁的师兄，也是翰林院出身，两人很快成为好友。他们两人都不好饮酒而好论古，或者一起谈史，或者臧否人才，或谈国家治乱，非常合得来。当时袁枚受命修订《起居注》一书，而蒋和宁也在志馆修书，因此两人往来非常密切。

袁枚学了一段时间的满文后，向皇帝请求回去完婚，得到了恩准。

此时此刻，翰林院的门口，一辆干干净净的马车高调地停在坪地里，格外地引人注目。

袁枚意气风发地从里面走出来，一边走一边与身边的沈廷芳、蒋和宁、魏允迪、裘曰修、程景伊、蒋溥、李重华等人聊着，大家走得很慢，似乎有很多的话要说。

袁枚走到马车旁，并没有立即跨上去，而是转过身去，满含深情地念了一首刚刚创作的留别诗。几个送行的朋友顿时热烈鼓掌。接着，送行的朋友一个一个地轮番读了送别诗，一个个声情并茂，情深意长。每听完一首，袁枚就心中一热，读到最后，袁枚几乎是泪流满面了。

这是一次送行，更是一次诗的盛会。这是一次与学友、诗友的短暂离别。然而虽说短暂，离别的时间也至少在半年以上。

随着"驾——"的一声吆喝，马车开始前行。袁枚拭干眼泪看着友人们，送行的人们目送着马车慢慢地消失在视线之外。

和诗者如此众多，袁枚格外高兴，为了纪念这件事，特意请人绘了《恩假归娶图》以为纪念。袁枚喜欢以诗纪事，而特别重要的事不但要写诗，还要绘之以图。以诗、图共同纪事，这在袁枚的生平还是第一次。

袁枚先坐船到达天津。

在天津下船的时候，远远地看到一个年轻人举着一块牌子"迎接袁枚先生"。在异地他乡看到自己的名字出现在这里，袁枚心中备感温暖。他径直朝这小伙子走去，小伙子也认出了袁枚："袁先生好，我是小查，特意来接您的！"

"辛苦了，让你久等了，兄弟！"暮色已浓，想到小查在码头上苦等数小时，袁枚就有点过意不去。

"别这么说，见到您是我的荣幸，家父早就交代我了，让我来向您学习！"

两人来到一个叫水西庄的地方，进入后，远远地看见一所豪华宅第，门额上书着"查府"两个大字。

这小查是查为仁的儿子。他为什么对袁枚如此恭敬？

原来，袁枚经过天津的时候，杭世骏为他写了一封信给查为仁，查为仁就让他儿子去拜访袁枚。这查为仁又是何人？他是宛平人，十九岁时乡试第一，当时住在天津的水西庄，自称莲坡居士，性喜交友，当时厉鹗、汪沆、陈皋等人都在他家里做过客，饮酒唱酬，极文宴之乐。所以袁枚让杭世骏为他写信，也是慕其名。查为仁让儿子带了一份厚礼到码头迎接袁枚，后又送到船上，极尽礼貌恭敬之能事，袁枚非常受用。

二

经过河北保定府安肃县的时候，袁枚专程去拜访被罢官在家的金铁。金铁本是辽宁省辽阳市人，罢官后却一直住在河北保定。暮色苍茫，北风呼啸，大雪纷飞。离金铁家还有数里，袁枚即下车步行，以表示对恩人的尊敬。脚，踏在厚厚的雪地上，心，却是激动与温暖并存，以至于身上冒出了微汗。

袁枚身上的汗水快湿透了衣背的时候，远远地看到了在一座院子外面挂着拐杖四处张望的金铁，几年不见，被罢官去职、刑部审问一番折腾，恩人明显地衰老了，并且老得如此之快。袁枚不觉得鼻子一酸，泪水霎时注满了眼眶。

金锩也很快发现了袁枚，他压根儿也没有意识到自己的衰老，只有见到久别重逢的亲人般的高兴与激动。就在袁枚快步向金锩小跑过去的时候，这边的金锩扔掉拐杖，大步地向袁枚迎去，这一老一少，这对激动与高兴的人热烈地拥在了一起。

此时无声胜有声！

金锩用力地把袁枚的身体掰开，端详着袁枚的脸："果真是子才来了么？"喜悦之情，难以言表，又觉得自己是在做梦。

"恩人，是我，是子才来看您了！"袁枚哽咽着说。

人熟礼不熟。袁枚松开手，后退两步，向恩人拜了一拜，又拜一拜，金锩答拜，袁枚赶紧上前搀扶。

金锩挽着袁枚的手往屋里走，高兴地喊道："夫人，子才来看你了，快出来相见！"夫人高兴地从楼上下来，袁枚又拜，被金锩扶起。

这注定是一个不眠之夜。这一对忘年之交，今夜无话不谈，谈金锩被污告被刑部讯问被罢官又被授官，谈袁枚的才华袁枚的诗歌，谈博学鸿词科谈四年京城漂泊，谈京城重遇谈恩准归假，谈人生谈理想谈前途，谈一阵感慨一阵，谈一阵又呵呵笑一会儿。茶，喝了一壶又一壶；烛，剪了一次又一次；鸡，叫了一遍又一遍，直到鸡快叫第三遍的时候，两人才分开睡去。

这一次彻夜长谈，竟是两人最后一次相聚，谁又能想得到呢？感恩、报恩也要抓住机遇啊！

笔者不妨将几个月后的事情叙述于此，便于读者阅读的方便。

是年九月，北京的秋天，肃杀而寒凉，翰林院的梧桐，落叶铺满一地，脚踏在上面，感到阵阵莫名的悲秋的伤感。袁枚独自在院内漫步，也不知为什么，莫名地一副愁眉紧锁的样子。

正一个人默默地彳亍着，迎面走过来两个人，打破了他独占这一片天地的安静。袁枚看这俩人有些面熟。

他猛然想起，哦，这是金锩的两个儿子，斑玉、振玉！

看到他们满面悲戚的样子，袁枚内心一惊，一种不祥的预感涌上心头：莫非金铣有什么不测？

袁枚上前几步，紧紧抓住两人的手："两位兄弟，此番来京，有何贵干？来来，到屋子里坐着说话。"

进了屋，两人泣不成声，振玉哽咽着说："我们兄弟不孝，不能让父亲延年益寿。我们的父亲已经去世，安葬了一段时间了，只有墓志铭没有写，碑还没有立，这次专程来京拜访先生，就是想请先生为我父亲写一篇墓志铭……"

袁枚内心十分震惊，忍不住放声痛哭起来，没想到自己的恩公去世这么早。袁枚哽咽着说："金公为国效力长达三十年，丰功伟业，不知有多少。我与你们两位兄弟都是年轻人，知道得不多，要写出来就更难，然而，把我所知道的事写出来以光幽宫，这是我应该做的，也是我作为金公的门生要做的一件事。虽然没有资格担当起这个事，但也不敢有所推辞啊！"

说罢，三人都涕泪涟涟。

袁枚在《神道碑》中，尊金铣为平生第一知己，并连写三首《哭德山公》的诗，沉痛伤悼之情，尽见其中。其中一首这样写道：

> 万里呈身一少年，公然表荐九重天。
> 方欣贾谊登前席，遽作羊昙哭逝川。
> 雪夜宫袍亲手赐，桂林诗句向人传。
> 而今回首都成梦，问字无由到九泉。

关于金铣还有一个插曲，话说金铣被免职回家后，乾隆皇帝觉得金铣还是个贤能的人，在当年七月授给他河南布政使之职，吏部派公人将文书下达到金铣家里时，敲门没有反应。多次敲门后，邻居的一个老头开门出来说：公亡三月矣。

三

江苏淮安有个水仙祠，既到淮安，喜欢探访文物古迹的袁枚自然不会错过。

淮安离家已经很近了，袁枚的心也渐渐淡定下来，在参观水仙祠时，也就有了一种格外悠闲的心情。

此时游览水仙祠的人并不多，除了袁枚之外，另外还有三个人，看上去像三兄弟。这三兄弟似对袁枚颇有好感，停下脚步来准备打招呼，袁枚也是个热情的人，他们似乎有心灵感应。

"先生，您是第一次来这里吗？"年纪居中的那个人问。

"是的，第一次来，你们好像是三兄弟吧，长得好像！"

三人呵呵笑了起来："我们就是三兄弟，这是我哥，程志铨，我叫程晋芳，排行老二，这是我弟，程衡芳。"

"幸会幸会！"袁枚高兴地说。

"请问先生怎么称呼？"

"我姓袁，单号一个枚字，字子才！"

"您就是新晋的翰林院庶吉士袁枚先生！久仰久仰！"

四人于是热切地攀谈起来，很快就成了无话不谈的朋友。

程氏兄弟是安徽人，世代盐商，程志铨生性明敏果决，遇事敢决断，没有功名。程晋芳字鱼门，他的字比本名更出名，此人特别爱好经学，此时还没有功名。程衡芳也是一个善于写诗的人。三兄弟排着日子轮流请袁枚到其家喝酒，热情款待。

经过江苏扬州的时候，转运使徐大枚把袁枚留下来喝酒，徐大枚是康熙五十七年（1718）的进士，改庶吉士，还是满军正蓝旗人，是正儿八经的翰林前辈。受到前辈之邀，袁枚心里甚感激，就留了下来。

但徐大枚事先给袁枚敲了一记警钟，说："今晚有几个人来陪你，你要做好心理准备哦。"

晚上赴席一看，袁枚大吃一惊，只见坐在上首的有叶长扬、汪应铨、唐建中等，都是翰林前辈，其中汪应铨是康熙五十七年（1718）的状元，唐建中是康熙四十二年（1703）南巡途中召试，钦赐的国子监生，康熙五十二年（1713）进士，改庶吉士。袁枚差点吓出一身冷汗，因为相比之下他是晚辈，年纪也最小。更主要的是，几十年的官场、人生的历练，这些前辈个个威严自信。袁枚在众前辈面前，觉得自己这个新翰林是多么渺小。他自始至终不敢说一句话，只有听前辈们谈笑风生说话的份儿。

经过江苏镇江的时候，袁枚专程去拜访司马商宝意，商宝意闻新翰林来拜见，非常高兴，在其家热情接待。

商宝意是什么人？

商宝意（1701—1767），本名商盘，字苍雨，宝意为其号，浙江绍兴人。少年时读书于土城山之质园，质园旧传为勾践教西施歌舞处。雍正八年（1730）中二甲第二十四名进士，以知县用，奉旨改翰林院庶吉士，授编修，充八旗馆、国史馆纂修。后以养亲乞外补，历任广西新宁州牧、镇江郡丞、南昌令、梧州知府、云南府知府等职。

商宝意跟袁枚见礼后，就让自己的儿子带袁枚去游览甘露寺。甘露寺坐落在长江之滨的北固山，可说是一座"三国山"。但它更是一座充满了英雄豪气的山。因为有孙刘联姻的故事，千百年来，无数文人墨客，登临北固，即景抒情，壮怀激烈，留下多少气吞山河的壮丽诗篇。辛弃疾的《京口北固亭怀古》，可能是其中最出名的一首。

商公子鞍前马后，服侍得非常周到，言必称老师，谦虚谨慎。两人一起爬山、攀登铁塔、饮酒高歌，好不快乐。这样快乐的日子一直延续了三天，袁枚才告辞继续踏上返乡的旅途。

直到第二年也就是乾隆五年（1740）的春天，袁枚才回到杭州，全家不胜欢喜，自不必说。最有趣的是袁枚最小的妹妹，听说哥哥回来了，从东厢房扶着桌子出来，笑逐颜开，全家瞠视而笑。小妹妹说："公人早就把哥哥的喜讯报到家了，要哥哥一定披着宫锦看一下。"袁枚本来想低调一点，外面穿着普通的衣服，以免邻居认为他炫耀。在乡里乡亲面前，低调是很有必要的。在外面当官的骑马回来，也不能骑马直接回到家，要在离家二里地以上就下马牵行，以示对乡邻的尊重。在小妹妹的要求下，袁枚就披上了宫锦秀了一把，全家人乐得喜笑颜开。

袁枚的婚礼办得很热闹，其妻王氏也是杭州府人。袁枚用诗记下了人生这个美好的时刻：

春明池上绿衣郎，曾被红裙看欲狂。

今日月官真个到，金莲围住合欢床。

然而，欢乐总是短暂的，在人生最得意的时刻，袁枚一刻也没有忘记对自己疼爱有加的祖母。祖母柴氏去世时，袁枚十八岁，没有功名，未能奉养，袁枚深以为恨。婚后不久，袁枚就去祭拜祖母，在山上痛痛快快哭了一场，并写下诗句："反哺心虽急，含饴梦已捐。恩难酬白骨，泪可到黄泉。"

四

直到五月，袁枚才携新婚妻子王氏、二姐及其两个外甥陆氏乘船北上。此次携家带小，时间也更紧凑，袁枚不方便再沿途拜访名人文友，而是一路北上到京。回到北京，袁枚一家寓居在前门外横街年家花园。因为家里有小孩，便经常有小孩子到家里来玩。家里有客人来了，不论大小，袁枚都热情接待。当时有个姓张的小朋友与袁枚的两个外甥一起在蒙馆读书，放学后就跟着外甥一起到袁枚家里来玩，袁枚的二姐和夫人梳头发的时候，小张就在一旁递梳子和蓖子。袁枚偶尔看到时，觉得这小孩可爱，就摸摸他的头。袁枚对小孩子的这些事自然记不清楚。多年之后，袁枚去江西看望蒋士铨时，听说蒋士铨寓居在湖州太守张公处，便带着名纸去投，张太守非常高兴，说他跟袁枚是老朋友了。袁枚感到非常错愕：初次相见怎么就是老朋友了呢？张太守就说出他小时候在袁枚家里玩耍时的情形，两人于是哈哈大笑。

跟袁枚住得比较近的有金文淳、裴曰修、宋邦绥等人，前二者是同年进士，而宋邦绥是乾隆二年（1737）的进士，改庶吉士，授编修。他们彼此砥砺诗文，往来频繁。袁枚以南朝的徐陵、庾信自比，颇用力于诗赋之道。徐陵、庾信以诗风绮丽著称，袁枚早期诗风尚绮丽，也就是崇尚性灵，而八股文早被他丢到一边去了。

九月，史贻直受命教习庶吉士，他第一次见到袁枚时，被袁枚的英气所惊："如此英年！"认为袁枚是个奇才，就命他写一篇奏疏，相当于一篇考题，如果通过了就可以免修国文。奏疏写完后，史贻直夸为第一，褒奖其"通达政体，是贾生一类的人物"。于是袁枚免修国文。不久，史贻直又命袁枚作论，两人关系越来越好，到了晚年还结为儿女亲家。

乾隆六年（1741），这是袁枚在翰林院学习的第三年。除了读书，袁枚最多的还是会友赋诗。这一年他特意去拜访了杭世骏，两人相谈甚欢。两年前杭世骏为他通书信给查为仁，他觉得这个老乡很实在，所以特意前去拜访。离开杭世骏家时再约定中秋节再聚："出门重与故人约，莫教秋月空蝉娟。"

袁枚不但去拜访朋友，到朋友家赋诗，也不时把朋友请到自己家里来饮酒赋诗。重阳节这天，袁枚把沈廷芳、沈德潜等请到自己寓所的平台上赋诗。还有一个叫吴可驯的，是浙江仁和人，此人与袁枚交往不多，但这次也被请了来，他写的诗还比较好读，不妨录之如下："平台高倚梵王宫，无限秋光到眼中。一片闲云沈远塞，数行归雁界晴空。可无黄菊酬佳节，只有青山识寓公。回首故园风日好，茱萸插帽几人同。"没过几天，袁枚又与金文淳、裴曰修、杭世骏等到菊园赏菊。

袁枚虽然不爱八股文，完全是考前临阵磨枪，学作了四十几篇八股文后，连中举人、进士。中了进士之后，袁枚不再写八股文了。可是奇怪的是，袁枚的应试文章风行海内。这真是一大奇观。

更为奇怪的是，他在翰林院当庶吉士时，还有举人专程来向他学习。这个人叫周际昌，是陶绍景介绍他来从师袁枚的。那么，这个陶绍景又是什么人呢？得先来介绍一下。陶绍景字京山，先世是江苏彭泽人，与陶渊明是一个县的老乡。乾隆三年（1738）乡试第一名，之后多年没有能中进士，被安排在云南大姚县当知县，后当福建松溪县知县，后又调台湾，署淡水同知，任满回家，优游闾巷四十年。

陶绍景介绍周际昌的时候，陶是云南大姚县知县。

周际昌是江苏江宁人，乾隆六年（1741）举人。也就是说刚刚中了举人，想从师袁枚考进士。对于这样的慕名而来拜师的人，袁枚是不便拒绝的，但他的内心是矛盾的，因为他并不想写八股文，别人却偏偏向他学作八股文。周际昌并没有因从师袁枚而考中进士。周际昌是个性情中人，不喜欢与官场中人交往，而袁枚却乐于与官场人交往。周际昌性格倜傥，能够为青眼和白眼，在北京居住了十多年，都没有与大官来往过。与人交往时，稍有不如己意者，就关起门来与此人断绝往来。因此与世俗社会很不和谐。五十多岁就去世了。

乾隆七年（1742），袁枚二十七岁。这一年袁枚即将参加翰林院散馆考试。三月八日，乾隆颁布旨意，命诸大臣不拘一格荐举言官。

监官和谏官，古代并称台谏，通称言官。监官是代表君主监察各级官吏的官吏（耳目）。谏官是对君主的过失直言规劝并使其改正的官吏。中国古代社会十分重视对于中央与地方百官的监察，历朝历代皆不乏相关机构与制度的建设。明朝建立了历史上最为完善的监察制度与组织机构，并由此形成了一个十分独特的言官群体。按照明制，这个群体总人数一般保持在两百人左右，为历代之最。如人们熟知的刘基、夏言、于谦、王守仁、王世贞、郑晓、唐顺之、海瑞、袁可立、杨涟等都曾担任过言官，并在言官职位上留下铮铮令名。当然，更有许多言官为忠贞职守而鞠躬尽瘁，留下了动人的事迹。

袁枚从小就写过《高帝论》《郭巨埋儿论》，以袁枚的性格，当个言官也是完全合适的。而且言官里面产生过那么多名垂青史的优秀人物，做一个优秀的言官完全可以成为一种理想。何况乾隆皇帝是那么虔诚。

乾隆在诏书中诚挚地说：我自登基以来，广开言路，虚心纳谏。那些说得对的、好的，慢慢地提拔了。而那些说得不好的，我都给予包容，从不问罪。然而，像唐朝的马周、阳城这样的言官，起于布衣之间，而成为御史，他们的经历到今天还可以成为借鉴。在此我特意降旨，请大学士、九卿选择那些深知其人有骨鲠之气、质朴之风而又明通内外政治之人，不限资格，列名具奏，我将量才录用。

大臣留保闻讯之后，让袁枚写时务奏疏一篇。写完之后，留保对袁枚大加矜赏，想推荐袁枚去应诏。史贻直也想推荐袁枚，但袁枚推辞了。

袁枚的骨子里不想成为一个御用的文人，而想成为一个思想自由的诗人。

"避席畏闻文字狱，著书都为稻粱谋。"康熙、雍正两朝，一桩桩文字狱让读书人心有余悸，特别是到了雍正一朝，天下的读书人连博学鸿词科都不想报考了，宁愿老死乡野。乾隆时期，文字狱虽然还没有大规模开始，但袁枚也许预感到，乾隆的文字狱思维也是会延续的，这种机制是会继续发生作用的，在清朝，不可能产生明朝那样杰出的言官，产生杰出言官的土壤已经没有了。他宁愿当一个地方官，当一名能当家做主的循吏。

袁枚毅然谢绝了两位老师的推荐。

袁枚这一届翰林散馆考试在乾隆七年（1742）的四月十九日进行。袁枚最擅长的是诗赋，最差的是满文。而考试的时候却只有满文翻译，没有诗赋。以自己的弱项比人家的强项，这样的考试结果是令人担忧的。廷试时，诸庶吉士都掩其卷子，一副生怕别人偷看的样子。袁枚却任人窥视，有询必告。

第三天，考试结果就出来了。评卷的鄂尔泰认为袁枚的翻译不工，定为下等。第一名是裘曰修，第四名是沈德潜。他们都可获得留京任职的资格。

由于试卷都是密封的，鄂尔泰在阅卷时，并不知道是袁枚的卷子。启开试卷之后，鄂尔泰见是袁枚的试卷，跌足长叹，但悔之晚矣。鄂尔泰是爱袁枚之才的，在袁枚被定为末等之后特意将袁枚召到家里，留袁枚在家里吃饭，长谈了一次。鄂尔泰说：看你才华横溢的样子，天子必定会用你。你虽被放为外吏，但千万不要泄气，一定要认真干好。有的人说你能文，却不一定能当好官，我看这种人并非知你。我相信你既能为文，也能当好官。

正式的散馆是在四月二十四日，也就是散馆考试后五天，成绩出来后两天。这天，内阁翰林院带领己未科散馆修撰、编修、庶吉士朝见皇帝，陶镛、管增、王化南交与直隶总督高斌，以知县用；袁枚、黄澍纶、曾尚增、王见川交给江南总督德沛，以知县用。

一生科名，终于尘埃落定。

五

袁枚整好行装作好赴江南的准备。士林认为袁枚妙年硕学，都期待他成为皇帝的文学侍从，没想到被外用为一个县官，都为他感到惋惜。当时京师朋友写诗送别的有数十人，胡天游、裘曰修、沈德潜、刘纶等都有赠诗。临行前的一天，裘曰修又写了一首长诗相赠，恳切地跟他谈为官之道，其中有"平生所学要及人，县令之职唯亲民……逢迎长官不足道，鞭挞黎庶诚可悲……三年奏计翩然来，再当执手黄金台"的句子，谆谆劝道袁枚当一个循吏，同时也鼓励他，说他当县官是短时间的，三年之后还会回到朝廷，与他一起执手黄金台。以此美好前景勉励袁枚不要消极为县官。此种心情，于私于公都令人感动。

袁枚离京赴江南途中，自己写了四首诗志别。其中一首这样写道："三年旧梦玉堂空，珂马萧萧落叶中。生本无才甘外吏，去犹不忍为诸公。相看别意同云汉，若个词场继国风。多感故人情似海，一樽还设掖门东。"

袁枚夫妻晓行夜宿，没几天就到达了河南新乡，找到一家旅店借宿。由于一路奔波，想早点休息，袁枚打开门要店小二打水时，迎面看到一位年逾古稀的长者，袁枚微微点头示意，算是打个招呼。可那老者客气地说："先生您好，打扰了，听店主说先生从京都来，能否一起聊聊天，听您讲讲京都之事？"袁枚看此人古铜色脸膛，军人气质，一脸沧桑，情知不是什么坏人，就把他往里让，但也不知就里。

进得屋来，老人快言快语，向袁枚倾诉起来。

原来，这人叫徐国英，曾跟从康熙平定噶尔丹立下战功，从下级军官升到将军。但由于小人进谗言，不久被捕入狱，后虽蒙恩被释，但官职已无，只得流落街头，卖艺为生。说到动情处，竟老泪纵横。说罢，还给袁枚看了背上的剑伤。

听说他遭贬谪的经历，袁枚不由得升起一种"同是天涯沦落人"的感慨，感而赋诗："袁子改官江南行，路逢将军名国英……此时战功称第一，将军自负才无敌。意气凭陵蔑长官，诏书忽下遭谗谪。老兵慷慨一何怨，王侯叹息莫敢诉……人生遇合安可穷，沧桑幻忽如飘蓬。君不见长枪大戟犹如此，何事毛锥怨乃公。"

这里，将军的形象几乎是按照袁枚自己的境遇来写的，"战功称第一"寓自己文才称第一。"意气凭陵""遭谗谪"都有自己生活的影子。袁枚感叹人生的无常，就如"飘蓬"一样。他从十七岁到二十七岁，一直处于漂的状态，现在又离开住了七年的北京，漂向自己熟悉又陌生的南方，奔赴自己从来也没有任过的仕途。袁枚转而又想，知县，一县之长，未必不如留在皇帝身边当一个文学侍臣。他暗暗下决心，一定要当一个好官，当一名循吏。

第五章

七载芝麻官

一

经过三个多月的长途旅行，乾隆七年（1742）秋天，袁枚来到了江宁，准备就任知县之职。

到江宁后暂时没地方住，袁枚借住在天印庵。初到江宁并没有立马上任，而是需要补缺，也就是要等现任知县卸任时他才去接任。因而这段时间就是候任。候任是悠闲的，有县官的身份，却没有在任县官的繁杂事务。

袁枚于是遍游南京各景点，每游一处都赋诗记载。写了《渡江》《燕子矶》《金川门》《孝陵》等诗。从诗的标题就可以看出，诗题大都是用地名或事件命名，袁枚的诗歌，具有鲜明的纪实特色。

当时杨绳武重新执掌南京钟山书院，作为母校的老师和前辈，袁枚前去进行礼节性拜访。杨绳武听说袁枚来访，高兴地到院门口去迎接。隔钟山书院很远，袁枚早早就下了轿，向书院步行。看到恩师杨绳武就在门口等着自己，连忙快步向前，额头上都微微冒汗。"杨老师好，久违了，您的身体还是这么棒！"袁枚握着恩师的手，激动地说。

"我早就说，是金子总要发光的，是锥子，总要冒出来的！现在果然是翰林了！给我这个老师增光了啊！来来来，里边请！"众人都客气地微笑着，向袁枚点头致意，袁枚也向大家颔首致意。在两人私下交谈的时候，并非全是客套之词。袁枚颇有大材小用，不得志之感。

杨绳武似乎比袁枚更为开朗，更能看透这个世界。杨绳武说："袁枚啊，你那两篇论文《高帝论》和《郭巨埋儿论》，我至今都还记得。我有个预感，也许你青史留名不是靠立功，而是凭立言。"

袁枚听了，心里微微一惊："知我者老师也，不管官当多大，笔我是不会放下的。文章报国确实是我的最高理想！"杨绳武说："这就好，文章千古事，我希望不断看到你的惊世之作！"

候任这段时间，袁枚并没有一直住在天印庵。一个叫王俣岩的太史把袁枚请到了自己家里来住。住到家里当然是最高的礼遇。

王俣岩家是个大家庭，每天都有七八口人吃饭，陪袁枚聊天的当然主要是男主人，那些小孩也不敢插嘴。

袁枚发现有个小伙子风骨秀整，心里感到奇怪，但出于礼节，也不便与他多讲些什么。但他忍不住多看了那个小伙子几眼，小伙子也似乎心领神会。

有一天早晨起来的时候，有个人穿着整齐地在床下拜见，一看原来就是跟袁枚"眉目传情"的那个小伙子。

袁枚问："小伙子，你排行老几？你叫什么名字？"

小伙子说："我叫铭琮，是我的亲生父母把我过继给了叔父王俣岩。琮愿为弟子，因没有告知叔父，所以不能准备礼物，请先生幸勿拒绝……"

袁枚大喜，双手把王铭琮扶起来，说："好，你这个弟子我收定了，我一看就知道你是个聪明人，你不来拜我，我也会来找你的，你来了更好，正合我意！"

袁枚就这样收了一个弟子。

王铭琮是江苏上元人，尚义好施，与其弟王朝德都以孝友出名，乾隆九年（1744）中举人，后任江西吉安知府。

这天上午袁枚没有外出，就在家里与王铭琮谈论诗文。袁枚发现这个新招的弟子悟性很高，又很谦虚，两人交流得非常高兴。就在这时，外面有传"戚太守到了"。出于礼节，袁枚准备起身相迎，戚太守和王俣岩已满面笑容地进来了。

戚太守说："袁枚，你还没正式到任吧？"

袁枚说："是的，还在候任，估计很快就会上任了。您久经官场，教我点官场经验吧。"

戚太守笑着说："经验倒是没有，说个趣事吧，我初到外面当官的时候，参见长官，不惯于屈膝，急忙间一动就弄出声响，甚是尴尬。"

袁枚来了兴趣："怎么个出声，模拟一下！"

戚太守笑道："可以可以，王太史，官袍侍候！"

王俣岩命人取了一袭官袍过来。

戚太守换上官袍，站到袁枚对面，隔袁枚有十多米远，几乎站到大厅的另一边了，模拟着声调说："向总督大人请安——"边讲边快步向袁枚跑去，跑到身边立即跪下，由于他有意模拟一个不熟悉的动作，跪下时官袍发出窸窸窣窣的响声，而且官袍也弄得很不整齐，有点被弄得皱巴巴的感觉。

袁枚忍不住笑了。

戚太守说："这一套你上任之后也是少不了的。要不你也试试。不过，规矩是下跪时不能弄出声音，要不会被认为无礼。"说着脱下官袍交给袁枚。

袁枚穿上官袍，学着戚太守的样子，边跑边说："向戚大人王大人请安——"

戚、王笑得合不拢嘴，袁枚也忍不住大笑。袁枚的样子非常笨拙，不但声响大，官袍也很皱。他们三人就像三个顽童，一边模拟，一边拿着官场的礼节在这里开着玩笑，都表达了对无聊的官场礼节的嘲弄和无奈。

笑过之后，袁枚突然感到一股莫名的尴尬和悲哀。这官场的礼节真是烦人啊。

袁枚又问:"戚太守,还有什么规矩,快点告诉我,免得我到时尴尬!"

戚太守说:"这第二个嘛,就是签字喽,官大的字要签得大,官小的字要写得小,否则呢,就会被认为是目无尊长。"

袁枚反问道:"如果大官的字本来就写得小呢?"

戚太守说:"如果大官的字写得小,当小官的就只能自认倒霉,反正你要想办法把字写得比大官的小。这是起码规则。"

袁枚自嘲道:"那我这个芝麻官,就得学会写蝇头小楷了!偏偏我不惯于写小字,真恼火。"

戚、王笑了。王俟岩道:"当官其实是件烦人的事,是个苦差事。做点生意其实自由自在,轻松多了。"

袁枚于是吟了两句诗:"书衔笔惯字难小,学跪膝忙时有声。"聊以自嘲解尴尬。

袁枚回想在翰林院时是何等身份,真正的天之骄子,总督等大员到了翰林院都很有礼貌,对大家充满了敬意。现在到地方来学习做一个小官,要向小官行跪拜之礼,感到甚是屈辱。加上又不熟悉官场礼仪,还得学练这些动作,袁枚感到黯然神伤。还没有上任,袁枚对于当官就已经有了厌恶感。

南京还有一个重要景点,那就是十里秦淮河。

不久,袁枚与同年陶绍景、门人周际昌夜宿秦淮。在这片繁华而绮丽的土地上,袁枚确实找到了感觉。满街的艳丽女子,满耳的箫鼓之音,小桥流水,暗香浮动,袁枚似乎到了人间天堂。他赞美吹箫的妓女"吹箫女儿颜如花",袁枚有一种生不逢时的感觉,恨不得回到六朝那个时代:"我生疑是六朝人,僻爱繁华与古论。"当然,袁枚更想在这里找一朵最美丽的花回去做小妾:"访妾几经桃叶渡。"然而,夜里他辗转难眠,萦绕在脑子里的是万千感慨:"人生幻忽直如此,长江夜夜东流水。"一觉醒来,除了屋外萧萧秋雨,什么也没有:"投笔三更万虑牵,茫茫雨入空床里。"袁枚就是这样一个浪漫而多情的人。

正式任职之前,袁枚还去看望了一个重要人物。

翰林散馆后，鄂尔泰把袁枚请到家里吃饭，深谈很久。最后鄂尔泰说："你到江南，有一个真君子，不为利动，不为威慑，守其道生死不移。这个人值得一交。"袁枚就问是谁，鄂尔泰说："他就是河道总督顾琮，我这时候不必写信，你见了他之后说是我的门生，他一定会异目相看。"袁枚于是到总河署中去拜见顾琮，两人果然一见如故。一说鄂尔泰的名字，两人更是有同门师生的亲切感。临别时，袁枚求顾公教诲，顾琮说："你是个聪明人，不必我多讲，你该怎么做怎么做去。但有一条，大处错不得，紧记老夫这句话就行了。"袁枚将这句话牢记在心，叹为真儒者之言。袁枚为令七载，没犯什么大错，应与他牢记顾琮此语有关。

二

乾隆七年（1742）年九月，袁枚被任命为江苏溧水知县，这是他第一个任所，在溧水居官仅两个月。

溧水在今天南京东南百余里，是一个偏僻的小县。初到溧水，袁枚感到举目无亲，就像一个新娘子来到陌生的婆家，没有一个熟悉的人，不知从何开始。他写了《初抵溧水县署》诗一首。

> 津吏传呼款碧轮，簿书才见一番新。
> 初官直似为新妇，满眼何尝有故人。

袁枚与前知县交接。

前知县把官署的钥匙、文档、财产清单等一一与袁枚交接后，又语重心长般地介绍了一番情况。他说："你要有思想准备，溧水的知县不好当。这地方偏僻，生产水平落后，又没有多少作坊和手工业，经济也落后。老百姓生活比较贫困，饿肚子的比较多，所以社会治安也不太好，抢劫的、打架的、杀人越货的，这样的事是经常发生的。我是当够了，现在看你这个年轻人了！"

袁枚一时无语，竟产生"惴惴殊自怖"的畏惧心理。

但初为官人，加之儒家思想的深刻影响，还有几位恩师的教诲和期望，让袁枚的心中还是颇有一种当循吏的理想，有一种干一番事业的雄心壮志。他表达了改变溧水现状的心愿：

> 愿持吟咏怀，弦歌安士庶。
> 愿持编摩手，搜剔除奸蠹。
> 幸宽大吏嗔，冀免乡人恶。

袁枚办事雷厉风行，除缉凶追债的案件外，没有超过十天结案的。下乡勘验，藏票于靴，临期唤讯，了便撕毁。全县官吏对他充满了期待，也充满了崇拜。

袁枚认为"为令"之道，其一是民主为政，尽量清除官民之间的隔阂；其二是依法治县，这与他自幼受其擅刑名之学的父亲袁滨的影响有关。袁枚的措施主要是多设耳目、方略，召集乡里的负责人关起门来开会，提供食物，问清楚那些恶少的姓名，再出其不意拿出自己所记录的本子跟他们对质，里保们大为惊骇，不能隐瞒。县署将那些恶少的名字张榜公布，三年不能洗刷掉，那些奸民都收敛起来了。

袁枚上任知县将近一个月了，但新的典史还没有到任。典史的人选已经确定，并托人捎来口信，说上任之前就要来拜访袁枚，但一直没有来。袁枚感到有点纳闷。溧水的官署中有一座亭子，像鸟的翅膀张开一样，高而且优雅，非常漂亮。袁枚闲暇的时候就到亭子那里凭栏远眺。有一天，袁枚在亭畔徘徊，看到有一个人手持着一块板子向守门人作哀求状。守门人挥手制止了那个人，样子非常凶狠，那人无可奈何地走了，显得垂头丧气。第二天，袁枚登上亭子的时候，又看到那个持板的人像昨天一样向守门人哀求，同样遭到守门人的狠狠拒绝。第三天，袁枚再次登亭时又看到了那个哀求的人，只见那个人从袖子中拿出一个东西，低声下气地把那个东西献给守门人。守门人于是换了一副笑脸，并且给他倒上茶，把胡床移过来请他坐下。袁枚感到很纳闷，想不清这到底是怎么回事。袁枚在亭子里待了一会儿，回到签押房。刚刚坐下，守门人就进来了，说有一个新任命的典史因公事求见。袁枚命马上请进来。袁枚一见，才知就是连日来在门口向守门人哀求的那个人，就问：你来了几天了？那人回答说：已来了三天了。又问：为何不早来见我，过了这么久才来？那人目瞪口呆，但又不好说什么。袁枚温和地说："你新任职，难道没有一个陪同人员吗？"典史说："虽有跟从的人，但嫌他们太笨了，您如果推荐一两个给我，我哪敢违命？"袁枚说："太好了！只是这个人太狡猾了，重要的差事绝不可派他去，只能把那些奴仆所役使的人所干的活给他做。"典史连忙点头答应。于是袁枚叫守门人进来，严肃地对守门人说："这里已没你吃饭的地方了，我马上把你派给这位爷，你要好好地侍奉新主人。"守门人不得已，只好听从。守门人马上从袖子中取出刚才典史献给他的物品，弯着腰低声下气地奉还给典史。那物品的封存记号还是新的。袁枚就是这样以其人之道还治其人之身。

当溧水知县时，经常到官府来玩的有同年曾尚增（乾隆己未进士）、陶镛（陶渊明后人）。当袁枚略空闲时，就与这些人谈诗论文。毕竟，诗文才是他内心深处的追求。

其时，他的父亲袁滨正客居桂林，收到袁枚的信后，特意从桂林回到杭州老家。儿子当了县官，袁滨担心袁枚年轻，当官不能胜任，想前往刺探一下情况，或者帮儿子出点主意，发挥他擅刑名之学的特长。

袁滨一个人跑到溧水县去暗访，到了溧水县后戴着草帽，扮作一个过路的老头。不时地向路边的老头老太打听："新来的那个知县到底怎么样啊？干得好不好？"被问的人告诉他："新知县别看年纪只有二十七八岁，判起案来可是最聪明不过了，一判一个准，又快又好，为人又仁慈心厚，真正的好官、清官啊。是我们溧水人的福气啊！"一村又一村，袁滨一路问过去，被问的老百姓好字不离口。袁滨听了心里开心不已。

有个老头说得更是具体："我们县的少年袁知县，真是个大好官。"

袁父问："何以知之？"老者说："袁知县是个儒者，短短几个月，发奸摘伏，就像个老法官，官吏都大为惊讶，恶少都开始敛迹。袁知县于是改为宽大政策，让吏民休养生息。"

袁滨骑着驴子径直来到了溧水县的公堂之上，守门的人不知是袁枚的父亲，加以拦阻。袁枚回县衙后，想到父亲来了没有去迎接，使得父亲被拦在外面，怕父亲怪罪自己无礼。那守门的人更是吓得躲了起来。谁知袁滨非常高兴，神采飞扬，说："你能当循吏，比让我吃什么山珍海味都强啊。"袁滨还一再说不要惩罚守门的人，说他是履行职责。袁枚听从了父亲的意见。这天晚上加菜招待老父，父子俩非常高兴。

这年十一月，袁枚离任溧水知县，改官江浦。离开官署那天，袁枚感慨赋诗《出溧水县署》：

> 秣陵关外动征尘，士女壶浆款碧轮。
> 两月清风离此土，十年心事恋斯民。
> 来春麦草知无恙，他日儿重尽故人。
> 策马夕阳风渐紧，方山回首亦沾巾。

袁枚离开官署，本想策马前行，但令他想不到的是，许多吏民聚集在官署前，不少人口呼：袁知县，好官呀！有的人眼里含着热泪，争相前去拉着袁枚的手，久久不肯松开。

袁枚的内心涌起一股感动。

突然，五六个人扯着一件上面签满了名字的衣服庄重地走了过来，披在了袁枚的身上。袁枚一看，衣服上写的全部是老百姓的姓名。这就是民间流传的万民衣，只有政声相当好的人才能得到老百姓这种至高的奖赏。袁枚心头一热，眼睛里也涌出了泪花，但他使劲忍着不让它流下来。

过了好一阵子，袁枚才慢慢策马前行，吏民们遥望他走出老远。袁枚心里十分感动，在车中感成一首七律：

任延才学种甘棠，不料民情如许长。

一路壶浆挚父老，万家儿女绣衣裳。

早知花县此间乐，何必玉堂天上望。

更喜双亲同出境，白头含笑说儿强。

袁枚驱车到郊外时，发现有个人伏在草丛中，袁枚的车子一来，他就奔到车子前面拜了下去。袁枚感到奇怪，停下车子问了起来。一看面熟，袁枚突然记起来了，有一天在审案的时候，看到一个人穿戴整齐，在公堂外面听判案。后来发现每天都是如此。袁枚开始怀疑那是与案子有关，来探听情况的人。他本想采取措施，后想到反正没有影响自己判案，也就没有管他。

这人今天拦在路上相拜，到底有何事？

这人说他是高淳人，爱听袁枚判案清明，所以特意在附近租了一间房子，每天听一两件事，回去之后传给父老乡亲。袁枚拱手言谢。那人又从袖子中拿出一些钱来要给袁枚，说是当作是感谢袁枚留他听判案的钱。袁枚坚决谢绝了，那人竟感动得哭了起来。至此两人才分别。此人叫作李名世。袁枚三十年后还记起此事，并写诗记录。

三

善良百姓的情义进一步激发了袁枚勤政爱民、想当循吏的理想。

江浦位于长江北岸。这个地方民风较好，平时也少有人惹是生非。袁枚政务相对比较轻松。袁枚的翰林院出身吸引了不少好学者登门求教。袁枚生性喜欢交友，喜欢授徒，乐于提携年轻人，因此设帐授课成为他日常生活的一项内容。他教授的学生有秀才李应、熊成元等多人，师生关系密切。袁枚后来隐居随园五十年，授徒讲学，应该是从这里发端的。

袁枚在江浦的时间很短，几乎就是路过。笔者在南京采访，致电江浦区相关部门，负责人倒也知道江浦历史上有过袁枚这一任官吏，说袁枚在任时间很短，没有留下相关资料。而蒋敦复著的《随园轶事》一书中，记载了袁枚在江浦所判的几桩案件，并称袁枚所断案件，大多出人意料，宦辙所至，有神明之誉。

有一桩"母子案"的案情是这样的：

江浦有一个十二三岁的男孩子，父亲去世后，年轻的母亲与邻村男子私通。儿子发现母亲的丑事后，对母亲的态度不好，认为母亲的行为不义。母亲就控告儿子忤逆。袁枚于是开庭审理，将母子二人带上堂后，母亲历数儿子种种不肖的行为，显然是必置儿子于死地而后快。而其儿子言语不多，显得老实巴交的样子。袁枚看其子所穿的衣服宽大而短，就问其儿为什么穿这件衣服，儿子说："这是先人的遗物。"袁枚心中有了数，回过头来对那个妇女说：你的儿子不肖，自然应当处死。你明天带二十两银子来，本县当为他代购衣棺。妇女点头答应。第二天果然带了二十两银子来。

袁枚问："这钱从哪里来的？"

妇女回答说："典当物品得到的。"

袁枚又问："有质票吗？"

妇女说："有。"

袁枚命妇人呈上来检验，妇人把票呈给袁枚，袁枚一看，典当的是男衣数袭。于是，袁枚立即命人拿着二十两银子加利息到当铺赎出衣服来对。衣服拿回来一看，衣都长至四尺以外，绝不像她儿子所穿的衣服那样短小。看了衣服后，袁枚笑着对妇人说："你母子的事，本县已经知道了！"说完，袁枚把衣服扔给妇人，并厉声斥退。然后，袁枚送其子入义塾读书。过了几年就中了秀才。

原来，袁枚一看这个小伙子一副文弱相，不像是个忤逆之人。他所穿的衣服宽而大，知道并非小孩子穿的衣服，无疑是先人留下来的。衣服宽大而短，可知其父身体矮小。而所典当的衣服与之不同，男女私通之事就不言而喻了。之所以不当面点破，一为其母留情面，一为其子全恩义。这也是袁枚忠厚待人的表现。

这天早上袁枚刚到县衙坐定，县衙大院就传来告官的击鼓之声。随即有人来报："袁大人，有个富户来告官，说他儿子不见了！"

"啊？儿子不见了？人命关天，快快升堂！"

袁枚移步公堂，刚坐定，富户跑进来跪下叩头。

"起来！你因何事告官？详细说来！"

富人满脸焦虑和痛苦状，说："大人，请救救我儿子，我儿子今年才十八岁，还没有婚配，这里连续三日三夜不见人，我们一家人到处找他，才知他被一个赌博窝点控制了，已经输了数万两银子，大人，这可如何是好？求袁大人给小人做主。"

"有这样的事，那赌博窝点找到了吗？"

"找到了，大人只管派人，我带着去。"

袁枚立即派人去查封赌博窝点。

窝点就在县城，人很快就抓来了。

袁枚一看，是一个五十多岁的老妇，与老妇一起经营赌博业的是个二十多岁的女子，也一起被带来了。

袁枚一看那老妇比较肥胖，满脸横肉，就像一个凶悍的男人。而那女子面目姣好，眼神纯良，毫无轻佻之色。听女子口操吴音，袁枚一下子就找到了案件的突破点。

"听口音你不是本地人，你是苏州人吗？"

"大人明察，小女子正是苏州人！"

"小女子？你可否婚配？"

女子脸色一红："大人，小女子还没有人家。"

"一个待字闺中的女子，却因何跑到江浦来设赌场？是不是也太大胆了一点？"

"大人，小女子冤枉啦！"

"你从实招来，不要说半句假话，本县不会冤枉一个好人，但也决不放过一个坏人！"

"大人明察，小女子是苏州人，父亲叫邓向明，母亲叫胡里金，大人可以派人去查。我想父母也一定找我很久了。我是三个月前在街上玩的时候，突然被几个坏人把我嘴巴捂住，拖上马车，就拐卖到这个地方来了。她（指着那个老妇）逼着我引诱富家子弟来赌博，那些富家子弟见有女子陪着玩，就几天几晚都不回去，钱也输了很多。钱全部归她赚了，我连一分钱也没有拿到。我没有自由，生不如死，只求大人早点解救我，我一辈子感谢大人的大恩大德！"

在人证物证面前，那老妇对犯罪事实供认不讳。

袁枚见这个女子柔弱可怜，为之叹惋。按律严惩妇人，追还其所得不义之财，并查询苏州女子的家，通知其父母来领人。女子的父母找到失散多时的女儿，千恩万谢。袁枚又把钱交给其父母，让他们把女儿领回去择配。袁枚在除奸锄恶之中，寓含着惜玉怜香之意。

四

袁枚在江浦也只当了两个月的知县，乾隆八年（1743）春天，来到江苏沭阳任知县。

一到任，刚刚与前县令交接完毕，还没来得及处理相关政事，就遇到一桩尼姑案。

一个老尼姑带着一个年轻的尼姑和一个被捆着的男子到县署来击鼓告状。一桩案子牵连着两个尼姑和一个男人，案情也令人疑窦丛生。袁枚下令立即升堂。

袁枚把惊堂木轻轻一拍，问："所诉何事？哪个先说？"

老尼姑移步案前，满脸怒容地控诉："大人，我这个师弟（指年轻女尼姑）自削发入庵已有两三年时间了，可是近来经常到庵后的破屋之中去，每次一去就有奸夫（指那年轻男子）翻墙而入，屡相奸淫，污秽佛地，玷辱了空门，真是太过分了，请县官严加惩治！"袁枚听了老尼姑的话，转过头去问年轻尼姑。只见这个年轻的尼姑低着头，感到非常惭愧的样子，一句话也不说。看来是实情了。

袁枚再问奸夫，可有此事，没想到奸夫也承认了。原以为一个案情复杂的案子，没想到几分钟就审理完了。袁枚深感意外。如果是这样，那直接判决就行了。但是，怎么会如此简单？这背后肯定有故事。正当袁枚要按律惩处时，一个老妇人跑进堂来跪下投案。

"你是何人？"袁枚疑惑地问。

"禀大人，我就是这个男子的母亲。"

"你儿子勾引尼姑，污秽佛门之地，本县正当重处，你有何说法？"

"大人，请容我细细道来！"

"好，本县允许你把话说清楚。"

"禀大人，这个尼姑本来就是我的媳妇，他们是一对年轻恩爱的夫妻。"

"哦！怎么会这样？你慢慢说来！"

老妇继续说："怪只怪我家那个女儿不懂事，女儿不喜欢我的媳妇，经常讲媳妇的坏话，故意找茬子气媳妇，而我媳妇家里没有一个亲人，没有退路可走，无奈之中才披上缁衣进了庵堂，其目的是为了等待我女儿回心转意。儿子怜爱自己的妻子，就经常到庵堂去看望，两口子不能亲近，于是只能暗中幽会。时间久了，就被师父（老尼姑）发觉了。"

"原来如此！"袁枚顿时心生怜悯。

"您知道这个情况吗？"袁枚问老尼姑。

老尼姑摇了摇头："我只知道他们屡戒不悛，于是就到县衙来告状。哪知他们本来就是夫妻？"

袁枚听了来龙去脉后，不但没有将二人治罪，反而是判小尼姑重新还俗，与丈夫团聚。

有人问袁枚，为何如此断案？袁枚一席话，让人深感佩服。

袁枚说："这个妇人情殊孤苦，性自坚贞，只以希望收覆水之故借荒刹以栖身。她之所以当尼姑，是毁容，而不是受戒；她在尼庵，是借榻，并不是安禅。僧俗之界虽分，夫妻之情未断，理殊失节，人本同衾。最初那妇女俯首无词，丈夫直认不讳，都是因为家庭有难言之隐。不直供之，而反回护之，则又不失其为孝。至于老妇人自己投案，又是母子的天性使然。而其女的悍虐之意，将从此改变。完人家室，道理本来就应该是这样的啊。"众皆叹服。于是夫妇团聚，而小姑子也一改前非，变为慈善。这桩案子传开后，老百姓都说，袁先生真是民之父母啊。

袁枚到沭阳上任不久，告状的卷子堆积如山，看也看不完。袁枚只好夜以继日地查阅案卷。袁枚能够迅速把握案件的真谛，不受卷帙浩繁的案卷材料的影响，能准确地做出自己的判断。有些案件，他根本不用看案卷材料，只要当事人双方简要陈述，他立马就把案子判了，而且判得双方心服口服。

袁枚判案如流水，速度非常之快，吏民无不为之惊讶和佩服，告状的人就慢慢减少了。积案处理完以后，如果有告状的，只要稍等片刻，袁枚就能把案情分析清楚，当场判决。乡民告状无须久等，只须裹饭一包就可以领到判决结果。因此老百姓把袁枚称为"袁一包"，这也包含着赞扬袁枚断案像包公一样公正无私之意。老百姓把袁枚断案的事编成歌谣传唱。沭阳一带有杂兴诗是这样写的：

> 狱岂得情审早判，结防多误每刑轻。
> 苦心未必天终负，辣手须防人不堪。

沭阳靠近黄河旧道，又东临大海，气候潮湿。长年有水患，有时则发生旱灾，放眼都是黄沙白草，几乎年年歉收，清政府曾停征八年税收。那时的沭阳万户萧疏、悍吏横行。据史料记载，当时沭阳"饥口三十万，饿毙者不计其数"。老百姓有的断了口粮，有的外出逃荒要饭，一时间民不聊生。

面对遍地灾情，袁枚的心情十分沉重。要长远地解决民众的饥荒问题，关键是要抓好生产，而抓好生产的前提，是要兴修水利。水利才是农业的命脉。经过实地调查，袁枚发现全县水利设施奇差，他在诗中写道："朱提数挺田千顷，为少如金水数湾。""朱提"，是银钱的代称。诗句的意思是说，有钱的人光知买地，却不修水利，既导致水患，又导致旱灾。他以一个父母官的身份，对豪强们私自圈地、没有社会公益心的做法进行了无情的批评。他以诗当作利剑，刺向这些社会的阴暗面。一个父母官称不称职，是否为民服务，就看他为与不为，或者怎样为。是萧规曹随，破烂摊子由它去？还是继续与当地豪强勾结，掠夺百姓？还是打击豪强，甚至冒犯王法，救民于水火？

袁枚认为为官就该"纾国更纾民，终为百姓福"。因此，他毅然开仓济民，减免赋税，以纾民困。他常常深入民间，精心查访。从风土人情到地理环境、山丘河道，以及官吏、黎民、政事、生产，发现严重问题，大都作了详细记载，并往往写诗作证。有些处理和解决好的事，也写在诗赋中。

袁枚发现，沭阳灾民多的一个重要原因是六塘河上游不治，下游壅塞，河浅堤低，宣泄不畅。每逢夏、秋，蒙沂肆虐，宿沭更为蛙泽，致灾害连年。

六塘河成于雍正八年（1730），西起骆马湖，东至燕尾港入海，流经古之宿迁、清河、沭阳、海州，专为骆马湖泄洪而凿。沭阳境内有七十里。

如何治理六塘河？这可让袁枚绞尽脑汁，因为这是一个系统工程，以一县之力是无法治理六塘河的。袁枚于是到一线调查，整理材料，具情上报，请求朝廷重视六塘河的治理问题。

正在袁枚为彻底治理六塘河而焦头烂额之际，乾隆八年（1743），皇帝命"设淮徐海道"并拨款五十六万两整治河道，六塘河列入必治的朝廷工程。这个重大喜讯让袁枚兴奋得几天睡不着觉，他乘势奏报，获拨银四万八千余两，对沭阳境内六塘河堤除淤，疏浚河道。

有了钱，还必须找对人。袁枚把治理六河塘工程的人选锁定在吕又祥的身上。

吕又祥，字凤图，少年丧父，家中一贫如洗。他生在水乡，熟知水性，对治理河道有一整套的经验。而且他勤于钻研，颇有才学，与袁枚颇为投缘。

袁枚便将这项工程委托给吕又祥。

吕又祥不负重托，沿河周详考察，拟订整治方略，按步实施。袁枚动用半县之力，以工代赈，投入工程。由于袁、吕配合默契，殚精竭虑，抢时夺日，未几工成，领先于周边州县。由此，袁枚赢得声名，吕又祥的才智也得到初步展示。

六塘河全境后经多次治理，终使水灾消减，万民受益。乾隆皇帝四次南巡，驻跸宿迁，为六塘河工成受益而欣然赋诗：

> 因为疏剔六塘河，果然潦尽堪耕耘。
> 人事尽而天贶随，连年秋收皆获美。
> 兹来殊觉大改观，任舆历览心生喜。
> 户有盖藏育鸡豚，衣鲜楼裂瞻妇子。

六塘河治理好后，水利问题解决了，袁枚于是大力抓农业生产，经常到田间地头察看生产情况，督促农事。沭阳的大小阡陌留下了袁枚的脚印。

袁枚奉调江宁之后，吕又祥又弃职从袁，练习庶务。袁枚悉心督导，亲自授撰《州县心书》，教授为官之道，用人之策，行政之术，处世之谋。数年后，袁枚为吕又祥捐得都水属官，分发河东。后袁枚又将吕又祥推荐给同榜进士裘曰修，裘曰修正需要这类人才，于是揽为左右，命吕又祥勘微山湖积水，费时月余，走遍湖周州县，考察地形水势，拟定开凿伊家河泄微山湖积水方案。工成后，积水远退，湖周金乡、滕沛五州县，涸田数万顷，供民耕食，官民为之欢欣雀跃。乾隆闻奏，十分欣慰，吕又祥因功被推荐赴直隶督办赵北口淀河淤塞工程。事竣，被提拔为曹州同知。没多久，因治水有能，政绩卓异，被晋升为常德知府。吕又祥一生视袁枚为恩主。此为后话。

袁枚一手抓生产，一手抓文化教育，注意培养和选拔人才，并亲自编写教材供学子使用，使当时的人民生活安定，民风大振。他在《宰沭八兴》诗中写道：

> 欲访罗池辟草莱，簿书束束手亲裁。
> 买将桑种贻蚕妇，自制文章教秀才。

　　袁枚抓教育，也非常注重自身的学习与写作，对于读书人，即使犯了错误他也尽量宽大处理。当时的沭阳官署里有两株柳树，袁枚空闲下来时就在那里散步吟诗。因而把自己的书斋命名为"双柳轩"，后来还把这一段时间所写的诗、文分别编印成《双柳轩诗集》《双柳轩文集》。

　　袁枚还以知县身份履童子试之职，试童子周某时，觉得周某的文章写得非常好，再看其人，觉得人不如文，怀疑并不是周某本人写的。经过了解，果然文章是周某的师傅吕文光写的。

　　本应给吕文光重罚，但袁枚天性爱才，他觉得这个师傅不错。袁枚不但没有将吕文光治罪，相反对他非常尊重，并经常请其到县衙来做客，每次来时，袁枚还亲自给他磨墨。县衙里的人以为来了什么重要客人。吕文光后来于乾隆二十二年（1757）考中进士，为政清廉。袁枚与吕文光不但成为好友，还把自己的姨妹子介绍给吕文光。后来，吕文光就娶了袁枚的姨妹子，两人正式成了连襟。

　　在执政的短短几年中，袁枚造就和举荐了一批人才。在文人学士中，有一人中进士，四人中举人。吕又祥、吕文光都是袁枚一手栽培的贤才。

　　袁枚重视教育还体现在重视读书人。

　　秋考时袁枚从沭阳到江宁，担当江南乡试的考官，经过燕子矶时，见到壁上题了一首诗，有"渔火真疑星倒出，钟声欲共水争流"之句，落款是秦大士。袁枚感到奇怪，感到这人有名士之风。于是向人打听。第二年，袁枚到江宁当县官时，秦大士以弟子礼来见，两人成为好友。八年后，秦大士中了状元。

　　再到江宁，袁枚不胜今昔之感，赋诗写怀："三年人事悲何限，万古江风吹未休。芦荻有花偏傍月，诗人行色屡逢秋。前身不是东流水，也为朝宗出海州。"

　　当年的考官有二十二人，各人分幄坐下。考场上，主司峨冠南面而坐，一人管十八名考生。出榜后，袁枚碰到一个监考官说："我今天看到一个叫吴维鹗的，文辞绝丽，问他，才知是吴梅村先生的曾孙子。我对他说：如果碰到袁太史，必定赏识！"袁枚让他读两句，觉得确实好。

袁枚说:"我一定大力举荐。"两人都很高兴。还有一个叫陈迈晴的,袁枚觉得他是奇才,于是一并向主考力荐。可是两个主考不知两人的来历,根本不买袁枚的面子,说名额已满。袁枚力争,两个人争吵起来,袁枚讲了狠话,又骂主考,主考于是更加不给面子。两人就更不得录取了。读书人都为那两个人惋惜。袁枚本就对科举制度不以为然,此事更加深了他的观点。死前他写《示儿》诗二首,叮嘱儿子不要太在乎科举功名。其中一首是这样写的:

> 可晓儿翁用意深,不教应试只教吟。
> 九州人尽知罗隐,不在科名记上寻。

袁枚用此诗告诉两个儿子:取得科名的未必是有成就者,无科名者同样会大有作为。唐朝的罗隐十举进士不第,却成为唐代著名文学家,就是一个典型例子。

袁枚是一位生活中充满诗意的人。他在公务之余喜欢游山玩水,观花赏景,结交文友。他并不像人们想象的那样,一天到晚忙于政务,当一个苦吏。当然,他的"闲"情,大多也与政事有关。

有一次,袁枚处理完公务,与随员到沭阳西乡的新桃河畔游玩。这里有翰林院编修胡简敬家的祖传花园和松林。花园内花草繁多,袁枚亲临胡家赏花,园主人当然也很给这位父母官面子,让他随意挑选苗木。袁枚也不客气,就要了紫藤与槐苗,带回栽在县衙院内。

袁枚为什么要在县署内栽紫藤呢?有何深意?紫者,紫气东来,东方为日出之地,"使君偏自日边来"。紫气东来,是老子的气象。有一次,孔子向老子问道,老子张开嘴巴,问:"牙齿还在么?"孔子说:"全掉了。"老子又伸出舌头来,问道:"舌头还在么?"孔了说:"在。"老子说:"刚易折,柔易存。"孔子顿悟,不再周游列国去推行他那并不能实行的主张,便退而修六经,办教育,终成大器。袁枚手植紫藤,也是取柔道之意,藤,柔木也。他知道,木秀于林,风必摧之,他深知庄子《南华经》中所说"源泉自盗,山木自寇"的道理,要柔,因为柔能克刚。但他所植紫藤，不是攀高枝，不是附权贵。他特意将那株紫藤傍于槐树而植之。槐者，怀也，他胸怀坦荡而广阔，心中关怀沭阳黎民百姓的疾苦，处处为百姓着想。因此这紫藤，实际上是一株"警木"，时刻警醒自己的为官。

经过精心培护，紫藤逐渐长大，他看着很高兴，也留下诗句：

谁言作令少公余，沭地真堪奉板舆。
四季种花官荷锸，六房如水吏钞书。

他还深情地描写紫藤：

朱藤花压读书堂，分得桐荫半亩凉。
新制玻璃窗六扇，关窗依旧月如霜。

一百多年后，清代诗人吴少槎面对大诗人袁枚亲手栽植在沭阳县衙院内的紫藤树有感而发，写下了下面的诗句：

随园仙吏剧风流，写作又凫旧时游。
吏解钞书官荷锸，古藤蔓作两蛟虬。

这株袁枚手植紫藤，距今已近三百年，仍然生机勃发地挺立在沭阳县政府院内。

藤树根部约五尺粗细，攀缘古槐而上，一条条藤蔓犹如盘龙绕梁，十分壮观。每当大地回春、紫燕剪柳时节，整个紫藤嫩叶吐翠，繁花盛开，翠绿葱茏的藤条摇曳于微风中，犹如一片紫色的云雾，又似一把绿色的大伞，给人以旺发而雅致的感觉。这株紫藤今天依然保护完好，每年花季花开旺盛，成为了沭阳的一个旅游景点，紫藤所在的县政府大院旁的小区被命名为紫藤花园。2012年3月，当有人发现紫藤根部局部枯萎后，当地记者立即前往采访报道，并引起相关部门高度重视。紫藤的保护，也成为了当地政府的一个招标工程。

袁枚调离沭阳后，人们怀着深厚的感情对这株紫藤长久保护。多少年来，它吸引了无数文人墨客，与袁枚的诗句一并为后人传颂。

在老百姓的印象中，过去的知县头等大事就是断案。但当灾情来了的时候，救灾也就成了泰山压顶之事了。夏天，沭阳大旱，袁枚忧心如焚。每逢大旱，就有人求雨，官员们或设坛祭祀，或点灯祈祷，或作各种法事。

而袁枚却以他诗人的禀性，来了个赋诗求雨。

六月二十一日，袁枚赋诗求雨，诗题叫《苦灾行》，写得至诚至恳：

> 百死犹可忍，饿死苦不速。
> 野狗衔髑髅，骨瘦亦无肉。
> 自恨作父母，不愿生耳目。

这首诗不但将旱灾给沭阳百姓带来的灾害描写得淋漓尽致，而且极诚恳地向"上天"表达了自己求雨的强烈愿望："下吏当自诛，百姓有何恶？"把没雨的责任揽到自己的身上，并认为自己其罪当诛。然后取香向天祷告："上念尧舜仁，下念父老哭。急命行雨龙，及早施霹雳，虽已无麦禾，犹可救种稑……"写完此诗两天后，不知是袁枚的诗感动了上苍，还是纯属巧合，果然二十三日得雨，民众大喜，争传袁枚是"天人"。

但一灾未平，一灾又起。到了夏秋之际，沭阳又遭遇了一场空前的大蝗灾。袁枚没有待在官署里，而是来到田间抗蝗，带领官民一起灭蝗。

现场情景非常壮观：儿童敲竹枝，老年人拿着树枝围住山岗，有人挑着柳叶筐，把被扫落的蝗虫装进筐里，还有的抱着一堆堆的桑柴，烧着大火把捕捉到的蝗虫烧死。袁枚混战在其中，一阵风吹来，火苗触到他的身上，袁枚的面部都变成墨黑的，强烈的太阳光更是好像要把衣服烧光。袁枚又赋诗："安得今冬雪花大如席，入土三尺俱消亡？"他希望冬天一场大雪，把蝗虫全灭了。他渴望一个大坑就埋掉四十万只蝗虫，让它的腥臭冲到天上去，让老天来帮忙。他还向蝗虫求情："蝗兮蝗兮去此乡！东海之外兮草茫茫。"

素有百姓情怀的袁枚每年都要到宿口去察看征漕粮的情况，目睹官吏、旗丁收谷苛刻，他内心十分难受。

漕粮送到宿口去，一百多里的路程，富人用车马驮，还算轻松。可是贫苦的人就要用肩膀背负，有的用布做口袋，有的编个柳筐，这样走一百多里多累啊。可是稍微慢一点就有人在背后用鞭子抽。十二月冰天雪地，地上泥泞不堪，即使老幼相扶，难免还是被踩着。这年蝗灾重，收成不好，稻谷质量也有好有坏，是很正常的。漕粮送到后，收粮的人一会儿说米色不好，要重新舂，一会儿说粗了，一会儿又说细了。老百姓唉声叹气，不敢作声。来时一石谷，簸完后只剩下一斗。带来的行李资费，已经不够其糊口维持往返。

袁枚看到这个情景，非常愤怒，他大叫一声"来人——"要把收谷子的人打一顿，大骂："收谷子怎么这样苛刻？这样你会短命的！"他甚至打这些收粮的人。

那些收谷子的人跪下说："长官莫怪我们，船户是旗丁，我们收的米色稍不齐整，就把我们当猪狗一样打骂。"正说着，旗丁就来了，样子非常凶恶。旗丁是朝廷派下来的，县官管不着，但对县官还是拱了拱手。袁枚不好对旗丁说什么，鼻子里"哼——"了一声就走了。袁枚拿那些朝廷派来的旗丁也没有办法。

袁枚想：我是老百姓的父母官，宁愿我一个受到旗丁的骂，也不能让老百姓受这等罪，宁愿收漕粮落后，也不能让百姓吃这个苦。因此，他在收漕粮方面没有给百姓太大的压力，而是暗暗地顶着旗丁。

在《打尽天下无敌手》《沭阳文史资料》《沭阳风俗故事》《江淮古城沭阳》等书中，记载着袁枚的许多逸事。

袁枚一心为公，拒绝说私情。

有个叫汪大明的秀才与袁枚是谈诗论文、交谊甚笃的朋友，但他的妻弟于成在任疏浚沭河工地上的监工时，与另一个人合伙贪污一大笔公款，被收监审查。

汪大明找到袁枚说情，绕了老大一个圈子才转入"正题"。袁枚一听，正色道："我身为民之父母，一县之长，岂能够徇私枉法？"

汪大明见说情不成，便心生一计，想让于成不认账，刀架在脖子上也不认，让袁枚没办法处理。

可是，要把这个意思传达给于成，就得去探监。而探监没有袁枚的令牌是进不去的。袁枚又怎么会轻易发令牌呢？这样的重案犯，袁枚肯定是不会发令牌的。况且这令牌又是袁枚随身携带。怎么办？汪大明心生一计。

第二天，招德寺禅师邀袁枚到寺内小聚，饭后饮茶聊天时，袁枚的茶碗里被禅师偷偷放了少量的蒙汗药。一碗茶喝下肚，袁枚就眼皮打架，呵欠连天，一会儿就趴在桌上打起呼噜来。内侍于是有意叫并轻推袁枚，见袁枚还是打呼噜，就大着胆子到口袋里去拿令牌，谁知刚触到令牌，就被袁枚的右手死死箍住。内侍大惊失色，连忙跪下求饶。

原来，汪大明用两百两银子贿赂内侍，又用三百两银子贿赂禅师，上演了这么一场闹剧。袁枚对此早就有所预料。汪大明说情不成，反让自己身陷囹圄。

这事传到老百姓中间，老百姓都赞赏袁枚为公事不徇私情。

沭阳的西关住着五位姓李的同宗秀才，年龄最大的七十多岁，最小的二十多岁。他们的前辈曾有四人在外地做过小官，因此，他们常以"一门五秀才，三代四登官"自豪。平时对待民众，态度傲慢，目中无人，有时连知县也不放在眼里。

袁枚修好了水利后，为了保境安民，免遭匪患，他召集城中名门豪富，动员修理城池。大家都积极响应，有钱的出钱，有力的出力。

但那五秀才不但不出钱出力，他们的破草房也不准拆除，县署衙役也没办法，五秀才就这样成了"钉子户"。

袁枚了解情况后，心里想，这些人名为读书明理，实则轻狂，得给他们一点厉害尝尝。于是吩咐："备五张课桌，通知那五位秀才明日前来考试。"

幕僚们感到纳闷:眼下要紧的是修城,考什么秀才?但也不便多问,只管照办。

五位秀才接到考试通知,觉得莫名其妙:我们早就是秀才了,还考什么试?但又一想,县令发话了,不去还不行。于是,他们极不情愿地穿戴整齐,来到县衙,分桌坐定,等待考试。

袁枚故意让那五个狂人等一等,晾了他们半天,才威严地从后堂走出。他冷冰冰地看了五位秀才一眼,光这一眼,就让那五位秀才觉得自己矮了半截。然后,袁枚又来了个自我介绍:"翰林院庶吉士、沭阳知县袁枚请诸位来……"翰林院庶吉士的学问比五秀才高得多,沭阳知县更是具体地管他们之人,他们必须毕恭毕敬。五秀才尴尬地站起来,点头哈腰。

袁枚明知故问道:"听说你们都是秀才,此话当真?"

还是那位老秀才见过官场,算是久经世故,他用手推推鼻梁上的眼镜,苦笑道:"回禀大人,自古以来秀才无假客无真。"

"此话未必。"

"老爷不信,可以当堂考试。"

"正有此意。"说着袁枚就展现了早已写好的考题:"普天之下,莫非王土。"

秀才们见了考题,始则一笑:"这等题目只能用于考小孩子,谁不知道?"又是那个老秀才聪明,真是"姜还是老的辣",他想:一个庶吉士突然复试我们五个秀才,本来就不正常。现在又出这样的"小儿科"题目,更是不正常。那是为什么呢?他灵机一动:我们那几间破草房,不正是在"王土"之上吗?我们不让拆,不正是不懂得"普天之下,莫非王土"的含义吗?我们还正儿八经地写答卷,不是很可笑吗?写得再好,如果不同意拆房子,又过得了关吗?说不定,秀才的帽子都难保啊?知县不正是用这种方式在提醒我们吗?看来,我们得知趣一点。

于是,老秀才跟另外四个秀才咬了咬耳朵,另四人也都恍然大悟。于是,他们一齐面带愧色地站了起来,向袁枚作揖赔礼:"大人的意思我们明白了,我们回去拆房,保证修城!"

袁枚也转怒为喜，继续为他们留颜面，向他们拱了拱手："今天你们又向朝廷交了一份满意的答卷，继续当秀才！"并礼送他们到门外。

袁枚就这样，不费一兵一卒，没有大动干戈，轻松地让五位秀才自己拆房，配合修城。

袁枚身为一县之长，却一向平易近人，以诚待人，常与农夫、蚕妇、商贩和儒生寒士往来交谈，县衙里常常来一些贫贱之交。

沭阳城东的寺镇有个张秀才，与袁枚一起唱和，成为莫逆之交。偶尔，两人相互之间也开一些玩笑。

仲春的一天，已十余天没与袁枚相见的张秀才托人到县衙送上请柬一张，请袁枚次日中午到家里便酌，说是有"半谈"款待。

袁枚也很想念这位寒士，第二天上午一退堂就坐轿前往，只是不知"半谈"是何物。一下轿，见张秀才已到门口迎接。坐下来一谈，原来张秀才病体初愈，特邀人前来闲聊解闷。寒暄过后，两人喝着小酒，滔滔不绝。只是三杯空肚酒落喉后，"半谈"还没有上来。袁枚忍不住问："贤弟，半谈名菜，为何还不上来？"

张秀才说："仁兄，半谈名菜不是早就让你品尝过了吗？"袁枚大为诧异。张秀才笑道；"半谈者，谈之半言也。言者，话也。我俩刚刚谈了半天话，言已足矣。仁兄还未解其中味？"

袁枚于是大笑，恍然大悟，击掌叫好。

张秀才因为贫寒，又想念袁枚，就用这种幽默来掩盖自己的寒酸，当然，他也是充分相信袁枚能够接受。

袁枚果然大度地接受，并且领会到张秀才想念自己的真情，于是，袁枚也仿其意，设了一个"半谈"席招待张秀才。

那时正是梅雨季节，由于沭阳地势低洼，气候潮湿，患疮疾的人很多，袁枚和张秀才都未能幸免，袁枚不得不休息几天再下乡体察民情。

张秀才如约前往县衙，心想袁枚无非是套用自己的那一套而已，一进衙署，见袁枚正躺在一张椅子上懒洋洋地晒太阳，旁边并排空着一把椅子。张秀才知道那是为自己预留的。两人沐浴着初夏的阳光，一边给疮搔痒，一边相互唱和。不知不觉时近中午，袁枚请张秀才到客厅用餐。张秀才感到奇怪："仁兄，我们不是已经用过半谈宴了吗？"

袁枚笑道：我今天请贤弟来用的是半谈"炎"席，而非"言"席，炎者，阳光强烈，天气炎热也。我们晒了半天太阳，现在晌午了，不可谓不炎，此一"炎"也。我俩同患疮疾，此二"炎"也。同晒太阳解痒，此三"炎"也。这半谈席虽已用过，但我担心你没有吃饱，因而请你再用个便饭，实非兄弟健忘也。

张秀才心里一阵莫名的感动。

乾隆十年（1745），袁枚三十岁，得恩人尹继善之助，离沭阳任，到江宁当知县。枚在沭阳任职两年，政绩较前更为突出，与老百姓关系更为融洽。因而他离任时，沭阳官民依依惜别，深情相送。吏民相拥着送到河边，即将分手时，有的卧在车辙里阻止车子前行，有的攀着车辕不让走，当然这是吏民挽留袁枚的最高礼节。袁枚是个实在人，他偏偏要问个究竟：我袁某人到底何德何能，能得诸位如此看重？如此依依不舍呢？

一个老者站起来回答说："大人没有别的，大大小小的案子，没有留过十日的。两年之中，少有人受案子的事连累。老百姓感戴您，这是一个重要的原因。"

袁枚听罢，不住地点头，眼含热泪。他又问那些送行的胥吏："你们这些人天天与我共事，觉得我这个人怎么样？"胥吏们几乎是异口同声："泰而不骄，威而不猛。小人何知，只用这两句作为持赠而已。"于是唏嘘作别，两相泪下。

袁枚写下《沭阳移知江宁，别吏民于黄河岸上》，记录了送别时的感人场景：

> 五步一杯酒，十步一折柳。使君乘车行，吏民攀车走。父老泣且言："使君无他奇，虎不渡河蝗亦飞。只有大小狱，十日无留遗。"胥吏泣且言："使君无他好，不察渊鱼衿苛廉，不容抱牍施奸巧。每日放衙归，无事关门早。"我闻此言感知己，两年自负如斯耳。斜阳策马一回头，哭声渐远河声流。

五

乾隆十年（1745）三月二日，袁枚到达江宁。江宁位于长江南岸，是一个大县。这里属于六朝古都，不仅山清水秀，多名胜古迹，而且经济、文化远较溧水、沐阳发达，令袁枚十分欣喜。

袁枚初到江宁时，因前职已卸，后职待任，有一段时间的空闲。暂时摆脱了县令的繁琐事情。而江宁不但风景优美，而且出游的仕女如云，自然是如临仙境。袁枚得以轻松自在地与朋友宴乐、寻幽访胜，真切地体会到"枥马暂脱衔，笼禽偶展翅"般的逍遥之乐，并赋诗记下这段难得的日子："分明宰官身，而无宰官事。人生此最乐，一刻千金贵。"原来摆脱俗物，身在江宁，人生是如此的享受。他想，如果能长期地摆脱俗务，不就能时时如此之乐了吗？当然，对于步入官场才两年多的他来说，这样的想法只能是一闪而过，因为年方三十的他，在别人看来是太阳刚刚出山，前途远大着呢。他对官场也还存在着许多幻想。但这短暂的几天逍遥，还是为他三年之后归隐随园埋下了思想的种子。

江宁这地方狱讼颇多，袁枚善于断案的名声在外，早已为江宁人所知，市民们对他充满期待。

市民们期待着袁枚的另一个缘由是，江宁前任县令生病很久了，许多案子都堆在那里没有断，案卷已经堆积如山。每天袁枚刚在衙署坐下，各种案卷便蜂拥而至，袁枚倾力审案、判案，衙署周围挤满了等待判案消息的人。一有案子判决，就相互打听案情和判决结果，有的奔走相告，充满了兴奋和期待。他们觉得，袁枚这样的清官一到，所有的冤案都会公正地判决，真是太好了。袁枚从早忙到晚，连吃饭喝水的时间都没有。不管大案小案，袁枚都详细审读，果断判决，每判都令人信服。经过近半年时间，所有的积案全部处理完毕。

每次官司判决后，袁枚还要耐心地做好"善后"工作，总是令两家坐到一起，相互作揖言欢，尽释前嫌而去。偶尔有一两个不服的，袁枚

总是好言相劝，说：明日来。因此，老百姓听了"明日来"这话感到非常温暖，当时有"江宁知县明日来"的歌谣。

袁枚与老百姓保持零距离接触，他整天坐在衙署里，听任官民来说事，一些小的案子，立即就判决，不留尾巴。又设了很多耳目、方略，召集乡保，询问盗贼及各个恶少的姓名，拿出所登记的罪行和他们对质，使他们不能隐瞒，如有隐瞒的就张榜公布他们的姓名，警告他们，三年之内不犯前科就去掉他们的名字，否则一直将他们列入黑名单张榜公布。这些做法袁枚在前任几个县治也使用过，效果明显，奸民都有所敛迹。

江宁方山溪洞外，有两个农民争地，两人都没有地契，官司打了很多年，几任县令一直断不下来。袁枚接到这个案子后，只见案卷材料堆积如山，没有十天半个月看都看不完。

怎么断？以哪份材料为依据？

袁枚看到堆积如山的起诉材料，说："这就是《左氏》中所说的晋、郑之间有块空地，就是玉畅和顿丘。官司打久了家都会打穷，地没有得到而家先破了，你们不后悔吗？"原告和被告都伏在地上哭泣，深表认同。

"我今天为你们了断吧，"袁枚对左右说，"把这些案卷全部拿去烧掉！"然后对原告和被告说："我现在另外做一个符验，让你们各自开垦！"两人得到符验，感激涕零。听说这个案子的人都叹赏袁枚会判案，由衷地感恩佩服。海州刺史听说后感慨地说："这是高洋拔刀斩乱麻的手段啊。"

最奇特的是一桩退婚案。

五月十日，大风压城，风雨欲来，白天就像晚上一样黑暗，大风吹起草把、农具、木桶到处飘飞。人们都躲在屋里，不敢出门，以免被风吹走。

城里有一个十八岁的韩姓女子被风吹到离城有九十里的铜井村。韩姓女子从风中降落时，那风似乎对这个女子格外温柔，将她徐徐降落，而且还落在了田垄里，没有让她受一点伤。

只是眼见这奇特一幕的人不多，只有一个男青年。

这个青年男子看到大风吹来一个城里的女子，感到特别新奇。这小伙子很纯洁，他并没有邪念，只是感到奇怪。

青年男子迅速地走过去，看到女子晕头转向，偏歪欲倒，连忙上前一把扶住。好一会儿，这女子才清醒过来。

"这是哪里？"

女子柔声地问。

"这是铜井村。"

"铜井村？我怎么会到这里来？"

"是风把你吹过来的！"

"风把我吹过来的，这么大的风啊！我简直感觉到是在做梦！"

"是啊，这场风太大了，你看，地上散落了很多东西，都是风吹来的。"

"太可怕了，我想起来了，我是回家的路上突然被大风吹起来的！"

"姑娘，你一定受惊了，走，先到我家去住一晚，休息休息，明天我送你回去！"

"到你家里住？这怎么行？我跟你非亲非故，男女授受不亲，不行不行，这样会招闲话的，再说，别人也会怀疑啊！"

"相信我吧，我有姐姐和妹妹，让她们照顾你，可以吗？"

女子见这个小伙子很诚实，是个老实巴交的乡下青年，又想到自己在铜井没有亲戚，于是答应了。

小伙子把姑娘带回家，一家人对女子热情照顾，端茶送水，照顾周全。

第二天，小伙子和他的姐姐将女子送回了家。

韩姑娘与城东李秀才之子是有婚约的。李氏认为没有一股风把人吹到九十里以外的道理，认为韩姑娘肯定是与那个男子有奸情。于是李氏告官要退婚。

袁枚接到报案后，也觉得这是一桩奇事。但他相信韩姑娘是清白的，那个小伙子一家人也属于助人为乐。

要判退婚并不难，因为这种事从来没有发生过，要认定或怀疑韩姑娘和那男子有奸情，完全是顺水推舟的事，这样只需简单审理，然后宣判一下。

但袁枚认为，当官就要为民做主，要尽最大的努力成人之美。袁枚拒绝冷冰冰的判案，法律无情，但人是有情的。他在思考：要如何才能挽救这桩濒临破裂的婚姻？只能靠知识说服人。

因为这案子涉及隐私，袁枚没有在公堂上公开审理，而是把双方请到自己的家里，并给他们倒上茶，营造一种温馨的氛围。

大家坐下，喝了几口茶后，袁枚亲切地问李氏："小伙子，古时候有风吹女子到六千里以外的地方的，你知道吗？"

"袁大人，您开玩笑吧？风怎么能把人吹到六千里以外？"李氏不信。

袁枚嘿嘿笑着说："我还能骗你吗？我读的书比你多，你信吗？"

"这是自然，您是翰林院庶吉士，草民是白丁一个，这怎么可比？"李氏说。

"那行，我拿本书给你看。"

袁枚随手从书架上拿出郝文忠的《陵川集》翻开，袁枚一边指着一边读：

> 黑风当筵灭红烛，一朵仙桃落天外。
> 梁家有子是新郎，芉氏负从钟建背。
> 争看灯下鬼来物，云鬟欹斜倒冠佩。

李氏还不甚明白，一副迷惘的样子。
袁枚继续读另一首：

> 自说吴门六千里，恍惚不知来此地。
> 甘心肯作良家妇，诏起高门榜天赐。
> 几年夫婿作相公，满眼儿孙尽朝贵。

袁枚读得抑扬顿挫，李氏听得暗暗称奇：世上竟然有这样的奇事？

读完诗，袁枚微笑着望着李氏："小伙子，怎么样？我没有骗你吧？"

李氏害羞地笑了："真是闻所未闻，看来吹到九十里以外还是近的了。"

袁枚见李氏神情已豁然开朗，趁机又开导说："郝公是一代忠臣，难道会说没有根据的话？想想当年被风吹到六千里以外的吴门女子，竟嫁了宰相，我只怕这个女子没有这样的福气啊！"李氏这才大喜，认为这是吉祥之兆，于是两家婚配如初。

乾隆十三年（1748）春天，袁枚到铜井村去办案，晚上没有住的地方，只好在海会寺借住，用败草铺床而睡，与佛为伴，夜不能寐，形同流浪汉。一个知县为办公事苦到如此程度，袁枚在《宿海会寺题壁》中详细记载了这件事：

> 铜井诊死人，促我车马忙。我时受卑湿，两足颇患疮。笑为民父母，痛痒真亲尝。出城九十里，一宿无所将。晚投海会寺，败草铺绳床。青苔古殿冷，梅灰脱疏梁。我与三尊佛，彼此同灯光。逢逢粥鼓起，斋鸽纷回翔。我时有所思，美人天一方。欲卧愁不寐，欲坐转神伤……

铜井可能是个多事的地方。到了次年四月，这里又出了群体性事件，而且是因为粮食问题。

四月正是播种季节，也是青黄不接的季节。隔秋收还有几个月。许多地方的粮食可能都不够用，一些商人就相互转运粮食，赚取转运费和差价。铜井这地方也有一些比较机灵的农民做这种事，他们把粮食运到苏州去赚钱。这样做能够起到调节各地粮食均衡的作用。

但当商人们转运粮食经过铜井时，在路上被一个姓谢的农民率众抢劫了。袁枚将谢某拘捕起来讯问。

谢某的被拘，在铜井引起了轰动，当地民众的舆论普遍倒向谢某一边，认为谢某率众拦粮，是为了填饱当地百姓的肚子，解决饥饿问题，没有错，站在了正义的一边。而县署拘人是错了。

因此，当袁枚将谢某拘到堂下讯问的时候，来了数千名村民，其势汹汹，大有造反之势。

是息事宁人，把谢某放了，向民众退让？还是继续讯问谢某？几个役吏紧张地向袁枚问主意，看袁枚到底做何主张。

面对众多带着情绪、有备而来的村民，袁枚非常淡定地朝他们走去。众人用一种多少带有敌意的眼神看着袁枚，也不下跪。不下跪意味着就是一种对抗，一种无礼。袁枚大义凛然地对众人说："你们都是为劫米者乞恩的吧？"

众人回答说："是的。"

袁枚反问道："那你们为什么不跪？"袁枚首先抓住礼节这一点先发制人，让对方明白在礼节上已先输一着。众人一听，果然都跪下来。见了县官要下跪，在当时这可是天理。

有了礼，才能进行正常的对话。

袁枚说："这样吧，人多嘴杂，我不可能跟你们这么多人同时讲理。你们就选一个代表吧，选一个老成持重的来跟我说。"

村民们你看着我，我看着你，竟相互推诿。

其实，这是一群被情绪渲染而来的人，他们只是要维护他们的基本利益：铜井的米不能卖出去，我们要饱肚子。这就是这些农民所认识的最基本的道理。说服他们，袁枚觉得太容易了。但袁枚有个想法：越是对这些普通的朴实的农民，越是要把话讲得通俗易懂，不能讲大道理，一定要让他们明白为什么要这样做。只要农民听懂了，能够理解了，一切都好办了。否则，农民虽然朴素，闹起事来，也可以让大船翻船。

农民们互相推诿了好一会儿，终于有一个面相狡黠、胡子很长的老者站出来，显然，这就是草莽中有见识的长者，能代表村民的声音的。

"老人家，是你做代表吗？"袁枚问道。

"是的，我代表他们说话。"

"好，你说吧。"

老者指着谢某说："这是个好人，他是为众人拦米养命，您不能法办他。"

袁枚问："为众人，为哪里的众人？"

老者说："为铜井的众人啊。"

袁枚不急不躁，淡定地问："铜井有多少户？"

老者回答说："有三千多户。"

袁枚又问："现存米多少？"

老者回答说："千余石。"

袁枚反问道："以千余石养三千户，能维持到秋收吗？"

老者回答说："不能！"

袁枚又反问："那么就算铜井的米不出境，你们怎么样养活自己？"

老者回答说："等江西、湖广米来。"

袁枚反问道："如果江西、湖广也出了这样的好人，拦米出境，那又怎么办？"老者不能回答了。

袁枚用目光扫视全场，让其他人回答，全场人都相互看着不能作声。

显然，道理已经在袁枚这一边了。

袁枚于是伸出一只手来，说："合五指血脉流通才成为一手，县令以一县为手，督抚以一省为手，天子以四海为手，岂能截一手以救一手呢？"农民们幡然醒悟，磕头说："袁大人您说得对，您看着办吧！"

袁枚于是追查出所劫米还给商人，而将劫者谢某法办。

六

江苏学政尹会一（1691—1748）以程、朱理学为宗，与袁枚的性灵学格格不入，两人意趣素来不合。有一次尹会一在江宁督查考试时，有八匹马一同行走在评事街，这是官员出行时最威武的阵势，是令人敬畏的。

可是突然遇到两个醉汉，样子很凶猛，操着北方口音，骑着快马冲向尹会一一行。走在前面的马夫就呵斥醉汉，没想到醉汉冲上前来对着马夫就是几个嘴巴，马夫被打倒在地。醉汉还冲上前来扯着尹会一的胡须骂道："我是亲王派来的人，你是什么官？居然不给我让路？"见此情景，他身边的护卫和马夫等都惊散了。

一省学政出行办公务，竟然遇到这样的情况，真是岂有此理！

尹会一知道评事街归上元县管，命令上元县令拘捕醉汉。

可想不到的是，上元县令居然不敢拘捕。

尹会一情急之下只好找袁枚帮忙。

对于这个平时意趣不投的人，又不是在自己的辖所，袁枚完全可以不管，甚至可以看这位学政的笑话。但袁枚并没有这样做，而是立即想办法执行。

相比之下，上元县令要圆滑多了。两名醉汉如此大胆，显然来历非同一般，如果果真是亲王派来，自己一个县令得罪得起？而且评事街是两县交接之地，江宁县也可以管。那何不把这个问题甩给江宁县？自己得罪你一个学政得罪得起，而亲王却是绝对得罪不起的啊，就算是亲王的一条狗，也是不能得罪的。看来，上元县令的官场"智慧"还是蛮高的。

袁枚丝毫没有畏惧的想法，也没有不敢作为的想法。他心里只有一个念头：如何才能抓到两个胆大妄为的醉汉。

要怎样才能把那两个自称"亲王的人"捉住呢？来硬的肯定不行，看样子那两人武艺高强。只能设计，捉住再说。

思考了一会儿，袁枚灵机一动，计上心来：请客。于是教人拟了一个请柬，措辞极尽谦虚之能事，表示要尽地主之谊，"孝敬"来自亲王身边的人，而暗中布置好衙役和器械等待。

两个醉汉接到这么热情的请柬，自然是非常高兴，虚荣心也得到了极大的满足。

到了晚上约定的时间，两个醉汉戴着貂皮帽子，穿着豹皮鞋子，神气活现地前来"赴宴"。

可奇怪的是，都快走到门口了，还没有人来迎接，两人感觉气氛不对，是不是有诈呢？两人不觉紧张起来。

两名醉汉刚到门口，袁枚就下令捉拿，谁知这两名醉汉功夫真是了得，如果一对一，是根本没办法对付的。好在安排了十来个衙役，又都手持器械，就是在这样的情况下，双方也格斗了良久，两个醉汉终于就擒。

袁枚下令用刑具枷住其手、足、颈部进行审问，才知他们并不是亲王派来的，而是大将军傅尔丹的奴隶，到总督府投寄书信的。袁枚从他们随身带的箱子中搜出关节书信十余封，袁枚将二人加上更重的刑具，将他们二人绑在树上，上报尹会一。

尹会一听说袁枚星夜来报，打着火把出来迎接，握着袁枚的手高兴地说："你不用讲了，我已派人看你如何处置这事，情况我都知道了，真是大快人心。你不要怕，我替你奏报皇上！"袁枚笑着说："圣天子在上，您是朝廷二品大员，即使真是亲王的家人，也不敢如此无礼，何况是假亲王的家人呢？更何况，知县捉拿一个醉汉，何奏之有？"

尹会一心中一惊，本来他想替袁枚担当些责任，没想到袁枚见解更高一等，认为根本没必要上奏。尹会一不觉点头称是。上奏的事，除非是纯粹的喜事，而这种需要皇帝辨别是非的事，是风险很大的。皇帝也许一发怒，就让你满盘皆输。袁枚真是聪明啊。

尹会一又问："所搜的书信在哪里？"袁枚回答说："全部烧掉了！"

尹会一对此深表钦佩。从此后每次见到袁枚都称赞说："我没想到你才如子建，政如子产！"

第六章

顺风好收帆

一

乾隆十二年（1747），袁枚三十二岁。这年袁枚仍宰江宁。春夏之交时，袁枚受理了一个秀才控告僧人毁其父棺材的案子。那地方在小仓山附近。小仓山只有几十米高。小仓山的得名，是因为明代曾在这里设立过"小锦衣仓"。明代在小仓山附近还建有东、西、南、北四仓，以及红枪仓。

袁枚到达时，发现这地方依山傍水，从断壁残垣中依稀可感受到大家园林的风范，就像粗服乱头不掩国色一般。其间有数间茅屋，那就是秀才的家。而不远处一副寄棺（里面装有尸体却没有下葬）因下面承载的凳子倒塌而倾倒在地，估计是停得太久，凳子脚已经发霉朽烂。这就是秀才告僧人的原因。先人不能入土为安，当然是一件非常忌讳的事情。秀才告僧人，又涉及先人的下葬，肯定原因很多，但关键问题估计还是银两。袁枚断案不喜欢陷入琐碎的考证当中，对每一个细节评判对错，却擅长抓住关键问题，一次性彻底解决问题。

袁枚单刀直入地问秀才："你为什么这么久不将棺材下葬呢？"秀

才哭着说："先人入土为安，我何尝不想将其下葬呢？然而我没有这个能力，真是死罪啊。"袁枚不问为何告僧人，只转而问僧人一个问题："有没有下葬之地？"僧人说"有"。僧人回答"有"，不但意味着地没问题，而且意味着时辰也许可，做法事也没问题。于是袁枚对秀才及其亲属说："我出钱，你们出力，今天是个良辰吉日，就把你先人下葬了，如何？"秀才、僧人等都点头表示感谢，于是僧人把小和尚、沙弥都叫来，做一堂法事，将棺材下葬。

袁枚担心法事进行过程中又有什么变故，特意留下来等法事做完再走。法事进行过程中，袁枚到附近的一个小茶肆喝茶休息，与人聊天时，得知这是江宁织造隋公的别墅，叫作隋园，已荒废多年。因其后人家里贫困，早想着要将其卖出去，开价是三百两银子。

袁枚内心一动：原来果然是一座名园！开价只要三百两银子！真是褪毛的凤凰不如鸡啊。如果将这座园子买下来加以整修重建，作为辞官后养老、休闲、著文之所真是不错啊。袁枚对小仓山地形很熟，买下来后，可以将其与小仓山一起建成一座大的园林。小仓山地理位置不错，从南京北门桥西行二里路，就可以看到小仓山主山体，这小仓山由清凉山起源分两道岭向下延伸，一直到北门桥止。这就是说，小仓山是源自清凉山的一个支脉山，而不是一个坡，小仓山又分为两道岭向下，即小仓山南岭和小仓山北岭，一直可以抵达南京城珠江路的北门桥才终止。北门桥位于原江宁织造府旧址的西北面七百米处。这两道岭蜿蜒狭长，两道岭的中间形成一个坳谷，里面有清池水田，俗称干河沿。在河没有干涸的时候，清凉山是南唐皇帝避暑的地方，当时的繁盛可想而知。金陵南京的名胜古迹多集中在小仓山周围，例如小仓山南边的雨花台、西南的莫愁湖、北面的钟山、东面的冶城（朝天宫），东北面的明孝陵，还有鸡鸣寺。登上小仓山，这些景物就像漂浮起来一样，尽收眼底。

这里真是太好了！

袁枚于是心一铁，决定将隋园买下来。秀才听说袁枚要买这座废园，价钱一分不少，非常高兴。秀才说：隋园已荒废了十三年，重建不易啊。袁枚会心地笑了笑：异日将官易此园。并将此语写进《初得随园》

中，表达了辞官归隐之意。

袁枚将隋园买下来后，改其姓，易"隋"为"随"，"隋"与"随"同音不同义，袁枚之所以取名"随园"，是因为"随之时义大矣哉"之意。袁枚借用《易经·随卦》中此语，反映了他顺应时势、任随自然的人生态度。"随"也是袁枚建设随园的基本态度，就是不做大的改变，只做锦上添花的装饰。

袁枚进一步了解后才知，随园最初是明末的吴应箕（1594—1645）所建的一所别墅。吴应箕是明末文学家、抗清英雄，字次尾，号楼山，安徽贵池大演（今石台大演乡）高田人。崇祯时的贡生，曾参加复社，起草《留都防乱公揭》揭露讨伐阮大铖。清兵破南京后，在其家乡坚持抗清，被执不屈死。所著《读书止观录》，辑汇中国先秦以来读书古训和读书掌故，既昭示了读书之法，又可察为人之道。

清康熙至雍正六年（1728）间，隋园属江宁织造曹寅、曹颙、曹頫所有。雍正六年二月，曹家被抄，雍正将曹家全部家产赏给了继任的江宁织造隋赫德，隋赫德才拥有此园。五年后，即雍正十一年（1733）十月，隋赫德被革职查办，此园开始败落，隋赫德后人穷困潦倒，但产权仍在隋家，或者说皇帝没有将此园另赏他人，所以仍叫"隋园"。

二

乾隆十二年（1747）六月十一日，闻高邮州缺，两江总督尹继善、江苏布政使王师以袁枚应荐。

已无心官场的袁枚得知自己被举荐，感到诚惶诚恐，为了劝阻尹继善的举荐，赶紧向尹继善写了一封信《谢荐擢高邮刺史启》，信里这样写道：

> 六月十一日，闻高邮州缺，以枚荐表。伏念枚一级官阶，九牛难挽，三刀古梦，五夜无征。遽加不次之迁，恐负孤终之

责……数江南赤紧之任，岂乏老成？用浙西占毕之儒，恐乖人望。

尹继善可能由于过于关爱袁枚，对袁枚并没有仔细考察，其实袁枚并不符合推荐条件。就在尹继善向朝廷的报告送出后两个月，八月十七日，袁枚因为本年任内漕项钱粮征收没有完，到户部接受咨询。《中研院历史语言研究所现存清代内阁大库原藏明清档案》有编号a150-48档案一则，其中有如下记载：

据调任总督顾琮，以江南之江宁县乾隆四年分漕项钱粮限满，将未完分数职名，于乾隆十二年八月十七日咨询到部。该臣等会议得：调任总漕顾琮，以江宁县乾隆四年分漕项奏销二次年限案内，原报未完银一百八两四钱八分五毫零，米五百二十二石三斗三升二合三勺零，内已完拨给江兴各邦乾隆十一年闰月米二石八斗一升四合，已于乾隆十年分随奏册内造报在案，仍未完银一百八两四钱八分五毫零，米五百一十九石五斗一升八合三勺零。查接征知县袁枚，自乾隆十年三月初二日到任起，扣除停征日期外，至乾隆十二年三月初一日，共计一年……照例停其升转，罚俸一年，戴罪征收。

袁枚征粮不力，已被报到户部，停止升迁是确定的事了，只是停薪罚俸的事还没有执行。尹继善对此可能并不知情。袁枚的信并没有能阻止尹继善向朝廷举荐他。尹继善是要再次施恩于这个弟子，极力栽培他。

袁枚这样一位能吏，为什么征粮力度不够呢？

江南的漕政，素来弊端甚多。尹继善督江南之前，农民每交一斗粮，官方以脚力运输费等名义，只算作六七升。尹继善督两江后，奏明朝廷，规定每石另行缴纳兑费钱五十二文，而斗斛听民自便。斗斛边上的遗粒，也叫作花边，令老百姓自己拂去。这个政策的实施，令百姓欢欣鼓舞，交口称赞。尹继善实行的这个政策，很可能与袁枚有关。因为袁枚目睹过旗丁收粮的苛刻，对旗丁深恶痛绝，对老百姓深表同情，写过同情百姓的诗歌。袁枚因同情百姓疾苦，所以征粮的力度不够，以至于征收钱粮的任务没有完成。果然，两个月之后，尹继善的举荐被吏部驳回。

有传者认为袁枚的推荐没有通过，是因为袁枚的"风流好色"被传到吏部，造成了"不良"影响，这种说法是没有根据的。

袁枚升迁无望，当然更坚定了辞官的决心。但这并非他辞官的原因。众多论者认为袁枚辞官是因为升迁受阻，也是错误的。袁枚是在尹继善正式举荐之前就劝阻，他早就想辞官，只是在等待时机。没有正当理由辞官，朝廷会认为你不合作，不愿意为朝廷卖力，那样会有性命不保之虞。

此时的袁枚，知县照常当。不久，袁枚做了父亲，长女成姑出生了。

就在袁枚为辞官寻找理由时，秋天，袁枚得家书，闻母亲章氏得病，心忧不已，当时又身染疟疾。袁枚是家中独子，没有兄弟，为照顾母亲辞官尽孝符合清制。

袁枚立即向尹继善写了《上尹制府乞病启》，请求辞官。这封信文词哀婉、诚恳，备述父母养育之恩，以及退养之志。其情几可与李密的《陈情表》媲美。

> 枚历官有年，奉职无状。蒙明公恩勤并至，荐擢交加。虽停年之资格难回，而知己之深恩未报……不意本月三日，故里书来，慈亲卧病……情虽殷于报国，志已决于辞官……而终之一字，非人子所忍言。且高堂之年齿未符，或恐事违成例；大府之遭逢难再，未免官爱江南。……思归无路，得疾为名。伏愿明公念枚乌鸟情深，允其养亲之素志；怜枚犬马力薄，准以乞病之文书。实缘依恋晨昏，退而求息；非敢膏肓泉石，借此鸣高。

一连两次收到袁枚的信，先是劝阻自己举荐他，后是坚决要辞官。

尹继善觉得需要好好地劝一下这个弟子才行。这时，湖南布政使陶士璜路过江宁，到总督府拜访尹继善。尹继善便将劝说袁枚不要辞官的重任交给了陶。陶士璜来到随园，对袁枚进行了苦口婆心的劝说。但袁枚辞官的决心，已是"九牛难挽"。袁枚先后给陶士璜写了《答陶观察问乞病书》和《再答陶观察书》，把不愿当官的愿望表达得非常详尽。

见陶士璜劝说无效，尹继善又派好友沈凤到随园劝说，但沈凤本人就是一个辞职的知县，他的劝说显然就更没有说服力。

按照传统观念，天下有道不能称隐。但袁枚辞官的理由完全正当，符合清制，因为是以"孝"为由，这没有否认天下有道，尽孝就是皇帝也难以阻挡。如果是父母去世，再大的官都要回家丁忧三年，即使你贪恋官位，也没办法。明朝万历年间宰相张居正的父亲去世时，他贪恋权位不肯离去，暗中令百官劝留，皇帝最终下诏"夺情"，让其留官。他虽得以戴丧居官，但在百官之中还是留下了话柄，受到众人的暗中攻击。他死后这还是成为他的罪名之一。由于袁枚辞官完全有充足的理由，尹继善没有办法，只得批准了袁枚先行请假辞官养亲。

笔者注意到，乾隆时期的辞官只是辞掉现任的这个官位，但你的任职资格还是保留着的，当你辞官的理由已不存在时，你还必须去"补官"，即重新做官。否则，朝廷追究下来，认为你不合作，就会有杀头的危险。只要获得了科名的人，终身都有做官的机会，也不受年龄限制。

袁枚辞官的动机并不是消极遁世，而是另寻报国的途径，以文学为终身的事业。他在《早年》一诗中说："检点残书聊自慰，古来传不尽公卿。"袁枚认为"文章亦报国"，突破了那个时代只有建功立业才能报国的观念，树立起为邦国增光的新潮思想。而写作文章，他追求的是"鸿丽辨达，踔绝古今"。对那些"贞符典引，刻意颂谀"的应时逢迎之作，则无比地鄙薄和厌恶，不屑于著述。袁枚的这些见解和态度，表现出他的思想深邃过人之处，也显示出他那辞官不失志的心态。

尹继善刚刚批准袁枚辞官，没想到却比袁枚更早离开江宁。他于乾隆十三年（1748）九月移督广州，此时袁枚还没有办完手续。袁枚还以江宁主人的身份赋诗相送。

袁枚于乾隆十三年（1748）十二月初四离开官署，十二月二十日整理行装，将归杭州。吏民相送于道旁，袁枚赋诗相别。这就是《示送行吏民》，兹引如下：

> 我今一纸乞归养，吏民惊骇相攀追。
> 爱公留公公不可，请问两语公答之。
> 公之上游方倚重，受宠不觉宁非痴？
> 公之年纪三十三，春行秋令何萧衰！
> 我闻此言不能答一词，但指萧公韦公是我师……

袁枚在诗中极其欣赏唐玄宗时曾出任过尚书右丞相的萧嵩。因为萧嵩正当受到宠幸的时候，反而惧怕天威不测，为了保身而及时地提出了乞求归去的请求。

袁枚在诗中还肯定了韦应物的"知机"，称赞他四十三岁时即辞去栎阳令而退居终南山的清举。袁枚称赏他们的行为，无非是表明自己远祸与避祸的心迹。

至于他自身所处的险恶之境，当然不便也不能说出口，而只能从诗中隐约地流露出那不可名状的苦衷：

> 三十休官人道早，五更出梦吾嫌迟。
> 云归云出亦偶尔，必问所以云不知。

后来，袁枚又在《帆》中写道："张处休教满，收时自觉轻。从来人失足，转在顺风时。"而在《春兴五首》中，竟有"十分开处替花愁"之句。直到八十一岁时，他在《示儿》诗中还说"帆收好在顺风时"。这些诗句，无不表明了袁枚"知机"保身，不恋官场，决心乘时归隐的思想，也隐曲地流露出对现实政治的畏惧和不满，宣泄他胸中的愤懑和不平。

乾隆十四年（1749）正月初一日，袁枚抵达钱塘家中，与家人相聚甚欢。袁枚在《归家即事》一诗中，详细记录了当时的欢娱情景。一到家里听到乡音，才知道自己还是一口官话，几乎把乡音忘了，现在听到乡音反而感到有点不适应了。守门的人不认识袁枚，就问他是哪来的。小狗也不认得他这个主人，在一旁叫个不停。听说袁枚回来了，全家高兴，姐姐扶着父亲，妻子扶着母亲，大家一起问候他，屋里欢声笑语，充满了喜气。一家人聊到很晚还没有睡，母亲担心袁枚长途跋涉累了，要他早点休息。袁枚说没事，亲人们难得聚到一起，多聊聊没事的。姐妹们也不愿意散开，袁母只好吹熄了蜡烛，说还是早点睡吧，明天还要到奶奶的坟前去祭奠呢。袁枚这才默默无语，大家也都散了，袁枚这才睡去。

袁枚曾写过一首《自嘲》，算是为自己画了一张像：

> 小眠斋里苦吟身，才过中年老亦新。
> 偶恋云山忘故土，竟同猿鸟结芳邻。
> 有官不仕偏寻乐，无子为名又买春。
> 自笑匡时好才调，被天强派作诗人。

袁枚的这张自画像很生动，特别是最后两句，说得非常到位。袁枚本来是一个匡时济世的人才，可是被上天强派作了诗人。最后两句虽有自嘲、开玩笑的口吻，但也的确反映了袁枚内心的无奈，反映了袁枚心中政治抱负无法实现的沉重叹息，也是诗人对自己实现了文章报国理想的一种欣慰。因为在骨子里，他是一个积极进取的人，并不是一个消极厌世者。他羡慕陶渊明，学习陶渊明，不为五斗米折腰。但他并没有回到农村，躬耕南亩，而是过着大隐隐于市的生活，与包括官场人物在内的各色人等保持密切交往。他辞了官，但并不是出世，而是另一种入世。漫游山水、广交朋友、收女弟子、展开论战、力主性灵，都是袁枚积极入世的表现。

三

那么，袁枚为什么这么坚定要辞官呢？壮年辞官，异乎寻常，众多学者对此进行过研究，得出过种种结论。

我认为，袁枚辞官有三个原因，一是直接原因，一是根本原因，一是偶然原因。

直接原因有三个：一是不堪其耻，二是不堪其累，三是不堪其俗。

根本原因是对性灵文学和文章报国理想的追求，对田园生活的追求，是作为诗人的袁枚骨子里的傲气和散漫之气。

此外，还有几个偶然的原因。

先说三个直接原因。

从获悉"以知县用"时，袁枚就感到一种深深的羞耻。翰林院庶吉士是多高的地位，晋升后大多是京官，身份高贵，升迁机会也多。而知县，也就是个正七品的芝麻官。作为知县使用是翰林院庶吉士的最差发配，一开始就带有强烈的"贬谪"性质，官场生活刚刚开始，就被"贬"到溧水当知县，这种带着羞耻上任的感觉，让他挥之不去。

如果说这是一耻的话，二耻就是袁枚耻于与大官为奴。袁枚为知县七载，每到一处都有政声，而沭阳地处相对偏僻，迎来送往的事就少得多。袁枚凭着一份爱民之心，就能够大刀阔斧地开展工作，而且乐在其中。但一到江宁，感觉就不一样了。江宁是富庶之地，交通发达，迎来送往的事情特别多。迎来送往之事在袁枚看来，就是为大官做奴。拜迎长官心欲碎。对这样的生活，袁枚在《答陶观察问乞病书》中表达了其疲惫之极：

> 尔今之昧宵昏而犯霜露者，不过台参耳，迎送耳，为大官作奴耳。彼数百万待治之民，犹鼾鼾熟睡而不知也。于是身往而心不随，且行且愠。而孰知西迎者，又东误矣；全具者，又

缺供矣；怵人之先者，已落人之后矣。不跪膝奔窜，便瞪目受瞋。及至日昳始归，而环辕而号者，老弱万计，争来牵衣，忍不秉烛坐判使宁家耶？判毕入内，簿领山积，又敢不加朱墨围略一过吾目耶？甫脱衣息，而驿券报某官至某所，则又蘧然觉，凿然行。一月中失膳饮节，违高堂定省者，旦旦然矣，而还暇课农巡乡如古循吏之云乎哉！

袁枚的《出东门》诗，更是详尽地描绘出身为官奴的百般感受：

出东门，有客从西来。客不西来，东门之车奔如雷。待来而不来，客怒作色相疑猜。……大官昂首坐，小吏圈豚行。天阴雨凄凄，长跪大道左。学鸭自呼名，两颊红似火。指向蔡兴宗，此中正是我。欲卧强之食，欲食强之饥。非所喜而笑，非所怒而答。腰膝不自持，而况法令为！吞尔不摇牙，咀尔不击齿。乃公喉有声，万口一齐止。爱之则生，逆之死。

袁枚本是性情中人，不喜欢约束，而官场等级森严，又规矩多多。官场最讲究的是潜规则，讲究的是官格，不是人格。越是个性鲜明的人，在官场越死得快，越容易被人利用使绊子。官大一级压死人，一个芝麻官，在百姓眼里是民之父母，但在大官眼中就是一个为他服务的奴才。你在他面前必须唯唯诺诺，卑躬屈膝，没有丝毫尊严可讲。

责打旗丁张升之后的道歉，也让袁枚深深地感到耻辱。

江宁将军岱林布手下的旗丁张升，奉命到李家去收租。他利用权势，乘机到周家去敲诈勒索。遭到拒绝后，又无理地拘拿了周家的人。周家迫于无奈，告到县衙。袁枚审理案件时，张升有恃无恐，横眉竖眼，咆哮公堂，态度异常凶悍。当时汉族官吏是碰不得旗丁的，由于责打旗丁而被罢官的人大有人在。袁枚忍无可忍，为了主持公道，同时维护朝廷命官的威严，毅然下令责打张升，勒令放回被扣押的人质。

旗丁公堂被惩，在江宁县前所未闻。一时间，百姓对袁枚不惧权势、不怕丢官的行为赞不绝口。

虽然逞了一时之威，但袁枚的内心是非常担忧的。责打张升之后，他便立即送呈《擅责旗厮谢岱将军启》，违心地自我责备，向岱林布请罪，表明自己并没有打狗欺主之意，还保证今后不再发生类似的事情，甚至以孙子和奴仆自居，说什么"园丁芟主人之荆棘，方欲居功；子孙鞭祖父之家奴，自知小过。念前衍而莫赎，图自新之有期"。竟至卑躬屈节到哀声求饶的地步。对于这种自打耳光似的自我羞辱，剥尽自尊的自我作贱行为，袁枚的内心当然是非常痛苦的。平时积压的郁闷和愤怒、内心深处的受辱感愈益浓重。

第二个直接原因是袁枚也不堪县官之累。袁枚曾写《俗吏篇》数首，勾勒了自己的俗吏生活。试摘几句如下：

> 但恨长官归来晚，不知长官未餐饭。
> 忍饥息气排衙坐，欲决不决头屡顾。
> 既恐稽迟转累民，又恐仓黄事多误。
> 乱丝抽割将下堂，犹有秀人呈文章。
> ……
> 仰天大笑卿知否，折腰只为米五斗。
> 何不高歌《归去来》，也学先生种五柳。

这里，袁枚辞官归田的心迹已表露无遗。

第三，袁枚同样不堪忍受官场之俗。

清朝进士出身的县官本来就不多，何况他是翰林院出身，遇到一批庸人，难免看不起。可是他偏偏还要向这些庸人行跪拜之礼。袁枚曾在《谒长吏毕，归而作诗》中写道："问到出身人尽惜，行来公礼我犹生。书衔笔惯字难小，学跪膝忙时有声。"

这写的就是清代官场的两个不成文的规矩，一是下官见到上司，一定要小跑步上前，距五六步远下跪。尤其下跪时还不许有声，声响大了被认为失礼。身着长袍，要想无声何其难，袁枚初为县令时，还练习了好久才练会这个本事，练完之后是一脸无奈的苦笑。袁枚还为自己几年来的跪拜动作竟然熟练、标准了而感到羞愧。

签字也有很多规矩，官大的签的字可以大，官小的签的字就只能小。但有时总督签的字本来就很小，续写的人只能写得更小才能与之相称，到了县官这里基本上只能写成蝇头小楷了。袁枚偏偏不习惯写小字，因而往往被视为目无长官。

袁枚对这些规矩非常讨厌，每行一次跪拜礼都觉得心灵受到了一次折磨："蹒跚两足跪难禁，笑倚彭排独自吟。尽铸温韬金搭膝，可能偿得此时心？"

袁枚酷爱古董，即使每一次跪拜都能得到一副温韬金搭膝（唐代皇陵所出之古董，价值连城），又怎能弥补跪拜造成的心灵创伤呢？

袁枚最感兴趣的事就是读书写诗，可是当官使他失去了许多宝贵时间。参谒、陪同，无休无止，袁枚发出了"官苦原同受戒僧"的悲叹。

以上都是袁枚辞官的直接原因，但真正骨子里面的原因是什么呢？那就是袁枚的性格，袁枚热爱自由，追求性灵地表达自己的思想感情，立志文章报国，讨厌八股文，向往陶渊明那样不为五斗米折腰的精神，向往独立自由的生活。这些与官场的生活、官场的生态、官场的潜规则是格格不入的。

袁枚辞官最深层次的思想原因，还是对清朝官僚体制的不满，对清政府大搞文字狱的畏惧和极度反感。

清朝统治者为了对臣民从思想上到肉体上完全占有，最初是滥用武力，见秀才就杀，清初不知杀掉了多少秀才以上的知识分子。只留下手工艺人、伶人等供其使用。继而实行残酷的文字狱，禁锢知识分子的思想。

清朝顺治、康熙、雍正三朝以来文字狱不断，统治者残酷迫害汉族知识分子。雍正时，举行博学鸿词科考试，由于知识分子已到了"避席畏闻文字狱"的紧张程度，根本不愿与皇帝为伍，以致报考者寥寥，雍正皇帝也感到很没有面子。

给袁枚印象最深的是雍正时查嗣庭狱、王景祺狱、吕留良狱，皆殃及九族。乾隆时文字狱更多，此时虽未正式开始，但袁枚似已预感，心有"预悸"。

强化袁枚辞官决心的，还有几个偶然事件。

一是修志书被谤。

《江宁新志》修完后，当时主纂县志的王箴兴因为修志而遭到别人毁谤，袁枚颇为其不平。王箴兴是受袁枚之请主纂县志的人，其史才应受袁枚肯定。因此其被谤决非史书的质量问题。《江宁新志》到底有什么问题？查看一下《江宁新志》中的《艺文志》就会发现，《艺文志》中大量收录钱谦益、屈大均、钱澄之等反清人物的诗文，而其中的《人物传》中也大量转引卓尔堪《遗民诗》中的人物小传。这种文字，在文字狱盛行的乾隆年间，不可谓不敏感。如果有人抓住这个问题大做文章或向朝廷告密，袁枚作为知县肯定难辞其咎，朝廷一旦追究，后果不堪设想。

可能招来毁谤的还有袁枚写在卷首的序。《江宁新志》的卷首有袁枚的自序，该序文与收入《小仓山房文集》卷十的《重修江宁县志序》颇有不同。原序中颇见袁枚的自得与豪情，如"而予来三年，无一人投牒于府者……政闲而游览起，民和而礼乐兴"，可见修志时的袁枚，还是颇有从政的激情，对自己的政绩和得民心也颇为自得。但收入文集后作了修改的序中说："然而其治江宁者殊难自信，则志江宁者亦可知也。或千百世后览是志而善之，而转疑今日之治江宁者之无甚过差，则是诸君子之助，而非余之功。"落笔谨慎、低调，把功劳归之于他人，而对自己更多的是反省。这体现了袁枚心态的变化，因为《江宁新志》面世之后，袁枚也颇受馋言。当然，从上文可以看出，袁枚在《江宁新志》卷首的序，也可能是受馋的一个原因，序中的自得之情溢于言表，这是官场的大忌。官场是不允许有个性张扬的。

袁枚借机而退，也是为了平息、缓和人们对他修县志的议论，以免因这样的清议而带给自己杀身之祸。不在其位，对自己的关注和议论自然会少得多。

第七章 复出何彷徨

母亲的病其实并没有大问题。袁枚在家与亲人只聚了十五天，母亲的病慢慢就好了，没有见到什么恶化的情况。其间胡德琳到钱塘来，与袁枚的堂妹完婚，两人于是得见，但随即分别，此后再没相见。袁枚在三十四年后还写诗记载此事。

正月十五这一天，袁枚决计要离开杭州回江宁了。正在要离开家的时候，姐姐匆匆从帘子后面跑了出来说："弟弟啊，请你把外甥带在身边，教他读书，好不好？"袁枚点头说："我正好想把树弟也带去，那就两个一起去吧。"于是袁枚带着他的堂弟袁树、外甥陆建一起踏上了回江宁的路。两个年轻人初次远离家乡，与家人依依难舍。回到江宁，袁枚把两个年轻人安排居住在随园。袁枚教他们两个读书，自己也读书其间。这里空气清新，环境幽静，是个读书的好地方，堂弟和外甥对这里也很喜欢。

袁枚回到江宁时，正好是清兵平定大金川，此时的两江总督已换成了黄廷桂。黄廷桂与袁枚的初次见面，昭梿的《啸亭杂录》中记载有一件趣事。

昭梿是清太祖努尔哈赤第二子代善的后代，嘉庆七年（1802）授敬秩大臣，并得第八等王爵，嘉庆十年（1805）袭礼亲王爵。这本书内容丰富，保存了大量有关清道光初年以前的政治、军事、经济、民族、文化、典章制度、文武官员的遗闻逸事和社会习俗等方面的宝贵史料。所记大多是明朝和清朝前期之事，也兼及汉唐宋元等朝。在叙述政治事件时，事无巨细，有闻必录，不仅记载了反清复明以及土尔扈特部投清、康熙捉鳌拜、年羹尧伏诛等重大历史事件，而且还详及每个皇帝的个性、勤政等细节；本书对清前期的战争也颇多记载，比如"论三逆""西域用兵始末""平定回部本末""台湾之役"等，分别记载了清朝收复台湾、平定少数民族分裂分子的叛乱等内容；而它对有关当时经济问题的记载更属难得，如关于清朝货币、关税、赋税政策等都有涉猎。

正因如此，这本书的记录应该可信。

对于袁枚与黄廷桂的初次见面，《啸亭杂录》是这样记载的：黄廷桂讨厌读书人，见到袁枚就说：你名字叫作子才，是以才子自命吗？袁枚说，是的。黄廷桂说：那么，我命题你立即写篇文章出来，行吗？袁枚说，可以，请命题。黄廷桂厉声说，江赋。袁枚说，请限字数。黄廷桂说，一万。袁枚说，请限时。黄廷桂说，三时。袁枚磨好墨，笔不加点，凡奇字怪字全部加个水旁，不过两个时辰，文章就写好了。黄廷桂是个武夫，见袁枚这么快就把文章写好了，惊叹道，你果然名副其实啊。

这个故事显然太像故事，袁枚自己并没有提及过，有可能是作者根据袁、黄二人性格差异太大而敷衍成的一个故事。这个故事如果说有真实性，显然也有艺术加工的成分。一万字两个时辰即四个小时内写好，无论如何都有困难，何况那时人们写字用的是毛笔。这个故事无非是说袁枚有才，而黄氏鲁莽。或者说，表达了秀才遇到兵的奇趣。

当时程廷祚也住在南京，与袁枚的居处不远。袁枚读书每每碰到什么疑点难点，总是向他询问。而程廷祚只要写了诗，总要带过来与袁枚分享，共同切磋。有时他也带着堂弟、外甥两个人到外面走走，看看风景。脱离官场的袁枚，过上了一种真正自由自在的闲适生活、文人生活、交友生活了。

脱离官场后的袁枚偶尔还有些应酬。

乾隆十四年（1749）的三月二十四日，袁枚带着门人王梅坡、堂弟袁树、外甥陆建游清凉山，应邀在清凉山上的扫叶楼饮酒。

说到扫叶楼，不得不提及楼的主人名医薛雪，薛雪字生白，自号一瓢，吴县（今江苏苏州）人，生于康熙二十年（1681），卒于乾隆三十五年（1770）。薛雪自幼好学，颇具才气，所著诗文甚富；又工画兰，善拳勇，博学多才。乾隆初年，两次被推荐参加博学鸿词科考试，但都不去参加。

袁枚在扫叶楼饮酒正酣时，正好遇到一些以前相熟的八九个江宁市民，他们看到知县在这里饮酒，便纷纷抱着坛子送上美酒来，袁枚于是喝得大醉，然后在墙壁上题诗。

出门的时候袁枚笑着问送酒的人：明年的这个时候你们还到这里来么？众人说：只要您袁大人来，我们就来陪您！袁枚开心地大笑。

不久，曾为袁枚提供蒋士铨线索的熊涤斋邀请袁枚、方苞、马文湘、史正义等集塔影园即席赋诗。方苞此时早已杜门著书，不见宾客，一般的人是很难请得动的。况且他在这一年的八月十八日去世，可见此时方苞的身体已很虚弱。方苞与袁枚应已有些神交，而且同住一城，对这样的名士聚会实在不好意思拒绝。

这是袁枚与方苞的第一次也是最后一次接触，但他对这次聚会记载的文字不多，也没有谈到他们二人见面时的情景。方苞是安徽桐城人，康熙三十八年（1699）的举人，四十五年（1706）的进士，康熙五十年（1711）因戴名世案牵连下狱。获释后充武英殿修书总裁，迁内阁学士，擢礼部侍郎，后又因事革职。但袁枚总算是与桐城派的这位代表人物有所接触，也算是桐城派、性灵派这两个派别相近的代表作家有了面对面的实质性接触。

袁枚辞官后的相当一段时间都是饮酒、下棋、赋诗，要么是他请别人到随园来玩，要么是别人请他到别处相聚。日子过得如闲云野鹤一般。

在随园过了半年神仙般的日子，直到六月，袁枚才回了一次杭州。正好袁枚的同年裘曰修因为祭禹陵经过杭州，因此两人外别之后见了一面。

秋天，袁枚又去了淮安，估计与经营田产有关。直到仲秋时候才返回金陵，每天与一些文友下棋饮酒，题诗作序。

十一月间，袁枚突然病倒了，卧病在床的他听说名医薛雪渡江来到江宁，于是写信请他来看病。薛雪闻说大诗人袁枚相请，欣然前往。袁枚得的是风寒，可能是在外跑得多了，着了凉。看着袁枚躺在床上干着急的样子，薛雪把药箱放下，把了把脉，对冒着虚汗的袁枚说：无大碍。也真是怪事，袁枚本来病得不轻，难以起床了，说话也没精气神，但看到薛雪一到，脉一把，似乎病立即好了一半，人也精神了起来。袁枚于是坐了起来，笑着说：薛先生真是神力啊，您一来，病就跑了一半。看来，病也怕您呢！说罢，两人哈哈大笑。薛雪也幽默道：我平时开单子，总会遇到一两个字卡壳，今天给您这位诗人开方，写得很顺溜，看来，方块字也蛮听先生使唤啊。两人又是一阵笑。

薛雪只给袁枚开了一剂药，果然药到病除，妙手回春。

乾隆十五年（1750）春天，袁枚的堂弟袁树应童子试，入泮成了生员。袁枚带的两个男孩终于有一个能看到功名的前景了。袁枚非常高兴，大概是心情好了，便萌发了游兴，他冒着刺骨的冷风，乘坐寒篷小艇，渡江赴两淮。抵达高邮后，晚游甘园，老朋友置酒相会，旧墨新诗，世事沧桑，人事变迁，勾起他无限感慨。随后，他又乘兴转道杭州。但他心里始终牵挂着随园，于是在五月时前往苏州，准备返回江宁。不料，竟病倒在那里。这一次又是薛雪破例入城。所谓破例入城，因为薛雪是名医，此时又年已七十岁，一般是不轻易入城上门治病的，上门治病完全是破例。薛雪只是开了一剂木瓜汤，一帖下去袁枚的病就好了。袁枚动情地用诗记录了这件事：

先生笑谓双麻鞋，为他破例入城来。十指据床扶我起，投以木瓜而已矣。咽下轻瓯梦似云，觉来两眼清如水。先生大笑出门语：君病既除吾亦去，一船明月一钓竿，明日烟波不知处。

袁枚和他性情相投，终身引为知己。

病刚刚好，袁枚听说黄廷桂为了迎接乾隆南巡，大兴土木，搜刮民脂民膏，袁枚为百姓担忧，于是写了一封长信给黄廷桂，这封长信被称为万言书。

而在此之前，袁枚的同乡好友钱琦曾勇敢地对黄廷桂的大操大办、横征暴敛、搞得民怨沸腾说不，站出来为民请命，以御史的身份参了黄廷桂一本。

乾隆问钱琦："你的话从何而来？"钱琦说："风闻奏事，是我的职责，如果所奏不实，那就是我的罪行。我没有什么要辩论的，如果要问我的话从哪里来，我不敢随便说出别人，以免把言路堵塞了。"钱琦说得不软不硬，又无辫子可抓，不能举出证据，居然也敢向皇帝举报，也算是大胆了。意外的是，乾隆认为钱琦的话说得对。

黄廷桂听说这事后，大为收敛。

那时，黄廷桂颇受皇帝的恩宠，公卿百僚没有人敢于挫其锐气。听说钱琦向皇帝奏本的事后，众人争相来看钱琦，看他是不是一个卓尔不群的傲慢之人。见了之后，人们才知道他是一个谦谨而和颜悦色的人，都大惊，称之为仁者之勇。

袁枚对钱琦的行为非常敬佩，曾为他写下《心中贤人歌》，把他看作心目中的英雄。

袁枚以原知县身份上的万言书，应该也是受到钱琦的鼓励。这封万言书即《上两江制府黄太保书》，对黄廷桂提出了许多尖锐的意见。他首先称赞黄廷桂为了坚持正确的意见，曾经以识量抗天子，以气节抗大学士，最终更加受到天子与大学士信任的光荣历史。然后指出，现在却没有人敢给黄廷桂提意见，"而人之进言，乃不敢抗一制府"，封闭了言路。

接着，袁枚对黄廷桂到江南来的为政情况提出尖锐批评：你来到江南三年，民怨、官愁、官府受毁谤，到底是什么原因呢？袁枚直言说："窃以为公之度可以得小人，不可以得君子；公之威可以治边防，不可以治中土；公之察事，明于远而暗乎近；公之敬君，知其小而忘其大。"

针对此，袁枚逐条分析，并提出"遵定制以肃官方""总大纲以扶政体"等四条建议。袁枚最后说，作为人臣来说，黄廷桂得到的荣誉已经到了顶点，希望他学习古代圣贤，从善如流，礼贤下士，不要搞打击报复。黄廷桂看到万言书，的确也没有打击报复。而袁枚又因敢于直言，其名声在坊间流传甚广。

三年优游恬静的生活，夹杂着拖延了多日的疾病，几乎耗尽了袁枚的官俸积蓄，"余禄荡然"。也就在这个时候，即乾隆十六年（1751）春，乾隆开始了首次南巡，先后在江宁、苏州和杭州驻跸。袁枚作为翰林也有诗迎驾。乾隆南巡后的闰五月十三日，黄廷桂离任，改陕甘总督尹继善第三次授两江总督之职。

直到闰五月末，袁枚才回到随园，至此他已离开随园整整一年。随园本来就是一座废园，此时过了一年，这座"废园"更加荒芜、破败。书柜里面起了不少书虫。家里的银两也不多了，维持过日子都显得紧巴巴的。家里人都劝他继续当官报效朝廷，挣钱养家糊口。

尹继善返回江宁后，旧事重提，催促袁枚出山，亲戚朋友、父母和妻妾也都劝他结束赋闲，重新出去做官。

袁枚整天"掩耳且提鼻，痛饮求昏昏"。他虽然尽量回避出山与留园的话题，但内心深处却极为苦痛。

他惧怕再一次浮沉宦海，卷进凶险的政治漩涡，厮杀在生死拼搏的权力角斗场。他担心万一不慎，必将坠入万劫不复的深渊。

其《杂诗八首》之二，正是反映他内心重重的疑虑：

> 韩信再入朝，哙等俱公侯。郁郁未一年，哙贵信且囚。使信向哙拜，哙宁知耻不？微生亩何物，高坐呼孔丘。丈夫重义气，力欲争上游。偶然停倦足，一落千丈沟。天命自有权，此处非人谋。朝廷两三级，挽以十万牛。虽有飞云足，不如乘风舟。中流偶失船，一壶千金酬。此意不能达，皇天如冤仇。所以张子房，宁与赤松游。

袁枚用张良与韩信对比，其诗意极为清楚。在他看来，政治是一种危险的游戏，官场布满了可怕的陷阱。张良终于透彻领悟，彻底摆脱尘世的浮华，"宁与赤松游"。韩信却始终沉迷俗念，一误再误，再入朝时还得向樊哙这一辈的人跪拜，即使自己委曲求全又能怎么样呢？最终还是落得一个飞来横祸、身首异处的结局。"韩彭终不悟，毕竟非英雄"，袁枚由衷地赞赏张良，表明对复出从政不取的态度。

可是，生活的困境却逼得他不得不做出违心的抉择。可能还有一个原因，这时尹继善任两江总督，他对重返江宁，与恩人重续旧缘也寄予了一定的幻想。而最主要的，是其父袁滨的意见，袁滨认为袁枚"年不过四十，催令起官"。可谓父命难违！在亲友特别是父亲的一再敦促之下，袁枚终于决定在乾隆十七年（1752）再次出山，前往吏部报到求职。不过，他尚未出发，就想了归期。

乾隆十七年正月十一日，袁枚北上之前的这一天，程晋芳因应乡试来江宁，到访随园，似乎是特意来为袁枚送行。程晋芳本来就是一个大藏书家，但他还是对袁枚书架上丰富的图书大为赞叹。

这一夜，是袁枚决定再次出官的前一夜，两位好友久不相见，又是这个特殊的时候，因而几乎是彻夜未眠。袁枚将他的志怪之作手稿，也就是《子不语》的部分初稿给程晋芳看。袁枚又谈到了前不久厉鹗的《樊榭山房续集》自序，他非常赞同厉鹗的观点，反对格调之说，倡导性灵之说。两人谈得忘了时间，不知不觉已是东方欲晓。

正月十二日，袁枚与家人、程晋芳告别，北上入都。想不到一个县官都归吏部直管，如果是归总督直接安排，那么袁枚的第二次出仕就不会这么草草收场了。

经过近二十天的旅途，二月三日，袁枚抵达京城，踏进吏部的大门。旧地重游，处处都似曾相识，勾起袁枚不尽的回忆。可是，当年的好友，死的死了，离散的离散了，就在他跨进吏部大门的十天前，还传来了旧友许南台的凶信。他急匆匆地赶去吊唁，旧仆迎门，娇儿举哀，这一切都引发袁枚无限的伤感。

重新求官，程序还是要走的。袁枚被大学士傅恒引到军机处背履历。傅恒是满洲镶黄旗人，乾隆皇后的弟弟，官至保和殿大学士兼军机大臣。在军机处二十余年，为乾隆所倚重。在坐的有大臣来保，来保是满洲正白旗人，乾隆十六年（1751）开始，七十岁的来保兼管吏部事。

这次傅恒与袁枚的对话颇有意思，主要涉及对尹继善和黄廷桂两个人的评价。袁枚在《文华殿大学士领侍卫内大臣来文端公传》中有所回忆：

> 乾隆十七年，病起引见，大学士傅公引至军机房背履历，公（来保）亦在坐。傅公问："两江总督尹继善、黄公廷桂孰贤？"余曰："枚，小臣也，何敢论两大臣优劣？但外所传尹公为政宽，黄公为政严者，皆误也。"傅公愕然问故。余曰："尹公遇下属有礼貌，多体恤语，故人以为宽；及犯大不韪必劾，虽司道不能求，故曰严。黄公遇人倨傲，呼叱随意，然颇多纵舍，常漏吞舟之鱼，故曰宽。"傅公又问："宽与严孰愈？"余曰："尹之严可以得君子，黄之宽只可用小人。"盖语未毕，公在旁笑曰："汝以君子必争礼貌，而小人甘受呵斥故耶？"余曰"然"。公以手拍几曰："好伉爽南蛮子！岂不将尹、黄两大人神形都画出乎？然足下胸襟，亦可想见。"余感公一言为知己。

本来是一次重新入职走程序的公事公办的会见，由于袁枚的大胆、直言，演绎成为了一段趣事，就因傅恒一句话，袁枚将其引为知己。估计只有来保不动声色，以长者身份微笑地听着这两个人的对话。

不久，吏部公布的结果出来，他竟被发往遥远而僻荒的秦中之地，让他到陕甘总督黄廷桂手下讨日子。

袁枚的头"嗡"地响了一下，他几乎要崩溃了。"听说金陵诸父老，望侬如望隔年春。"袁枚预料，金陵的父老乡亲都望着他重新回去掌政，他也是想重返金陵，那里有他熟悉的百姓，有重返两江任总督的上司兼恩人尹继善，重返金陵，是他再次出来做官的希望。而且他在金陵政声颇高，他也相信会重返金陵。如果能返金陵，也就不枉他厚着脸皮，硬着头皮再次为官啊。可是，居然让他去千里之外的秦中？不愿意做的事就要坚持到底啊，只怪自己意志不坚定，因为暂时穷一点，就意志不坚，厚着脸皮再出来为官，这本来就已为人所不齿了，居然还要被"充军"，真是何苦来哉？

他本来就跟他宠爱的小妾方聪娘说好，求到了官马上就接她，并且约好了再会的日子。这下，怎么好跟方聪娘交代呢？此时此刻，他觉得最重要的就是要向方聪娘作个交代，他连写了六首《寄聪娘》的诗，其四这样写着：

> 上元分后泪垂垂，那道天风意外吹。
> 累汝相思转惆怅，当初何苦说归期。

所谓"天风意外吹"，就是指入陕西之命颇出袁枚的意料。朝命难违，此时想要不出仕也已经不可能了。袁枚虽然后悔得要命，但世上没有后悔药吃。

二月底，袁枚准备离京赴任秦中，临行前去与自己的座师留保拜别。恩师已白发满头，分别十载，不到一个月又要分别，而且这次分别之后，谁也难说十年后能不能再相见了。留保见到登门拜别的袁枚，丢掉拐杖与袁枚相拥痛哭，袁枚悲不自胜，作诗留别："乍见又成千里别，再来难定十年期。"果然，十年之后，留保就去世了，这一次相见，成了袁枚与座师留保的诀别。

三月份袁枚正式离京，经过直隶、河南到陕西。经过直隶保定府时，与周元理、金文淳相会于清苑知县署中，小住三日。周元理是浙江仁和人，字燮堂，乾隆三年（1738）的举人，后官至直隶总督、工部尚书。他对袁枚盛情款待，让袁枚深受感动。袁枚后在写给周元理的一封信《寄山东周燮堂抚军》中，对此事作了详细记载："忆壬申岁路过保阳，蒙明公旧雨情深，殷勤款接，助之以路费，沃之以盘餐，使游子天涯，有宾至如归之乐。"

周元理对袁枚如此礼遇，不完全是出于老乡之情，在一定程度上也是出于"上意"。周元理当时是清苑令，袁枚路过这里时，时任直隶总督的方承观曾对周元理说："袁某，循吏也。虽宰江宁省会，而能尽心民事，汝等任首县者，宜以为师。"(《小仓山房诗文集·文集》卷三)他们是把袁枚当作老师看待的。这也说明袁枚的政绩和"万言书"在当时的官僚圈内引起了较大的反响。

在周元理署中时，袁枚还意外地遇到了同年进士金文淳。金文淳，字质夫，曾任编修，又任过太守。但此前遭人诬陷，差点被杀头。现虽被赦免，但已看破红尘。三人剪烛夜谈，感慨万千。金质夫的经历让袁枚顿感后悔，不该一念之差重返官场，现在骑虎难下，真是何苦来哉。

几天后洒泪而别，袁枚于马车中有感而发，写了《意有所触得诗三首》。其中一首这样写道：

> 出山泉不清，在家贫亦好。此意岂不知，此味吾尤晓。所争一念差，悔之苦不早。抽到斩乱丝，余绪犹缭绕。

对自己此次复官表达了明显的悔意。

不过，金质夫并没有真正看破红尘，他后来又任太守，最终却遭谪戍而死。

经过两个月的漫长旅途，袁枚于五月到达陕西西安。

黄廷桂并没有马上安排袁枚任职。袁枚在候任的这段时间里，又开始了游山玩水。陕西最著名的景点大概就是华山，袁枚当时就游了华山，路上碰到一个叫王夫子的人，两人一见如故，一同登山，相互照顾，共同比赛，甚是快乐。袁枚赋诗记载了这件事："壬申岁五月，余游华岳山。道逢王夫子，新交如旧欢。遇险辄相扶，逢奇必共叹。君至青柯坪，崎岖怯路难。余勇上二里，亦复自崖还……"至于这王夫子是何人，应是一位热心的当地人吧。初到陕西，与袁枚交往较多的还有陕西粮道吴绍诗。

除了游山玩水，袁枚最忘不了的就是宠妾方聪娘。此时，方聪娘正在来陕西的途中。方聪娘到达后，袁枚才感觉到日子过得充实、滋润起来。两人情深款款，联韵赋诗，并走秦关，遍游陕西诸景。然而，就在袁枚与方聪娘遍游陕西诸景时，六月十三日这天，袁枚的父亲袁滨却意外地在江宁病逝了。袁枚赴陕后，袁滨带着家眷离开杭州到江宁，想定居随园。然而，想不到刚到不久就病逝了。

袁枚并没有及时得知父亡的音讯，九月初还在写诗送黄廷桂出边关，因黄廷桂这个月有边事。袁枚的《送黄宫保巡边》四首其四这样写道："九月防秋毕，孤烟大漠空。班超留侍子，宋璟黜边功。耀甲天山雪，鸣笳瀚海风。燕然有人在，濡笔待明公。"此时称黄廷桂为"明公"，似乎与前面袁枚对黄廷桂的态度不一致。黄是个武将，袁枚对他的武略应该是认可的。"明公"也是下级对上级的一种礼貌性称谓，也表达了袁枚希望黄廷桂获胜归来，再写诗歌颂他的心愿。至少说明，袁枚对黄廷桂的武功还是认可的。

袁枚在陕西三个月，除了游了华山，还有一些应答之类的应酬之外，基本上没做具体事。

三个月后，即这年九月，袁枚才得到父亲病逝的消息，于是，还没有任职的袁枚即刻南归。其官场生涯也就此草草收场。南归途中又遇到大雨，车轮深陷在泥泞之中，身着麻衣的袁枚非常着急，他在《自西安归陕州阻雨》中写道：

一领麻衣两泪垂，不图如此作归期！
空摇风木秋千里，愁对蓼莪草一枝。
夹道泥深车迹少，凭棺心迹马行迟。
山川满目涔涔雨，似为杨朱泣路歧。

袁枚的悲怆之情见于字里行间。

直到这年的冬天，袁枚才匆匆赶回随园，以没有看到父亲含殓而深感遗恨。

有传者在书中说蒋士铨给父亲写了行状，而袁枚没有给自己的父亲写行状。言下之意，是责怪袁枚对父亲没有感情。而《袁枚年谱》的作者方溶师对此早就有言，他说："庸德庸行，皆世之常，不烦人子称述。若逞文人笔墨，铺张扬厉，又实蹈诬亲之咎。孔子圣人，《礼经》仅记合葬于防，不闻别有纪载。盖至敬无文耳。"方溶师认为，袁枚没有给父亲写行状，并不是不尊敬父亲，而是因为"至敬无文"。这应该是符合袁枚的真实情形的。方溶师，字子严，号梦簪，咸丰乙卯举人，历任内阁中书、总理各国事务衙门章京、侍学讲士、直隶永定河道等职。

父亲去世，母亲年事已高，作为家中独子的袁枚，完全符合清朝终养的规定。袁枚这才真正绝意仕途，心态尘埃落定，安居随园，做一个真正的文人。

这次被迫出山，并非袁枚本意，一是为生活所迫，二是父命难违。但最核心的原因是为生活所迫。正是为了生活，才这样违背自己的意志，长途跋涉，身心俱累，到头来官没求着，反倒失去了为父亲尽到最后的孝心。

袁枚辞官是一种生活方式的理性选择，甚至可以说是一种创新，是一种新的生活方式的开创，是古代知识分子脱离体制这个"皮"之后，"毛"如何生存下去的一个有益尝试，后来的事实证明也是成功的尝试。

第八章

以官易随园

一

乾隆十七年（1752）岁末，袁枚从陕西回到江宁，回到随园。

春天来了，春风吹绿了小仓山的垂柳，吹绿了不知名的树木，吹开了一丛丛早开的桃花。可是今年，这个没有父亲的春天，一切似乎都没有活力，一切在他的眼里都非常黯淡无光，他在随园一个人游走，双眼深陷，毫无光彩，头发黑长，衣服凌乱而又脏污，他像一个双目失神的流浪汉，而不像这个园子的主人，他像一个气若游丝的病者，而不像一个正值壮年的汉子。黑色，从头顶到脸上，从嘴唇到下巴，又长又粗的黑色笼罩着他的头他的脸，又向外延伸出去，好像把悲痛和黑暗延伸出去，释放到无边无际的空中，他不知道他的悲痛是在扩散还是在释放，不知道这样的黑色苦痛有没有一个尽头……

此时的随园因为一年来无人管理，显得荒败不堪，袁枚的心中感到一片灰暗，这番杂乱破败的样子，正好呼应着丧父后的灰暗心情。

然而，生活还得继续，袁枚清醒地意识这一点。既然选择了随园作为后半生的定居之地，既然母亲也不愿看到自己这么颓废的样子，那还是得振作起来，先改造好随园吧。好好活着，也许是对先人最好的怀念。

于是，袁枚带着工匠、仆役，整天清除杂草、乱石，察看地势，不对园子做大的改变，一切以"随"为原则，矮的地方栽树，高的坡上种花，有坎的地方架桥，有路的地方铺上石子，有坑的地方引水做池子，在平展的地方铺上一张石桌、几条石凳，把竹子成片的地方留出余地，让春笋延展，让竹林扩张。袁枚自己就像一个工匠，一会儿拿着铁锹，一会儿抓起柴刀，一会儿又抱起一块硕大的石头，砰的一声丢到地上，把地都砸了一个个的坑。那个叫作武龙台的木匠，别看他长着一副猴脸，还满脸胡须，更与猴相似了，却有一身高强的木艺，功夫了得。既是木匠，也是设计师。袁枚的任何意思，他都能够完全领会。只见他不停地拿起一个工具，放下另一个工具，刨、锯、凿、雕，累得满头大汗。

一些好友来随园看望袁枚，看到随园如此衰败，改造起来要费的工夫比建一座豪华大宅所花的工夫还要多得多，有人不解地问："你这样是何苦来着？花这么多钱，还费这么大的工夫，真是没有必要。花这么多钱请人去做房子，什么样的房子做不好啊？用得着你像仆人夫役这样劳累吗？"

袁枚轻轻一笑，说："东西虽好，不是自己亲自动手得来的不爱惜；味道虽美，不是亲口品尝过的不会感到香甜。您没看见高阳池馆、兰亭、梓泽那些著名的园林吗？苍凉的古迹，凭吊时产生悲愁，但总觉得和自己的思想没有牵连，为什么呢？因为那地方和自己没有关系啊。王公卿相、富室豪门也常常召集工匠修造池塘花园，设计精巧，全力赶建，费尽无穷力气，一旦落成了，主人只是张大眼睛接受宾朋的祝贺罢了，问起某棵树叫啥名字却不知道，为什么呢？因为那地方也是和自己没有关系啊。所以只有文人学士的一水一石，一亭一台，才是通过好学深思之后体会到的。我种植花木如同抚养百姓，刈割杂草如同锄诛恶人；我的设施规划好似命官设职，疏凿沟渠、堆土造山好比划土分疆……如今园子的工程虽然没有完成，修园的费用虽然会花很多，即便有短缺的需要补全，有损坏的还待修复，却并没有迫切地需要限期进行的，我想做就做，想玩就玩，想喝茶就喝茶，想停下来聊天就停下来聊天，想看看蓝天白云就看看蓝天白云，我并不觉得累，我是自由自在的，内心是快乐的。哪里像我在当官时那样，每天要带着手板向那些什么都不懂但最懂关系学的人跪拜呢？我可以采摘随园间，悠然见长江呢。"

友人听了袁枚这些话，又懂又不懂，摇摇头又点点头。

经过半年多时间的修建，到乾隆十八年（1753）七月，整治随园初成，于是袁枚写了《随园后记》，就像是向随园表决心：前年离园，人劳园荒；今年来园，花密人康；我不离园，离之者官。而今改过，永勿矢谖！

此时的袁枚，才真正是入山志定了。

以袁枚万事"随"之的处事原则，以及对朋友肝胆相照的风格，随园自然不可能成为他个人独享的随园，这里自然而然就成了他交游海内文人学子的地方，成为金陵的又一处文化旅游中心。

随园没有围墙，任人参观。袁枚在《随园诗话·卷十一》第三〇条写道："随园四面无墙，以山势高低，难加砖石故也。每至春秋佳日，士女如云；主人亦听其往来，全无遮拦。"

随园门口悬着一副对联：

放鹤去寻三岛客，任人来看四时花。

这副对联用来描绘当时随园的景象是非常贴切的，所以作为诗人的袁枚在门口悬着这两句唐诗。每当春暖花开的时候，达官贵人、仕子淑女、四方学子，甚至贩夫走卒都来随园散步、休闲、赏花，对联取自唐代诗人杜荀鹤的《题衡阳隐士山居》，原诗是："闲居不问世如何，云起山门日已斜。放鹤去寻三岛客，任人来看四时花。松醪腊酝安神酒，布水宵煎觅句茶。毕竟金多也头白，算来争得似君家。"古代的所谓"园"，大抵都是有围墙的，这样只供家人、亲属等小众欣赏。而袁枚的随园不但不筑围墙，而且在门口贴上对联，表明欢迎大家一年四季来园看花。如此开放、豁达的胸襟，实属难得。没有围墙，如何防盗？袁枚在江宁任知县四年，也许他自信他的恩威都足以防盗吧。

袁枚在随园接待好友、文人，也接待官员，既有分韵赋诗、观花赏雪的闲情雅致，也有官场往来、为官赋诗的世俗应酬。官也好、民也罢，或者普通文人、后辈学者，袁枚都是真诚结交。他有着传统文人的高洁，有的是那份不掺假的真诚。

乾隆十九年（1754）正月初一，袁枚同堂弟袁树、章袁梓、外甥陆建在随园饮酒、分韵赋诗之后，突然觉得随园少了一点什么东西，什么东西呢？当然是花。于是袁枚在随园广种梅花，一共种了五百多株。第二年早春二月之后，到随园来观赏梅花的人就络绎不绝，先是二月初一日潘乙震等来随园探梅，二月七日主动邀周长发等来随园赏梅，画家李方膺还专程来到随园画了一幅《古梅图》，袁枚赋诗相谢。不久，张汝霖偕梅兆颐第六子来随园赏梅花，一住就是几天，袁枚还陪其游览了摄山，相得甚欢。

也是在二月份，尹继善让他们共同的好友、书法家沈凤前往苦加规劝，希望袁枚不要有入山的思想，劝他再次踏入仕途。可袁枚根本不为所动。沈凤是大书法家，估计说服人的本事还不行，他不但没有说服袁枚，反而被袁枚所用。

袁枚请他为随园写了几副楹联，其中大门的一副是这样写的：

此地有崇山峻岭茂林修竹；斯人读三坟五典八索九丘。

这副对联很好地表达了袁枚归隐、读书、写作的志向。沈凤本来是奉尹继善之使来当"劝降官"的，没想到"劝官"不成，反而被请来写了对联。看来，沈凤不是一个好说客。于是，尹继善只好亲自写信了。

尹继善写了亲笔信，邀袁枚前往清江浦。清江浦是南河总督驻地，尹继善于乾隆十八年（1753）九月至乾隆十九年（1754）八月任南河总督。袁枚知道，恩师请他去的目的是什么。尹继善亲笔写信，袁枚不能不去，但他对如何应答早就有底了。他只述情，而不言志，或虽言志，也必坚定不移。袁枚已经铁了心，任何人都不能改变他对自由的追求。

袁枚于尹继善就任南河总督之初时写了四首诗寄怀，表达了归隐之意。而这次到了总督府之后，又写了《到清江再呈四首》，后一首的序是这样写的：

> 枚遁迹随园，尘思久断。公手书招之，令沈凡民苦加规戒。类慈母之机杼，误闻蜚语；如良医之下药，未切脉情。恐爱之过深，而知之转浅。率尔言志，请学仲由。

袁枚的这个序，清晰、坚决地表达了入山志定的思想，认为恩公对自己关爱过多，却了解甚少。希望恩公学习孔子，做个让弟子们各言其志的人，也就是让袁枚随自己之志，不要勉强。

尹继善知道已是无法将其挽回，最终还是尊重袁枚的选择。

在尹继善的官署，袁枚见到了尹继善第六子尹庆兰，两人一见倾心，相谈甚久。从此成为一生的好朋友。这两人为什么能够一见倾心呢？完全是因为两人的性格相似。尹庆兰不慕功名，后来也是构老屋数楹，栖身僻巷，以避车马。作小书室，周围种满了竹子，每当风清月白，抱膝吟诗，与袁枚交往了一辈子。袁枚在官署中勾留了三天才回去："三日勾留千度醉，争教赋别不潸然。"

四月，袁枚到江苏淮安程晋芳家做客。五月，堂弟袁树前往安徽寿春，袁枚赋诗相送。但这段时间袁枚交往最多的，还是李方膺和沈凤，他们三人经常在一起谈笑风生，谈诗论画，一起出现在随园的户外，就成了一道流动的风景线，吸引众人的目光，人称"三仙出洞"。袁枚看重朋友，认为"人生得友朋，何必思乡里"。他在《秋夜杂诗》其五中这样写道："至人非吾德，豪杰非吾才。见佛吾无侫，谈仙吾辄排。谓隐吾已仕，谓显吾又乖。解好长卿色，亦营陶朱财。不饮爱人醉，不醉爱花开。先人高自誉，古之达人哉！"可谓对这种生活的一个生动描绘。

但就在这年秋天，袁枚染上了疟疾，一直到除夕还没有痊愈。袁枚在病床上的日子，另一个诗友却始终与他神交，这个人就是赵翼。赵翼字耘松，号瓯北，是江苏阳湖人，与袁枚、蒋士铨并称乾隆三大家。

赵翼因何认识袁枚呢？

赵翼也跟尹继善交好。

不久前赵翼在尹继善的官署中，见案上有袁枚的诗册，随手拿来一看，一看就爱不释手，并在诗册上题诗："子才果是真才子，我要分他一斗来。"

这一年也就是乾隆十九年（1754）冬天，尹继善第四次署两江总督，再一次来到江宁。当时因袁枚得疟疾没有痊愈，未得一晤，只好赋诗寄怀。关于袁赵交情，后文将详述。

此时袁枚依然是丁忧之身，丁忧三年之后，还要重新补官。如不补官，吏部是要追究的。丁忧已经两年整，袁枚正担心一年之后补官之事呢，此时尹继善又署两江总督，真是天赐良机。只要尹继善在他终养文书上签个字，送到吏部，袁枚就可以真正过山居的生活了，就可以实现他以官易随园的愿望了。看来，关键时候还得恩师关照啊。

丁忧三年期满后，袁枚写了一封请求终养的文书到江宁县，由江宁县上报到尹继善。袁枚为了稳妥起见，还是给尹继善写了一封信，既有公函，又有私信，这样就双保险了。

这封信就是《答两江制府尹公》，其中写道："非无仕进之心，因老母七旬，家无昆季，与圣朝终养之例相符，枚已申明情节，由江宁转报。此实乌鸟私情，退而求息，并非膏肓泉石，借此鸣高。文书到院之日，求夫子早为题达，免吏部赴补迁延之处分，则山中之岁月，与膝下之晨昏，未始非夫子重莅江南之所赐也。"

一年前，尹继善在河南总督任上已完全了解袁枚的心思，此次虽然重到江宁，也不再勉强袁枚出来当官了。乾隆二十年（1755）正月十五日，尹继善正式到任两江总督，到任不久，他就在袁枚请求终养的文书上签了字，送达吏部。自此，袁枚才算是真正完成了"以官易随园"的愿望。

在此之前，袁枚一直将自己的寓所置于江宁城内，随园相当于是一个郊区别墅，到了这年的三月，袁枚才正式将住所搬到了随园。这可能有一个重要原因，就是尹继善将他的终养文书递达了吏部，从那时起，他从名义上也不再属于官员，而属于退职终养的人了。当然，也是因为随园已经过了两年的修整，成为了宜居的园林。袁枚终于把家正式搬到了随园，拔掉了留在江宁城里的象征着"朝廷命官"身份的根。

五六月间袁枚又在随园造了若干新景，分别以诗纪之，依次有《平台成》《制小艇》《削园竹为杖》《毁门进古松》《引流泉过水西亭》等。从这些诗可见其倾情经营随园。

二

在此，不妨对袁枚得到随园、改造随园作一个全面的回顾。

袁枚三十二岁在江宁令任上时购买随园，三十三岁因母病辞官，三十四岁那年春节后携堂弟和外甥入住随园，并作《随园记》。此后去吏部补官，三十八岁时因丁父忧回到随园，入山志定，作《随园后记》。乾隆二十二年（1757），袁枚四十二岁时再改随园，三月份写了《随园三记》一文。乾隆三十一年（1766）袁枚五十一岁时，作《随园四记》。乾隆三十三年（1768）袁枚五十三岁时，第三次改建随园，并作《随园五记》。乾隆三十五年（1770），五十五岁的袁枚为自己营造生圹，撰写《随园六记》。

袁枚写随园的六篇记，记录了得随园、建随园、改随园、经营随园的过程，也记录了与随园的缕缕情丝，以及他寄托给随园的种种思想。

随园的兴建，主要出自建筑家武龙台的手笔，但全园的布局均出自袁枚的构想。武龙台是随园的土木建筑工，于乾隆十八年（1753）七月十一日病卒。"素无家也"，是一个真正意义的佣工，但在袁枚家里，袁枚没有把他当作佣工，而是当作了随园的一员，甚至当作了家里的一员。武龙台善于领会袁枚对随园的构思，他的一斧一凿，都能让袁枚满意。两人经常喝酒聊天，形同好友。武龙台死后，袁枚不但为之棺殓，而且写了纪念文章，让这个普通的建筑家或建筑工人得以永传后世。袁枚在《瘗梓人诗并序》里告慰武龙台："汝为余作室，余为汝作棺，瘗汝于园侧，始觉于我安。"袁枚把武龙台埋到园的一边，也是埋在将来自己要埋的地方的旁边，才觉得心安。对于一个佣工，以平等、真诚之心对待，为之作棺，并葬于园侧，赋诗记怀。袁枚心中那种悲悯之情怀，真诚的态度可以想见。

乾隆二十年（1755）五月，袁枚从江宁暂居地接亲属入住随园。

乾隆二十二年（1757）至乾隆二十三年（1758）年，袁枚第二次改随园。

二改随园是按照袁枚的"学问道""治园法"进行的，如其所谓"园林之道，与学问通"。二改随园体现了袁枚的美学、哲学思想。袁枚在《随园三记》中记录了二改随园的过程。

乾隆二十四年（1759），随园基本建成并且定型，主要建筑与景点有三十七处，这年袁枚写了《随园二十四咏》，主要建筑与景点有二十四处，分别为仓山云舍、书仓、金石藏、小眠斋、绿晓阁、柳谷、群玉山头、竹请客、因树为屋、双湖、柏亭、奇礓室、回波闸、澄碧泉、小栖霞、南台、水精域、渡鹤桥、泛杭、香界、盘之中、嵚山红雪、蔚监天、凉室，以上二十四景点是袁枚所咏之景点。此外还有十三处景点，即古柏奇峰、环香处、琉璃世界、诗城、小香雪海、诗世界、绿净轩、双湖亭、水西亭、悠然见南山、判花轩、天风阁等。

乾隆三十三年（1768），袁枚最后一次改建随园，这一年袁枚阔别故乡"西湖三十年，不能无首丘之思"。所以此前"每治园，戏仿其意，为堤为井，为里、外湖，为花港，为六桥，为南峰、北峰"，从而"居家如居湖，居他乡如故乡"。此举大慰袁枚思乡之情。这年年底，袁枚因其父已卒十七年，此前曾欲归葬故乡杭州，因而一直寄棺浅葬。先人未葬就不能除服，所以袁枚觉得自己"非人"。古人有"归葬"与"随葬"两种习俗，经过这次改造随园之后，袁枚请禀母亲同意，将父亲随葬在随园。于是在小仓山选中一块墓地，于十二月十六日安葬父亲，其山如甑斜倚，草木繁盛，在此地尽可营造高大的坟墓，环境又绝佳，而且离园仅百步，管理十分方便。袁枚为亡父造墓之后，在其旁为己修生圹，此之谓"子随父"，又扩大为妻妾之墓，此为"妻随夫""妾随妻"。在其旁又规划了仆人的墓地，此为"仆随主"。其圹外规划的仆人的圹位比较多，邻右工匠奴婢数十家，环绕着袁枚的生圹。对此，袁枚感到非常开心，曾开玩笑似的说："我死后有所治办，一声召唤，这些人就都来了。"

袁枚能够把仆人的墓地都考虑进去，这真是不错的。仆人只是雇佣劳动者，你做事，老板付给你微薄的不至于饿死的报酬，还要经常受责骂、受鞭打，这是常有的事。能够把他们的生死都考虑进去，可见袁枚没有把他们当作佣工，而是当作自己一家人来看的，虽然在家里不可能没有地位的区别，但从袁枚为仆人作棺作诗来看，袁枚绝对不属于苛待下属的人。

袁枚对于这样的设计是很满意的，他在《随园六记》中说：

> 古人以庐墓为孝，生圹为达，瘗狗马为仁，余以一园之故，冒三善而名焉。诚古今来园局之一变，而"随"之时义通乎死生昼夜，推恩锡类，则亦可谓大矣、备矣、尽之矣。

袁枚认为为自己营造生圹之举兼具孝、达、仁之"三善"，是园林格局的一大创造，从而使随园之"随"的含义"通乎死生昼夜"而更加丰富、深刻。至此，随园的营造已经完备。

后来，袁枚族孙袁起作《随园图》，对定型的随园作了形象、完整的描绘。

乾隆二十四年（1759）二月二十九日，随园首次放灯，热闹非凡，士女如云。偌大的随园之内，灯火辉煌，五光十色，恍如天上人间。湖边、桥上、路边、小仓山上、各种建筑物的屋顶，都是形状各异、色彩缤纷的灯火。

传说此日是观音菩萨的生日。袁枚并不信佛，但他的母亲信佛，民间人士大多信佛,借此时机让母亲和各方远近邻里开开心,让芸芸众生享享节日之乐。从某种意义上,也是以此宣告随园正式大功告成,自己也正式成为隐居此地之人。看到人们成群结队、扶老携幼而来,看着人们一边仰望灯火一边指点欢笑,袁枚也感到了一阵阵喜悦。

随着夜色渐浓,前来观灯的人越来越多,随园就像赶庙会一样热闹。正当人们欢声笑语观赏之时,突然传来巨大的爆炸声,一声过后接着一声,接着又是一声。当人们还没有反应过来是怎么回事时,就看到一团一团的焰火冲到了天空,化作满天星星、巨伞、长龙、耀眼的碎金后不见了。焰火一连放了几十响,把人们看得呆了,人们欢呼着,雀跃着,尖叫着,欢乐的情绪达到了高潮。

此时的袁枚,正与众友人在南楼边饮酒边观灯。大家对随园灿烂的景观赞叹不已,也对袁枚入山志定的生活理想甚表钦佩。如此美好春宵,怎能没有诗?于是大家首推东道主袁枚先来一首。

袁枚踌躇满志地站了起来,随口吟了四句:

> 随园一夜斗灯光,天上星河地上忙。
> 深讶梅花改颜色,万枝清雪也红妆。

"好诗!"

众人鼓掌叫好。

袁枚轻轻摆手,大家安静下来。袁枚继续吟道:

> 高下楼台列锦屏,红珠历落水云清。
> 嫦娥似让灯光佛,捧出银盘不敢明。

众人又是鼓掌:"好一个万枝清雪也红妆。"

程晋芳说:"二诗清妙,以少总多,独抒性灵。"

袁枚笑道:"我先献丑了,诸位无须客气,每人献诗一首,方不负这满园灯火。"

于是，徽州诗人、秀才汪廷防站了起来，大家鼓掌。"晚辈献丑了。"接着他吟了一首七言古诗共七行十四句，其中有"九华错落琉璃屏""珊瑚万树燃秋水"等句，想象奇特，长长的诗句赢得大家击节赞叹。

江苏常熟诗人顾镇不甘落后，接着吟了一首七律，其中有"金蛇跳踯赤乌队，大火流天赩玉碎"之句，诗歌有声有色，生动地表现了热闹欢快的气氛。顾镇是乾隆十九年（1754）进士，补国子监助教，此时已乞休在家。

程晋芳、仲蕴檠、何士颙等也先后赋诗。有诗就为灯会大为增色，为灯会注入了文化内涵。

后来，清朝大学者钱大昕（历任翰林院编修、广东学政等职）等也慕名来随园观灯，钱赋诗四句："绝艳惊才锦绣肠，玲珑点缀即文章。寻常灯火休相比，李杜光芒万丈长。"最后一句显然是一语双关，借赞灯赞美袁枚的诗才。

袁枚将这些诗一一收入《续同人集·放灯类》中。

此后，袁枚经常于元宵节、中秋节、观音生日或母亲生日举办灯会，随园观灯几乎成为金陵人的一种习俗。

三

袁枚的孙子袁祖志在《随园琐记》中，对随园的建筑、随园的生活、随园的轶事进行了生动的记载。根据袁祖志的记载，我们更能真切地"触摸"到随园的一草一木，"感受"到其每一个细节。因此，在此根据《随园琐记》，对随园景点及生活常态进行描述。

小仓山房。山房一共三楹，在北山的顶上，面对仓山，是园中的主室。中间设了一块大镜子，镜子纵横有七尺，是广东方伯张松园所送。袁枚写有七言诗《谢镜》，其中有"照到衰翁心胆上，感恩两字最分明"之句，还有"望去空堂疑有路，照来如我竟无人"，也是写镜子的。山房前楹所悬联句"此地有崇山峻岭茂林修竹，是能读三坟五典八索九丘”，是李因培侍郎所赠，沈凤手书。上联出自王羲之《兰亭集序》。联语恰当地概括出主人隐居随园之乐、读书之乐。

夏凉冬燠所。位于山房之左的一间房子，在屋眉上写有“夏凉冬燠所”，南窗非常宏阔，视野极宽，屋檐外种着桂树，熏风徐来时，让人格外舒爽。窗下的大茶几嵌着云南的大理石，长近一丈，宽近五尺。这是袁枚看书写字常坐的地方。东边的壁内嵌着小巧玲珑的木架子，上面放着近百尊古铜炉。冬天用火把这些铜炉烧热，室内便温暖如春。

金石藏。一室之中，四壁之内，专庋古铜器皿、碑石，下至汉瓦六朝砖。《小仓山房诗集》中所咏商尊，也在这里面。颜曰“金石藏”，八分书，未署名。

古柏奇峰。古柏得自黄山，矗立在庭前，旁边树立着怪石，俨若峰峦。室中题“古柏奇峰”四字为额。

环香处。四边都是窗子，窗外都是桂树。最初建这座房子时得旧砖数方，拿起来砖上都有字，于是选三块以颜其额。

小眠斋。面向东南这一楹，屈曲而幽远。台阶前叠石头为芍药台，香气袭人，花光醉客。为二十三间屋中最偏僻的一间，是一个幽静的佳境，所以适合小眠。

书仓。是随园藏书三十万卷的地方，共三楹，南槛迎风，东、西、北三面，都环列着厨架，缥带纷纭，芸香馥郁。

琉璃世界。书仓的东厢叫琉璃世界，两重建筑，窗户上镶嵌着五色玻璃，光怪陆离，令人目迷心醉。中间悬着袁枚六十岁小影，室内还挂着一幅《烟云如意图》，是吴省曾画，尹继善题的诗，诗曰：“青山多白云，云为山人有，披图欲问之，可能持赠否？”

嵲山红雪。屋子像舟的形状，窗户上镶嵌着红色玻璃。南面的屋檐外有垂丝海棠两株，每当春天开花时，灿若云锦。袁枚曾写诗句赞美：“不信天孙织云锦，年年都挂此花梢。”“谁把嵲山万重雪，尽贻儿女作胭脂。”因此庄有恭题其额曰嵲山红雪。

绿净轩。绕廊而西，列屋两间，窗户上全部镶嵌着绿色玻璃，有榻有几，有厨有架，架上全部放着印章、图书，四座生凉，一尘不染，因绿而净，因净而愈绿。

蔚蓝天。轩右一椽两窗，全部镶嵌着蓝色玻璃，几榻器具，全部镶嵌着螺钿，有一方砚，长宽有两尺多，题为"海天旭日之砚"。架上都放着碑帖。袁枚的诗"客来笑且惊，都成卢杞面"就是指这间房子。

水精域。由蔚蓝天向北，就到了水精域。因为四面的窗户上全部镶嵌着白色玻璃，几案坐榻，全部雕刻漆之，墙壁间悬挂着《随园后记》一篇。

捧月楼。楼在蔚蓝天上面，捧天上的蟾辉，挹西山的爽气，清凉山翠微亭远眺在目。

诗城。沿西山一带，筑长廊数百步，廊壁上全部粘贴着投赠题壁的诗，不下数千首。在上面凿石刻"诗城"二字，弟子梅冲曾写长诗赞美。

小香雪海。诗城之下种梅五百本，在山顶建一个亭子，颜曰"小香雪海"，夕阳西下，残雪在树，寒鸦争噪，独鹤归来，在这地方徘徊，有如仙境。袁枚消寒宴集，岁岁无虚。

悠然见南山。共有三层楼，面对着山而建，凭栏而望，全园尽收眼底。额曰：悠然见南山，两边对联分别是：林木翳然，便有濠濮间想；清风飒至，自谓羲皇上人。

内轩。楼的二层，题为"南轩"，其中藏着《小仓山房诗文全集》之版，平时关闭。

因树为屋。园中有一棵银杏树，有十抱那么粗大，树荫垂盖数亩田地，在树荫下结屋，颜曰"因树为屋"，字大于斗。袁枚曾有诗咏之：最是一株银杏古，参天似表此山尊。

诗世界。袁枚开始刻《诗话》之后，海内投寄诗歌者，不可胜计。好诗入选集中的就不说了，那投来的原稿，日积月累，庋置如山，于是用这间房子藏起来，颜之曰：诗世界。

南台。在三层楼左边，面对南山，俯临全园，所以叫作"南台"。台上大树为幕，绿荫匝地，夏天纳凉，良宵赏月，是最为消遣的时分。

绿晓阁。阁在小仓山房侧，夏凉冬燠所的上面，也叫作南楼。东南两面都是窗户，开窗则一园绿树，开窗则一园绿荫，万顷琅玕，森然养眼。适宜于朝暾初上，众绿齐晓，那阵阵青翠之气，扑入人的眉宇之间。

群玉山头。南台地左边，曲折回廊如折叠式，迤逦而下，中间建一个小亭，是给游人驻足小憩的地方。题门额：群玉山头。旁观悬一联：放鹤去寻三岛客，任人来看四时花。

柳谷。垂柳之中有轩三楹，背山临河，极感轩爽。山上遍种牡丹，开花时节这里如一片锦绣屏风，天然照耀。晚上则插上千百支蜡烛，以供赏玩。袁枚在这里排日邀请宾客，通宵宴请客人，极一时之盛。中间悬挂着袁枚自己做的一副对联：不作公卿，非无福命都缘懒；难成仙佛，为读诗书又恋花。

竹请客。柳谷旁边有篱笆，圈着一丛竹子。中间立着七峰奇石，取竹林七贤之意。也称为竹请客。

双湖亭。湖上有桥，桥上有亭，题亭额为"双湖"，是杨思立所书，桥的西边为里湖，种着红芙蕖，东为外湖，种植着白菡萏，水面风来，天心月到，可以放艇，可以垂钓，夏天到这里最舒服。熟客到这里一坐，胜饮一服清凉散。

鸳鸯亭。沿着河堤向南，在山凹水曲的地方建了两个亭，互相连属为一体。名之为"鸳鸯亭"，袁枚有诗咏之："为有池莲开并蒂，水中亭子学鸳鸯。"

渡鹤桥。一条长堤横亘于湖中，堤两边间种构桃树和柳树，迤逦不断，游人至此，感觉这里颇似西湖的苏、白两堤。堤的中间有桥，名其为"渡鹤"，是一座石梁。

水西亭。也叫作"垂虹亭"，在湖的西边，形状就像一座巨艇，周围筑有红色的栏杆，在此听莺观鱼，别有幽趣。万竿修竹，两岸芙蓉花开，游人到这个地方，必然停下来休憩赏景。西山之水，都是由这里趋入湖中。

澄碧泉。泉从石头下面涌出，上面皆是幽兰之景，"澄碧泉"三个行书字镌于石壁。

小栖霞。泉上有堂，周围建有迂回的走廊，紧挨着屋子是数十株老桂花树，香气扑鼻。尹继善将其题为"小栖霞"，当时乾隆南巡，尹继善想把这里作为皇帝驻足的地方，因为这里与栖霞相似，就题了这块匾额。中间有一联是这样写的："云山金石图书，此地可称三绝；循吏儒林隐逸，先生自有千秋。"

判花轩。在三层楼下，面临牡丹台。这个台历史最久，大概是前面的主人设茶肆的时候就有这个名字，袁枚扩大这个园子，仍用旧名。

天风阁。南山种竹万竿，不留余地。山顶建一阁楼，题其额为"天风"，东可以看孝陵、钟山，北可以眺长江天堑，西可以抱清凉诸山之爽，南可以瞩谢墩、冶山之奇，的确是一个登高望远的好去处。

六松亭。结松为亭，其数六株，天然成就，不假人力。其枝干的披拂，俨然参差不齐的绿瓦。啸傲其间，俨若神仙。

半山亭。在半山结亭，用棕代替瓦，也是作为游人停足憩息之所，万竹之中的这座亭子，显得极为幽静。

回波闸。水从西边来，势将往东注入大河大海。在湖边建一闸，取名为回波。不是为了阻断其流水，而是让水流减缓速度，以便各种花瓣落入水面之后，借这个闸稍稍回旋一下，不要这么快就被水冲走。

藤花廊。山房的前面，回廊曲折，有藤一株，根从屋子里出来，盘旋妖矫，如虬如龙，支木架棚，垂荫几乎满满的。开花时粉蝶成群，游蜂作队，春光逗满，何止十分。

山上草堂。草堂居于北面的山巅，为竹所环绕，其上面便是天风阁。环境最为幽静，是夏天最好的休闲之处。可能因为风传天籁，露滴清响，竹景之趣，可以时时领略。

仓山的西边，有一条小路直通峰顶，披荆而入，别有天地，取其俗名为"海子"，其中两岸夹溪，溪水盈盈，澄澈可掬。东岸琅玕，一片青翠宜人。两岸菜畦数亩，旁边有人家，就是十三佃户之一，这里环境最为清幽，终年很少有履痕，袁枚也很少到这里来，真是一幅桃源景象。

小仓山的东面，有一座永庆寺院。相传建于明朝初年，中有浮屠，高出云表。在随园凭眺此塔，层层在目。每当初一十五或佛诞生的晚上，其上必遍燃塔灯。特别是下雪天，又有月亮的晚上，景色特别夺目、异彩纷呈、佛光照耀。这样的奇景，是很多私家园林都看不到的。

随园的中间有一座观稼轩，每当春耕秋获的时候，袁枚就登上这座楼远观农人稼穑，欣赏美丽的田园风光。四起的秧歌，让人豪情顿起，打麦打稻之声，也耐人寻味。收割之后的田野里，散发着迷人的泥土芬芳。农人往往搬一张小桌、几条小凳到田野里纳凉吹风，一斗酒，一只鸡，欢呼聚饮，则又是另一番景象了。

前面提到的琉璃世界是一处备受游人赞叹的景点。

随园内的"琉璃世界"用的是西洋五色玻璃，其色彩有蓝、绿、白等多色，营造出蔚蓝天空的蓝晶世界、冰晶玉洁的白色世界、绿杨垂柳的绿色世界，让人称奇。这种大型平板玻璃在当时极为罕见。袁枚在《续同人集》宴集类中记载了曾任翰林院编修的广东学政钱大昕到随园观灯时的感叹："珊瑚红衬白琉璃，此是人间第一奇。"在随园观灯是一景，看焰火是一景，在随园看玻璃又是一景。"琉璃光动灯如海，游女争来看小仓。"《续同人集》还记录了当时人观琉璃世界的一些诗，估计来看的多半也是文人诗友。

许多人不但到随园观灯观焰火看玻璃，而且还顺便到随园住宿，吃住由袁枚全包，袁枚的慷慨好客可见一斑。某些关系密切的朋友一住就是一个多月，如程晋芳。

四

袁枚素不喜欢风水之说，小仓山西的生圹告成后，袁枚将已故的工匠、奴婢全部葬在圹外，竟有三十多人。亲邻中的贫苦者，也葬在那里。这三十余人，多无姓氏可考。至今能够说出姓名的，只有武龙台和厨师王小余两人。

距随园二里左右，是袁枚堂弟袁树的"寓园"，有人赠了一副楹联：宦海抽身，不作风波于世上；云林寄傲，别有天地非人间。园中有红豆一株，老桂树两棵，园内亭台楼阁，结构颇为幽静。

随园一年四季都开花，春天三月的牡丹，秋天八月的桂花，开花时游人最多，从早到晚，游人摩肩接踵而至。游园之人，以春秋日为最多。如果遇到乡试之年，那么秋日来游的人更是不可计数，应试的考生有一两万人，送考的、做生意的又有好几万人，总数应该不少于十万人。他们既来白下，必到随园。所以每年随园的门槛必须更换一两次，因为踩踏的人太多，门槛被踩穿了。

每当冬天到来，随园满山红叶，萧然入画。而春初的一园新绿，更加令人觉得绿意可人。这又是百花之外的另一种景致，游人很少知道。偶有此时来园者适逢随园新绿，无不诧异为奇景，实在应及时领略，不可错过。

夏天的随园，忽而黑云在天，万绿皆暗，竹摇松撼，柳舞荷倾，或坐楼头，或依亭际，自有一种爽适的趣味。如果在深夜之际，看到飞花落絮，乱舞庭前，必让人心增惋惜之感。

雨景则是春夏最佳，因为小雨润花，最适人意。一下雨而众山皆绿，更觉宜人。如果时当酷暑，没有下雨不足以生凉，凭栏观看荷上的水珠，倚枕听竹间的声响，会感到格外的清静。一旦暴雨滂沱，则四面山上的瀑布齐飞，更觉得爽心悦目，恍然以为到了天台山、雁荡山。

月下的随园则四季景色皆妙。梅花开的时候，最觉得清绝。如果是下雪天，雪映月辉，则真如人间仙境。所谓"琼楼玉宇，高处不胜寒"，大概就是这种意境了。此外，秋高气爽的天气，月到中秋分外明，更是足以供人观赏。然而花底寻荫，池中掬水，又何尝不是胜境呢？

于梅花之上领略雪景，固然很经典，可是于枕头之上闻雪压竹头的声音，也算是清绝之境。至于岭上山门、篱边屋角，除了红栏，一白无际。此时此刻，置身高阁，目炫神清，更是何等之境界？

世间的佳趣，目遇之而成色者，耳得之亦可成声。在随园，美妙的声音四时皆有：春天燕语莺簧，以及反舌催耕，各极其妙。夏天则是蛙鼓一片，蚯蚓笛鸣。秋天是促织莎鸡，冬天是寒鸦塞雁，自然天籁之声，几乎异于凡响。

随园之大，随便到一处柳荫下垂钓，逸趣横生。清明节后，游鱼起水，或投鱼饵，或不投鱼饵，随意到河边观赏，最能养性。夕阳西下时，随手抓两条付之庖厨，然后就着花丛小饮，实乃人间乐事。

小仓山种竹木不下数十万竿，一入柴门便上了竹道，曲折周遭，才到达想游的地方。青翠之气，沁人心肺。从春天到夏天，拔笋而食，甘鲜可口。园中的花，四季不谢，以梅花为最多，看红梅、白梅、黄梅、绿梅、胭脂梅，开花时一望无际，雪中更觉清绝。此时乃寒冬季节，游人绝少，只有主人独领其趣。

沿着河堤种着桃、李、绿柳，仿佛西湖边的景色，来游玩的人，成群结队地行走在堤上，红绿相映，俨然一幅画图。

随园有海棠两株，花开得最繁茂，当窗作态，灿若云霞。每年的海棠花开后，袁枚就开始开筵宴客，从此主客之间酒赋琴歌，大概就没有虚日了。

海棠花谢了后，朱藤就开花了，俨然一架锦棚，令人目眩。这种花的香味与海棠相似，不能触鼻，而赋色极艳，花期较长，来观赏的游人往来不绝。

牡丹是富贵花，以多为贵，但必须种得参差高下，不可平地种之。随园中叠石为山，遍种数百本，回环映带，坐着看如一座花山。每到晚上，削竹为签，插竹高烧，烛光下更加灿烂。这时游人最多，从早到晚，络绎不绝，袁枚排日宴客，应接不暇。

玉兰、木笔、绣球、芍药相继开花，各极其盛，其中玉兰花除了可欣赏外，还可以用于制饼，随时饷客，香沁心脾。芍药枯萎之后，荼蘼殿之。古人有诗道：开到荼蘼花事了。其实殿春之花很多，可以一直次第开到夏令时分。

双湖都种莲花，或倚回廊，或泛小舟，宜于初日和微风之日，真是清凉境界。早上取叶上的露水烹茶供客，用冬天自己窖藏的梅花当茶叶，可以消暑，可以清心。晚上喝则折取其叶，曲作碧筒，以供行酒。或者取叶子中极嫩的用来包花猪肉，蒸着吃特别美味。

随园中有许多丹桂，而小栖霞一带最多，绕檐压屋，香气袭人。剔其细蕊与梅实掺在一起用于泡茶，可以起到醒酒的作用。

秋海棠也叫断肠花，随园中随处都有，闲庭冷院，也不厌其多。此花开时，女孩们最为喜欢。因为这种花可以窖粉，还可以用来酿蜜。因而亲朋好友，接连不断地来索求。

芙蓉花开之后，秋天将要结束了。这也是园中的大观，其他园断无这么繁茂。循山沿湖，几乎种插遍了，仍就细处叠成城，一天所开的花，不下数千万朵，从早到晚，能变三种颜色。另有一种白色的，也极冷艳。

木香棚、蔷薇架，都是随园之中随处点缀之景。满眼都是，木香另有黄色的，蔷薇也另有白色的，都是花中的异品。竹以数十万竿记，柴门之内，已然一径萧疏，仓山之巅，又是满山仓翠。此外还有斑驳竹一篱，即竹请客处，还有紫竹数丛，掩映在梅林之外。另有淡竹、慈孝竹，随地布置，各适其宜。

随园门内，有梧桐七株，森森矗立，各极其致。墙壁上题"袁随园先生祠堂"，字是铁丝篆体，为孙星衍所书。

芭蕉的叶子可以招凉，也可以听雨。窗前帘际，掩映生姿。花有头大，一天开一瓣，蕊中有露水，像蜜一样甜，早上起来就花吸取，别有风味。

银杏又叫鸭脚，也叫平仲，随园中共有四株，都有十数围大，垂荫各有一亩左右。经过的游客，莫不摩挲玩赏，留连而不忍离开，树龄已有数百年。

五

随园二十三间房子都陈设着精美、特色器具。除了大理石外，还有嵌螺钿、雕漆、铁梨、花梨、紫檀、海梅等，一间房子各放一种器具，楠木、红木为最次的。妇女来随园游玩的，以春秋两季为最多，穿花拂柳，足以为园亭生色。园中到处放置着镜子，因为袁枚喜欢镜子，妇女对镜理妆，有不期然而然之理，如果到山房巨镜，更是必频频顾影，整袖牵裙，有些妇女到了偏僻之室偶尔小坐，竟有留香数日不散的。

那些好的云南大理石，有天然山水、树木、人物等形状，随园的几榻桌椅，几乎全都镶嵌了，最大的大理石几近三方，都长近一丈宽近五尺。一块放置在"夏凉冬燠所"，一块放到"古柏奇峰室"，一块放到"环香处"。客人们来看，无不惊诧为至宝，摩挲而不肯离开。

袁枚隐居随园，制府、将军以上驱车来拜访的，都会于一里以外停车，丢下随从，单车入园。这既是礼敬贤人之意，也是怕自己张盖游山被人耻笑，随园内绿荫如盖，清凉舒适，若再张盖则显得另类怪异。这也成了官家之人来随园的一个习惯，不管多大的官到随园来都按这个礼节。虽然袁枚已弃官数十年，但不管哪一级的官员到随园来，都止于红土桥头，未曾越过。

不少大员对随园心向往之。

有一个叫作崔太守的，从都门出去到外地任职，经过白门时，因天气太热，绕道到随园来避暑。崔太守到处走走，显得流连忘返。此时正值袁枚外出，崔太守于是强拉着园丁到竹深之处坐下，详细询问各种情况，园丁自然不敢抗礼，有问必答。末了，太守笑着说："你在这里享的清福，胜过我一百倍。我想舍弃五马的荣恩，和你一起到这里当个园丁，享受林泉之福，你相信不相信？"园丁只是憨笑。

这里不妨插述一个小细节。

袁枚过世若干年后的一个中秋节，已是半夜时分，万籁俱寂，一轮明月当空而照。忽然有人传制府要来游，并叮嘱切不可惊动主人，只需清茶一瓯足矣。来的时候也只是一车一马，轻车简从，从园旁的小路微行而至。袁枚的后辈们着便服陪同，这位制府流连忘返，感叹说：来到这里，慕林泉的幽静，忘人世的尊荣。这位制府不是别人，正是林则徐。

某年重阳节后的一天，正是袁枚母亲的生日，随园放灯，规模宏大，宾客盈门，车水马龙，还请来了专门的乐队、歌女、歌郎。来的人都是名士。袁枚在《续同人集》放灯类中这样描述当时放灯的盛况："须臾火树银花发，一片声光腾倏忽。撼地轰雷玉虎鸣，烘天紫电金虬掣。"

袁枚的孙子袁祖志在《随园琐记》中记载："典试提学以及将军、

都统、督、抚、司、道，或初莅任所，或道出白门，必来游玩，地方官即假园中设筵款待。游园之人，以春秋日为多，若逢乡试之年，则秋日来游之人，更不可胜计。缘应试士子总有一二万人，而送考者、贸易者，又有数万人，合而计之，数在十万人左右。既来白下，必到随园，故每年园门之槛，必更易一二次。"

这是随园的鼎盛期。

第九章

诗人也营财

辞官后的袁枚，也在深入地思考后半生如何生存的问题。

脱离体制求生存的艰难，袁枚有好几个前车之鉴。最典型的例子是他的至交好友、书法家、金石学家沈凤，当了七年县令，去官之后，竟然穷得"服饰萧然"。清朝的文人清官，竟然"清"到如此程度。沈凤才华横溢，书法水平盖世，镌刻水平极高，可是竟然无法为自己谋得一份生存的物质，这是为什么？难道真的是"艺多不养身"吗？袁枚觉得，他是没有经营好自己。从小在杭州这个商业社会长大的袁枚认为，人生是需要经营的，人的才华也是需要经营的，没有经营，怎么可能让自己的才华产生效益？凭什么来养活自己呢？

最让袁枚感慨不已的是好友程晋芳，程晋芳本来就是世代盐商，家财殷实，可由于自己不善经营，不但没有生财，反而慢慢把家财耗尽，为了生活，为了读书，向多个好友借钱。

最让袁枚产生认同感的是郑板桥。此人当县令当到六十一岁，因开仓济民被清政府一脚踢开。但这位仁兄还是想了点办法，他能画画、写字，他穷得租不起门面，但他有办法：摆地摊。郑板桥摆地摊干什么呢？卖字画，卖自己的字画。他不但卖字画，而且独具一格标明"润格"，斗方多少钱，条屏多少钱，四尺整张多少钱……明码标价。读书人是耻于言钱的，但这位仁兄就敢于言钱，明码标价。不但明码标价，他还明确告示：不能以物易物，只收现银！真是"俗"气得可以。

袁枚对郑板桥的诗并不认可，认为诗非其所长。但对他的画是认可的，对他这样摆地摊公开叫卖自己的画也是认可的。

难道只有当官才能生存吗？那些纺丝的、卖绸缎的、养蚕的，不是一样过得很好吗？生意人虽然没有官人那么有面子，但当官是死要面子活受罪，人活在世上不就图个舒坦？我死要那面子干什么呢？我卖文谋生不行吗？

文人如何求生存，这是在中国这个农耕社会里一直没有解决的问题。"学成文武艺，货与帝王家。"知识分子把学到的知识卖给皇帝、卖给封建官僚体制，这是唯一的出路，也是唯一的正路。不走科举成功的人有没有？有人曾从清代搜出了这么一份名单：曹雪芹、胡雪岩、李渔、金圣叹、吴敬梓、蒲松龄等。在这份名单里，曹雪芹"举家食粥酒常赊"，很显然不是求生存成功的典型。

也许，真正让袁枚借鉴生存经验的还是李渔。李渔与袁枚有许多相似之处，李渔长期在杭州和江宁生活，他的生存故事在这两个地方经常被人提起，袁枚对其人其事也更有研究。

李渔生活在明清动荡之际，求功名不成，以文求生存，作了很好的尝试。

李渔的第一个尝试就是"卖赋以糊其口"，卖文为生，这是一条前人从未走过的路，被时人视为"贱业"，实际上，李渔是中国历史上第一个卖文赋糊口的"专业作家"。李渔不但卖赋，也卖小说，还"打抽丰"、做出版、搞演出，生活过得有滋有味。袁枚佩服李渔的生存之道，也佩服他对美食、对闲适生活的追求。他的《闲情偶寄》，袁枚看了不知多少遍。

李渔经营文化产业的成功实践，让袁枚深受启发，李渔的本事袁枚只有一样学不来，那就是搭建家班子演戏。袁枚不会写戏剧，也不会当导演。但其他的本事他都可以学得来，卖文肯定没问题，而且袁枚卖文比李渔更有优势，因为袁枚是翰林院出身，又当过知县，人脉更广。"打抽丰"袁枚也学得来，袁枚在官场有人脉资源，完全可以以旧吏的身份、翰林的身份交往。做出版产业，袁枚更有优势，一是场地大，随园那么多房子，随便拿出几间来做编辑部、印刷厂都可以。二是自己的作品多，就专门印自己的书都够了，没必要再编什么名著来印。

榜样的力量是无穷的，特别是身边的榜样。袁枚深切地领悟到其经营文化产业的方法和技巧，也深深地影响着他退隐后的求生之道。

自古以来，体制是皮，文人是毛，没有了皮，文人这根毛将依附什么？辞官后的日子到底怎么办？除了郑板桥和李渔，似乎也没有更多的范本。

袁枚当县官七年，没有过贪财行为。袁枚曾说："底事从容消受稳，不曾一勺饮贪泉。"（《小仓山房诗集·卷二三·再咏钱》）。

正因为袁枚没有贪财，按清制，他可以拿到相当于饷银三倍的廉政金。应该正是这笔廉政金，支撑袁枚开启随园的新生活，可以对随园进行初步的改造，再慢慢经营自己的文化产业。

从袁枚年谱中可以看出，他第一次辞官后多次到安徽滁州，而且并非为交友。因为他在安徽滁州置有一定的田产。稍稍置一点田产，也是每一个官员都会做的事。此外，他将随园东西的田地、山池交给十户承领种植，供其种植蔬菜果木，饲养家禽，不仅每年可收租利，每天所需要的粮食蔬菜，以及扩宴所需，也是由佃户供给。送给罗聘的大米，就是滁州佃户提供的。袁枚在《遗嘱》中说他有"田一百二十亩"，单靠这些田租，袁枚就可以过上一个中等地主的生活。

这还不算在经营之列。

袁枚经营的第一个产业就是教育产业。袁枚在溧水当知县时就开始业余授徒，在溧水和江浦时，一则由于公务繁忙，此外也因为居官时间过于短暂，袁枚暂时没有正式设帐教学。而到沭阳为官时，他正式开始在业余时间设帐教学，虽说那是一种业余爱好，是把培养青年人作为一种责任、一种乐趣，但这些学子们自觉奉献的束脩也颇不少。有人向他学习写诗，有人向他学习写文章，也有人向他学习断案。但更多的还是来向他学习如何应试，如何写八股文以考上举人进士。每每这时，袁枚就有些哭笑不得，他即使有八张嘴也说不清啊。他也许在想：我最讨厌的就是应试，最讨厌的就是写八股文，要不然，我十二岁入县学，为什么四战秋闱都是败北？就是因为我不喜欢八股文，没有用心去写八股文。我是没有办法了，四战秋闱失败后，才临时抱佛脚，苦攻几个月才学会写八股文的。你们别问我这个，我最讨厌的就是这个，正像讨厌满文一样。可是，任凭袁枚怎么说别人都不会相信，因为他毕竟二十四岁就进了翰林院，他当年应试的八股文此时正风行海内，成为士子们学习的范本，真是哭笑不得呀。袁枚从不跟学生讲应试的技巧，也不讲八股文的作法。

辞官定居随园后，袁枚就可以堂而皇之地在随园设帐教学，弟子们主动地奉上学费，袁枚自然也就笑纳。袁枚经营出版业的特点就是出版自己写的书，自己编的书。随园有专门的"梓人"，就是专门的刻版、排版、印刷的工人，有供专门存放雕版的房间，有专门的书库。随园有专门的"书仓"，"书仓"是出版、印刷、藏书、展书、售书之所，提供一条龙服务。小仓山房藏书多时达三十万卷，有"琉璃世界"，室内有榻有几有橱有架，架上陈列印章图书；有"南轩"，中藏小仓山房全集之版，平时关闭；有"诗城"，沿西山一带筑有数百步长廊，全部糊贴友人投赠、题壁之诗，多达数万首，这相当于一个文化长廊。有"诗世界"，用于储藏海内投诗者的诗稿。袁枚的著述都很畅销，甚至还有盗版出现。他出门远游，不用带钱，只需带一本《随园诗话》就可以换回所有的川资。袁枚的《袁太史稿》成为当时士子参加科举作八股文的重要参考书之一，每年都有很大的销量。他的《小仓山房诗集》《随园诗话》等当时受到上至公卿下至市井百姓的欢迎，福康安这样的大将远征西藏居然还带着《随园诗话》，可见当时袁枚的书的畅销程度，而当时书价又贵，袁枚卖书的收入也就可想而知。许多公卿贵族或官员托人来索书，所谓索书，无非是袁枚赠书时在书上签个名，也就是所谓签名本，但这名一签，回赠的银两往往是书正常价格的几倍甚至数十倍。海外和琉球也有来求其书的人。卖书的收入也成为他的收入中不可忽略的一个重要组成部分。

由于袁枚的书出名，一些有钱人就希望能进入袁枚编的《随园诗话》，《随园诗话》一集一集地出，就像一本不定期出版的纯文学杂志，影响非常之大。因而海内文人似乎就预感到这本书会留传下去，都以能挤进这本书为荣。《随园诗话》并不是纯粹刊诗，而是诗、话一体，既有诗，又有与诗相关的故事，或者还有袁枚关于诗的高论，生动活泼。文人们都想尽办法将作品挤进《随园诗话》，这样就可以得到袁枚的几句评论。这样一来就给袁枚提供了一个庞大的候选群体，选诗收费就是自然而然的事了，你不收费，人家也会主动送钱送礼过来请求入选。袁枚对诗还是严格把关的，并非是有钱就可以入选，他也并非主动向要求入选者收费，但这种风气一开，就形成了一个潜规则，似乎诗入选了不奉献银两就不懂规矩。当然也有不给钱的，毕竟诗歌是雅事，赤裸裸的交易确实有损诗歌的高雅，袁枚作为一个翰林出身的高雅文人，一个当过父母官的人，开口要钱的事他也说不出口，也不屑于这样做。更多的有身份者求入选时是通过送礼的方式，但这样就比直接奉献银子要花更大的代价。裕亲王世子思元主人寄诗给袁枚希望能入选《续同人集》《随园诗话》，并请袁枚作序。这位王爷世子给袁枚的报酬是珊瑚手串一挂、常佩汉玉拱璧一件、家制荷包一双。这些东西到底价值几何？以至于袁枚将其诗文书信在诗集中排在前面？原来，汉代玉璧今天出土的多为大件，可佩之小玉璧较少，拱璧更少。这种亲王世子常佩的"汉玉拱璧"必定是玉质极好的和田籽料而又工极细的上品，贵族也不可多得，当时起码价值数百两银子。珊瑚手串如果是红色的，贵于黄金。袁枚很爱好收藏古董，这位王子所赠之礼实在是一份厚礼。

对于一般人求入选者，或三五两银子不等，虽门生寒士，也有饮食等小礼物相赠。收费选诗，袁枚是中国第一人。他大胆地把文化当作产业来经营。虽然这也许降低了入选诗的质量，但这样确实推动了文化产业的发展，而且同样有那么多读者。

一个扬州的盐商出巨资重刻孙过庭《书谱》，托人向袁枚索序，袁枚仅以"乾隆五十七年某月某日随园袁某印可"十几字就打发了，收银却高达两千两。

第三是卖文。翻开《小仓山房文集》，发现集子中有许多墓志铭、神道碑、传记与行状。据统计，这样的文章有八十多篇。当然，其中很多是袁枚给他的恩师、朋友、长辈写的，但更多的是为大官或大商人写的，可以看出是金钱交换的产物。一篇墓志铭往往能收到几百两银子，多的还能收到上千两银子。袁枚遗嘱中说："卖文润笔，竟有一篇墓志送至上千金者。"虽然收了人家的钱，属于"应景之作"，但袁枚丝毫也没有降低写作的质量，每一篇都语言简练、描写生动，使人读之而不忘。按说，为陌生人作墓志铭要写这么生动很不容易，肯定事先还要采访死者家属，听其讲述死者的生平事迹，写完初稿后还要与家属核实、修改再最后定稿。请名人写墓志铭是当时有钱人的一种风俗，作者因为收了钱，往往尽写好话，被人称为"谀墓文"，但袁枚秉笔直书，没有一点"谀"的痕迹，这是难能可贵的。正因为袁枚的写作态度这么认真，所以他这些应景之作才有了留传下去的价值，都可以作为今天研究的史料。

有些人给了润笔费，可是袁枚一字不改的也有。有一个人曾经把一本名为《白下志》的书稿拿给袁枚，向他请教，可是袁枚根本不看，放到案头很久，尘埃都积了很厚。作者索要了好几回，袁枚完璧归之。那人竟然做好了版准备印刷问世，但也有点抱怨袁枚架子大，居然笔墨都不动一下。有人就问袁枚："为什么一个字也不改呢？难道真的是不刊之论吗？"袁枚只好实话实说："这个人是写志书，费尽心思，经年累月，只从他命名这一点，就不足一看。""为什么呢？"那人继续问。袁枚直言说："白下是江宁的别名，他取名叫《白下志》，是《江宁府志》吗？还是《江宁县志》？或者是《上元县志》？而只说《白下志》，他是志白下的山水呢？还是志白下的人物？作文要先有题目，既然题目都没有，所以我就没必要看了。"问者无不服袁枚之论精确。那人听到了袁枚的话，愧恨不已，以至藏了他的版，不再印刷问世。

袁枚经常与这些商人官员们喝酒行令，有时一场酒喝下来，就获金不少。也许你会认为，喝酒不要自己买单就是有面子了，怎么还能得钱呢？举个小例子：有一次袁枚与商人们一起喝酒行令，要求接连吟诵名人诗句，吟不下去的就算输。这输钱事少，输面子事大。吟着吟着，有一个姓程的商人肚子里没诗了，就随口瞎编了一句："柳絮飞来一片红。"满桌哗然，认为这不是诗，更不是名句，这姓程的满脸通红，十分尴尬。袁枚就故意护他的短，给他留个面子，说："这是元人诗，诸君不知上句为'夕阳返照桃花岸'吗？"袁枚无疑是权威，他说元人诗，那就是元人诗喽，何况他还随口吟出了"上句"。于是众人无语，都认可。程某十分惊喜，散席后私下找到袁枚，给他一千两银子，说是"小意思"。同一桌的还有一个商人，临到他吟诵时他也无诗，正在极端窘迫之际，那商人用目光向袁枚求助，袁枚不急不忙，用筷子敲了三下杯子，那人顿来灵感，吟诵道："三月桃花朵朵开。"这"诗"确实有点儿俚俗，众人也不服，想要"哗然"，但这次众皆淡定一些，也许他们知道袁枚会有个说法，都看着袁枚，看有什么解释。袁枚淡定地、煞有介事地说："您怎么也知道刘、阮的事呀，这是天台山摩崖语。"满座的人都以为袁枚说的是真的，他们以能跟袁枚在一起喝酒为荣幸，哪敢怀疑啊。其实袁枚也是为那个人护短。那个人也很识相，过后私下里给袁枚一千两银子"小费"。就是这样，一桌饭吃下来，袁枚已赚到两千两银子。

袁枚曾有一本"纪游册"（旅行日记），具体记载了旅行起止时间，以及何人送了什么。袁枚的玄孙袁润（字泽民）曾将此托沈旭初交俞樾求其题诗，其中一首是："友朋投赠见情深，此老能存坦白心。记载分明无讳饰，几般礼物几封金。"笔者从袁枚手抄本纪游册（日记）（已收入王英志编校的《袁枚全集新编》）中摘抄几篇，读者就可以感受到给袁枚送礼的"盛况"。

以下摘自手抄本《纪游册·卷一·甲寅年》。

初九日

　　晨起，仍是逆风，小雨不止。午后接家信，内附湖广、江西陈抚台信一封，送银一百两。又司马臬台信一封，送翡翠瓷瓶二只、茶碗十个，陈中丞信中寄《填词韵略》一本，乃其令祖其年公著作乞序者。着棋二盘，一胜一负。夜来小雨不住。

廿九日

漏下回船，袁教官筠亭送至舟中，谈良久而去，送连环水晶图章一方，燕窝一匣。安观察亦送燕窝一大匣。

十九日

李太守与祝山长公请陈提台与我游佘山。已刻在水云斋下船，陪客李墨庄、霞裳并李公官亲张仲斋。提台少君与祝公之令郎另坐船一只。开船后吃早饭，午后抵佘山。佘山主人王公，须发皓然，精神亦委顿，其年尚小予十岁。斋台结构颇好，牡丹将开，绣球正放。

廖纤云坐小舟同来游园，提台、太守皆接见。是日游女无多，而园外来看之人以几十计，桥为之奔一角，跌者数十人相压，幸皆未入水。游毕下船，夕阳在山矣。开船吃酒，命小伶松元等数人清歌。行数里后月初上，回舟已二鼓。刘春桥乞常州府荐书，尚候于船中。因命霞裳挥一札与之。是日李太守送元宝一个，米二石，金腿、红烛共四种。南汇胡公送银二封，约一百两。华、娄两县各送程仪一封，约重十二金。李公又送诗笺八匣。

廿二日

早往拜雷太守，太守留吃早饭。饭后太守来船，谈片刻，送食物四种，又送天目茶一大瓶，差阴阳生杨姓跟游岘山。

以下摘自手抄本《纪游册·卷二·乙卯年·往如皋笔记》。

初七

张秀千请吃面，洗浴，有一代洗背者，尚妥。

初九

午后到泰州借轿，拜魏公，旋回船。魏公来拜，送贺金四十金，礼六色，送夫八名。伊公带到谢臬台贺敬一封，约四十金；郭敬送贺敬一封，约六两。

以下摘自手抄本《纪游册·卷三·乙卯年闰二月·往杭州笔记》。

初三初四

到孙家见席夫人，谈良久。到安公处吃饭，饭平常。回舟，孙相公同赵同钰来，孙夸赵夫人屈婉仙之才貌，再回之即往一见，果窈窕，却逊席夫人一等。余年侄孙女也。随往蒋世兄家吃饭，见其妾王秀珍，甚妖娆。因其劝饮，连醉三大杯，菜可吃者只鱼翅一盘耳。

初五

早，拜范翰林、邱道台，看汪益美大理石，到其家见周大宝，拜咸丰楼主人盛公。见蒋世嫂缪夫人。心实貌愈佳，才愈美，尚未定亲，托我作媒。此任甚难，愈爱重之，乃愈难矣。回家即送笔、墨、帕、袖四色，全收。晚与松云饭程宗洛家，见王索香甚佳，肌肤白，腰支细，绸缪二更方归。

从上述摘编的日记可以看出，袁枚接受馈赠的银两之多、礼物之多，几乎可以与贪官相比。这些礼物，有的是为了索序而预付的润笔，有的是程仪，所谓程仪，大概就相当于我们今天说的"误餐费"吧；有的是"贺金"，所谓"贺金"，大概就是纯粹的"红包"，是表达一种敬意，别无所求的。除了银两，还有食物、各种器皿、礼品。此外，还有送色的，洗澡搓背的也不少。还有那些有名的姿色姣好的夫人们，也接受袁枚探望、聊天、平视。

由于袁枚营财有方，晚年时有"田产万金余，银二万"，而"其他书画、图章、法帖"等文物古董也不少。而袁枚生活在一个"避席畏闻文字狱"的时代，居然能够把以他自己的原创文字为主的文化产业经营得如此风生水起，不能不说是一个奇迹。清朝进士及第后辞官的人不计其数，大都是贫困潦倒、寒苦一生，而像袁枚这样过得滋润的人实在是少之又少。

第十章

怜花亦英雄

一

"袁枚好色，男女通吃"，一些对袁枚有所了解的人往往这样评价袁枚。一些论者把袁枚妖魔化为一个"好色、好吃、好玩"的俗物，对其进行谩骂者有之，对其进行嘲笑者有之、妖魔化者有之。而事实上，他同情弱女子，救助落难的风尘女子，甚至因觉得自己年老而忍痛割爱，将欲嫁给自己的女子"转让"给更年轻的人。

袁枚一辈子怜香惜玉、到处"寻春"，这让他的日子过得很丰富多彩，也让他落得了身前身后的许多骂名，甚至还风传他差一点被逐出江宁，老无落脚之地。

袁枚对好色有独到的见解：人非圣人，哪里有见色而不心动的呢？懂得惜玉而怜香，正是人之所以区别于禽兽的地方。古往今来那些讲理学的人，动不动以好色为戒，难道就能成为圣人吗？那是虚伪做作自欺欺人的话，其实这种人跟禽兽没有区别。这个世界柳下惠也只有一个，除了柳下惠，还有谁是坐在美女怀里不乱的？柳下惠也只说"不乱"，没有说"不好"啊。男女相悦，大欲所存，天地生物之心，本来就如此。

再从历史来看，好色与否也并非划分小人君子的一个标尺。卢杞（唐朝大臣，嫉贤妒能，居相位期间，先后陷害杨炎、颜真卿）没有娶过小老婆，到头来人们还是说他是小人。谢安带着妓女游水玩水，最终还是被歌颂为君子。

袁枚好色，不在乎是否处女。他认为并不见得不是处女就不贞。他曾致信友人批评嗜好处女的风俗："难道不是处女就不贞洁了吗？须不知豫让遇到智伯便成为烈士（豫让是古代著名刺客，为智伯而死），卓文君嫁了司马相如便白头偕老。责报于人，先要问问施者怎么样啊。以为不是处女就不干净吗？殊不知端到桌上的山珍海味，都是厨师先尝过的？高楼大厦建成之后，都是匠人先坐过的？寡妇又有什么妨害呢？"

袁枚这种大胆的反潮流思想，真是振聋发聩，颇有思想启蒙意义。他的这些妇女解放的观念，超越了时代数百年。

袁枚虽然好色，但因为他品位高，从不做那种贪小便宜的庸俗、猥琐之事，朋友们大都不会防着他，他可以与朋友的妻子们共同进餐，甚至共进一个房间，单独相处。苏州的唐静涵是袁枚的好友，袁枚几乎每次去苏州都要去唐家，每次去，唐静涵的妻子都亲自下厨，热情接待。吃了饭又是一起喝茶、聊天，唐静涵还搜罗美女让袁枚看，还命唐家的丫鬟出来给袁枚上茶，根本就没有避忌。袁枚的小妾方聪娘就是从唐家获得的。

袁枚的恩人尹继善有很多姬妾，外人一般是不能轻易见的，唯独袁枚可以随时相见，每次去都直入内庭，与姬妾们一起饮酒作乐。有一次尹继善要找袁枚谈诗，到处找人找不到，最后才在内庭找到，原来袁枚正与姬妾们玩得欢呢。尹继善也是一笑置之。

沧州的李宁圃在江宁当太守的时候，与袁枚的来往非常密切。李太守有个姬人叫作杏媚，天姿国色，其他任何人不许见，只许袁枚一个人见。每次袁枚一到，李太守必命杏媚陪侍左右，而且特别为袁枚与杏媚设了一个晤谈的地方，显示袁枚与其他客人的不同之处。李太守因为临时有公事要去办，就让杏媚一个人做陪侍，陪着袁枚下围棋、喝酒，没有什么禁忌。袁枚常常引元相国待杨炎的故事赞扬李太守。杏媚天性聪颖，悟性极好，袁枚偶与谈诗，她很快就能领悟，不到半年就能写出文采飞扬的诗句来。李太守说："马融绛帐（马融曾常坐高堂，施绛纱帐，前授生徒，后列女乐，弟子以次相传，鲜有入其室者。后因以'绛帐'为师门、讲席之敬称），敢为女弟子分一席地；而名花倾国，日许刘桢（刘桢与魏文帝兄弟几人颇相友善，后因在曹丕席上平视丕妻甄氏，以不敬之罪服劳役，后又免罪署为小吏）之作平视。无形之束脩，盖胜于有形也。两相计较，更不知谁为合算！"袁枚为之会心一笑，李太守的幽默风趣，以及他对于袁枚与杏媚交往的不介意，可见一斑。能够让朋友如此信任，是多么难得，不也显现袁枚的品性之高吗？

袁枚看花的兴致，到老都没有衰退，七十岁时还是清狂不已。也有不少人告诫他，劝他不要为老不尊，不要因为好色污了一世英名。袁枚对这样的告诫总是置之一笑。

袁枚的老而好色不倦终于引起了他亲家的不满，他的亲家沈永之是朝廷的观察，官阶不小。他从北京专门寄了一封信给袁枚，信中专门就袁枚的好色问题提出告诫。袁枚不以为然，回信说："人各有所好，两不能相强，你年纪七十岁了而图当官，我年纪七十岁了而喜欢看花，只是爱好不同而已，难道有什么高下的差别吗？"把亲家气得差点吐血。从那以后，他亲家再也不说这个事了，反而被他的"图官"一语气得半死，因为"图官"在高洁的文人看来，也不是什么好东西，与仕隐殊途，相形见绌。从这种嬉笑怒骂、一点正经也没有的信件往来中，同样可以看出袁枚对高官的藐视，对真性情的追求。

二

袁枚的好色，留下了许多有趣的故事。

袁枚在江宁当县令时，与上元县令许某玩得特别好。但两人心性不同，许是一个以道学自矜的人，基本上与声乐欢场绝缘。但袁枚却与他处得蛮不错，看来两人还是有许多共同的爱好。有一次两人在秦淮小聚，有个卖唱的漂亮歌女向他们的座位走来，显然是来看他们是否需要陪侍。袁枚一见，眼前一亮，正准备招手要歌女过来坐在他的身边，可是手还没有举起来，许某可能意识到了这一点，他怕歌女过来扫兴，又怕袁枚招了手后歌女不好拒绝，于是用眼睛向歌女恶狠狠地瞪了一眼，示意歌女走远一点。歌女见许某满眼凶光，一副恐怖的样子，就自觉地退开了。袁枚大为失落，但又不好再招。他感觉这女子身材苗条，面目姣好，很想听她唱几首歌，可想到许某已明确斥退，再公然招来定会搞得许某不快，只好暂时放弃。但他心里一直对那歌女念念不忘，席上喝酒好几次走神，说话也是有一搭没一搭的，菜还没有上完就找个借口退席了。退席后立即回到官署，暗暗派人去请刚才那个歌女。歌女不敢去，她以为袁枚也是许某那个意思，说不定是把她叫过去痛斥一顿。于是袁枚亲自写了一封信，说歌女的美貌让他一见难忘，心向往之，希望能给个机会认识一下。歌女一看袁枚的信，心花怒放，没想到袁枚如此客气，于是很高兴地来到了袁枚的官署。袁枚把门一关，仔细端详，发现歌女真的是花容月貌，韶秀有姿，大喜。从此之后，这歌女经常出入袁枚的官署，就像出入自己的家一样。

　　踏摇娘求书的故事也特别有趣。有一次袁枚与朋友在横塘泛舟，在水上漂了一天，正在把船停下来准备喝酒时，看到邻船有一位绝色女子，袁枚主动去打听，问得了这绝色女子叫作蕊仙。袁枚没话找话，跟蕊仙一句搭一句地聊，请她到自己的船上吃饭。蕊仙含笑谢绝。袁枚好不失落，一船的朋友都感到失落。其中一个朋友大声说："为了让大诗人喝好，我给一千两银子的大礼，说话算数，来不来？"蕊仙还是不肯过船来，袁枚知道这个蕊仙不是一般的轻狂之人，而是有点才气、通点文墨的。于是灵机一动，拿出纸笔，立马题了一首诗，说："蕊仙，这首诗专门送给你的！"蕊仙来到船舱的窗户边，接过了诗，拿回去细细地品读。不一会儿，蕊仙拿着一把扇子出来，在船窗处笑眯眯地说："大诗人，您的诗写得真好，帮我题到扇子上怎么样？"袁枚故作矜持地说："老夫吟诗写字，以能得美人磨墨为佳。"蕊仙一笑，闪身就进了袁枚的船舱。同舱的人开心地笑了起来。

三

袁枚有时还嘲弄不好色的人。有一次他与亲家沈永之聊天，沈永之讲完一个故事后，袁枚顺势一句话就把自称不好色的人狠狠地踩了一脚。袁枚与沈永之同年，沈任云南驿道时，奉命修建凤凰山八十里通苗路，山路非常陡峭，从汉朝到唐朝，一直到清朝，那个地方是人迹罕至，甚为阴森恐怖，有时砍倒一棵树，就有一股白气从根部飞出来，就像一匹白练升上天空。有一天，突然一个美人浓妆艳抹从山洞里奔出来，一些年轻力壮的役夫、工匠，都从洞里跑出来追看，而那些老成之人却不为所动，一如既往地在洞内劳作如故。突然"轰——"的一声巨响，山突然崩塌了，那些没有出洞的人全部被压死了。沈永之向袁枚讲述这件事，讲到这里感叹地说：那些追美人的，反而因此避难，老成不动心的，竟遭压死。这真是不可理喻啊。袁枚听完后，却没心没肝地说了一句："这就是说明人不能不好色啊！"沈永之听了，一时无语。

袁枚有一次竟因好色遭到村民的攻击，差一点有生命危险。

有一次袁枚到苏州，听人说常熟虞山的风景很好，便坐船去游。行到西门外时，只见桑麻遍野，风景这边独好，心旷神怡，原来这是一个小村落。突然听到织机之声扎扎作响，心想有织机就一定有女子，既然风景这么好，肯定出美女，倒是要看看这个织布的女子长得怎么样。于是他向一座茅屋走去，隔着窗子往里面看，只见一个十六七岁的姑娘，身材袅娜，正在翻机织布，手腕轻灵，肌肤如雪。袁枚爱这姑娘长得漂亮，又惊叹她织布的技艺这么好，简直看呆了，站在窗外久久不动。

毕竟是大白天的，村里有人来往，袁枚是一个老人，这么老的年纪，站在人家小女孩的窗外，这么赤裸裸地盯着看，乡民们当然就看不惯。慢慢地袁枚的边上就站了一些人，袁枚却浑然不觉。乡民忍不住了，有的开口便骂，有骂为老不尊的，有骂太轻薄的，继而群起而攻之，还有人拉他，想要动手打人。袁枚顿时惊慌失措。他好色几十年，还从来没有遇到过这种事，今天算是领教了。船夫本来在船上等袁枚，突然听到吵吵闹闹，知道袁枚遇上了事，赶快上岸营救。费了好一阵工夫，做了很多解释，乡民仍愤愤不平，船夫还算聪明，及时将袁枚拉上船，撑篙而去，乡民们还有指着船怒骂的。

船到常熟，常熟县令不知怎么已听说了这事，先把袁枚迎接到县署，安排酒菜为袁枚压惊。酒过三巡，袁枚唏嘘再三，县令愤愤不平地说："先生在常熟受此惊吓，在下深感抱歉，我马上派人去捉拿那些刁民！如此对先生无礼，真是岂有此礼！"袁枚连忙拦住："千万使不得，使不得！这都是天意，我如此风流好色，没受到过什么惩戒，这事看似意外，实际是老天要惩罚我，风流罪过，宜受轻惩，我认了。"县令见袁枚说得诚恳，也就没有再坚持。于是继续喝酒聊天，转换话题。

四

杭州有个姓赵的官人在苏州买妾，有个李姓女子容貌可谓绝佳，而且能够写诗，只是没有裹足，是一双天足。清朝部分女子不裹足应该并不奇怪，因为皇太极和康熙帝都曾下令不准裹足，原因是：乃汉俗！正因为其禁止裹足的指向是汉俗，所以汉人就坚决反对"禁裹足"，在很大程度上，也是出于提防"以满变汉"之心理。后来这项改革虽成了短命的改革，但还是多少会在民间有一些影响。偶尔出现一些不裹足的人也是不足为怪的。赵氏官员在媒婆引领下看了一眼李姓姑娘，叹道："如此绝色女子，可惜是一双天足。"媒婆说："你别看姑娘一双天足，她还会写诗呢！"会写诗？赵氏感到好奇，就算真会写诗他也打定主意不娶。但他还是想试她一试，就说："那就请姑娘以弓鞋为题写一首可好？"李姓姑娘一听写这个题，就知道赵氏存心不想娶，还要羞辱她，于是写诗一首："三寸弓鞋自古无，观音大士赤双跌。不知裹足从何起，起自人间贱丈夫。"赵氏官员一听，汗颜不已。袁枚知道后，写了一封信责备这个姓赵的，认为他不是真会好色的人。袁枚说：眉目发肤，是先天的，弓鞋大小是后天的，女子贵在娉婷，弓鞋再小，如果缩颈粗腰，又有什么美可言呢？

袁枚不好妓，但偏偏有人问他这方面的问题。一次朋友相聚，有人问他："妓女这个行当到底始于何时？"这简直是把袁枚当作研究妓女历史的专家了。没想到不好妓的袁枚，对这个问题还真的解答得有根有据。他说："尧舜禹之时，老百姓衣食足，礼教明，自然不会有妓女。只是到了春秋时代，齐臣卫派妇人陪前宋臣南宫万饮酒，乘南宫万酒醉之际而捆绑之。这个妇人就是妓女的祖宗。否则，良家妇女怎么肯陪人饮酒呢？至于管仲有女闾三百，越王派女子为士兵缝纫，这些女人则是后来的妓女。可见妓女的来历甚是长久。"众人听得目瞪口呆，没想到不好妓的袁枚，却对妓女的历史真有研究。

袁枚五音不全，不喜欢歌曲，所以姬妾虽多，但她们中没有以歌曲传世的，而以诗词传世的大有人在。但偶尔兴之所致，袁枚也会浅吟低唱，吹箫为乐。有一个叫朱沛之的观察住在杭州的红藕山庄，有一次邀请客人到家里小饮，忽然请袁枚到里面的内室去。朱夫人出来与袁枚相见，只见朱夫人花容月貌，锦衣富贵状，两边随着两个侍者，其中一个抱琴而立。夫人与袁枚简短地寒暄过后，站起来说："妾善于弹琴，但没有先生的诗，不足以把琴打开。这样吧，让我先试一曲，用以换先生的佳句。"说罢从容布指，只弹了《关雎》一曲，就退了。袁枚如听仙乐，顿感余音绕梁，当场赋了两句诗："曲终人不见，天上一嫦娥。"

袁枚寻花问柳，有时还寻到了人家的婚宴上去了，并演绎了一段有趣的事。袁枚晚年到处出游（关于出游见本书第十四章），并有刘霞裳陪同。有一次两人来到浙江温州，袁枚早就听说温州的新婚风俗有坐筵之礼，即新娘子在筵席上坐着，任凭男女客人来敬酒，男客人可以平视新娘。这样堂而皇之、光明正大地看美人的机会，袁枚岂能错过？袁枚到温州的第二天，听说有王氏家里娶媳妇，就兴致勃勃地带着刘霞裳前往看美人。一到王家，只见新媳妇向着南面而坐，旁边设了四桌酒席，美女如云，珠翠照耀，分已嫁、未嫁为东西两边列坐。大门洞开，素不相识的人也可以放肆平视，了无嫌猜，这样的机会真是难得。袁枚心里好激动，先站着看了看，了解一下情况。只见一个个少年端着酒杯，觉得哪个姑娘长得漂亮，就走向前去敬酒，美人也含笑答礼，或用酒沾湿一下嘴唇，也有豪爽的，你一敬酒，美女也一饮而尽，真是痛快了。饮完之后，美人又来回敬客人。袁枚看得呆了，蠢蠢欲动，但他自知酒量不行，不敢去敬，就坐在一边悄悄看美人，他觉得向西坐着的第三位，貌最佳，就怂恿刘霞裳前去敬酒。刘霞裳整了整衣裳，端了一杯酒就走了过去。刘霞裳也是位美男子，这点自信还是有的。袁枚则紧紧盯着看，只见刘霞裳一走过去，那位美人就先拜，刘霞裳答礼，美人再拜。于是对饮，两人都一饮而尽。那美人很兴奋，饮完酒后，再给刘霞裳倒了一杯，本来这杯是回敬刘霞裳的，但那美人可能一时兴奋，忘了是敬客人的酒，端着刘霞裳的酒杯就喝了起来。负责司仪的傧相见状大呼："这是敬客的酒呢！"美人立马停下来，端着没喝完的酒，一脸的惭愧，嫣然而笑，把没喝完的酒杯交给刘霞裳，刘接过酒杯，仰脖一饮而尽。众人皆笑，刘霞裳以得沾美人余沥为荣，气氛达到了高潮。这样的婚礼很热闹，简直是男女接触的最好机会。这已经突破了男女之大防。温州太守郑公听袁枚说了此事后，认为这种婚俗非礼，要出公告禁止，并说："礼从宜，事从俗，这是没有礼的礼节。"袁枚没有直接反驳他，而是写了《温州坐筵词》六章，其中有两句是这样写的："不是月宫无界限，嫦娥原许万人看。"看了袁枚的诗后，郑太守笑着说："暂且保留这个陋俗，用来给先生作诗歌创作的材料吧。"这些诗载于《小仓山房诗文集·卷二十八》中。袁枚的好色，不但为温州的这个风俗留下了一段佳话，而且也是至今最早的文字记载，甚至创造了一个新词"坐筵"。

五

袁枚关于好色的最大一场论争，可能是与杨潮观。袁枚与杨潮观骂战中最有名的一句话是：伪名儒，不如真名妓。骂得痛快淋漓，骂出了水平，也骂出了名句。先得介绍一下这杨潮观是何许人也。杨潮观字宏度，号笠湖，江苏金匮（今无锡）人氏。乾隆元年（1736）举人，曾长期在各地任县令，后迁四川邛州知州。作品有均为单折的短小杂剧三十二种，合编为《吟风阁杂剧》。袁枚一直与他交情不错。朱湘曾评论说："杨氏短剧的佳妙真是前无古人，后无来者，他无疑是短剧中最大的艺术家。"两人又是怎么因妓女掐起架来了呢？

事情是这样的。

袁枚在《子不语·卷三》中记载了杨潮观亲口讲的"李香君荐卷"的故事。说的是杨潮观有一次在河南担任乡试同考官，阅卷完毕，即将发榜时，他将落选的试卷汇在一起加上批语。这时已经到了后半夜，杨潮观已迷迷糊糊进入了梦乡，梦见一个三十多岁的女子，眉清目秀，着淡妆，身材娇小玲珑，一副江南美女的打扮。美女一走进屋，拉开他的帐子低声对他说："拜托房管老爷，千万留心那张有'桂花香'诗句的试卷。"杨潮观惊醒后，果然在落选的试卷中发现了一份写有"杏花时节桂花香"的诗卷。刚好主考官对这次中试者的卷子不太满意，希望各位同考官在落选的试卷中再认真挑选一下。杨潮观于是将这份卷子推荐上去，果然被录取了。待到拆开试卷填写榜名时，才知道中举的人是侯朝宗的孙子侯元标。杨潮观恍然悟到梦中托事的女子便是李香君。当时他将这件事到处向人夸耀。

这是雅事啊，一代名姬向他托梦，何其荣幸？袁枚听说后也觉得风雅，便在《子不语》和《随园诗话》中都记录了这件事。不料杨潮观看了《子不语》的这段记载后，竟然恼羞成怒，写信质问袁枚，大有要打官司的架势。言辞甚为激烈，他在信中说："所谓李香君者，乃侯朝宗的婊子也。就见活香君，有何荣？有何幸？有何可夸？弟平生非不好色，独不好婊子之色。名妓二字，尤所厌闻。"

袁枚接到这信，大感意外，心想：这明明是你亲口说的，当时说的时候是那么得意，为什么现在却要矢口否认，好像是我故意污陷你似的，这是何道理？并且信中故意装作正人君子模样的话，也令袁枚极度反感。袁枚立即去信反驳，去了一封还觉得不过瘾，又去第二封、第三封。

袁枚对杨潮观前后矛盾的态度，一针见血地予以揭露："想当日足下壮年，心地光明，率真便说，无所顾忌；目下日暮途穷，时时为身后之行述墓铭起见，故想讳隐其前说耶？"袁枚讽刺他想在墓碑上留下正人君子的盖棺定论，所以才故意否定前说。针对杨潮观自以为说名妓是玷辱了他身份的意思，袁枚更是说得毫不留情："香君虽妓，岂可厚非哉？当马、阮势张时，独能守公子之节，却金人之聘。此种风概，求之士大夫尚属难得，不得以出身之贱而薄之。"对香君虽为妓女却节操高尚进行了充分肯定。袁枚还进一步说得"刻薄"："就目前而论，自然笠湖尊，香君贱矣，恐再隔三五十年，天下但知有李香君，不知有杨笠湖。"

袁枚认定李香君的美名会流传千古。针对《子不语》中写他与李香君"私语"的细节，袁枚讥讽道："足下苟无邪念，虽牵帘私语又何妨？苟有邪念，即使跪在床下，又怎能不抱到膝前呢？"针对杨不好"婊子之色"的声明，袁枚更是将其论调批得体无完肤："试问不好妓女之色，更好何人之色乎？好妓女之色罪小，好良家女之色其罪大！"他奉劝杨潮观担惠山泉（被唐代"茶圣"陆羽称为"天下第二"，被唐代诗人李绅称为"人间灵液"，清乾隆御封为"天下第二泉"）水来，"洗灵府中一团霉腐龌龊之气"。袁枚对杨潮观的嬉笑怒骂，层层批驳，是对传统社会中假道学先生们"双重人格"的无情揭露。而对李香君这位地位低贱却有着高风亮节的妓女，表现出不同凡俗的价值眼光。除了李香君外，晚明时代的秦淮名妓中还有不少人在明朝覆灭之后表现出了高于男子的民族气节，袁枚对她们常怀敬佩之情。柳如是和顾眉以自己的卓越才华分别受到当时著名学者钱谦益、龚鼎孳的爱慕，他们为二人赎身，将其纳为妾室，演绎了一段爱情佳话。但柳、顾二人在明亡之后，却保持了民族气节，其节操是高于降清的钱、龚的。袁枚对她们的民族气节非常赞赏，也非常认可厉鹗的赞美："蛾眉前后皆奇绝，莫怪群公欠致身。"袁枚还对女人误国的观点持批判态度。认为责不在女人，而在男人。他反而认为历史上有些被认为误国的女人，如果遇到了明君，很有可能成为流传青史的女名人。

袁枚曾戏刻了一枚"钱塘苏小是乡亲"的印章，有位尚书到随园做客时，袁枚送给尚书一幅书法作品，盖上了这枚印章。没想到那位尚书恼羞成怒，说袁枚不伦不类，骂骂咧咧。袁枚开始还忍着，后来见尚书毫无停止之意，对苏小小发自内心的敬佩之情让袁枚直起了腰杆，他头一抬，正色说："你认为我这印章不伦不类是吗？从当今来看，自然你是个一品官，苏小小是卑贱的。但再过一百年，人们恐怕只知道这个世界上曾有个苏小小，而不知道有过你这位尚书大人呢！"

袁枚的"钱塘苏小是乡亲"的印章来自唐朝"大历十才子"之一韩翃（字君平）写的一首《送王少府归杭州》的诗："归舟一路转青蘋，更欲随潮向富春。吴郡陆机称地主，钱塘苏小是乡亲。葛花满把能消酒，栀子同心好赠人。早晚重过渔浦宿，遥怜佳句箧中新。"在这首诗里，韩君平以杭州一带出过陆机、苏小小（一般昵称为"苏小"）这样的才子佳人感到自豪。韩君平把大文人陆机与苏小小列为同等位置，这种价值取向本来就非常出彩。而袁枚的这一枚私印，却让这首诗里的一句"钱塘苏小是乡亲"更加出名了，袁枚将这枚印章作为自己最喜爱的印章。

六

袁枚怜花惜玉，甚至不惜为救妓女亲笔给太守写信。

一天，袁枚正在小眠斋休息。突然听到一阵轻轻的敲门声，开始他没有在意，随即听到轻轻的呼唤："袁枚先生——可以进来吗？"是一个女子，声音有点耳熟。袁枚一时想不起到底是谁，起身披好衣服，向外面问道：

"谁呀？"

从来没有女子单独到这地方来拜访呀，这人是谁呢？

"袁枚先生，是我呢，我是萧娘，金三姐的朋友啊！"

金三姐的朋友？金三姐是谁？

哦，想起来了，她身段苗条，天生丽质，嫩白的皮肤就像玉石一样光滑。她温柔多情，在袁枚六十岁生日的百花会上，曾陪袁枚独宿，后又陪袁枚到苏州的邓尉山探访梅花。

袁枚立马整好衣冠开了门，萧娘款款走了进来，面带愁容把金三姐的信交给了袁枚。

袁枚一看，不觉脸一下子沉了。

这金三姐犯事了！被孔南溪太守抓了起来。

我拿什么救你，我的金三姐？

袁枚真的为难了。

美妓们都知道我袁枚怜香惜玉，这个忙不能不帮，别说一日"夫妻"百日恩，有香有玉，难道不应该怜之惜之吗？

可是，该怎么救呢？我袁某人虽然与孔南溪是同科进士，但关系并不近啊，他给不给面子还真没有把握呀。

当时的士大夫们哪一个都很荒唐，男盗女娼的事哪个不干？越是标榜自己是正人君子的，可能干得越多。可是这事是只能做不能说的。

这信该怎么写呢？以袁枚的身份，为一个妓女求情，为什么为一个妓女求情？这不就等于公开承认自己与这妓女有关系吗？在别人面前承认了这层关系，别人却又不给面子，那不等于猪八戒照镜子，两头出丑吗？那样丑就出得大了。没办法，只有在这位同科进士面前承认自己与这妓女的关系，然后看他给不给面子了。如果他要装作正人君子，那是一点办法也没有，如果他还讲一点同科感情，不那么假充正经，那还好办。

唉，别无选择，只好这样吧。

苏州太守孔南溪是孔子的第六十代孙子，他是个性格倔强的人，权贵都不敢为私事向他求情。他与袁枚是乾隆四年（1739）的同科进士。袁枚的一个女儿嫁在苏州，所以也常来苏州游玩，每次来苏州一般是住在唐静涵家，但偶尔也与老同学相聚，交情多少还是有的。他曾为孔南溪写过一首诗，诗中有两句："十科进士同年少，三守名邦异政多。""异政多"即指政绩优异，这显然是对孔南溪的赞扬。

袁枚在信的开头特别表白自己对金三姐的欣赏，又极力渲染金三姐之柔弱可怜，说她只是偶然受牵连触法情有可原，以打动太守恻隐之心；并请孔南溪以其祖宗孔子"少者怀之"的仁爱之心处置此案，最后还引用唐人元稹诗句调侃之，愿他化作"东风"施恩于金三姐。孔南溪得到袁枚的信后，立即审阅了金三姐的案子，发现不是什么大不了的事情，金三姐在案子中只是有些牵扯，于是释放了金三姐。并给袁枚回复了一封信，复信说："凤鸟曾栖之树，托抬举于东风，唯有当作召公之甘棠，勿翦勿伐而已。"回信用了《诗经》中的典故，表示金三姐曾在袁枚这棵树上栖息过，如同召公遗爱，就"勿翦勿伐"，网开一面了。也算是孔南溪为袁枚还了一笔风流账。这封信和袁枚的去信，曾经风传一时。袁枚又把这两封信编进了他的《小仓山房尺牍》中，乾隆朝苏州知府孔南溪也因袁枚的尺牍而为后人有所了解。乾隆四十一年（1776）袁枚到苏州想当面表达谢意的时候，孔南溪已经调离了苏州，到北方做漕运观察去了。袁枚为此还写了一首《过苏州有怀南溪太守新迁观察转漕北行》的诗。

七

　　袁枚的怜花惜玉，不仅体现在写信救名妓，而且表现在"折得花先赠少年"。自己觉得年纪大了配不上年轻女子，将其转让给少年郎。

　　袁枚并不反对老而好色，别人批评他老了仍"不知检点"时，他曾理直气壮地回应道："若道风情老无分，夕阳不合照桃花！"可见袁枚是主张老了也可以好色风流的。不过，袁枚的老而好色，远没达到张先这样爱得放纵的程度。袁枚的好色，大多还是在六十三岁生儿子以前，的确有那么一点"无子为名又买春"的意味。生了儿子之后，主要精力就没有放到"寻春"方面，而是转移到热爱大自然、游山玩水方面了。

　　其实，袁枚在五十五岁之后，就很少纳妾了。即便偶尔得到一个美少女，但他怕耽误了少女的一生，让少女后半辈子不好过，因而礼让或转让少女给年轻人。这正是袁枚"仁"心的反映。

　　金姬是袁枚四十五岁时所娶的一名小妾，苏州人，袁枚对这名小妾非常喜爱，此后十多年，袁枚都没有纳妾。后"因无子为名"，到了六十二岁时才娶了钟姬，而钟姬果然为他生了一个儿子。

金姬有个小妹妹叫凤龄，十来岁就卖到阊门当女奴。

乾隆三十八年（1773）二月的一天，正是凤龄小妹十四岁的生日。太阳升起来，春光照进窗户。袁枚心情很好。金姬不自觉地叹了一声："今天，小妹该满十四岁了！"

"十四岁了？可已许了人家？"袁枚关心地问了一句。

金姬叹道："没有。穷人家的孩子，卖给阊门当女奴呢！"

袁枚道："多可爱的姑娘，可惜了！"

金姬道："贱妾有个想法，不知当讲不当讲？"

袁枚把金姬搂在怀里，柔情道："汝归老夫时，小妹还没出生吧？到今天，也是老夫老妻了，有什么不能说的？"

金姬于是更加柔情蜜意："夫君，让我们姐妹共同侍候您可好？"

袁枚双手抓着金姬的双肩，头往后一退，金姬已年近不惑，眼角有了鱼尾纹。但论长相，却依然可谓俊俏，风姿嫣然，令袁枚心动。

袁枚说："老夫五十八矣，令妹年才十四，老夫不忍啊！"

"夫君，让小妹归郎手您不忍，让她当奴您就忍吗？"

袁枚松开金姬的双肩，转身朝窗户旁走去，随园的山上山下，道旁桥边，开满了梅花。

袁枚转过身来，对金姬说："我们把小妹赎出来再说吧！"

金姬紧紧拥抱着袁枚，两行热泪顺着眼角流了下来。

下午，金姬就把小妹凤龄带到了随园。晚上，金姬又吹起了枕边风。"夫君，凤龄小妹很崇拜您，她是您的忠实崇拜者呢，您又是她的救命恩人，还犹豫什么呢？"袁枚叹道："我也很喜欢凤龄小妹，但实在于心不忍啊！她才十四岁，老夫已快六十，这哪成啊！这样吧，我给小妹找个年轻的郎君，我要让小妹幸福快乐！"金姬温柔地扑进袁枚的怀里。袁枚真的给凤龄小妹找了个年轻的郎君，也是做小妾。那少年郎对凤龄小妹也是一见倾心。出嫁那天，袁枚多少有点不舍，有点醋意。他作诗道：

香山那忍遣杨枝，也费灯前十日思。

红杏太娇春色小，白头如许夕阳知。

比肩美玉看原好，入手明珠去恰悲。

寂寞萧萧背花坐，避他含泪上车时。

到手的美人又拱手转让给别人，袁枚的风格确实是够高的。

然而，与之不娶，反受其咎。凤龄小妹嫁给少年郎后，虽然少年郎对她不错，宠爱有加，却不为其大妻所容，最后被折磨致死，一片好心酿成了摧花惨剧，这也是袁枚始料未及的。

早知如此，何必当初？反不如纳而娶之。如果袁枚纳凤龄小妹，还可以做二十五年的夫妻，相比之下就会幸福多了。叹哉叹哉！

就在凤龄小妹出嫁不久，有人要将自己的一名家姬送给袁枚做妾，袁枚再度拒绝了。不料这名家姬竟然因此寻了短见。家姬大概想离开原来的主人，投奔到袁枚这位大才子大诗人的怀抱。也许女子最承受不了的不是年龄差距，而是面子问题。袁枚一片好心拒绝她，想让她找个少年郎，她却以为是袁枚看不上她，有何颜面？因此，袁枚的拒绝不但没能解救对方，反而使对方丧失了生存的勇气。袁枚得知此事后后悔不已，写下了"花落当前手不援，此身有愧救生船"的句子。

袁枚怜香惜玉的心情可见一斑。

八

两年后，袁枚又去苏州，路过京口，已经解开船绳了，丹徒的徐县令死死地拉住船挽留他，说有一名妓叫戴三的和太守章公的看门人私通，章公知道后，就放逐了看门人，但不责怪戴三。戴三非常感激太守不责之恩，并自作多情地跑到城隍庙为太守祈寿祷福。庙里一片混乱，影响非常不好，满城议论纷纷，认为太守为妓女徇私。章太守非常恼火，责备戴三做事张扬，严令传信拘留，准备把她关押起来。徐县令婉转求见章公，章公不听，转而求袁枚去解围。

袁枚于是上船，与徐县令一同回到县署。袁枚让徐县令把戴三带来，一见之下，只见这时的戴三雾鬓风鬟，风韵犹存。袁枚跟戴三聊了一会儿，戴三没说几句话眼泪就流了出来，语不成声。袁枚心生怜惜，心想：马骨还值三千金呢，何况还是半老的徐娘，我不能不伸手援助。于是，提笔给太守写了封信，信中说："过去钱穆公和常州刺史宴客时要鞭笞一个妓女，妓女哀求他。钱穆公说：你如果能得座上欧阳永叔的一阕词，我可以饶了你。欧阳永叔果然为妓女写了一阕，穆公就放了她。我虽然不是欧阳永叔，你却是现在的钱穆公。请让我为章公写两章，用来当小调。"袁枚附了两首小调在后面，算是为戴三赎身送给太守的礼物：

东风吹散野鸳鸯，私爇神前一瓣香。为祝长官千万福，缘何翻恼长官肠？

樊川行矣一帆斜，那有情留子夜家？只问千秋贤太守，可曾几个斫桃花？

袁枚把信交给徐县令，让他代转章太守。然后就乘船回到了白下。

这回，袁枚似乎自信多了，也许，是因为这个妓女与自己没有牵扯的原因吧。半个月后，章公寄信给袁枚，袁枚拆开一看，里面只有七个字："桃花依旧笑东风。"看完信，知道戴三被放了，袁枚会心地一笑。

袁枚一生纳妾五人。陶姬为乾隆八年（1743）袁枚二十八岁于沭阳任上所纳，颇有才情，有诗二首，生了一个女儿，女儿嫁给蒋氏。陶姬三十岁而亡。陶姬嫁给袁枚时十四岁，"仙骨珊珊，不类尘俗，秉性聪敏，又若有夙慧焉"，工棋善绣，通文翰，能作诗。不幸的是陶姬病亡，袁枚认为是"女子有才致为造物忌也"，从那以后历娶诸姬，遂不求才而求貌。乾隆十三年（1748），袁枚三十三岁在苏州好友唐静涵家做客时，与唐静涵的婢女方聪娘相爱，时方聪娘二十五岁，能诗会画，多才多艺，颇受袁枚的宠爱，出游多由聪娘做伴。方聪娘四十九岁时卒于随园。乾隆二十二年（1757），四十二岁的袁枚娶陆姬，次年产一子，惜夭折。袁枚去世时陆姬尚在世。乾隆二十五年（1760），袁枚四十五岁时娶金姬，金姬与袁枚相伴三十载。乾隆四十二年（1777），袁枚六十二岁时纳钟姬，次年即产一子名袁迟。袁枚去世时，钟姬仍健在。也有传者说，袁枚的姬妾不止五人。据蒋敦复著《随园轶事》附录《随园姬人姓氏谱》记载，袁枚的小妾尚有金姬、张姬、陶姬、吴七姑，但袁枚从未提及。袁枚对妻子一直很好，夫妻感情也不错。

　　在家乡结婚后不久假满，袁枚即带妻子回到北京赁屋而居。袁枚的妻子王氏也有诗书根底，记忆力强。袁枚为"庶吉士"时租居的房子与前辈沈云蜚为邻，以便同习国书（满文），不到半年，沈因为患瘵病（痨病）而亡。袁枚写唁诗四首，五十年后袁枚已将唁诗忘记，王氏却还能背诵，于是追录保存到《随园诗话》中。王氏对袁枚的诗十分喜欢，到老年还能全部背诵，这简直就是一件奇事。袁枚自己也不能不为之心折。在北京三年，妻子没有生育。而袁枚是独子，父母望孙心切。王氏非常开通，同意袁枚纳妾。袁枚纳妾多年，大多生女。王氏却对他的纳妾从无异议，而且跟所有的小妾都能和谐相处。袁枚对妻子的贤淑十分感动。袁枚在四十八岁那年生了一次大病，病中妻子对他的关怀无微不至，袁枚为自己的纳妾嫖妓行为感到十分内疚。

　　袁枚在六十五岁那年的元宵，大清早拉着老妻出来，与僮仆一起洗瓶罐，带竹筐铲雪储藏，备作六月烹茗之用。众多妻妾，他独拉老妻做此事，可见他知道只有妻子有共同的逸趣，为他助兴。王氏对袁枚的所有爱好都非常了解，尤其在饮食方面。厨师杨二去世时，袁枚已七十七岁，王氏也七十五岁。妻子仍为他调理膳食。八十岁时，袁枚在《八十自寿》中写道："闺中妻老尚齐眉，冷暖常先侍者知。"这是袁枚对妻子体贴给予的最高评价。袁枚对妻子很尊重，虽有姬妾多人，家庭却很有礼数。袁枚的家庭很有秩序，不像一些没文化的土财主，家里有钱，多讨了几房后每天闹得不可开交，他的家是非常平静的。袁枚既享清福，又享艳福。二者兼而得之，实在太不容易。这样美好的结果，并非因为袁枚御人有术，而是因为袁枚待人以诚，他待妻子是真诚的，妻子对他和他的妾也都是真诚、友好的。正因为这样，家庭才能一团和气。袁枚最宠爱的妾要数方聪娘了，但他还是认为方聪娘只能与他同茔，不能同穴，要比他的妻子靠后一些。由于袁枚待妻以诚，待妻以礼，而他的妻子王氏本性就很宽厚、贤良，所以袁枚虽然姬妾甚多，生活还是幸福的。

对于袁枚好色的评价，他的好友赵翼有一篇嬉笑怒骂、亦真亦假的文章似乎颇能反映袁枚好色的特点。

赵翼曾经到巴拙堂太守那里"控告"袁枚，太守为袁、赵两家息讼，并在自己的起居处设宴招待两位大诗人以作"调解"，可以想见他们的幽默风趣。赵的控词写得非常有趣，兹录如下，以作为这一章的结尾。全文如下：

> 为妖法太狂，诛殛难缓事：窃有原任上元县袁枚者，前身是怪，括苍山忽漫脱逃；年老成精，阎罗殿失于查点。早入清华之选，遂膺民社之司，既满腰缠，即辞手版。园伦宛委，占来好水好山来；乡觅温柔，不论是男是女。盛名所至，轶事斯传。借风雅以售其贪婪，假觞咏以恣其饕餮。有百金之赠，辄登诗话揄扬；尝一脔之甘，必购食单仿造。婚家花烛，使刘郎直入坐筵；妓宴笙歌，约杭守无端闯席。占人间之艳福，游海内之名山。人尽称奇，到处总逢迎恐后；贼无空过，出门必满载而归。结交要路公卿，虎将亦称诗伯；引诱良家子女，蛾眉都拜门生。凡在胪陈，概无虚假。虽曰风流班首，实乃名教罪人。为此列款具呈，伏乞按律定罪。照妖镜定无逃影，斩邪剑切勿留情。重则付之轮回，化蜂蝶以偿凤孽；轻则递回巢穴，逐猕猴仍复原身。

赵翼的这个"状纸"，虽说是开玩笑的，却也都是事实。这段话为袁枚画了一幅生动的漫画。

第十一章 铿锵女弟子

一

乾隆五十五年（1790），春节一过，袁枚就是七十五岁的老人了。但他并没有老的感觉，游兴倒是越来越浓了。先是邀请王文治、章攀桂等喝酒郊游，甚是快乐。姚鼐不久主持钟山书院，来随园见袁枚，于是四人一起游玩，王文治还带着家妓，章、姚两人身着佛服，言谈举止间表现出佛家的礼节，袁枚多次讥笑，但两人依然一副虔诚向佛的样子，袁枚只好笑着摇头。袁枚与姚鼐相见是七年前游黄山时，姚鼐当时也在黄山，听说袁枚在游，前往拜访，两人一见如故，感觉很好。

三月春光明媚，随园内一片生机盎然，来随园踏春的人一拨接一拨，长条凳上，石头座上，总有男女在悠然地晒着太阳。袁枚偶尔从他们身边走过，他们只是翻眼望望，并不认识他，不知道这个人就是园子的主人，就是当朝的诗人、文学家。袁枚不以为意，他对这一切已经太习惯了，他早已把自己的这座私家园林当作了一座公共园林。

春天是怀春的季节，也是想念祖先的季节。不知从哪一年开始，也许是从父亲去世那一年开始吧，袁枚每年都要回杭州踏青，祭祀祖先。

几十年了，虽然自己也是七十五岁的老人了，但他对父亲的思念却一如当年，仿佛自己还是一个懵懂少年。

一阵风吹过来，一只干了的蝴蝶掉在了肩膀上，袁枚捡起这只蝴蝶，莞尔一笑，庄周梦蝶的故事翩然入脑。他顽皮地想：是袁枚梦见蝴蝶掉了肩上，还是蝴蝶做梦变成了袁枚？天地间，人生轮回，世事难测，没想到我袁枚六十三岁得子，现在这个迟来的儿子也有十二岁了，到了我当年入县学的年龄了。

袁枚又想起了三妹、四妹，想起了堂妹袁棠，想起了他的女弟子们。人生一世，草木一秋，男人能够留下诗词在世间，通过诗词得以流传。为什么女人不能留下诗词呢？女人的才气难道比男人的才气差吗？自己的三个妹妹不就诗写得很好吗？自从三年前自己公开接收女弟子以来，闺阁中学诗者渐成风气，有的还结诗社，唱和无虚日，学诗写诗风气渐浓，真是令人高兴。

虽说三个妹妹都称为女弟子，但正儿八经称女弟子的还是一个叫陈淑兰的人。陈淑兰是江宁人，庠生邓宗洛的妻子。她家住万竹园，自幼即学吟咏。袁枚有一次因观竹经过万竹园，淑兰听说袁枚来到，出来拜见，拿出所作诗，请袁枚收为女弟子。袁枚看了陈淑兰的诗后，不住地点头，说："你的诗清婉处有唐音。"大诗人的评论，真是一字千金，陈淑兰很受鼓舞。

淑兰又善绣，特绣五绝两首，向袁枚索诗序。这时正好袁枚要作岭南之游，于启程前作一篇七百字的骈体文送她，权且当作序，并给她写了一封信说："使兰含笑，而过新年也。"淑兰得诗序非常高兴，立即作诗表示感谢："果然含笑过新年，已得名传太史篇。侬作门生真有幸，碧桃花种彩云边。"

新年前后，袁枚曾邀淑兰到随园看梅、观灯，淑兰没有立即去。花朝节过后，袁枚即离家前往岭南，淑兰不知，暮春往随园自然扑了个空，便在随园欣赏了一番景色，见她所绣诗已为袁枚加宽边幅作为门帘，很是高兴，于是题诗四首而归。其中有这样的句子："为访名园偶驻车，游仙人已去天涯。""几度蒙招未暇过，居然人似隔天河。"她在

"居然人似隔天河"下自注"偷公朝考句"。

袁枚第二年新春到随园，淑兰就要丈夫来随园索诗。其夫到随园时，因窗前开了红兰，袁枚认为是瑞兆，为此赋了三绝句。其中有"今日征兰芳讯到，紫琼宫里有人来"之句。因为淑兰诗有"征兰芳讯到"，说她该有生子的喜兆。哪知就在当年六月，淑兰的丈夫因失授馆所，沉水自尽。当晚淑兰自杀被翁救活，她自己也认为此举失当，说翁在堂，夫枢在室，继嗣未定，不能瞑目。等到十月，族人为过嗣子，邓枢也出了。淑兰趁人不备，闭目自缢，留下一封遗书，这样写道："有子事翁，心安，夫枢既行，不能独活。"袁枚哀之，为写《陈烈妇传》，《诗序》及《传》均收入《小仓山房诗文集》中。

往事如烟，忧喜交集。袁枚又想，鼓励女子写诗，这种风气是需要培养的，也是需要领风气之先的人带头的。

这次到杭州去，若是把这些女弟子召集起来，搞一次大规模的活动，闺阁中人写诗就会渐成风气，该是多么好啊。

对，就这么干。袁枚定了定神，有一锤定音的感觉。

凡事得有个牵头的人，找谁来牵这个头呢？当然只能是闺阁中人，她们自己组织最合适。袁枚仔细思量，这个领军人物，只有孙云凤、孙云鹤两姐妹最合适。

袁枚胡思乱想着，突然想，今年早点回杭州去吧，去会一会女弟子们。

三月下旬，袁枚就动身前往杭州，准备径直来到西湖内的宝石山庄。这是隐居官员孙嘉乐的山庄。孙嘉乐（1733—1800），字令宜，号香岩，仁和（今浙江杭州）人。历任云南按察使、四川按察使，当时已退休在杭州。

孙嘉乐跟袁枚在年轻的时候一起参加过科考和朝考，是几十年的老朋友了。

十多年前袁枚到过孙家玩，孙家一个十来岁的女儿看着袁枚和自己的父亲吟诗作对，似乎也想参与。袁枚见她伶俐可爱，便拉着她的小手，随口说道："关关雎鸠。"本是袁枚兴之所致，随口而出，却不料小女孩一本正经地应声对道："雍雍鸣雁。"袁枚不由得大为惊奇，没想到她小小年纪竟是如此才思敏捷，转头对孙嘉乐说："你这女儿了不得啊！我要把她收为女弟子，怎么样？"孙嘉乐呵呵地说："那好啊，能够被你这个大诗人收为女弟子，那是我家云凤的福气呢！"不久，孙氏三姐妹就都拜袁枚为师。

孙氏三姐妹依次为大姐云凤、二姐云鹤、三妹云鹏，她们之间年龄均相差三岁，都聪慧好学，能诗会文，而以云凤最为出色。每当有闺友的诗文聚会，都由她带着两个妹妹去参加，她还经常在家里组织诗会，与杭州的名媛佳丽唱酬不断。

孙氏姐妹的少女时代，随着四处游宦的父亲孙嘉乐到过不少地方。近则长江南北，远至四川、云南，都留下过她们的足迹。这不但丰富了她们的阅历，使诗情更加开阔；而且也使她们的诗篇传播到各个地方，她们每居留一处，那里必掀起一阵闺门学诗的热潮。

在孙云凤与袁枚建立师生关系后，江南闺秀以诗以札请业的接踵而来，而来的大多是同年、世谊的后辈，夫婿大多是科第人士，都是些有地位有名望的人。

如果说当年说的话多少带有儿戏的成分，二十多年后与云凤的交往，就是真的师生之交了。而这真正的师生之交是从三年前开始的。

三年前袁枚到杭州扫墓，写了《留别杭州故人》四首诗。袁枚的四首留别诗在杭州发表后，诗坛为之轰动，各路诗人争相作和诗。

孙云凤是杭州名门闺秀，有诗名，也就随之和了四首。云凤的思想非常活跃，见多识广，是位思想比较前卫的女诗人。

诗成后她自己觉得还不错，托人转呈袁枚，内有"安得讲筵为弟子，名山随处执吟鞭"之句，欲拜袁枚为师。袁枚对其和诗大加赞赏，于是亲笔回信，一方面谦称："为他人之师尚不敢，况为才女之师乎！"一方面又坦然接纳："然而伏生老去，正想传经；刘尹衰颓，与谁共语？以故莞尔而笑，居之不疑。"孙云凤颇为之欣然："我是门墙听讲人，残膏剩馥沾多少？"

袁枚还告诉孙云凤，将把她的诗刊入《随园诗话》。《随园诗话》在当时的地位，类似于我国当代最权威的一本纯文学杂志，并有诗坛掌门人袁枚亲自点评。文学青年能在全国权威的纯文学杂志发表诗歌那是不得了的事。云凤得知消息后，倍受鼓舞。

袁枚到了杭州后，与老友孙嘉乐相会。袁枚把要到杭州举行女子诗会的事跟孙云凤说了，孙云凤心领神会，表示全力承办好此次诗会，让大家有机会跟当代大诗人亲密接触，当面请教，也促进女子学诗风气的形成。袁枚非常高兴。于是，孙云凤开始广泛联络杭州当地爱好诗歌的女子。其间，袁枚到老家祭祖，准备返回江宁前举办这次诗会，于是将诗会的时间定在了四月十三日。

那天，七十五岁的当朝大诗人袁枚和十三位女弟子会集在西湖边的宝石山庄。

"老师来了——老师来了——"孙云凤招呼着另十二位女弟子，只见身材颀长的袁枚老师长髯飘拂，长衫飘飘，风度翩翩，翩然从山庄的楼上飘下，潇洒地向她们走来，袁枚春风满面，笑容可掬，十三名女弟子从各个角度起立，一齐向老师施礼："袁先生好！"袁枚欣然答礼："弟子们好，弟子们请坐！"

"各位弟子，你们先把最新的力作给为师看看，我给你们一个个评点"。"好咧！"弟子们一个个从香袖中抽出诗笺，争相递与袁枚。袁枚温柔地说："不要争，慢慢来，为师会一个个地看，全部要做评点。今天到场的，每个人都会有诗列入诗墙！"他对诗作批改、评点了约一个时辰。

之后，袁枚松口气说："下面开始朗诵自己的诗作。"

于是，弟子们一个个站在老师面前，朗诵由老师改过后的诗作。大家声情并茂，口吐珠翠，每个人朗诵完，都响起热烈的喝彩声。

"换个节目吧，下面进行才艺表演，请众位弟子拿出最好的水平，弹奏最优美的曲子，为师给你们一一打分！"云凤带头弹了一曲，一曲弹完，玉手们拍得脆响。于是一个一个接着来，弹着弹着，老师情不自禁地配起歌来，继而站了起来，手之舞之，足之蹈之。大家手牵着手，弹了唱，唱了弹，一曲接一曲，大家闭上了眼睛，享受着那份陶醉、那份忘情，此景只应天上有，人间能得几回见？

不知什么时候，宝石山庄站满了看热闹的达官富人，还有不少的女子，他们惊喜地看着这惊世骇俗的一幕。

举办第一次湖楼诗会后，袁枚请尤诏和汪恭二位画家合作《随园女弟子湖楼请业图》，并亲笔题跋，详尽记录女弟子的姓名、身份和姿态，有如历史档案。因为两次诗会袁枚都写了跋，所以把第一次诗会后写的跋称为"前跋"。跋文内容如下：

乾隆壬子三月，余寓西湖宝石山庄，一时吴会女弟子，各以诗来受业。旋属尤、汪二君为写图布景，而余为志姓名于后，以当陶贞白"真灵位业"之图。其在柳下姊妹偕行者，湖楼主人孙令宜臬使之二女云凤、云鹤也。正坐抚琴者，乙卯经魁孙原湘之妻席佩兰也。其旁侧坐者，相国徐文穆公之女孙裕馨也。手折兰者，皖江巡抚汪又新之女缵祖也。执笔题芭蕉者，汪秋御明经之女姍也。稚女倚其肩而立者，吴江李宁人臬使之外孙女严蕊珠也。凭几拈毫若有所思者，松江廖古檀明府之女云锦也。把卷对坐者，太仓孝子金瑚之室张玉珍也。隔坐于几旁者，虞山屈宛仙也。倚竹而立者，蒋少司农戟门公之女孙心宝也。执团扇，姓金名逸，字纤纤，吴下陈竹士秀才之妻也。持钓竿而山遮其身者，京江鲍雅堂之妹，名之蕙，字芷香，张可斋诗人之室也。十三人外，侍老人侧而携其儿者，吾家侄妇戴兰英也，儿名恩官。诸人各有诗集，现付梓人。

图中十三女弟子自右向左依次是孙云凤、孙云鹤、席佩兰、徐裕馨、汪缵祖、汪姍、严蕊珠、廖云锦、张玉珍、屈秉筠、蒋心宝、金逸、鲍之蕙，立于随园老人之侧是袁枚侄妇戴兰英，事实上她并未参加诗会。另外，图中的席佩兰、严蕊珠、金逸也没有参加第一次湖楼诗会，而与会的张秉彝却未入图。因此这幅图也只能说是"艺术的真实"，真实地反映了袁枚大会女弟子，推动女子学诗的这一惊世骇俗的活动。

在此，不妨将入画的十三人做个介绍。

除湖楼主人之女孙云凤、孙云鹤姊妹外，还有如下十一人。

席佩兰，字韵芬，一字道华，号浣云，昭文（今江苏常熟）人，清乾、嘉年间在世。袁枚大弟子孙原湘（乾隆六十年乙卯秋闱第二名）之妻。席佩兰为袁枚第一女弟子。

徐裕馨（1765—1791），字兰韫，钱塘（今浙江杭州）人。大学士徐本孙女，庠生程焕妻。

汪缵祖，字嗣徽，号蕉雨轩。钱塘（今浙江杭州）人。清乾、嘉年间在世。为曾任安徽、湖北巡抚的汪又新之女，通判汤燧妻。

汪姌，详情不明，清乾、嘉年间在世。其父汪绳祖，字秋御，性倜傥好客。

严蕊珠，字蕊华，一字宝仙，吴江（今属江苏苏州）人，清乾、嘉年间在世，卒年仅二十岁。袁枚因其"博雅"而视为"闺中之三大知己"之一。

廖云锦，字织云，松江（今属上海）人。乾、嘉年间在世。

张玉珍，松江华亭（今属上海）人。乾、嘉年间在世。

屈秉筠（1767—1810），字宛仙，常熟（今属江苏）人。清乾、嘉年间在世。

蒋心宝，字宛仪。乾、嘉年间在世。户部侍郎蒋赐棨（字戟门）孙女，秀才何大庚妻。

金逸（1770—1794），字纤纤，一字仙仙，长洲（今江苏苏州）人。袁枚弟子陈竹士秀才之妻。以其"领解"，即悟性高，被袁枚视为"闺中之三大知己"之一。袁枚著作涉及金逸处颇多。金逸病故后，袁枚为之作《金纤纤女士墓志铭》，推其为吴门闺秀之"祭酒"。可见其在女弟子中的地位不一般。按金逸正式向袁枚拜师是在病故前半个月，袁枚《后知己诗·纤纤女子金逸》云："可惜投地拜，扶起已奄然。不及交一语，半月便登仙。"时在乾隆五十九年甲寅（1794），即第二次湖楼诗会之后两年，与席佩兰相同，庚寅、壬子两次湖楼诗会皆与金、席无关。所以金逸也没有参加诗会。只是金与席一样，在女弟子中的地位太重要了，袁枚不能不写入请业图。

鲍之蕙（1757—1810），字芷香，丹徒（今江苏镇江）人。鲍之钟（字雅堂）郎中之妹，张铉（字舸斋）之妻。张与鲍皆袁枚弟子，能诗工文，为袁枚所欣赏。

戴兰英，字瑶珍，嘉兴（今属浙江）人。乾、嘉年间在世。袁枚对戴兰英才貌都比较偏爱，所以戴虽未参加诗会，但被附在图中。

实际参加诗会而未入图的张秉彝，字性全，杭州人，乾、嘉年间在世，秀才张静山女。张静山与袁枚是总角之交。但袁枚与张秉彝关系并不密切，张秉彝在女弟子中地位不高，所以没有入画。

二

一晃诗会已过了两年。两年前的那次湖楼诗会，让已久负盛名的袁枚再次名声大噪，不仅因为诗，更因为女弟子，因为一个男老师和那么多的女弟子面对面地办诗会，能给人留下许多想象的空间。至今都有人在谈论这次诗会，越传越神乎。

乾隆五十七年（1792）的春节过后，袁枚又在蕴酿着新的诗会。他想，要想让诗会产生更大的影响，最好是争取官方的支持，地方的父母官一旦支持，说三道四的人就会少了，参加的仕女们就更会少顾虑了。

二月二十八日这天，袁枚再次从随园出发，他计划重游天台，然后拜访一些老友，清明回乡祭祖，然后再次在杭州西湖举办一次女弟子诗会。

三月三日，袁枚到达绍兴，绍兴知府李亨特邀袁枚、钱泳等二十一人修禊于兰亭。

兰亭，是越王勾践曾经种植兰草的地方，最能引发人们发思古之幽怀。之后，袁枚重游天台，游华顶、上方广寺、天柱岭、天宫寺诸景。直到四月初，袁枚才再次回到杭州。

杭州诗会，才是这次从随园出行的重点。袁枚这次计划邀请十五人参加诗会，邀请信写好后，仍由孙云凤负责联络。袁枚则先去拜访杭州太守明希哲，争取官方的支持。

袁枚一生的官做得不大，但他翰林院出身的身份和他在诗坛举足轻重的地位，使他几乎每到一处，都有地方官出面接待。这一次，袁枚是以民礼修谒，而非以翰林院前辈的身份去拜见明希哲。没想到明希哲与袁枚一见如故，一口一个前辈，两人有相见恨晚之感。

明希哲说："前辈，杭州是您老的故乡，您是杭州的骄傲，以您在诗坛的影响力、号召力，如果再搞一次女子诗会，最好是一年一届，那影响就大了，前辈看怎么样？如果需要，我来给您办。"

袁枚呵呵地笑了，将将胡须，又喝了口茶，慢悠悠地说："明太守，您的心意老朽先谢了。一年一届呢，老朽也不敢做这个梦，我七十七岁了，人生七十古来稀。相士曾经说我七十六岁会死，所以才在七十五岁那年搞了一次诗会，这样就死也无憾了。没想阎王忘记收了，现在老朽是阎罗殿里的漏网之鱼，说不定哪天就要被收回去，不敢做长久打算，过一天是一天了。"

明希哲连忙打断说："前辈谦虚、豁达，去年还索了很多生挽诗，如此坦然面对生死，真是古今一哲人啦。"

袁枚大笑道："太守，您再夸，老朽就要钻地缝喽。"

两人于是哈哈大笑。

袁枚接着说："我把话说完吧。一年一届我是不敢想了，但今年我确实还要办一届，希望您鼎力支持！"

明希哲爽快地说："好啊，前辈需要什么支持，尽管吩咐，晚辈我愿效犬马之劳。"

说毕，明希哲随即对丫鬟说："去把悟桐、袖香二位请来。"随即，悟桐、袖香二位含羞带涩、款款来到面前。只见二位略施粉黛、袅袅婷婷、婀娜多姿，袁枚看得呆了：真是天姿国色啊。好一会儿，袁枚才缓过神来，转头问明希哲："请问这两位是……"

明希哲说："前辈，这是我的小妾，这个是悟桐，这个是袖香，两人都能诗，今天真是机会难得，前辈收了这么多女弟子，我想让她们两个也拜前辈为师，不知前辈是否愿意收二位为徒？"

明希哲转而对二位小妾说："还不快向袁枚前辈施礼？"

二位小妾连忙弯腰施礼："袁枚前辈，久闻大名，如雷贯耳，今日一见，请受小辈一拜，收弟子为徒。"

袁枚忙站起来，乐呵呵地笑道："免礼免礼！两位拜老朽为师，这是老朽的喜事，很好很好，那就顺便邀请你们两个都参加这次的诗会。明太守，您要当好护花使者，一起前来哦！"

"当然当然，这是晚辈应尽之职责。这次诗会由前辈您举办，晚辈我来承办，所需的一应开支，由我供应。悟桐、袖香二位，这次只是列席参加，并不占用前辈正式邀请的名额。"

袁枚回答说："如此也好。"

四月十三日上午，西湖宝石山庄的湖楼，两年前的精彩一幕再次出现。孙云凤等女弟子依次前来拜见老师。共邀请诗人十五位，其中二人已去世。袁枚闻讯心中颇感悲痛。实到诗人七位，另有列席诗人二位，即明希哲太守的二位小妾悟桐、袖香，两位谦恭有礼，活泼可爱，诗文亦佳，虽与众女诗人初次相见，但却颇为相得。一个上午，大家施相见之礼，述别后之情，品茶论诗，甚是轻松愉快。

女弟子们都准备了诗稿，一一向前请教。袁枚一一点评，点评时，女弟子们把老师团团围住，老师讲一句，她们就不住地点头。老师与女弟子们形成了一种百花丛中一点"男"的格局。

因太守的亲自参加，诗会的规格明显提高了。湖楼的来路上，人们熙熙攘攘，很多是来看热闹的。

中午时分，湖楼忽然传来了丝竹之声。这是女诗人们开始了中场休息，各自展示自己的才艺。

下午的节目是游湖游山。女子公开游湖游山，这在当时是少有的事，女诗人们与男先生一起游山就更少了，何况还是与当朝大诗人一起出游，还是坐太守的船游湖呢？女诗人们都感到非常受用，情绪格外好。阳光明媚，湖光潋滟，船如在画中游，人如在诗中聚。

这次诗会，袁枚没有专美其中，还请了著名诗人王文治参与。王文治兼工书法，下船后，女士们纷纷请他在扇子上题词，王文治——为之题词，把扇子分送给女士们。太守和王文治的与会，给诗会平添了许多亮色。

参加第二次湖楼诗会的女诗人名单如下：

曹次卿，袁枚弟子刘霞裳之妻。刘霞裳是袁枚晚年关系最密切的弟子，多次陪伴袁枚出游。袁枚著作中提及最多的就是刘霞裳，两人气味亦最相投。但曹次卿在袁枚已刊著作中并未提及，其诗才也未必出众，其能入图当为照顾刘霞裳的面子。

钱林，又作钱琳，字县如，一字志枚。杭州人。其为福建布政使钱琦（字玙沙）幼女，嫁杭州望族振绮堂汪氏诸生汪瑚。钱林之兄名钱枚，为其父以袁枚名字赐之。故钱林之字"志枚"，有以袁枚为志之意。

骆绮兰（1756—？），字佩香，号秋亭。句容（今属江苏）人。龚世治妻，早寡。是袁枚为女弟子题诗最多者。师生关系之密切非同一般。

潘素心（1764—？），字虚白，会稽（今浙江绍兴）人。她实际参加第二次诗会而未入补图。

悟桐，明太守美妾。

袖香，明太守美妾。

此外还有明希哲太守，诗人、书画家王文治。

第二次湖楼诗会后，袁枚请一位姓崔的画家补绘了一幅小图，与《十三女弟子湖楼请业图》长卷连成一卷，并自己写了"后跋"。全文如下：

乙卯春，余再到湖楼，重修诗会，不料徐、金二女都已仙去，为凄然者久之。幸问字者又来三人，前次画图不能屬入，乃托老友崔君，为补小幅于后，皆就其家写真而得。其手折桃花者，刘霞裳秀才之室曹次卿也。其飘带佩兰而立者，句曲女史骆绮兰也。披红襜褕而若与之言者，福建方伯玙沙先生之季女钱林也。皆工吟咏。绮兰有《听秋轩诗集》行世，余为之序。

《十三女弟子湖楼请业图》长卷，作于乾隆末年。原作未见，今见民国十八年（1929）上海神州国光社版长卷，署"清娄东尤诏写照、海阳汪恭制图"。

尤诏，清乾隆、嘉庆间人，字伯宣，号柏轩，吴中著名画家，原籍娄东（今江苏太仓，属苏州）。

汪恭，清乾、嘉间人，字恭寿，号竹坪，安徽休宁海阳镇人，侨寓毗陵（今江苏常州），尝居吴门（今江苏苏州），书画家。袁枚与女弟子首次湖楼诗会后乃请尤、汪合写《十三女弟子湖楼请业图》。补小幅者崔君未详。此图系王文治题签，题后有小字"随园前辈命题首，后学王文治"。

王文治（1730—1802），字禹卿，号梦楼，江苏丹徒（今镇江）人。著名书法家与文学家。乾隆二十五年（1760）探花，官至翰林院编修、侍读，后又任云南姚安知府，罢归，遂绝意仕途。与袁枚交谊深厚，参加了第二次随园女弟子杭州湖楼诗会。图后有袁枚亲笔书写的前后二跋，还附录清嘉庆至咸丰年间的文人题咏。袁枚二跋为清人陈康祺随笔《郎潜纪闻二笔》卷二所录，题名为《随园十三女弟子湖楼请业图》，有中华书局一九八四年版校点本。

由上可知，《随园女弟子湖楼请业图》并非完全写实，而是袁枚根据自己的主观愿望，为女弟子留存历史档案而已。事实上，它也确实为我们了解随园女弟子这个群体的形成、活动的范围、历史的影响等，提供了一个重要的史料。

两次诗会是袁枚与女弟子大规模的交往，小规模的或单个的交往也是不少的。袁枚在晚年常作短途旅游，到苏松一带，常与女弟子过从。在八十一岁时，他将搜集来的部分女弟子诗稿合刊《随园女弟子诗选》，与所编知交们的《续同人集》同时问世，可说是并驾齐驱。袁枚认为学问只分高低，不分男女，他有"何必男儿始读书"的诗句。他认为同人们的诗可以刊选，女弟子的诗自然也可以刊选。《随园女弟子诗选》说明袁枚招收女弟子的出色业绩，也是袁枚思想解放、提倡女学、解放礼教束缚的一个卓越标志。

三

　　其实，文人招收女弟子并非袁枚的"首创"，早在明朝就有了。如李贽曾收梅澹然为女弟子，且在当时引起轩然大波。李贽与梅澹然的交往成为历史上沸沸扬扬的一桩公案，万历十三年（1585），礼部给事中上疏万历皇帝弹劾李贽的条章上，就有"勾引士人妻女……"一条，其中，"士人妻女"就是指梅澹然。任何开风气之先的事总要承担一定的舆论风险，这并不为奇。

　　文人招收女弟子到清朝风气渐盛。如清初毛奇龄招徐昭华、冯班招吴绡、尤侗招张繁、惠栋招徐映玉、翁照招方芳佩等，但皆是招个别女弟子。

　　乾隆后期，任兆麟招张清溪、李媺、张芬、陆瑛、席惠文、朱宗淑、江珠、沈缆、尤澹仙、沈持玉等"吴中十子"，以及汪玉轸、金逸（汪、金亦为随园女弟子）、马素贞、刘芝、周澧兰、王拈华、叶兰、陶善、周佛珠等为女弟子，已得二十来人，已经初具规模。

　　文人招收女弟子，无疑是妇女解放、社会进步的一个标志，也有其社会历史的原因。明朝后期的资本主义萌芽，势必要求思想的进一步解放。特别是到了乾隆中后期，西欧的风气已慢慢地传入中国，仕宦人家的女子读书已不是罕见。只是读的大多是专为女子而著的书，且读书仍然在家塾中。但女子能够读书，无疑是一种历史的进步，文人招收女弟子，当然就更是一种进步，也为女弟子的产生提供了天然的土壤。

　　袁枚招收女弟子，与他爱好设帐授徒讲学有关。袁枚是翰林院出身，他在当县令时就有人追随他拜他为师。退居随园后，就更有条件讲学了。只是袁枚爱好游历，并没有专门办私学，他的女弟子，实质是与爱读书、爱写诗的女子的一种私人交往，只是这种以师生名义进行的交往，已经超越了当时人们能够接受的思想范围，因而引起很大的社会震动或者说非议，不理解的人当然就更多了。袁枚的女弟子多半是朋友、权贵的妻女或小妾。

随园女弟子的出现，有其时代、地域及自身的条件。其时代条件如前所述，西欧的妇女解放风气已慢慢传入中国，清朝的康熙皇帝曾经下令禁止女子缠足，只是由于这种积弊太深，没有实行下去。但这无疑具有某种思想解放的意义。在乾隆一朝，乾隆六次下江南，每次下江南都要召集文人雅士，客观上在一定程度推动了读书创作风气的形成。杭州是江南富庶之地，丝绸纺织等工业较为发达。一些富商家庭得风气之先，颇爱读书写诗。袁枚是杭州人，作为乾隆一朝的诗坛掌门，他公开接收女弟子，与女弟子们交往的故事，往往引爆闺阁界的舆论风暴，为诗歌的广为传播起到了推波助澜的作用。袁枚为彰显女弟子的诗歌创作成绩，除了为女弟子诗集作序、编选《随园女弟子诗选》，还于《随园诗话》摘录女弟子诗作予以弘扬。袁枚的积极引导、细心指导和扶持，西湖女子诗会等活动的进行，地方官的支持，更是让袁枚招收女弟子的行为得到了某种官方认可，使这些女弟子借此机缘迅速成为诗歌明星。

袁枚的众多小妾中，能舞又善诗的，只有苏州的陶姬。她雅好文墨，尤善吟诗，袁枚非常怜爱她。陶姬生来多愁善感，读书经常读到午夜，袁枚总是催她早睡，陶姬不听，年仅三十就死了。诗稿零落殆尽，袁枚的《随园诗话》中，只存了她两首诗。

有些研究者将袁枚的纳妾买春与招收女弟子混为一谈。袁枚的纳妾买春主要是在六十三岁生儿子之前，用袁枚自己的话说叫作"无子为名又买春"。袁枚公开地接收女弟子是在七十二岁以后。在这里，我用的是"接收"而不是"招收"，袁枚并没有公开地开办学堂，一些仕宦人家的妻女甚至一些朋友的妻女心甘情愿、主动地拜袁枚为师，向他学写诗歌，他们的关系是公开而纯洁的，并且都得到女子的丈夫或父亲的支持。而且这种"师生关系"也是宽泛的，袁枚的三妹袁机、四妹袁杼、堂妹袁棠都是袁枚的女弟子。袁枚给他感情最深的三妹袁机写的传用的标题就是《女弟子素文传》。

袁枚的弟子有多少？若从在溧水当知县，业余设帐教学算起，估计也有不少。袁枚的男弟子无法统计，但其女弟子却备受关注，广为人知。袁枚的女弟子到底有多少呢？据近年出版的《中国历代妇女文学作品精选》的序中说，已查知有近七十人，但至今没有一个确数。袁枚于嘉庆元年（1796）编的《随园女弟子诗选》编入二十八人的诗，今存十九人的诗。据两次西湖女弟子诗会、绣谷园诗会及袁枚家族女诗人，则共有五十余人。其中佼佼者十三人，个个都是名噪一时的才女。

尹继善督两江时，其公子佑之也在江南，只有三四岁的样子，牙牙学语。后来，佑之奉命到杭州办公事，特意到金陵访随园，就像多年的好友一样。分手后佑之想到袁枚衰老，就寄猩红色棉衣一袭，显得非常华丽。袁枚欣然披之。于是出现了一道独特的风景：袁枚须发皆白，披着猩红的艳丽棉衣，女弟子们的燕形裙衩、乌黑云鬓掩映其间，袁枚流盼旁观，悠然自得。

在第二次湖楼诗会后，直到袁枚八十一岁，仍有闺秀辗转托人请袁枚将其列为弟子行列，有的典首饰作束脩、花路费登门请业。袁枚对女弟子的广投门下，认为是自己诗名的号召力，在生平事迹中，可算是一件值得骄傲的事。在《八十自寿》中，有"佳人相约拜先生"句，非常自得。袁枚招收女弟子不厌其多，这在当时引起争议，甚至身后遭人攻击和谩骂，因为袁枚的思想与当时人的思想是非常格格不入的。

四

袁枚的随园女弟子人数之多、整体实力之强、活动能力之强，达到中国古代妇女诗歌创作之高峰。随园女弟子是中国诗歌史上少见的女性诗歌创作群体。广收女弟子，是袁枚对中国诗坛和妇女解放的一个重要贡献，这为袁枚成为名重清朝的大诗人加重了分量。下面就袁枚与女弟子们的单个交往作一描述，上文已述及的不作重复。

袁枚六十九岁时，陈淑兰请袁枚为其诗稿作序，首称女弟子。这里说的"首称"，当指家族外的人士"首称"，至于家族内，则早就有称女弟子的了。

袁枚曾将他珍藏的《随园雅集图》请孙云凤和她的妹妹孙云鹤题词。图中已有不少名人题词，琳琅满目，在这幅画上题词，两姐妹倍感荣幸，欣然受命。袁枚也感到非常高兴，因为这幅图又增加了闺秀之作。姐妹俩题完词后，袁枚写了三首谢诗。随后金纤纤向袁枚索题小照，袁枚接受下来，也是到杭州找云凤姐妹代为完成。说明袁枚对云凤姐妹的器重。

但是在袁枚和云凤师生之间，也曾发生过一次小小的误会，也可以说是女弟子中的一件逸事。

有一次，袁枚在云凤家小饮，饭米粗糙，但是价甚贵。袁枚知道她为仆人所骗，但也不好作声。刚巧袁枚回他的寓所，有人送上等白米，于是袁枚就送了一斛给云凤。哪知云凤误会，以为袁枚故意摆阔，就写了几个字"来意已悉"，却把米给退了回去。这下可把袁枚惹恼了，可能袁枚还没有碰过这么一个硬钉子，而且是在小辈的门生面前。于是袁枚立即写了一首七绝，派人给云凤送去。诗无题，是这样写的："一囊脱粟远相贻，此意分明粟也知。底事坚辞违长者，闺中竟有女原思。"

云凤接诗后，深悔自己处事孟浪，有失礼貌于老人，很快就填了一阕词，赔礼道歉。词题为《贺新凉》，是这样写的："傍晚书来速，道原思、抗违夫子，公然辞粟。已负先生周急意，敢又书中相渎，况贽礼未脩一束。我是门墙迂弟子，觉囊中所赐非常禄。不敢受，劳往复。寸笺自悔匆匆肃，或其间，措辞下笔，思之未熟。本借湖山供笑傲，何意翻多怒触。披读处，难胜踧踖。无赖是毫端，今以前衍，仍付毫端赎。容与否？望批覆！"

袁枚收到词后，会心一笑，前嫌尽释。误会经过解释，师生情感更为融洽。以后他到杭州，皆借住孙氏宝石山庄，而且云凤姐妹对老师招待周到。

席佩兰也是袁枚女弟子中的佼佼者，属于十三女弟子之一。更是袁枚"闺中三大知己"之一。袁枚要她严格练习，没有写出好的诗句之前不要露面。因此，席佩兰长成了大姑娘，还很少有人知道。

第二次西湖诗会的次年即乾隆五十八年（1793），袁枚作了一首《二闺秀诗》，诗中有"扫眉才子少，吾得二贤难"之句，"扫眉才子少"指出色的女诗人本来不多，"吾得二贤难"当然就是指自己难能可贵得到了两位出色的才女为弟子。这二贤指的就是孙云凤与席佩兰。

与席佩兰同村，有个出身名门的青年，叫孙原湘。孙原湘是虞山（今江苏常熟）人，乾隆六十年（1795）举人。

关于孙原湘和他的妻子席佩兰，流传着以下的故事。

孙原湘的家庭条件好，从小就博览群书，尤爱诗词，久成诗癖，平时干什么都离不开诗。如早上起床便诵"春眠不觉晓，处处闻啼鸟"，吃饭了，走到餐桌边便吟"谁知盘中餐，粒粒皆辛苦"。村里人以为中了魔，席佩兰的父亲却认为他必有出息，反而托媒求亲。不料孙原湘却当面拒绝，他责备媒人说："乡村里有什么才女？我非女诗人不娶！"席家丢了面子，非常尴尬。

袁枚听说之后，就让席家贴出招亲告示："家有小女，年已及笄。但非诗人不嫁，有能诗者皆可登门议亲。"这一来，乡里许多青年纷纷上门求亲，都被席家拒绝。

这天，席佩兰一早就起来了，因为半夜时听丫鬟说外面好像下大雪了，她想再堆两个雪狮子。前几天堆了两个放在了大门口，今天想堆两个放在自己的房门口。

她开门一看，晴空万里，朝霞满天，哪里下什么雪呀，原来丫鬟把明亮的月光当成雪光了。这一来，不仅堆不成雪狮子，原来堆的那两个，太阳一出来，也会慢慢融化了。她回到闺房，挥笔写下了《春夜月》一诗：

> 小鬟夜半推窗看，报到中庭积雪盈。
> 晓起更无余屑在，始知残月昨宵明。

时近中午，阳光明媚，积雪开始融化。就在这时，孙原湘器宇轩昂地进了席家，袁枚见其上门，就与他攀谈起来。孙原湘果然满腹经纶，谈起诗来口若悬河，滔滔不绝。正说间，只听环佩叮咚，循声望去，见竹帘内端坐一位妙龄女郎，他立时住口。袁枚说："她便是以诗求亲的席家小女。"孙原湘欠身施礼，接着就把自己的诗稿递了上去。席佩兰漫不经心地把诗稿翻了翻，说："窗外积雪正在融化，万物复苏，依我之见，围炉谈诗，不如凭窗联句。"席佩兰的意思，凭窗，可以保持距离，围炉则距离太近；谈诗看不出才气，联句才能考出水平。

袁枚问孙原湘意下如何，孙原湘以为自己从屈宋到三苏，心中装诗几千首，凑几联诗句有何难，连忙答应："就请小姐兴句点题。"席佩兰也不客套，看看窗外，积雪正在阳光下融化，她用雪堆的两只看门狮子也在融化，就随口吟道："雪消狮子瘦。"起句一出，可就难住了孙原湘，他脑子里从魏晋到唐宋，把诗人的五言诗迅速过滤，搜遍枯肠，也找不出一句现成的对句来，满面羞惭，回到家中，一病不起，求医用药，均不见效。

孙原湘的父母可急坏了，眼看儿子的病日重一日，老两口只好去找袁枚求救。袁枚说："你儿子求亲的女孩，就是托媒到你家求亲的席佩兰。解铃还得系铃人，你们还是找她出个主意吧。"

老两口无奈，只好厚着老脸去见席佩兰。席佩兰笑着说："这好办！今天正是十五，你们晚上扶他出来赏月，你在旁边说：'今夜月亮真圆呢，那月亮里桂树真茂，树下兔儿真肥。'他听了，病就一准能好。"晚上，一轮明月升了上来，老人半信半疑地把儿子扶出来赏月，把席佩兰教的话复述一遍，当说到"树下兔儿真肥"时，孙原湘突然哈哈大笑，大叫"有了！有了！"老人以为儿子发高烧说胡话，孙原湘说："那位小姐出的是'雪消狮子瘦'，下句不正是'月满兔儿肥'吗？你们要是早让我赏月，哪还憋得那么苦啊！"

孙原湘的病好了，与席佩兰结为夫妇。袁枚又教他作诗要认真观察生活，写自己的真情实感，不要拼凑书本上现成的诗句。从此，孙原湘的诗词大有长进。夫妻二人经常联句，都成了清朝的著名诗人。

但袁枚的研究者们一般认为，孙原湘与袁枚的交往主要源于袁枚的三访虞山。

乾隆五十三年（1788），袁枚第一次到访虞山，当地名儒吴竹桥推荐六名年轻才俊与袁枚见面,其中之一便是孙原湘。孙原湘早就仰慕袁枚,并于两年前向袁枚献诗,袁枚对其印象非常好,也非常欣赏他的才气,称他是"少年未易之才"。孙不但初次见面即正式拜袁枚为师,而且事先绘了一幅画请袁枚题诗。他与袁枚的交情就是六名才俊中最深的了。

第一次相见之后,乾隆五十七年(1792),孙原湘专程到随园拜谒袁枚,正逢袁枚招南北名士在随园张灯设宴,孙原湘也就被列入名士之中,倍感高兴。袁枚的慷慨好客、山中事业、文坛声望令孙原湘倾倒。

乾隆五十九年(1794),袁枚二访虞山。此时孙原湘与席佩兰已经结婚,袁枚此次来也有看望女弟子、鼓励女弟子写诗之意。孙原湘非常兴奋,写诗相迎。

孙原湘家在常熟城琴河之畔,房屋高大,厅堂轩敞。袁枚到时,孙、席夫妇双双出迎,此时佩兰正为前年去世的婆母戴孝,虽缟衣出拜,却依然显得身材婀娜,气质高雅。以前袁枚曾怀疑佩兰有些诗是孙原湘代写的,但这一见之下的感觉,又打消了自己的疑虑。他觉得一个女人清妙的才华是可以通过外表的气质显露出来的。更让袁枚没有想到的是,一阵寒暄之后,佩兰从内室拿出一幅自己画的像,自画像上的佩兰,更是衣袂飘飘,风华绝代。袁枚看得出神,他的女弟子中,应该没有比佩兰更漂亮的了。甚至他见过的女性中,如此风姿绰约的女子也不多见。老天怎么对佩兰如此之厚?一般女子都是有才无貌,佩兰竟如此才貌双全?

此前,他们的爱子安儿五岁夭折,席佩兰写了《断肠辞》十五首。孙原湘绘《佳儿重生图》向袁枚索题。袁枚题了两首七绝,同时也读了席佩兰的诗,颇为欣赏,将之收入《随园诗话》。

有一年农历三月初三,正好是上巳节,是常熟最热闹的民俗节日之一。袁枚乘船来到常熟,由孙、席夫妇陪同游览虞山风光。席佩兰兴致勃勃,写下两首七律敬献给老师。诗中有这样的句子:"花傍仙舟齐带笑,山迎才子也低头","一路莺花供鼓吹,二分蟾月伴诗仙"。表达了她与老师在一起的兴奋喜悦的心情。

一年冬天，袁枚再次来到常熟，给他的女弟子带来了最珍贵的礼物，即刚印成的由他选编的《随园女弟子诗选》。席佩兰打开诗集一看，自己的诗作竟赫然列在首位，不禁激动万分，当即挥毫写下两首诗献给老师，其中一首写道：

> 得攀骥尾原知福，直冠蛾眉却过情。
> 恰似春风吹小草，青青翻获领群英。

表达了自己对老师赏识的感激和愧不敢当卷首的心情。

乾隆六十年（1795）三月，袁枚八十大寿。年前袁枚作《八十自寿》诗寄给诗友门生、文人雅士，闺阁弟子纷纷和诗。佩兰寄贺诗十首，并附信一封，对袁枚极表钦敬。其中有"官无内外推前辈，集有诗文冠本朝""得公占尽文人福，始觉苍苍不忌名"之句。另附近作若干求指正。

吴竹桥亲到随园祝寿，回去后给佩兰带回袁枚给她的手书一件，湖绉一端。手书是袁枚对佩兰诗的评语，评价极高："字字出于性灵，不拾古人牙慧。而能天机清妙，音节琤琮。似此诗才，不独闺阁中罕有其俪也。"

佩兰感极而珍藏。

嘉庆元年（1796），八十一岁的袁枚三访虞山，临别时，孙原湘在吴竹桥的光霁堂为袁枚设宴送行，并写诗四首，大赞袁枚主性灵的思想、招收女弟子的行为以及闲适雅致的隐居生活。

袁枚逝世后第八年，即嘉庆十年（1805），孙原湘考中进士，本可以在仕途上有所成就，但不久就乞归，且一去不返，彻底脱离仕途。老师袁枚这个榜样的力量是非常大的。

直到嘉庆十七年（1812），佩兰诗集《长真阁集》刊行，佩兰将袁枚的手书内容放在卷首为序，既以自励，亦以怀念先生。此时，袁枚已逝世十五年。

袁枚曾说："如（严）蕊珠之博雅，金纤纤之领解，席佩兰之推尊本朝第一：皆闺中之三大知己也。"（《随园诗话补遗·卷十》）

乾隆五十七年（1792）春，袁枚游苏州西七里的虎丘山。虎丘山有苏州第一名胜之称。当日有许多春衫艳丽的青年女子，也在高谈阔论地说诗。袁枚不觉上前倾听。几位女子见一个老头走过来，初以为这老头是来猎艳的，便停止了议论，一个个正色地瞧着袁枚。有陪游的当地文人便介绍道：这位是当朝大诗人袁枚先生。女子们一下子尖叫起来，一个个喜出望外，做梦都没想到这位大诗人会从天而降到自己眼前，于是这些女子全都站起来施礼。袁枚乐呵呵地说："你们都会写诗吧，我听你们议论写诗，颇有水平呀。"众女子不好意思地笑了，陪游者便为袁枚一一介绍，当介绍到金纤纤时，袁枚停下来问："你就是陈竹士之妻？"金纤纤喜出望外："先生的大名，真是如雷贯耳。夫君天天在家里念叨着您呢，不想今日意外相见，真是缘分啊。"

说完，金纤纤把锦垫铺在剑池旁边的石栏旁，请袁枚安坐。才女们众星拱月般围着袁枚坐着，争相提问。

一位叫汪玉轸的问道："当今诗人，袁、蒋两大家并称，只是我不明白，为何先生诗远播海内外，近于闺门，人们都喜欢读。而好读蒋诗者，似乎并不多见，这到底是何故呢？"

汪玉轸，字宜秋，号宜秋小院主人，吴江人。年近三十，在这群女诗人中是个"长者"。她十九岁嫁给同乡陈昌言，没想到陈昌言是一无赖，好吃懒做，长年外出不归，还将房产变卖。汪氏只好借居表弟朱春生家，全靠缝纫换钱买米，抚养五个孩子，亲友也时或有所救济。后来她的诗集《宜秋小院诗钞》也是由表弟资助刊行的。她人穷志不短，坚持学诗，后来也被袁枚收为女弟子，是袁枚女弟子中唯一生活在社会底层的穷苦之人。

面对汪玉轸这样的提问，袁枚自己当然不好回答，便让其他才女代为回答。这时，金纤纤说："小女子愿献浅见，不知先生是否许可？"袁枚大悦，说："甚好甚好！"他正好要听听金纤纤有何高见。

金纤纤操着一口吴侬软语，娓娓道来："袁、蒋二公诗之不同，可有一比：乐有八音，都属正声。但人们多爱听金、石、丝、竹之音，而不善闻匏、土、革、木之音。如果以此来比袁、蒋二公之诗，小女子以为恰到好处。所以人多喜袁公之诗，其奥秘应在于此。"

说完，众女士噼里啪啦鼓掌，袁枚捋须而笑。汪玉轸更是不断点头佩服："真是见识超凡，令人茅塞顿开啊。"

金纤纤意犹未尽，继续发挥道：

"《诗三百》，一言以蔽之，曰'思无邪'。我读袁公诗，则可取《左传》三字以蔽之，曰：必以情。古人云：情长则寿长，袁公年逾古稀，岂非情长之证？"

众人又是鼓掌。袁枚听得心里非常熨帖，慨然叹道：知我者，金纤纤也！今日得一闺中知己，善莫大焉。

不知不觉太阳西斜，临别之时，袁枚说："过一段时间我要借绣谷园作诗会，欢迎在座各位到时都来捧场哦。"众才女鼓掌欢呼："好啊好啊。"

几个月后，袁枚果然于绣谷园与众才女相聚。绣谷园在阊门，又称蒋园，是苏州举人蒋垲所建。与会者有江珠、张滋兰、顾琨、尤澹仙、金兑、周澧兰、何玉仙等九人，由江珠召集。金纤纤因患病未能前来，汪玉轸因忙于生计告假。

绣谷园诗会上，袁枚与诸女弟子谈诗论道，也非常开心。但没有金纤纤，袁枚总觉得心里缺点什么。诗会后，正欲离开苏州赴天台之前，金纤纤托人送来诗二首，袁枚这才感到欣慰之至。金纤纤表达了拜师之意，其实袁枚早已将其视为弟子。

这年秋天，金纤纤又写来一信，希望来年春天袁枚再来苏州，好向他执弟子之礼。袁枚甚是感动，果然于第二年春天来到陈竹士家拜访。但让袁枚意想不到的是，此时的金纤纤已卧病在床多时，身体虚弱，脸色蜡黄，气息奄奄，神采全无。金纤纤见袁枚来到，欲起来行大礼，被袁枚劝止，说："保重身体要紧，老夫早已将你视为弟子了。"金纤纤感动得热泪涌出，于病床上写诗一首献给袁枚：

格律何如主性灵，早闻持论剧清新。
唯公能独开生面，此席愁难有替人。

比佛慈悲容世侁，得仙居处与花邻。

古来著作传多少，那似袁安见及身。

一个月后袁枚回随园途中，又去陈竹士家拜访，主要是想探访金纤纤的病情，没想到金纤纤已亡数日！袁枚只觉一阵晕眩，几乎站立不住。陈竹士赶紧扶袁枚坐下，并述说金纤纤临终时的情景：纤纤临终前念念不忘先生，她拉着我的手说："前日得拜随园先生为师，真是千秋有幸。但心中仍有遗憾，一是去年先生招吴门闺秀聚会绣谷园，我未能与会，此一憾也；我虽读随园诗文集，但还有疑义却来不及当面向先生请教，此二憾也。要消除此二憾，只有先生怜我，肯为我做墓志铭。那么我虽死犹不死。"说罢，头已偏倒在床上。

闻罢，袁枚已热泪涟涟。袁枚说："东坡年老之时，被贬谪到惠州，有温都监之女窥其读书，东坡颇为欣赏。后来外出归来，此女已忘。东坡不能忘情，曾作小词凭吊。我虽不是东坡，然受知于纤纤却倍于温家女，至于写贞石之文，我如何能让？如今论者称诗文非女子所宜，真是迂腐之见。我阅世已久，每见女子有才者不祥，兼有貌者更不祥，有才貌而嫁与相当者，尤大不祥。纤纤兼此三不祥，而欲久居人世，实在难矣哉！"

袁枚言罢拭泪，又劝陈竹士节哀自重，并写了一副挽联。后来，果然为金纤纤写了一篇情深义重的墓志铭。

刘霞裳离开随园之后，陈竹士常陪伴袁枚游四明山等地。袁枚认了一个叫王雅三（字梅卿）的孤苦女子作为继女，于是做媒把她嫁给了陈竹士。王雅三本是名门女子，自幼爱诗，因父丧流落才被袁枚收为继女，也是袁枚的女弟子。后著有《问花楼集》。

袁枚在吴门的另一闺中知己是严蕊珠，字绿华，吴江人。她的父亲严家绥是个秀才，母亲李凤梧出身名门，善诗。她的外祖父李重华是袁枚的老朋友。乾隆元年（1736），袁枚赴京应博学鸿词试时即已与之相识，李重华也可以说是袁枚的前辈，雍正二年（1724）即中进士。袁枚博学鸿词试报罢，流落京师时曾去拜访李重华，李重华一见之下很喜欢这个小伙子，即有意将女儿许配给他。袁枚说自己在老家已订了亲，李重华于是更加敬重这个小伙子，让袁枚在自己家寄宿。袁枚回家娶亲时，李重华还写诗祝贺。

乾隆五十九年（1794），袁枚游苏州时专门到吴江拜访老友李凤梧。李家住吴江松陵，城外有名闻天下的垂虹桥，此桥环如半月，长若垂虹，城内河道纵横，小桥遍布，森林清幽，民宅古色古香，有着浓浓的江南水乡韵味。

袁枚来到李家宅前，李凤梧领着一个妙龄少女出门迎接。那少女就是严蕊珠。严蕊珠被人称为国色，袁枚一见之下煞是喜欢。严蕊珠也不害羞，一见面就大大方方聊起诗文来，并说要拜袁枚为师。袁枚略一沉吟，心想：我还是考她一考。便问道："拜我为师可以，你可曾读过老夫的诗？"蕊珠答道："不读书不会来授业，其他人诗，要么有句无篇，要么有篇无句，唯先生诗有篇有句，词意俱佳。"蕊珠接着说："其实我更爱读先生的骈体文。"

袁枚好生诧异，女子爱诗的多，爱骈体文的，这还是第一个。袁枚就问："你既然最爱我的骈体文，那你背诵一篇给我听听看？"

于是严蕊珠背诵了《于忠肃庙碑》。袁枚又问："文中典故颇多，你知道其中的出处吗？"严蕊珠回答说："能知道十之四五。"于是顺口说出了文中的几个典故。严蕊珠说："别人只道先生四六骈体文用典，而不知道先生的诗歌也是用典的。先生的诗专主性灵，运化成语、驱使百家、人习而不察，如盐在水中，食者但知盐味却不见有盐也。"又指数联为证。

一席话谈下来，袁枚为之惊愕，说严蕊珠"聪明绝世"。又说："我虽有女弟子二十多人，像严蕊珠之博雅、纤纤之领解、席佩兰之推尊为本朝第一，是闺中之三大知己！"严蕊珠著有《露香阁诗草》。

可惜的是严蕊珠才多而寿短，拜师两年后突然病逝，令人扼腕叹息。

骆绮兰（字佩香）是山东句容人，诗力甚工，早寡，年龄稍大于孙云凤、席佩兰。袁枚结识她时已是七十七岁，当时佩香住在京口，距金陵甚近，因之过从也较多。佩香到随园谒师的时候，曾写七绝二首：

"柴门一径入疏筠，为访先生到水滨。绝代才华甘小隐，名山从古属诗人。""闺阁闻名二十秋，今朝才得识荆州。匆匆问字书窗下，权把新诗当束脩。"

袁枚也早闻佩香才名，将《随园雅集图》《乞假归娶图》请佩香题诗。

后来袁枚为尹庆桂（字树斋，尹继善第四子）送行，特意来到京口，住在佩香家的听秋阁。当时正是严冬腊月，雨雪交加。袁枚在此住了七天。初到听秋阁，蕉心尚未开展，回时则蕉叶全抽。佩香招待周全，袁枚临行前有谢诗。

第二年初春，袁枚又到京口，还是住佩香家。半月内两次渡江住女弟子家，袁枚觉得要还女弟子一个人情，就写了七律一首邀请她来随园，也算是答谢。

佩香的《秋灯课女图》有不少诗人题词，后来佩香又请袁枚作题，袁枚欣然题诗。

三年后，袁枚八十一岁时，为佩香题归道图，佩香却早已信佛。佩香原来是王文治的门生，王文治夫妇都长斋信佛，佩兰可能受王的影响。袁枚是不信佛的，感到无可奈何。

吴琼仙字珊珊，嫁梨华里诗人徐山民，著有《写韵楼诗草》。袁枚八十一岁到吴江，过梨华里，得识徐山民，住徐家三日。徐与其妻珊珊双双拜袁枚为师。袁枚赞其两人诗"天机清妙"，分别收入《续同人集》《女弟子诗选》。并为珊珊题《天平揽胜图》。珊珊作谢诗二首，其中一首这样写道："珍重先生意，闺中学步难。他时来立雪，不怕十分寒。"

归佩珊是江苏常熟人，嫁松江李安之。她的母亲李一铭工诗，佩珊承母教，幼即能诗，母女合刊有《二余集》。袁枚在八十岁时，曾将母女二人诗收入《随园诗话》，他称佩珊诗"雄伟不似闺阁语"。袁枚八十一岁到松江，得见佩珊，为她题《兰皋觅句图》。

第二年，袁枚的《拟重赴鹿鸣琼林两宴诗》提前发表，佩珊将诗以吴绫绣好，并和诗二十章寄袁枚，袁枚如获至宝，赋诗道谢。诗中有这样的句子："闺阁如卿世所无，枝枝笔架女珊瑚。将依诗独争先和，领袖人间士大夫。"袁枚给女弟子写诗，这可能是收官之作了。因为袁枚在当年十一月病逝。

袁枚招收女弟子，以八十岁前后为最多。两次湖楼诗会，对江南闺秀影响颇大。闺秀能诗者都愿以诗请业，以冀名登诗墙为荣。袁枚八十一岁腊月游苏松，还收了女弟子五人，回随园后，在第二年还为此喜而赋诗。袁枚的女弟子多，身份各有不同，时间也长短不同，交往情感也有深有浅，有的如亲属，有的甚至仅有诗札往来。交往密切的还有王梅卿、张玉珍、戴兰英等。

张玉珍是与孙云凤同时招收的女弟子，交往较多。张玉珍为袁枚八十大寿题诗祝寿，并亲自为袁枚制朱履，精工细作，正合袁枚的需要。袁枚生平讨厌着靴，无论是出入相府还是外出旅游都是着一双朱履。在陪尹继善游栖霞寺时就有"一个狂夫履独红"句。在袁枚的遗嘱中，有关寿衣的安排特别指出："有极华刺绣朱履一双，白绫袜一付可用。"是否为张玉珍所制无法考证。

戴兰英是袁枚的侄妇，早寡，能诗，善绣，兼工音律。袁枚夸为多艺多才，以之与南齐作《中兴颂》的同名才女韩兰英比拟。戴兰英曾参加湖楼诗会，与袁枚是师生兼亲属双重关系，袁枚到杭州常到其家。在袁枚八十岁生日不久，兰英知袁枚将到杭州，特请工师为绘《秋灯课子图》，请袁枚题词。袁枚题七古二十韵长句，兰英也作七古答谢诗。

第十二章　误尽一生春

乾隆二十四年（1759）十一月十一日，在扬州访友的袁枚得到三妹袁机病危的消息，连忙往江宁赶，等到江宁时，袁机已断气多时。袁机在病危时，有人要去叫袁枚回来，袁机不让，怕打扰哥哥。直到知道自己终将不起，才勉强同意，临终前一直叫着哥哥。见到妹妹临终不闭眼，袁枚悲痛欲绝。他觉得妹妹是受了礼教的害，是被"贞女"观念害死的。

袁机是最喜欢读书的人。小时候袁枚跟随先生学经书，袁机也总是在一旁坐着听，她最喜欢听古代贞烈妇女的节义故事。袁枚温习功课的时候，袁机也总是陪同着。袁枚清晰地记得温习《缁衣》一章时，袁机背得跟他一样流利，两个童子书声琅琅，老师开门进来见此情景，不禁啧啧称赞。袁机静好渊雅，有不栉进士（不绾髻插针的进士，旧指有文采的女人）之称。

袁机四岁那年，在湖北游幕的父亲袁滨经历了一件事。

袁滨曾在江苏如皋人、衡阳令高清处做幕宾。雍正元年（1723），袁滨听说高清死了，银库有亏空，其妻子和儿女都被下狱问罪。高清的弟弟高八解救不成，袁滨闻说后立即坐船渡过洞庭湖，不远千里到衡阳解救高清的家人。袁滨告诉高八，库亏的原因不是高清贪污，而是高清的上司借了钱。借钱时袁滨就劝高清不要借钱给上司，但高清坚持要借，袁滨就坚决要求上司打好借条，签字盖上公章，并把借条收于箱底。

高八听说，喜出望外。只要能找出这张借条，就是高清清白的证据。高八向袁滨作了个九十度的揖："非常感谢先生，跑这么远来救我们高家。先生做事真是有心、有原则啊。"

袁滨说："先别说感谢的话，找到借条是关键。"

袁滨和高八终于在高滨家中找到借条。

袁滨当幕僚多年，由于为人正直，官场人都还认他这个朋友，给他三分面子。此时，羁押高清家属的官员正是袁滨的旧友，袁滨很有信心搞定这事，大步流星地向县署走去。

一个时辰后，高清的妻子、儿女被放了出来。见到救命恩人，一起下跪，袁滨连连说："使不得！使不得！"把他们拉了起来。

袁滨说："好了，没事了，我也要走了。后会有期，嫂子全家保重！"

高八送袁滨到码头，就要离别时，高八双眼含泪，十分激动，他紧握袁滨的手，说："先生，大恩不言谢！我们一家无以为报。我听说令爱今年四岁，刚好我的妻子也有身孕了，如果今后生的是男儿，愿结为亲家！"

袁滨说："我曾受恩于您的兄长，您也是我的好朋友。咱们话不多说，就这样吧，一言为定！"

两个人做梦也想不到，他们的这一信誓旦旦的诺言，为袁机的爱情埋下了一条祸根。真是天不遂人愿啊。

几个月后，高八的妻子生下了一个儿子，取名叫绎祖。半岁时，高家就送来金锁定了亲。这一锁，还真把袁机一生的爱情、幸福、命运都锁住了。谁又能预料呢？

也许与名字有关吧，这绎祖真是个活祖宗。这小子其貌不扬，矮小弓背，斜眼，性情暴躁狠毒。稍稍长大后，在乡里无恶不作，打牌、赌博、偷盗、打人、骂人样样都做，并且对乡邻的女孩有禽兽行为。高八常常气得把他打得死去活来，用带刺的荆条将他打得浑身是血。但他就是不改邪归正，到了后来还跟老子对打。高八气得没少吐血，恨没能将这畜生早早打死，免得危害他人。

有一次畜生偷家里压箱底的钱去外面嫖娼，嫖后与人赌博，以高八的脑袋作为赌注，五天五晚后才回家。高八到处寻找，后来终于获得实情，便将畜生吊起来打，打死后丢到了荒山去喂狗。没想到这个畜生竟然又活了。高八气得吐血，临死之前，高八想，这畜生与袁家订了亲，不能让这畜生害了人家女儿啊。高八于是写了一封退亲信，央人送给袁滨。这是乾隆七年（1742），袁枚已到溧水当知县，距当时约定已过了整整二十年，袁机已经是二十四岁的大姑娘了。

高八在信中不敢说出实情，只好含糊其辞地说:子有病，不能结婚，愿以前言为戏。

最难过的是袁机自幼受从一而终的贞洁思想影响，立志当一个贞妇。

袁机不同意退婚，袁滨把这个情况回复给高八。高氏族人纷纷祝贺高八，说高家得了贞妇了，大喜事。

可是不久，高八死了。

乾隆八年（1743）的一天，高八的哥哥高清的儿子高继祖一个人步行来到沭阳袁家，此时袁枚已成为沭阳县令，袁滨也结束了游幕生活，一家人住到县衙内。听说高家来提亲了，袁滨很高兴，按隆重的礼节迎接高继祖。哪知高继祖进得屋来一副垂头丧气的样子，不像是来提亲的样子。袁滨很是意外。一轮茶过后，高继放下茶杯，苦着脸说:"恩叔，我是来退婚的！"

袁滨如挨当头一棒。袁机知书达礼，贤淑能干，是个千家求的淑女，凭什么说退就退呢？这……这……这，话到底从何说起？

袁滨想要发怒，但还是强忍着了。因为他看到高继祖面有为难之色，一定是有难言之隐啊。

"为什么要退婚？您照实说吧！"

高继祖说:"恩叔啊，我那畜生兄弟不是人啊，高家之所以这么多年没来提亲，就是想要教育好那个畜生，可是，我这辈子是没办法教他了，只有雷公能够教他！我只愿雷公劈死他！这婚，只能退了，我不能害了恩叔，害了妹妹一辈子呀！"高继祖真诚的哭声引得众乡邻都来围观。

袁滨发了一会儿楞，看着可怜的高继祖，说："我同意退婚。我会将此事转告小女。高继祖点了点头，默默地离开了袁家。

袁滨和章氏把袁机叫到跟前，袁滨说："今儿个有个重要事情可得跟你说一下呢，高家的婚事要退了，现在，我们要把金锁退回去！"

袁机虽已猜到了大半，但还是完全不能接受："爸、妈，女儿没什么过错，苦苦等了这么多年，为什么要被退婚？"

袁滨沉重地说："女儿，不是你的过错，高家已经来退婚约，不是女儿你有什么过错，而是高家的男子是个畜生、无赖，你如果嫁到高家，就无异于是往火坑里跳。"

袁机沉默着，神情大变，紧紧地抱着金锁，突然哭了起来。

袁机哭着说："我命真苦啊，等了这么多年，结果等来的是退婚。我相信我可以改变他，我生是高家的人，死是高家的鬼！"

"女儿，你真糊涂啊！"

"我不糊涂，我要兑现诺言，我不能做一个失信的人，人而无信……"

"不管怎么说，在家听父母，这个金锁我们就是要退回去！"

说着，袁滨就要去取袁机脖子上的金锁。

袁机双手紧紧抱着金锁，就像是抱着自己的命根子，"呜——"地大哭起来，抱着金锁回到自己的闺房去了。

袁滨和妻子章氏大眼瞪小眼，感到万分的无奈。

一连两天，袁机不出闺房的门，也不出来吃饭。

袁滨、章氏急得如热锅上的蚂蚁，只好向已当县令的袁枚讨办法。

袁枚特意做了妹妹的工作，劝妹妹不要往火坑里跳。

可是没想到袁机坚定地说："哥，在这个事上我是不会改变的，他有病，我就侍候他，他若是死了，我就为他守寡。我一生就只嫁这一次，不改嫁也不嫁第二次。"

袁枚还要讲高家子的恶事，袁机完全听不进去，她的态度如此坚决，父母和袁枚都知道无法改变，明知火坑也只能让她跳一次了，只是希望火势不要太大，不要一下子把袁机烧死。

袁机二十五岁那年，从沭阳到如皋与高绎祖成了亲。

从成亲那天开始，袁机就真正地踏入了地狱之门。高绎祖脾气不是一般的大，动不动就对妻子拳打脚踢，母亲和妹妹来劝阻，也被打落了牙齿。一年后袁机生了一个女儿，却是个哑巴。他赌得没钱了，就把袁机陪嫁钱拿去赌，把陪嫁的东西全卖掉。最后，还要把袁机卖掉还赌债。直到这时，袁机才想到要救自己的命。

袁机在一个好心人的引领下，来到了山上的一座寺庙。

寺庙的住持望着这个面容清秀的女子，望着她一脸的仓皇，平静地施了个礼："施主，何事惊慌？"袁机断断续续地讲述了自己的经历。住持平静地说："施主先住下吧，放心，没人敢来这里胡闹！"袁机的惊魂这才安定下来。

袁枚是从如皋的一个诗友那里获知了妹妹的下落，"早知今日，何必当初？"除了袁机本人，其他的人对"今日"是早有预料的。

大概三个月后，袁枚派人到寺庙里把妹妹接了回来。见到了哥哥袁枚，饱受心灵创伤的袁机才心神安定下来。

父亲袁滨为了还女儿自由之身，赶到如皋打官司，判决高绎祖放妻，把袁机领回杭州老家，这大约是乾隆十三年（1748）的事。

袁枚于乾隆十七年（1752）定居南京随园，举家迁徙，袁机随同到达。她因个人家庭变故，几乎按照寡妇的生活规范来生活，穿素色衣服，不化妆，不听乐曲，不吃荤腥，吃斋，大约这时取别号青琳居士，表示在家修行。

袁母章氏健在，袁机以侍养母亲为职责；寄居在哥哥家里，有时帮着料理家务。每当章氏、袁枚生病时，袁机精心照料，讲说各种故事，替他们解闷消烦。因为她才识高明，有许多掌故袁枚听着都很新鲜，受到教益，有时请她代写书柬。家里人读书识字也常请教她，因此袁枚以"问字举家师"（《小仓山房诗集·卷十五》）形容她。袁机将哑女阿印带在身边，想方设法教她识字、绘画，以便她能表达自己的意思，与他人交流，生活下去。袁机为女儿耗费了大量心血。袁枚将阿印抚养成人后将其嫁人成家。

袁机把她的凄凉之苦，偶尔用诗歌抒发出来。《闻雁》写道：

秋高霜气重，孤雁最先鸣。

响遇碧云冷，灯含永夜清。

自从怜只影，几度作离声。

飞到湘帘下，寒夜尚未成。

这首诗透露出自身如同孤雁哀号的心情。

袁枚更是饱含深情，写了千古绝唱《祭妹文》。

袁机墓今何在？笔者查阅相关资料后得知，袁机墓位于今南京市江宁区汤山镇西北侧的阳山碑材风景区暨明文化村风景区，墓碑高不过两米，朴素得有些寒酸，舒体的"袁机之墓"占满了碑身，乃今人于2000年所立。

"袁家三妹"的另一个主角是袁枚的四妹袁杼，约生于雍正五年（1727），卒于乾隆四十一年（1776），享年约五十岁。袁杼字静宜，号绮文。袁杼嫁给松江诸生韩思永，生有一子一女。其后，韩思永外出远游，临别时相约了归期，没想到竟成永别，两年后，韩思永客死他乡。袁杼从此过着寡居的生活，抚儿育女。袁杼写了一首《悼亡》诗记录了这段悲切的生活：

曾记当年赋别情，眉窗分手说归程。

三秋有雁空怀想，两载辞家隔死生。

旧仆已随新主去，征衣分散客囊轻。

欲图梦里模糊见，惨雨凄风梦不成。

更为悲惨的是，其子韩执玉十五岁的时候，患病夭折。执玉九岁能诗,十二岁入学,十五岁秋试,是一位真正的少年才子。临死之前,忽强视问:"唐诗'举头望明月',下句若何?"袁杼说:"低头思故乡。"执玉说:"是也。"一笑而逝。袁杼在《哭儿》(二首其一)中写道:

> 顷刻书堂变影堂,举头明月望如霜。
> 伤心拟拍灵床问:儿往何乡是故乡?

儿子死后,袁杼带着女儿离开故土,赴南京随园依附母亲和哥哥袁枚。在袁杼去世前大约七年的时候,为了安顿好自己的女儿,不得不将女儿寄于袁枚的膝下,改称自己为阿姑。当时袁枚长女阿成已嫁,膝下无人,于是袁杼将女儿过继给兄长为女,女儿名鹏姑,才七岁。袁枚的爱妾方聪娘很爱鹏姑,即由聪娘带领,呼自己母为姑,同阿良、琴姑排行,因之鹏姑成第二女,阿良就成为第三女,琴姑为四女。袁杼住在随园,担任起两个女儿的课读(那时阿良已死,只有鹏姑和琴姑)。袁杼住在随园与聪娘很相得,相处五年后,聪娘病故。又两年后,四妹袁杼也生病,自知不起,病危时写了两首律诗与母、兄告别,托付后事。人生之际遇,实在悲惨无奈。袁杼在《嘱女》中写道:"女寄大兄膝下,转唤我为阿姑者已七年。"

> 半世提携竟长成,忽然撇汝汝休惊。
> 殷勤好侍爷娘侧,婉顺无伤姐妹情。
> 罢绣且将书字理,思亲莫使泪珠倾。
> 须知从此吾难管,欲裂衷肠话不清。

这是袁杼病危时留给女儿的嘱咐,可看作临终遗言,类似于陆游的《示儿》。全诗通俗如语,却感人至深。那种舐犊的情怀、真挚的母爱,完全地展现在朴实无华的文字中。

袁杼一生的悲苦之情、丧亲之痛、离乡之思,可用她的《咏怀》来进行总结:

虚设菱花镜，从今怕理妆。

预防秋后病，多点佛前香。

耿耿心中事，凄凄鬓上霜。

空抛无益泪，流不到钱塘。

　　"袁家三妹"中的袁棠是袁枚的叔父袁鸿的女儿，名棠，字秋卿，又字云扶。她在自己兄妹中的排行是第四，因之也称为四妹。她从小爱诗书，能诗，在随母、兄移居金陵后，受到袁枚的鼓励和指点，进步飞快，颇有诗名。她写出来的诗，得到袁枚的赞赏，并因《中秋》《七夕》等诗，特地赠送她金钗，以资鼓励。她在闺中，写出后来梓刻的《绣余吟稿》的大部分作品。袁枚在这部诗集的《序》中说，袁棠当时的写作："韵语与机声相续，灯花共线影齐清。"可见她绣、吟兼顾。她的二哥袁树在袁棠死后重读《绣余吟稿》，说"心伤能绣凝思处，肠断挑灯问字时"。袁棠不能像男儿从师问学，在自学中请教兄长，只能就哥哥的时间，所以是一面织绣，一面问字，一面吟诵，不作刻苦的努力，就不可能有诗作了。袁棠的闺中苦吟，可以说是"业余"创作，因为家贫，显然要以织绣补贴家用，她以"绣余"作书名，亦是写实的。

　　她的年龄比袁枚小十七岁，袁枚笑认她为女弟子。

　　乾隆二十三年（1758），二十五岁的袁棠嫁给扬州诸生汪孟翊（1712—1773）。她在随园办的婚礼，然后过江去夫家。伍孟翊家庭较富有，是个大家族，但他比袁枚还年长四岁，比袁棠则大了二十二岁，结婚时已经四十七岁。伍孟翊原先结过婚，妻子死了，留下儿子庭萱和女儿，袁棠是做填房。所幸婚后夫妻和好，年长的丈夫深知疼爱年轻的妻子。袁棠勤劳理家，任劳任怨，妥善处理家庭和宗族内的各种人际关系，获得人们的称赞，公婆称她孝顺，前房子女尊重她是慈母，族人因为她有才华，和她研讨诗歌，敬重她。

　　袁棠结婚以后，仍和袁枚相互唱和。袁枚每次到扬州，都要住在四妹家中。袁枚五十三岁去扬州，袁棠已出嫁十年，袁枚这次去间隔的时间也较长，兄妹俩已有四年没见面。袁枚受到小妹的殷勤接待，夜间无事时，她就磨好墨，拿出诗稿请他改诗。

汪孟翊经常外出办事，有时元旦前夕还不能赶回家，袁棠对他异常思念，宁肯丈夫不奔走于事业，也愿厮守在一起。孟翊对袁棠感情深笃，尊重她的为人和诗歌创作，婚后二年，给袁棠枣梨（雕版印刷）《绣余吟稿》，收诗一百三十多首，袁枚为之作序。此后，袁棠仍然写作，每当袁枚到扬州，她就拿出新作，请袁枚欣赏和指教，这样至少又写了五六十首。就在她理家、创作的时候，由于难产亡故，终年三十八岁。孟翊非常悲伤，反复阅读她在扬州的诗作，以回忆旧日的恩爱生活。为纪念她，把她的诗汇集为《盈书阁遗稿》，刊刻流传，袁枚又为之作序。而孟翊本人因为悲哀过度，在袁棠死后的第三年辞世。

袁枚晚年，将三个亡妹遗诗合编《袁家三妹合稿》问世。袁枚兄妹情长，三妹诗稿得借兄留传，为后人所称赞。

第十三章　美食与性灵

乾隆十七年（1752）岁末，袁枚从陕西回到江宁，回到随园。从此真正入山志定，铁了心不再为官。此后，交友、访春、写诗作文、讲究美食、遍游名山成为了他的生活方式，享受了四十多年的林泉之乐。

袁枚是性灵之人，也是性情中人。他以诗会友，以食会友，热情好客。每有客来，决不像有些文人那样，一阵高谈阔论后，不知今天的午餐在哪里，高雅是高雅，但就是离不了穷酸二字。

袁枚待客却非常实惠，有朋自远方来，袁枚打内心高兴。南北各地慕名造访的，不论前辈还是后生，不论是老友还是只曾神交的新朋，在随园留个三五日是常事。他不但以诗会友，更要以食会友，而且"品味似评诗"。随园真可称得上"座上客常满，樽中酒不空"。

袁枚宴客，全按自家的本色做，不去趋时媚俗。他家做的菜品求之于食材本身自然之味，一菜献一性，一碗成一味，使人应接不暇。艳色不让用糖炒，求香不让用香料，以免伤了本味。味道浓重的牛羊蟹鳗之类，要求独烹，不让腥膻流窜。他珍惜材料的本性，讨厌混而同之，众菜一味；反对矫揉造作、形式主义；更反对追求名贵，以钱费自夸。

袁枚宴客，讲究就地取材。随园的花果曾进入食单，新鲜而雅致，成为随园食品的一大特色。春天是藤花饼、玉兰饼，夏天溜枇杷、炙莲瓣，秋天则是灼竹叶、栗子糕，随时入馔。笋以不出土的为佳，遇到有肥笋，则壅以土，使之不长出头，作为食物则味极腴美，但宜随取随食，不能过夜。笋汁则可以存，味道鲜美。随园之中竹多笋盛，制笋的方法不下十数种。果物如樱桃、梅李、桃杏、莲藕、芡菱、银杏、梧桐，都别有风味。枇杷特别鲜美，如果从树上摘，边摘边吃，则味道更好。一到初春，可以当菜吃的野蔬随处可采，如马齿头、苜蓿头、枸杞头、菊花头，以及水边茭、芹类等，不一而足。有客来时，大家都争着品尝为快。其他如榨笋为油，制桂粟之糖，捣玫瑰之酱，蒸玉兰之粉，酿海棠之蜜，以供祭享。人们说鲫鱼脑是不可多得的美味，而随园的鲫鱼足够的多，任凭如何饱餐都不会匮乏。

人们说诗人必定喜欢饮酒，袁枚却是个例外。袁枚虽不喜欢喝酒，但喜欢在家里藏美酒待客，并且广泛搜罗酒器。每每在花下宴请客人，一桌酒席从开始到散场，要更换四五次酒杯，先是名瓷做的酒杯，继而是用白玉做的酒杯，接着用犀牛角做的酒杯，再接下来可能换成了用琉璃做的酒杯。开始用的是小酒杯，慢慢地越用越大，递相劝酬。酒量大的客人，主人一定会让其尽享尽欢而已。客人来到随园饮酒，还要观赏酒器以为乐事。随园中所藏的明瓷很多，此外就是康乾时期的名瓷。袁枚每次宴请客人的时候，客人先要传观瓷器，赞不绝口。

在随园与母亲共享美食是袁枚的一大乐趣。袁枚的母亲善治羹汤。袁枚在《先妣太孺人行状》中写道："脱肉作鱼，味倍甘鲜。子妇学之，卒不能及。"袁枚母亲的手艺，常常吸引儿媳妇们在旁边看边学习。是母亲给了他美食的启蒙，也是母亲良好的厨艺、良好的饮食卫生习惯，让袁枚养成了讲究美食的习惯。每到春天，随园百花齐放。袁枚的夫人及诸姬轮流置酒为袁枚的母亲祝寿。袁枚饮而乐之，也选个日子设席作答。袁枚曾有诗句说："高堂戒我无他出，阿母明朝作主人。"到袁枚六十多岁时，八十多岁的老母亲依旧经常为其做饵饼果蔬，招袁枚过去唠叨家常。袁枚也常似孩童一般前去应召，吃着母亲亲手做的美食，陪母亲聊天。

宠妾方聪娘是母亲做美食的好帮手。方聪娘在唐府时，唐静涵的妻子王氏非常擅长厨艺，方聪娘受其熏陶，也学得了一手好厨艺。袁枚后来常去唐府，并且大多会带上方聪娘，让她有意向王氏学厨艺。袁枚与方聪娘的恩爱，无疑更有利于方聪娘烹饪水平的发挥。方聪娘病逝后，袁枚作《哭聪娘》诗："羹是手调才有味，话无心曲不同商，如何二十多年事，只抵春宵一梦长。"

袁枚的恩人尹继善四督江南，他在南京时，和袁枚时常诗文唱和，逢年过节都有馈赠给袁枚。有一年冬天，南京一帮士人轮流作消寒之会，比斗羹汤，由袁枚做总裁判。尹继善听说后，要袁枚对各家的饮食详细品评高下，悄悄地书面报告给他。

尹看了袁的小报告，称赞袁枚确为饮食中人，要袁枚做几个菜送过去。方聪娘协助夫人参谋，主厨上灶。袁枚和妻妾商量，她们说：燕窝熊掌、鱼翅海参，尹督什么没有吃过？我们能做出什么特色食品去献食呢？袁枚说：饮食之道，不必随众趋时，尤其不可以图虚名，我看富贵人家堂上挂的画，往往不画玉几金床，反画山野草民、田园风光，说明味浓生厌，趣淡反好；尹督是满洲贵胄，我们要区别于他北方满席，只做自家擅长的菜品，使他有新鲜感。于是方聪娘等人不用海菜，就用鸡鸭鱼肉精心做了几样江浙大菜，封装在保暖瓷盆里，担了过去。尹继善吃了大为欣赏，由尹夫人回赏四只锦绣荷囊（女包）给聪娘等四人。后来，尹继善又专门去游了随园，吃了袁枚的私家菜，回来跟夫人说，御膳房里也没有这般滋味！

袁枚在随园招待的客人多，他自己外出访亲朋好友的日子也多。每到一处，都享受很高的待遇。

袁枚在别人家吃了某种美食，如果在南京，他必定让家厨登门见学，回来后他要询问要领，一一随手笔记。为求美食，袁枚不但让家厨登门学习，自己有时还不惜鞠躬求艺。他为求一个做豆腐的方法而鞠躬的故事就流传甚广。

豆腐是淮南的特产，有人赞美豆腐说："香色尽捐留浑璞，刚柔相济得中和。"袁枚非常喜欢吃豆腐，有一天，蒋观察在戟门招饮，吃饭前蒋观察出来问："曾听说我亲自做的豆腐吗？"袁枚说："没有。"蒋观察就到厨房去，穿上犊鼻裙，过了很久，把豆腐端上来，说：这叫"雪霞羹"豆腐，用芙蓉花与豆腐烹煮而成，清嫩鲜美。袁枚觉得果然味外有味，叹为观止，于是请观察教他烹饪法，蒋观察口头答应，但就是不讲。过了好一会儿，蒋观察还是没有说，袁枚就催了："你快点教我方法呀？"蒋观察还是不讲。袁枚第三次催的时候，蒋观察笑着说："想求秘法，何不向上作一个揖？"袁枚于是作了一个揖，蒋观察才一一口授之。袁枚回到家里试制豆腐，宾客都夸好吃，赞不绝口。毛俟园有诗调侃袁枚说："珍味群推郇令庖，黎祁尤似易牙调。谁知解组陶元亮，为此曾经一折腰。"

袁枚在其美食专著《随园食单》里，单是记下的豆腐做法，就有蒋侍郎豆腐、杨中丞豆腐、王太守豆腐、程立万豆腐、张恺豆腐、庆元豆腐等等。扬州定慧庵的素菜极精，他请教了做法，只是素面的诀窍，僧人秘不肯传，他怀疑有无暗用了虾汁。一次他在广州吃到鳝羹很美，请来主人家的厨师讨教，厨师说：不过是现杀、现烹、现熟、现吃，不停顿而已。此后，"戒停顿"成了随园菜的要求。有的弟子请他，菜肴一次全部上桌，袁枚会惋惜地说："物味取鲜，应在起锅时候品尝啊！"就是吃粥，袁枚也是宁可人等粥，不使粥等人。

袁枚爱美食，也闹出过一些笑话。品尝清粪就是其中一例。

尹继善也是个美食家，精于饮食，特别善于烹河豚。有一天招袁枚饮酒，入席后，上了河豚。一座的人都贪其味美，不讲什么客气，拿着筷子一顿猛吃。一会儿，有个姓孙的突然倒在地上，口吐白沫，喉咙不能发声。尹继善及众客人大惊，以为客人是中了河豚毒了。于是购清粪灌到那人嘴里，那人还是未醒。客人大惧，袁枚站起来说："人生如白驹过隙，生死本来也算不了什么，但非正命而死，世人会怀疑是犯了什么罪孽。我建议宁可服药于未发之前，切莫临渴掘井。"尹继善点头赞成。袁枚拿着一杯清粪一饮而尽，其他的人也喝了一杯。过了一会儿，那个姓孙的客人苏醒了，大家把刚解救他的事告知。孙说："我一向以来就有羊角风的病，不时发病，并非中河豚的毒啊。"袁枚听了，深悔无缘无故就尝了粪，边呕边骂。屏风后面，尹继善的姬人们吃吃地笑个不停，说："袁先生还存有勾践的流风余韵哦。"袁枚的脸涨得通红。

一流的美食家必然有一流的名厨。

袁枚住进随园后用的大厨叫王小余。

王小余初进随园，向袁枚请示菜单。袁枚怕他太奢侈，但又想吃美味，就叹了口气说："我本来是个穷人，每顿饭花的钱不能太多。"王小余笑着答应说："好。"不久，就上了一道净饮，味道甘美，大家不停地喝到饱。王小余准备菜肴，一定要亲自上市场，说："东西各有其天性，天性好的，我才用。"买到后，就淘洗、加热、清理、调制。客人吵吵着，接连地吃到满意，手舞足蹈，好几次恨不得连餐具都吞下去。但是桌上只有六七道菜，超过这个数目，王小余就不再做了。

王小余掌厨时，站在灶台旁边，目不转睛，只瞪着锅中，除了呼吸和挥动厨具之外，静得听不见声音。他看着烧火的人说："猛火！"则火烧得像大太阳一样。说"撤！"烧火的人就递次减少柴火。说"且烧着"，烧火的人就丢在一边不管。说"羹好了"，旁边伺候的人急忙拿餐具来接。有人稍稍违背他的意思或是耽误了一点点时间，他必定怒骂大叫，好像稍微错过一点就没机会弥补了一样。王小余烧好菜之后，就洗手坐定，洗磨他的钳子、叉子、刀子、刨子、笤具、刷子之类，共三十多种，把柜子放得满满地藏起来。别人拾起他剩下的汤汁，双手切磨着学着做，可就是学不来。

有人请王小余传授技艺，王小余说："很难说啊。当厨子就像当大夫。我用一心诊治各种食物适合怎么做，细心斟酌怎么用水火来整治。"别人问他细节，他说："味浓的在先，味淡的在后。味正的为主料，味奇的为调剂。等人舌头麻痹了，就用辣味来刺激它；等人胃满了，就用酸味来将食物压缩。"问者说："八珍七熬（八珍指淳熬、淳母、炮豚、炮牂、捣珍、渍、熬、肝膋，七熬未知），这是珍贵的品种，您能烹饪，这正常。区区两只鸡蛋大小的饭，您做的必定跟普通人不一样，为什么呢？"他说："能做大菜而不能做小菜的，是因为气质粗。能做简餐而不能做盛宴的，是才力弱。而且味道本来不在乎大或小、简单或丰盛。

如果才能好，则一个水芹、一味酱料都能做成珍贵奇怪的菜；才能不好，那么即使把黄雀腌了三间屋子，也没什么好处。而贪图名声的一定要做出灵霄宝殿上的烤肉、红虹做出的肉干，用丹山的凤凰来做丸子，用醴水的朱鳖来炮制，不是很荒唐吗？"问的人又说："您的技艺确实精巧啊。但是多烧煮杀生，残害动物的性命，不是作孽吗？"他说："从伏羲氏到现在，所烧煮杀生的已经万万世了，伏羲的恶孽在哪里呢？虽然如此，但是用味道来取悦人，是动物的本性。那些不能尽动物的本性而向人展示其美味，而白白暴虐地让它们在锅里面枉死，这才是一种极重的罪孽。我能像《诗经》里的'吉蠲'一样美善洁净，用《易经》里的'鼎'来烹煮，像《尚书》里的'槁饫'那样用草来烧制，以符合先王成全百物的意愿，而又不肯戕害杞、柳来当作巧妙，暴殄天物来跟人比奢华，这本来是司勋的人所应当铭记功勋的啊，有什么罪孽呢？"问者说："以您的才能，不在豪门巨户里整治膳食，而在随园里终老，这是为什么呢？"他说："懂得我难，懂得美味更难。我苦思尽力地为人做饭食，一道菜上去，我的心肝肾肠也跟着一起送上去了。而世上那些只知道咂着嘴吃喝的人，只是跟吃腐烂的食物一样觉得很满意。这种人很难格外欣赏我，这样我的技艺就会一天天退步了。况且所谓知己的人，说的是那种不只能了解其长处也同时能知道其短处的人。现在随园主人并非不斥责我、为难我、跟我吵闹，可是他都能刺中我心里暗自内疚的地方。如果一味地给我以美誉，实为苦楚，不如随园主人对我严厉的训诫反而甘美，我就一天天进步了。算了吧，我还是终老在这里吧。"王小余在随园不到十年，就去世了。

王小余死后，袁枚很悲伤，为他写了《厨者王小余传》，使王小余成为中国古代唯一有传记的厨师。虽然，彭祖、伊尹、易牙是历史上三位有文字记载的厨者，他们或有烹饪理论流传后世，或有高超烹饪技艺载入史册，在中国烹饪开创时期占有重要地位，被公认为厨师的始祖。但上述三位主要不是作为厨者而载入史册，彭祖更为人知的是长寿，伊尹更为人知的是作为丞相辅助商汤灭夏朝，易牙更为人知的是烹其子献给齐桓公。而作为一个身份低贱的"煮肉差役"，却有当朝著名作家为其作传者，则只有王小余一人。王小余也因而位列中国古代十大名厨之中。

苏州有个唐眉岑，精于烹调。王小余之后，袁枚一度把他请来主厨，传授技艺。一个中秋节，袁枚考虑，过节常有不速之客来，就让唐准备个整烧猪头，加上油炮鱼片、梨炒鸡片、童子甲鱼等几样，这些都是唐门绝活。果然，中午才过，陆续从外地来了好几位客人，袁枚故意带他们先出去登山览胜，日落月出时才回到家，众客连叫饿了饿了，入席就吃。猪头奇香无比，烂而不腻，用调羹舀食，配上山西汾酒，无不大快朵颐。袁枚有个说法：打擂台非光棍不可，吃猪头非烧酒不可。席间，众人分题作诗，吟咏下午之游，袁枚作了序。

随园后期的厨师是杨二，杨二在随园主厨多年，袁枚的饮食，非杨二亲手调的不尝。杨二死后，袁枚很失落，写了四首七绝纪念他。给小人物立传写诗的，袁枚可能是古代文人里少有的几个之一。

厨师去世后，只能辛苦老年的袁夫人，重新出山主厨。袁枚于是写诗赞道："赖有婆娑老孟光，重番洗手作羹汤。"

袁枚于七十二岁那年写专著《随园食单》。那么，袁枚又是如何看待美食和美食家的地位呢？

不少人可能认为，"美食家"就是"吃货"。一个吃货的"货"，让人觉得美食"家"的"家"字与其他"家"的分量不太一样，甚至是会觉得这是勉强贴上去的一个雅字而已：会吃的就是"货"而已，什么"家"呢？

"美食家"与"吃货"，两种不同的称谓，其实是饮食文化在中国传统文化中的不同观照。

袁枚在《随园食单》的《序》中，引经据典，证实美食在生活中的地位之高。

亚圣孟子说过，"君子远庖厨"。以亚圣的身份，提出这样的观点，自然会影响人们对厨师、对美食、对美食家的看法。既然君子要远庖厨，那么，君子可以特别地爱好美食吗？显然不行。因而，"美食家"也就不见得是一个美称了。"吃货"就更是带有明显的贬意，只是其贬的程度比"饕餮"要轻。不过,"亚圣"虽然贱饮食,但又说饥渴未能得饮食之正。至少认为饮食应有气氛有风度,要按时进食,不能渴了才饮,饥了才食。

而中国的传统文化里,更有光明正大、理直气壮地把"吃"看得特别重、抬得非常高的一面。古人把国家称为"江山社稷"四个字,而这"稷"字,就指黍类或谷类粮食,为百谷之王,民之根本。可见"稷"是国家的根本之一,与土地、江和山同等重要。

《诗经》里是这样赞美周公的"笾豆有践",意思是盛满食品的食器,行列整齐地摆放在桌上。《诗经》用这个赞美周公治国有方。诗人厌恶周公时的一个叫凡伯的大夫,就这样贬他:"彼疏斯粺。"意思是该吃粗粮者,反而吃细粮。可见古人对食的重视。

老子说"治大国若烹小鲜",治理大国应该像烹小鱼一样小心谨慎。反过来理解就是,烹小鲜并非易事,就像治理国家一样要小心谨慎。这样看来,这庖厨之事并非小事,与治理大国是可以相提并论之事。

与"亚圣"孟子的提法有所不同的是,孔圣人倒是从来不敢小觑饮食之事,他说:"饮食男女,人之大欲存焉。"可见,饮食与人间的男女关系一样,都是至为重要的事情。

我在想,孔圣人的观点是没问题的,"亚圣"的观点却有失偏颇。君子为什么要远庖厨,又怎么能够远庖厨呢?或者说,近庖厨的怎么就不是君子呢?

事实上,在中国的传统文化中,"吃"已经渗透进生活的方方面面,上至国家政治,下至百姓民生,一日不可或缺。

"人莫不饮食也,鲜能知味也。"在儒家经典著作《中庸》之中,就有这样关于美食的立论鲜明的言论。这比孔子的观点更高了一个层次,鲜明地提出了"知味"不是一件容易的事。或者可以说,吃是大众的事,而"知味"是美食家的事,只有美食家,才能"知味"。这可以算是第一次为美食家正名。

三国时魏国的曹丕更是把美食家提到了非常高的地位,他在《典论》里说:"一世长者知居处,三世长者知服食。"意思是一代为官的富贵人家只知道住好房子，富有三代的人家才懂得穿衣吃饭。

从《诗经》到"亚圣"到《中庸》再到曹丕，以上都是袁枚在《随园食单》的序中所引用的例子。袁枚引用这些例子的目的之一是抬高美食的地位，给美食以存在的充分理由；另一个目的也是为了挟"天子"以令诸侯，借这些古代名人圣贤对美食的重视，以抵制、挑战当时盛行的理学思潮。程朱理学认为，饮食是天理，美食是人欲。要"存天理，灭人欲"。袁枚这种公然挑战理学的做法，显然具有思想启蒙的积极意义。

袁枚对美食的追求与讲究与他对诗歌"性灵"的追求是相通的。

袁枚四十多年对美食孜孜不倦的追求、研究、记录，是他具有性灵的物质生活的体现。袁枚绝意官场、厌弃虚伪做作的应酬，追求一种真实的、自由自在的生活，极林泉之乐，这种生活的重要组成部分，自然离不开对饮食的讲究与追求。袁枚坦言自己"好味，好色，好葺屋，好游，好友，好花竹泉石，好珪璋彝尊、名人字画，又好书"（《所好轩记》）。这是一份率真放达的人生宣言和灵魂的独白。

袁枚追求美食，不能不让人想起中国诗学的一些重要范畴和概念与味的联系，如滋味、意味、韵味、趣味、体味、兴味、品味等，这种最初来自饮食范畴的"味"成为人们对诗歌审美价值评判的标准。袁枚对美食的讲究与追求，是他对诗歌性灵美追求的一种类似于"通感"的转移，论诗与论味、治味与治诗，在哲学、美学精神上应该是融会贯通的。

事实上，在袁枚的著作中，经常把美食与诗放到一起品评，阅读时并不觉得有任何牵强，反倒觉得妙趣横生，诗意、食味相映成趣，别有生机。试看几例：

第一例：戒目食

何谓目食？目食者，贪多之谓也。今人慕"食前方丈"之名，多盘叠碗，是以目食，非口食也。不知名手写字，多则必有败笔；名人作诗，烦则必有累句。极名厨之心力，一日之中，所作好菜不过四五味耳，尚难拿准，况拉杂横陈乎？就使帮助多人，亦各有意见，全无纪律，愈多愈坏。余尝过一商家，上菜三撤席，点心十六道，共算食品将至四十余种。主人自觉欣欣得意，而我散席还家，仍煮粥充饥。可想见其席之丰而不洁矣。南朝孔琳之曰："今人好用多品，适口之外，皆为悦目之资。"余以为肴馔横陈，熏蒸腥秽，目亦无可悦也。(《随园食单》)

袁枚在这里把名厨主菜与名书法家写字和名诗人写诗"混为一谈"：名书法家一天不能写很多字，名诗人一天也不能写很多诗，而名厨一天也只能做四五个菜。把写字、作诗与做菜扯在一起，乍看荒唐，读后才会顿悟：还真是这么一回事。

第二例：戒落套

唐诗最佳，而五言八韵之试帖，名家不选，何也？以其落套故也。诗尚如此，食亦宜然。今官场之菜，名号有十六碟、八簋、四点心之称，有满汉席之称，有八小吃之称，有十大菜之称，种种俗名皆恶厨陋习。只可用之于新亲上门，上司入境，以此敷衍；配上椅披桌裙，插屏香案，三揖百拜方称。若家居欢宴，文酒开筵，安可用此恶套哉？必须盘碗参差，整散杂进，方有名贵之气象。余家寿筵婚席，动至五六桌者，传唤外厨，亦不免落套，然训练之卒，范我驰驱者，其味亦终竟不同。(《随园食单》)

在这里，袁枚把诗的落套和菜的落套进行类比，令人不得不佩服二者的相似性。那些应酬之诗句，没有诗魂，只注重字词奇巧、押韵的文字游戏诗，与多碟多碗的应酬酒席，是何其相似乃耳？

第三例：

伊尹论百味之本，以水为始。夫水，天下之至无味者也。何以治味者取以为先？盖其清冽然，其淡的然，然后可以调甘毳，加群珍，引之于至鲜，而不病其廋腐。诗之道亦然，性情者源也，辞藻者流也。源之不清，流将焉附？（《小仓山房文集·卷三十一·陶怡云诗序》）

在这里，袁枚又将百味之本的水与诗的源头性情相类比，百味的根本是无味的水，诗歌的源头是性情而不是辞藻。如此类比论证，真是精彩高论，无可挑剔。试想，厨师没有水能做出味来吗？诗人没有真性情，再华丽的辞藻也不只是空洞的文字游戏吗？

《随园食单》这本书，初一看书名，以为是专谈如何做菜的科普性或技术性或说明性文字。其实，书中有故事有评论有批判，既论食也论诗还论诗人，读来饶有趣味，颇长见识。《随园食单》是一本性灵地论食论诗论诗人的书。因而今人重读《随园食单》以及类似的著作，其意义决非仅仅在于学习做美食的技术、理论、方法，而更多地在于阅读和体会古人通过饮食所传达的对诗的领悟、对生活的哲思和对生存方式、生命价值的解读。

当然，袁枚对做美食的追求、记录、归纳、反思还是附着在他对美食的非常扎实的研究基础之上的。他并没有因为谈诗、论文、讲人生而虚妄地说美食。因而，《随园食单》也实实在在地具有研究美食的实用价值。撇开诗中诗性的内容不说，将其作为一本技术性、实用性美食著作来看也是很有价值的。《随园食单》内容相当丰富，书中记述了我国从十四世纪至十八世纪中流行的三百二十六种菜肴饭点。

全书分为须知单、戒单、海鲜单、江鲜单、特牲单、杂牲单、羽族单、水族有鳞单、水族无鳞单、杂素单、小菜单、点心单、饭粥单和菜酒单十四个方面。其中，在须知单中提出了既全且严的二十个操作要求，在戒单中提出了十四个注意事项。

在今人看来，《随园食单》里的很多菜肴至今都是可以实际操作与尝试的，有许多还是很有创意的佳肴，记录了一些失传的民间料理做法，是弥足珍贵的饮馔史料。

这本书是对中国饮食文化的重要贡献。《随园食单》也被列入南京传世名著五十部候选目录。这部书可以说是"晒"出了新高度，时间跨度、影响延续至今，仍被各大菜系厨师视为必备经典。

当然，这也反映出古代饮食类书籍之少。鲁迅曾说过这个问题："我于此道向来不留心，所见过的旧记，只有《礼记》里的所谓'八珍'，《酉阳杂俎》里的一张御赐菜账和袁枚名士的《随园食单》，元朝有和斯辉的《饮馔正要》，只站在旧书店头翻了一翻，大概是元版的，所以买不起。唐朝的呢，有杨煜的《膳夫经手录》，就收在《闾邱辨囿》中……"（《且介亭杂文二集·马上支日记》）

因而，《随园食单》也被认为是填补中国饮食文化史上的空白的书。

袁枚对饮食是怀着治诗的心情去从事著述的。以味为本，是中国传统饮食烹饪文化的显著特点，也是袁枚论味的出发点。由此，强调本味，求味的至鲜、至甘，突出自然、适口，等等，成为袁枚论味的着力点。

他的饮食审美追求可以梗概为新、鲜、活、宜，这与其诗学论点"性灵说"是相契合的。

具体来说，袁枚主要有如下饮食观点：

反对重菜品而不重技术。"豆腐煮得好，远胜燕窝；海菜若烧得不好，不如竹笋。"（《随园食单》）

反对重数量不重质量。

何谓耳餐？余尝谓鸡、猪、鱼、鸭豪杰之士也，各有本味，自成一家；海参、燕窝庸陋之人也，全无性情，寄人篱下。尝见某太守宴客，大碗如缸，白煮燕窝四两，丝毫无味，人争夸之。余笑曰："我辈来吃燕窝，非来贩燕窝也。"可贩不可吃，虽多奚为？若徒夸体面，不如碗中竟放明珠百粒，则价值万金矣。其如吃不得何？（《随园食单》）

在此，袁枚将鸡鸭鱼肉比喻为豪杰之士，而将海参、燕窝比喻为没有性情的庸陋之人，实在新鲜、生动、贴切、有趣。对只讲究数量、夸体面，而不重质量的太守进行无情的揶揄针砭。袁枚重质量之心，颇具性灵特色的"诗""食"通论特点，溢于言表。

强调食物要恰当搭配。袁枚引用《礼记》上的"相女配夫"，说明食物搭配也要"才貌"相宜，烹调须"同类相配"，"要使清者配清，浓者配浓，柔者配柔，刚者配刚，方有和合之妙"。

把食物比作"男女"和才貌，历史上哪个文人敢作如此大胆的"性灵"的比喻？

再如，《独用须知》一则里说：

> 味太浓重者，只宜独用，不可搭配。如李赞皇（唐宪宗时宰相李德裕）、张江陵（明朝万历时首辅张居正）一流，须专用之，方尽其才。食物中，鳗也，鳖也，蟹也，鲥鱼也，牛羊也，皆宜独食，不可加搭配。何也？此数物者，味甚厚，力量甚大，而流弊亦甚多；用五味调和，全力治之，方能取其长，而去其弊。

这样的类比，信手拈来，毫无顾忌；将两位历史名臣李赞皇、张江陵与菜相比，看似风马牛不相及，实则妙不可言。

再如《变换须知》：

> 一物有一物之味，不可混而同之。犹如圣人设教，因才乐育，不拘一律，所谓君子成人之美也。今见俗厨，动以鸡、鸭、猪、鹅一汤同滚，遂令千手雷同，味同嚼蜡。吾恐鸡、猪、鹅、鸭有灵，必到枉死城中告状矣。善治菜者，须多设锅、灶、盂、钵之类，使一物各献一性，一碗各成一味。嗜者舌本应接不暇，自觉心花顿开。

将做厨比作"圣人设教，因才乐育"，将劣厨称为"俗厨"，鸡、猪、鹅、鸭说成可以到阎王处告状的灵物，如此天才的性灵比较，令人叹为观止。

袁枚强调干净卫生。烟灰、汗珠，以及灶台上的苍蝇、蚂蚁，一旦落入菜中，即便是再好的美食，也会像西施身上沾了脏东西一样，让人掩鼻而过。对烹调用具，他要求专器专用，即"切葱之刀，不可以切笋；捣椒之臼，不可以捣粉"。常用之器尤须清洁。"闻菜有抹布气者，由其布之不洁也；闻菜有砧板气者，由其板之不净也。"良厨应"多磨刀、多换布、多刮板、多洗手，然后治菜"。

袁枚重视菜品咸淡和用菜顺序。要求菜"味要浓厚，不可油腻；味要清鲜，不可淡薄……如果一味追求肥腻，不如吃猪油好了……如果只是贪图淡薄，那不如去喝水好了"。他要求严格遵守上菜的顺序，"咸者宜先，淡者宜后；浓者宜先，薄者宜后；无汤者宜先，有汤者宜后"。

袁枚还特别讲究节令饮食。他说，强身之道有三：其一，入之饮食，应循时而进："夏日长而热，宰杀太早，则肉败矣；冬日短而寒，烹饪稍迟，则物生矣。冬宜食牛丰，移之于夏，非其时也。夏宜食干腊，移之于冬，非其时也。"其二，人之饮食，当因季变味："辅佐之物，夏宜用芥末，冬宜用胡椒。当三伏天而得冬腌菜，贱物也，而竟成至宝矣。当秋凉时，而得行鞭笋，亦贱物也，而视若珍馐矣。"其三，人之饮食，须择时"见好"而食："有先时而见好者，三月食鲥鱼是也；有后时而见好者，四月食芋艿是也。其他亦可类推。有过时而不可吃者，萝卜过时则心空；山笋过时则味苦；刀鲚过时则骨硬。所谓四时之序，成功者退，精华已竭，褰裳去之也。"

袁枚还提出了十四个需要"戒"的事项，分别是戒外加油、戒同锅熟、戒耳餐、戒目食、戒穿凿、戒停顿、戒暴殄、戒纵酒、戒火锅、戒强让、戒混浊、戒苟且、戒走油、戒落套。这十四戒，也是为饮食划的十四条红线，其中大部分到今天还值得我们借鉴。

《随园食单》中的《戒单》中有《戒强让》一则，鲜明地表达了提倡文明用餐的观点。

治具宴客，礼也。然一肴既上，理直凭客举箸，精肥整碎，各有所好，听从客便，方是道理，何必强让之？常见主人以箸夹取，堆置客前，污盘没碗，令人生厌。须知客非无手无目之人，又非儿童、新妇，怕羞忍饿，何必以村姬小家子之见解待之？其慢客也至矣！近日倡家，尤多此种恶习，以箸取菜，硬入人口，有类强奸，殊为可恶。长安有甚好请客，而菜不佳者，一客问曰："我与君算相好乎？"主人曰："相好！"客跽而请曰："果然相好，我有所求，必允许而后起。"主人惊问："何求？"曰："此后君家宴客，求免见招。"合坐为之大笑。

袁枚把"强让"与"强奸"相比，形象生动，并且毫不客气地说，以后这样的主人请客，就不要再请他了。袁枚反对"贪贵食之名，夸敬客之意"，还反对铺张奢靡和纵酒酗酒。强调宴客以"礼"，就是文明用餐。

《戒耳餐》提出了反对夸体面；《戒目食》提出了反对重数量；《戒穿凿》提出了反对穿凿，比如将海参制为酱，将西瓜制为糕，将苹果制为脯；《戒停顿》里反对将菜不分是否新鲜一齐摆出；在《戒暴殄》里更是提出了反对炙活鹅之掌、取生鸡之肝这样"君子不为"的吃法，《戒醉酒》更是具有很强的现实意义；《戒强让》反对强让客人吃菜，也有较强的现实意义。《戒走油》《戒落套》《戒混浊》《戒苟且》则是针对厨师提出，殊可借鉴。

《随园食单》中有的记载的食谱很多是真实的美食案例，有名有姓，甚至有他自己食用的时间、地点，以及何人参与。偶尔还有故事掺杂其中，如《常州兰陵酒》《溧阳乌饭酒》《苏州陈三白酒》等。它并不是一本纯技术性的书，而是一本文采飞扬、生动有趣的书，既有诗的灵性，也有食谱的使用价值。

这里特别要提到的是，袁枚是不喜欢吃火锅的。在《随园食单》的"戒单"中，就专门有"戒火锅"这一条。

对袁枚的戒火锅，笔者也是深表赞同。火锅没有技术含量，什么样的菜都以煮熟为原则，最多就是汤料分为辣与不辣两种，吃起来实在没有"味"。

然而，有趣的是，袁枚的后辈却没有听从其教导，反其道而行之，开起了火锅店，而且生意做得不小。

1961年，袁枚的第九代孙袁刚诞生在四川遂宁。

受先祖著作《随园食单》的影响，青年时代的袁刚就对烹饪特别感兴趣。他看到《随园食单》里面"须知单"有"作料须知"，将作料比作妇人的衣服首饰，烹饪不可或缺，于是投身调味品行业。

1996年，四川开始了火锅热，袁刚也想开一家火锅店。

但是，《随园食单》的戒单中明确说"戒火锅"。为什么戒火锅呢？其主要原因是"各菜之味，有一定火候，宜文宜武，宜撤宜添，瞬息难差，今一例以火逼之，其味尚可问哉"？

袁刚开火锅店，并非与九代祖的遗训对着干。他是想，如何掌握火锅里的食材对火候的不同要求？以矫正九代祖说的火锅的不足呢？

袁刚想到了串串。每一个竹签上只穿一种食材，食客可以很方便地掌握每一种食材的火候，岂不是两全其美吗？

就这样，袁刚创立了袁记串串香。不过，串串香也是火锅，开火锅店毕竟有违祖训，因此，袁刚二十年来一直没有对外界透露自己是袁枚后裔的事。现在，袁刚已将企业交给儿子袁毅接管。

第十四章 壮行万里路

"读万卷书，行万里路"，这句话对于许多读书人来说，也许只是一种美好的理想。有的有机会读万卷书，但不一定有机会行万里路，反之亦然。而袁枚却实实在在兼而有之，这可能也是他一生的性格比较开朗、思想比较解放的原因。

当然，袁枚的行万里路，有被动的，但更有主动的。早在乾隆元年（1736）二十一岁时，袁枚即由故乡杭州长途跋涉到桂林，这一段如果说是旅游，也就相当于我们今天所说的穷游吧。不久，金铁公费送他到北京参加博学鸿词考试，这一南下，一北上，让他饱览了大半个中国，眼界大开，也触发了他许多灵感，留下了一系列关于沿途各地的诗词。考中进士，进翰林院后，回家归娶，又带妻进京，这一来一回，沿途访友，又把中国东部看了个大半。但在他任庶吉士、外放任县令的十来年，足迹基本局限于北京与江苏。即使是退居随园之后的前面三十来年，主要活动范围也是江苏南京、苏州与浙江的杭州等地。他往来于这些地方的目的，主要是寻花问柳。六十三岁生子之后，袁枚在寻春方面也就开始收敛，主要是游山玩水，行万里路。由于名气日盛，所到之处也根本不用带钱，他只需带几本自费印刷（当然那时也没有所谓出版社，书都是自己出）的《随园诗话》就可以了。所到之处，所受礼遇之盛，所收礼物之多，所引起的轰动效应之大，恐怕自古少有。一些民众为了一睹袁枚真容，竟至把桥都踩塌了。他近则浙江，远则湖广（所谓湖广包括湖南、广东和广西）。他自己豪气地写道："游踪万里诗千首，输与先生放胆行。""匡庐、黄海又罗浮，海角天涯处处游。"这些诗显示出他老当益壮的旺盛生命力，以及对自然山水的无比钟爱。

一、初游天台、雁荡

乾隆四十六年（1781）的十月十八日，随园来了一位赏花的年轻男子，他攀着菊花闻了闻，说："好香啊！这地方真好！"这段时间，袁枚正闲着呢，无事时也背着手在随园赏花。他喜欢在园子里散步，偶尔在凳上坐来下发呆，身在随园的每一天，袁枚都有一种幸福感。

正在散步的袁枚听到这一句赞叹，猛然发现眼前的这位年轻男子身材苗条，长相英俊，一眼看上去，简直有惊艳之感。

"小伙子，你是哪里人？"袁枚主动与他攀谈起来。小伙子大方地说："长辈好，我叫刘志鹏，字霞裳，是江宁的庠生。"彬彬有礼的回答让袁枚感到非常满意，两人热切地攀谈了起来。

聊天中得知，这刘志鹏也是名门之后，他的曾祖刘宗周（1578—1645），字起东，别号念台，明朝绍兴府山阴（今浙江绍兴）人，因讲学于山阴蕺山，学者称蕺山先生。他是明代最后一位儒学大师，也是宋明理学（心学）的殿军。他著作甚多，内容复杂而晦涩。他开创的蕺山学派，在中国思想史特别是儒学史上影响巨大。清初大儒黄宗羲、陈确、张履祥等都是这一学派的传人。

弘光元年（1645）五月，清兵攻破南京，福王被俘遇害，潞王监国。六月十三日（7月6日），杭州失守，潞王降清。十五日（7月8日）午刻，刘宗周听到这一消息时方进膳，推案恸哭说："此予正命时也。"于是他决定效法伯夷叔齐，开始绝食。他说："至于予之自处，唯有一死。先帝（指崇祯）之变，宜死；南京失守，宜死；今监国纳降，又宜死。不死，尚俟何日？世岂有偷生御史大夫耶？"

当时江南士大夫纷纷降清，做了贰臣，玷污名教，背叛了平时所学之道。刘宗周要以自己的行动，成就自己的人格，为衰世作一表率。

弘光元年（1645）闰六月初八日（7月30日），刘宗周前后绝食两旬而死。其子刘勺遵照他的遗命，曰：皇明蕺山长念台刘子之柩。

刘宗周的思想学说还具有承前启后的作用。当代新儒家学者牟宗三甚至认为，刘宗周绝食而死后，中华民族的命脉和中华文化的命脉都发生了危机，这一危机延续至今。

袁枚对刘宗周是崇敬的，刘宗周的曾孙出现在他的眼前，他感到异常的欣喜。刘志鹏得知眼前这个高大睿智的老人就是袁枚本人，倒头便拜，袁枚连忙将他扶起，说："你的先祖是我的偶像，也是我们读书人共同的偶像，今日得见，真是有缘。"

刘志鹏说："久闻前辈大名，也知是您建设了随园，但没想在这里相见。如蒙不弃，晚辈想拜前辈为师。"说罢又要拜。袁枚将他拉起来，乐呵呵地说："如此甚好，我也正有此意，那你从今天开始，就住到随园来吧。"

刘志鹏喜出望外，这不是一般意义上的学生，而是叫作入室弟子。于是，刘志鹏正式进入随园，与袁枚生活在一起。

当然，还有一种说法是，袁枚见刘志鹏长得帅气，袁枚又好男风，男女通吃。他和刘志鹏形影不离的生活，为一些人所诟病。嘉庆皇帝的老师朱石君就致信指责袁枚的行为，当然说得非常委婉。袁枚回信说："刘志鹏是刘宗周的曾孙，居家孝友，诗文清妙，实佳士也。"

有了刘志鹏，就等于出行有了一根拐仗。第二年正月，袁枚带着刘志鹏一同游了天台山。

袁枚与刘志鹏正月二十七日从随园出发，途经江苏溧阳，住在亲家史奕昂的红泉书屋，住了四五天。每天晚上，七十一岁的史奕昂必命童子提灯而出，讲起两人判决案件的一些往事，越谈越有劲，一讲就讲到漏下四鼓。剪烛话旧之余，袁枚将带去的几张雅集图让史奕昂题词。两人少年世好，老订姻盟，两人的友情就像一坛陈年老酒，浓郁芬芳。

三月，袁枚和刘志鹏到达杭州，住在西湖的漱石居，与梁同书、郑虎文等庶吉士出身的人举行诗酒之会。三月十六日，袁枚渡过钱塘江，不久经过绍兴、新昌等地。四月，袁枚经过天姥寺，不久从赤城上天台，一路经过田横墓、五百人墓、一行禅师塔、国清寺、高明寺、圆通洞、水庆寺，终于抵达华顶。旋即从华顶左折而下，过上方广寺，到石梁观看瀑布。

出了天台山，进入县城，袁枚应齐周南、齐世南兄弟之邀前往其家里做客。离别四十七年，袁枚感慨万千。这时齐召南已死去多年并已安葬，其兄齐周南，其弟世南均已八十多岁，两人拄着拐杖在屋门外迎接。袁枚见到两位兄长，快步跨过去，与他们一一紧紧拥抱，袁枚的头趴在他们肩上时，眼泪情不自禁地流了下来。

齐周南与弟齐召南等五人共同创办曹源书屋，精研经学，以行为为诸弟的表率，齐世南肄业于曹源书屋，苦学不辍，后来也中了举人、进士。退休之后兄弟五人为"五老会"。袁枚与他们少年交好，并受其帮助。

席间，周南、世南兄弟拿出《齐召南全集》，嘱袁枚删定，并为之撰写墓志铭。袁枚欣然应允。齐召南幼有神童之称，精于舆地之学，又善书法。雍正七年（1729），己酉科乡试中副车，雍正十一年（1733），举博学鸿词，以副榜贡生被荐。乾隆元年（1736），召试于保和殿，钦定二等第八名，为翰林院庶吉士，授检讨。次年参修《大清一统志》。乾隆六年（1741），撰《外藩书》。乾隆十二年（1747），充《续文献通考》副总裁。乾隆二十六年（1761）完成《水道提纲》二十八卷。著有《宝纶堂集古录》《宝纶堂文钞诗钞》《齐太史移居集》《琼台集》《历代帝王年表》《后汉公卿表》等。另有《水道提纲》，为其最重要的作品。

在天台期间，天台的知县钟醴泉每晚必来相陪，并说些稀奇古怪的事，袁枚全部记下来并载入《新齐谐》中。

从天台山下来，袁枚赋诗留别，随即过台州、黄岩、乐清，前往雁荡山。四月份，袁枚到达雁荡山，晚上住宿在净名寺中。雁荡山分南北二支，袁枚此行所游为北雁荡山，简称雁山，在乐清县境，此地多奇峰、奇洞、奇石，风光胜过平阳县以西的南雁荡。袁枚乘坐乐清武官白琏提供的马车，第一天游览了雁山、马鞍山、净名寺、铁城障等名胜景观。

第二天则去观赏三里路之外的著名的大龙湫。大龙湫是从海拔近两百米的连云峰上飞泻而下的瀑布，它与灵峰、灵岩为雁荡三绝。大龙湫呈现的是柔美，石梁瀑布呈现的是壮美，二者形成鲜明的对照。袁枚由此悟出美学道理：自然万物都是不重复的，特别是地位孤高少所依傍之物更呈现出独特的个性。这与其文学创作上"独抒性灵"的主张是相通的。自然山水的独特性与袁枚耻雷同、贵独创的独立个性思想可谓相映成趣，袁枚在游山玩水中也能与山水的独特个性息息相通。

从雁荡回程时，有人告诉袁枚："你从雁荡回去，永嘉的仙岩，缙云的仙都峰，都值得一游。"袁枚牢牢记在心里。

仙都峰，在浙江省缙云县。地处括苍山北麓、好溪中段，山水逸秀，云雾缭绕，为著名风景区，有鼎湖峰、倪翁洞、芙蓉峡等名胜。

可是袁枚自己记错了，以为从仙岩归去更方便，船行了十里路，才问一个当地人。当地人说："南北走反了。"袁枚心里好不懊恼，这段路走得不顺，心里就有那么一点儿不畅快，折返之后好不容易到达了缙云县，向县令表达了游仙都峰的愿望，可是这个县令面有难色，犹豫了好一会儿才说："这段时间溪水普遍涨了，不好行船，山上也很滑，不太好走呢！"

袁枚知道对方的意思，不便多说，已经没有心思游仙都了，于是继续往前走，走了大概三十里路，看到前面村里屋瓦鳞列。随从的人说："那是虞氏的园子，去那里喝杯茶，休息一下，怎么样？"袁枚点头，于是随从去联系，园主人热情相迎，把袁枚一行人请进去喝茶。虽说热情，但对方也没看名纸，并没有过多的话说，喝了一会儿茶，讲了一会儿客套话，就回到旅馆去了。

晚上正当袁枚准备脱衣服睡觉的时候，门外忽然人声嘈杂，原来是刚才的园主人虞氏兄弟打着火把过来了，其中一个说："刚才相别之后，我们才仔细看了名纸，莫非先生您就是袁枚吗？"袁枚说："是的！"对方顿时显出十分惊讶的样子，打着火把上下照，似乎要把袁枚看个浑身清楚、明白，又赞叹又惊喜地说："我们从小就读先生的文章，以为您是国朝初年的人，年纪应该有一百多岁了。现在竟然神采如此，简直是古人复生啊！希望您多停留一段时间，明天陪先生游仙都峰。"

为什么会把袁枚当作清初人呢？因为袁枚成名很早，年轻时所作八股文又被当作范文刻发，广为流传，所以很多人都把他与康熙间硕儒看作同辈。

袁枚还没来得及回答，那个年轻一点的卷起袁枚的帐子，年纪大一点的捧着席子，家僮扛着行李，不由分说，把袁枚迎进了虞园，剪掉蜡烛，重新开饮。

第二天，虞氏兄弟带袁枚一行先来到响岩，只见石洞隆起的样子，叩之有回声。有小赤壁，有鼎湖，花草树木勃勃生机，似乎能听到其呼吸，但两者都高不可攀。挂榜岩就像城墙一样，非常宽广，可以写几百人的姓名于其上。旸谷被溪水所包围，没有梯子过不去，只能远望。大方石上隐约可见古人诗词。不到一天时间，就把仙都峰游完了，游完后仍住在虞园。

袁枚游仙都峰可谓一波三折：有意游仙岩，仙岩没游成；专程访仙都，被县令泼了冷水，于是游兴索然，怏怏而归；没想到忽然遇上个不相识的人，柳暗花明，又游了山，又交了忘年友。

此后数日，袁枚又游览了"龙鼻水""灵峰洞""天柱峰""老僧岩""美人台""展旗峰""剪刀峰""玉女峰""卓笔峰"等诸多山水胜地，每到一地，都创作了诗歌。离开雁荡，袁枚又就近游了温州、丽水，然后才再折回缙云、兰溪、金华、桐江、杭州，返回江宁随园。

游了天台、雁荡回到家里之后，人人都说他胖了，袁枚自己也觉得食量小有增加，精神也更加好了。袁枚心想，难道游山玩水是推迟衰老的方法吗？

二、游黄山

乾隆四十八年（1783）春，刘霞裳与汪氏成婚。两人新婚之际，袁枚自然不好打扰，但他就像刘霞裳的旧好，似乎刘结婚只是走个过场，而真正的日子则是与他一起过。两人新婚之际，袁枚就约好刘霞裳，在他们新婚蜜月过后，一起去游黄山。总算是给新娘子留了一个月的时间。

四月六日，六十八岁的袁枚由刘霞裳陪同，坐船从长江走水路入安徽境内，当船驶近当涂西北牛渚山采石矶时，袁枚甚为高兴。因为李白曾夜游牛渚，并写下名篇《夜泊牛渚怀古》，后人于此修建了一座太白楼，成为骚人、墨客凭吊之所。袁枚仰慕李白，自然不能不停船登楼。

袁枚离开牛渚，船至芜湖乃上岸乘车南行，经泾县琴溪等地。五月二日，迫近齐云山，齐云山一名白岳，位于休宁县城西，与黄山南北相望，为皖南三大名山之一。当地几个秀才闻讯后赶来陪袁枚一起登齐云山。这天晚上，袁枚住在山上的百子楼。第二天离开齐云山到汤泉，汤泉为黄山著名温泉，泉水甜美又清冽。袁枚沐浴后恢复了体力，又赶到慈光寺观看前明万历宫中赐普门和尚袈裟金钵，并夜宿慈光寺。五月四日登山而上，夜宿文殊院，五月五日，因下大雨，被阻在文殊院，午后大雨一停，雨后小晴，袁枚步行至立雪台，观看前后诸海。

第二天早上，和尚告诉袁枚："从这里开始，山路狭窄危险，连兜笼都容不下，步行太辛苦了，不过当地有背惯了游客的人，叫作'海马'，建议你雇佣。"袁枚欣然同意，和尚便领了五六个健壮的人来，人人手里拿着几丈布。袁枚见了自觉好笑，心想：难道我这个瘦弱的老人又重新做了襁褓中的婴儿了吗？开始时还想强撑着自己走，等到疲劳不堪时，就绑缚在"海马"的背上，这样一半自己走一半靠人背着攀登。走到云巢时路断了，只能踩着木梯子上去。只见万座山峰直刺苍穹，慈光寺已经落在"锅"底了。当晚到达文殊院，住了下来。

第二天，从立雪台左侧转弯走下来，经过百步云梯，路又断了，忽然见一块石头，样子像大鳌鱼，张着巨口，不得已只好走进鱼口中，穿过鱼腹从鱼背上出来，看到的又是另一番天地。登上丹台，爬上光明顶，它和莲花、天都两座山峰，像鼎的三条腿一样高高地相互对峙，天风吹得人站立不住。晚上到达狮林寺住宿。

趁太阳未落，又登上始信峰。始信峰有三座山峰，远看好像只有两座山峰相对耸立，近前看才见另一座山峰躲在它们身后。始信峰既高又险，下面就是深不见底的溪谷。袁枚站在山顶，脚趾都露出二分在悬崖外边。和尚担心，用手拉住袁枚。袁枚笑着说："掉下去也不要紧。"和尚很惊讶袁枚何出此言，便问道："掉下去为什么不要紧？"袁枚轻松地笑着说："溪谷没有底，那么人掉下去也就没有底，飘飘荡荡谁知道飘到哪里去？即使有底，也要很久才能到，完全可以在一段时间内找到活的办法。只可惜没有拿根长绳缒精铁丈量一下，看它是不是真的有一千尺。"袁枚如此轻松幽默，惹得和尚笑了起来。

第二天，攀登大小清凉台，台下的峰峦像笔，像箭，像笋，像竹林，像刀枪剑戟，像船上的桅杆，又像天帝开玩笑把武器库中的武器仪仗全散落在地上。大约有一顿饭的工夫，像有一匹白绢飘过来缠绕着树木，僧人高兴地告诉袁枚："这就是云铺海。"开始时朦朦胧胧，像熔化的白银，散开的棉团，过了很久浑然成了一片。青山全都露出一点角尖，像一大盘白油脂中有很多笋尖竖立的样子，一会儿云气散去，只见万座山峰聚集耸立，又都恢复了原貌。袁枚坐在松顶，正愁太阳晒得厉害，忽然起了一片云彩为他遮蔽，才知道云彩也有高下的区别，并非一样的。

傍晚时到西海门看落日，那里草比人还高，路又断了。叫了数十壮汉把草割掉之后再走，只见东边的山峰如屏一般并列，西边的峰如插地怒起，中间鹘突数十峰，就像天台中的琼台。太阳将要落山的时候，一座山峰用它的"头"顶着，像是吞又像是捧。袁枚不能戴帽子，一戴就被风吹落，不能穿袜子，因为被水湿透了，也不能拄拐杖，因为一动拐杖就陷到沙子里去了。他不敢仰头，担心被石头崩压，左顾右盼，前探后瞩，恨不能化为千亿个身子，一座座的峰都去看到。而"海马"背着他时捷若猱猿，冲突疾走，顿时，似乎眼前的千万座山也在学人的样子在奔跑，状如潮涌。而俯视深坑、怪峰，在脚底晃过，如果"海马"一失足，后果将不堪设想。但事已至此，害怕也没有益处。如果突然叫海马慢点走，自己也会觉得太没有勇气了。没办法，托孤寄命，任凭"海马"往哪里走，觉得自己已经羽化成仙了。袁枚突然想到《淮南子》里有"胆为云"的说法，顿时觉得真是可信啊。

初九日，从天柱峰转道下来，过白沙矼，到达云谷，家里的佣人们用轿子迎接他，这次共计步行五十多里路，进山一共七天。

然后又取道太平县，去到安徽九华山，游览三日。九华山是佛教名山，袁枚可能因为对佛教不感兴趣，在此没留下有名的诗文，其中一首《九华山》的诗里写着"我亦三日留，了此游山债"，可见游览九华山带有"到此一游"的感觉。随即经过五溪、贵池、桐城。到桐城时，适逢姚鼐因病家居桐城，于是与袁枚结识，成为好朋友。六月五日，袁枚回到随园。

三、漫游南国

从黄山归来之后，在家休整了将近半年多时间。乾隆四十九年（1784）二月二十五日，袁枚应堂弟袁树的邀请，带着刘霞裳一起南下作岭南之游。

船过安徽芜湖后，刮起了大风，无法开船，只好停下来等天气好转，这一等就是六天。好在门生陈熙在芜湖做官，天天到船上来看望袁枚。三月份时游庐山，遇到了一场大的风险。

听说袁枚想要游庐山，星子县令丁某对袁枚说："庐山最美的地方就是黄崖，这个地方您一定要去看看。"袁枚对这些话最听得进去，便决心一定要游黄崖。先到开先寺看了瀑布，然后直奔黄崖。一到黄崖，只见仄而高，坐在竹制的轿子上，只见重重叠叠一簇簇奇异的山峰如作战的旗鼓戈甲，被从天上抛掷下来，其势似乎就要砸到自己身上来，让人不敢仰视，袁枚紧闭双眼。但袁枚还是贪恋这山之奇，鼓起勇气睁开眼睛，屏住气息登上峰顶，只见一个舍利台正对着香炉峰。又看到了瀑布，袁枚放眼望去，真如老友重逢，心旷神怡，百看不厌。随即下行到三峡桥，两座山夹着一条小溪，水是从东面而来，一块巨石和众多小石头将之阻住绊着，洪水遇石发怒，咆哮着喷涌着冲破石头的阻拦，桥下有宋祥符年间的石碣，袁枚凝视良久，思绪万千。这天晚上住宿在栖贤寺。

第二天上午，先是一阵惊雷闪电，继而雨过天晴，于是去游五老峰，路越走越陡，走了大概五里路左右，回头向彭蠡湖望去，只见帆杆一排排地在水里漂着，自己所坐的船，也只是其中普通的一叶而已。正在徘徊间，突然暴风骤雨来临，云气喷涌而至，坐在船上的人面对面都看不清，船夫把云块当作了地面，好几次差点踏空掉到水里。而负责带路的一个当地人也不管不顾，为了躲雨逃得远远的，不知去向。大声叫他，他也不回应。天很快就黑了，雨越下越猛，不知道今晚到哪里投宿。一船的人都很慌张，而此时船夫触着石头摔倒了，袁枚也摔倒了，好在没有受伤。行李愈沾湿愈重，担夫因痛而大声叫唤，家僮们互相埋怨，有的哭了起来。袁枚素来是非常豪气的，到了这时也不能不心有所悸。踯躅良久，好像来到了绝境。黎明前的黑暗是最黑暗的。

正在几乎绝望之际，忽然看到一束火光，火光正朝袁枚一行的位置走近。这束火光的意义，对于袁枚一行来说，简直不亚于在茫茫黑海漂泊的孤舟见到了神灯。袁枚快步向前奔赴，原来是万松庵的老僧拄杖前来相迎。老僧慨叹说"等了很久了，可惜袁公你们误行了十余里路了"。于是众人速速回到庵里，烧起柴火，烤干衣服，这时已是凌晨了。袁枚看到屋上插着柳条，才知道这天原来是清明节。

第二天下了大雪，整个山都被冰封了，踩在地上一片冰碎的嚓嚓声。遥望五老峰，根本上不去，只好转身东下，行走十余里，只见三大峰壁立溪上，其下水声潺潺。袁枚从车上下来，拣起一块石头投下去，过了很久还是寂然无声，就知一定水很深。旁边石头地基碎瓦片无数，袁枚对随从们说，可能是古大林寺的旧基。车夫说："不是的，这是石门涧！"袁枚笑着对刘霞裳说："考据之说，不能与车夫争短长，姑且存其说法又何妨呢？"于是继续往前，到了天池，观看铁瓦，到黄龙寺住宿。僧人告诉袁枚："从万松庵到此地，海拔相差两千丈了。"袁枚又问："遇雨最危险的地方叫什么？"僧人回答说："那叫犁头尖。"袁枚游山五年来，这一次是最苦的。但再苦他也要向前走，他是真正的大自然之子。

第二天下山，游了白鹿书院。经过南昌时，前往看望蒋士铨，这时蒋士铨已中风卧病，口不能言，但仍勉为其难陪袁枚欢饮。袁蒋相会另有述及。告别蒋士铨后，经过吉安、南安，游览丫山，随即过梅岭，从那里进入广东境内。闰三月二十六日，袁枚抵达南雄州，袁树派戴、汤二人前往迎接，来人将袁树安排的二十两银子和一封信交给袁枚。袁枚随即给袁树写了一封家信，其中说："知弟之望我甚殷，也如我之思弟甚切也，三年阔别，一旦相逢，七十衰翁其乐可知也。"信中还说，听说袁树即将赴省城，袁枚就在省城的公馆等候，以便利用这段时间畅游名胜。写完信后，袁枚让汤回去通知，并又附了一信，说：我将绕道游丹霞山，顺道游飞来寺，可能会略有耽搁。字里行间，充满着畅游山水的激情，似乎毫不掩饰地向堂弟表明，亲情重要，游山水似乎同等重要。经过韶州府后，袁枚乘坐小船游了仁化的丹霞山。

袁枚一行在五马峰下停船，另租一艘小船，顺江而下前往丹霞山探访。山都从平地上突起，有横的褶皱，没有直的纹理，从一层皱纹到千万层，连续不断地围绕紧箍。袁枚怀疑岭南靠近海多产螺蚌，所以山峰的形状也呈螺纹状。特别奇异的是，从左舷窗看到，离开后，又从右舷窗看到；从前舱看到，离开后，又从后舱看到。这是山追客人吗？还是山依恋客人呢？真是没法弄清，无法想象，袁枚感到难以理解。

船行了一天一夜，到了丹霞山。只见丹霞山到处是绝壁，没有可上山的路，只有山的一侧裂开了一条缝，就像被锯子斜斜地锯开一样。人侧着身子进入，很久才能找到路。拉着铁索向上攀登，见到另一番天地。借助露出地面的松树根作为梯级，这松树根又粗又大，就像天然形成的台阶一般，踩在上面，脚下绝不会打滑；没有树根作为梯级的地方就开凿山崖作为梯级，细数一下共有三百级台阶。到阆天门的山路最为狭窄，仅能容一个人通过，山路的尽处上面横放着一块铁板作为进出的门，就像一人拿着长矛守卫，这样的形势，简直连一只鸟也莫想飞过去。山上的楼台庙宇很坚固，又很宽敞，开凿山崖形成沟渠，把泉水引到寺庙的厨房，十分巧妙。有佛塔建在悬崖之下，悬崖上像有一块高高张开的布覆盖着它。佛塔的前面群山环抱，夹杂的山岭有像巨大的水牛或丑陋的犀牛的，有像牦牛或人影的，有像鹞鹰张开两翅或蛮人在舞蹈的。

晚上，袁枚借宿在静观楼。山的中部凹陷进去好几丈，泉水如珠子般悬空滴落，躺在床上终夜听着泉水叮咚的声音连绵不断。

第二天，袁枚一行沿着原来的路下山，就像在温习功课，更加觉得有滋味。站在高处眺望自己上山的路，从江口到这里，山路就像龙蛇蚯蚓那样弯弯曲曲，纵横交错无穷无尽，大约有一百里那么远。这时袁枚似乎才明白大自然是故意做出回转曲折的样子，这正如文章，如是直白就寡然无味，如果不曲折宛转就不是好文章。但从高处俯视山下，丹霞山确实十分陡峭，人不能不感到害怕，于是袁枚坐在石阶上一级一级地用屁股挪下山。

经过清远县的时候，袁枚又游览了峡江寺，在飞泉亭观赏瀑布。

四月八日晚上，袁枚抵达肇庆府，袁树率众僚属在城门外相迎。袁枚描述当时的情景："望见端州城半角，倾城冠盖似云来！"袁枚与袁树在署中欢聚。

四月十六日，袁枚与众人游宝月台等名胜，晚上归宴于晚香堂，席上，诸位各自准备了美食献给袁枚，袁枚一一评品。

袁枚在广东享受了隆重的礼遇，受到了亲情的厚待，但相传也受到了一次少有的冷落和打击。那就是袁枚拜访当地的一位叫黎简的名儒，以袁枚在诗坛的盛名前往求见竟遭拒见，此事一时轰动诗坛。

黎简生于广西南宁，年轻时往来于广东、广西间。因喜爱广东省内东樵（罗浮）、西樵二山之胜，故自号"二樵"。他性情耿介，不慕名利，世人目之为狂，遂自号"狂简"。其诗、画、书法、篆刻，号称"四绝"。他一生未出仕，靠卖画、卖文及教馆为生，生活比较清贫。据说翁方纲任广东学政时，未到广州上任，先梦见二樵，更被传为佳话，也可见二樵在当时文化人心目中的地位。

他拒见袁枚一事，有这么一些传说。

《顺德县志·黎简先生列传》有这么一段记载：浙人某，负当代盛名，以探罗浮至粤，介所素习者招于乡，简遽答书，摘其平日诗伤忠厚语，力却之。

这里的浙人某，就是指袁枚。

而李长荣的《芳洲诗话》说：袁枚七次造访黎简，都被拒绝了。这可能是夸大其词。而冼玉清女士所收藏的黎简致袁升的两封信，却对此说得非常详细。现录如下。第一封是这样写的：

> 近有一翁，自以为才士，无骨气，人从而谀之。看其诗与人品，皆卑鄙不堪。至其《诗话》，则有似所谓对夫淫妻，对父淫女者。师生之道，在此翁无人相矣。即略行而观文，亦不足取，是真欲以韵语为宣淫之具矣。彼在省中曾相访，愚昧未出村，正以未相见为幸，何也？彼此固不相下，而思以年齿压我。我立行，自信与彼大径庭，我自有可信，自有可乐也者。其来也，污我东樵。彼只知以门生为弄儿耳，恶足以知名岳也？升父以为何如？

第二封这样写道：

> 立天下之名易，立千秋之名难。昨札所论此老，吾弟以为千秋之名与之否？愚凡一再观其诗，至竟无一好处。所关风化者大矣。头巾气、道学腔不可做。直头不检点伦常上亦不可作，二者宁有头巾、道学样也。更有无知之辈护其短者曰：此君诗讲性情。此真是丈二帽子语。但凡诗人未尝捉笔时，即知

持此二字作榜样。究其所归，不知此二字为何物。彼所云性情者，无过是浅率二字之脱影耳，何曾知所云性情也……今此老则惟以淫靡宣著于天下，则以为才子风流之所不讳者，不复知天下有羞愧之事。以此为性情，可以为天下好恶之本心耶？愚谓此老以文章为宣淫之具。嗟夫！……才子固如是乎？愚屡以此老为饶舌，不是争门户起见。诚以贤弟公子家风，恐坠此习。昔阿难为摩登伽女摄入淫室，尚有将毁戒体之事。若非如来令文殊急往护之，阿难休矣……

这两封信的措辞，不留余地，对名高胆大的袁枚可谓当头一棒。袁枚"内退"之后名震天下，所到之处无不受到礼遇，却栽在黎简这条"阴沟"里。

也有学者认为，"正以未相见为幸"，并非是黎简拒见，而是村居未遇。这信也属私下交流，并非公开诽谤。正因为此，其对袁枚的态度和心迹也表露无遗。

五六月间，袁枚闲居肇庆，常与官署中人游七星岩、宝月台等地。是时端州非常热，袁枚便经常去宝月台避署。宝月台夷庭高基，梁长九丈多，六棵巨大的古榕树东西遮阴，北边非常空旷，有万顷摇风送来花叶的清香。远望七星岩，就像竹林客差肩而坐。袁枚游过很多地方，但这样的去处还真见得少，并且这个台离官署比较近，袁枚常常带着笔砚到其间避署。高要县县令杨兰坡知道袁枚的爱好，时时准备好文房四宝、食物水果之类的，安排一些当地的书法名流陪袁枚写字。袁枚玩得非常开心。六月初一那天，他在宝月台与文人们喝得大醉而归，当天刮着大风，第二天下暴雨，宝月台也被淹没了。袁枚感慨万千地想，袁树在端州为官三年，从来没有去过宝月台。而自从袁枚常去宝月台后，宝月台因此而名声大噪，四方之雇毕至，因而让河伯"羡慕"而将其夺而淹没了。

七月，袁枚又前往广州游玩，七月二十四日游览了西樵山。

八月初一日，袁枚的痢疾病好转，于是前往惠州游罗浮山、华首台，然后到新会县，游览了鼎湖。袁枚在这些地方都写了诗，但没有写游记。八月下旬回到肇庆，休息了半个来月，他又开始筹划桂林之游。于是赋诗留别袁树。九月十六日，袁枚起程赴桂林，袁树率众人送到端江口。为了纪念这一盛事，袁树还请人绘了《端江送别图》以记录这件事。

十月初，袁枚抵达桂林，住在桂林知府汪修铺署中。袁与汪是儿女亲家，袁枚的第五个女儿嫁给汪的第六个儿子。这次旧地重游，除了寻梦，也有访亲之意。

时隔五十年再来桂林，袁枚在《重入桂林城作》中表达了这种复杂的感情："我年二十一，曾作桂林游。今年六十九，重看桂林秋。桂林城中谁我识？虽无人民有水识。水石无情我有情，一丘一壑皆前生……"

袁枚在汪署中应酬、休息了个把星期，十月七日，袁枚开始游桂林诸山。陪同游的有女婿汪世泰及几位当地的文人。晚饭后，袁枚悠然自得地游山。先攀登独秀峰，登三百六十级台阶，到达山顶，俯视城中，一城炊烟袅袅，灯火闪烁，如同画中一样。从北面下山到达风洞，远望七星岩如七只龟背隆起的大龟聚在一起趴在地上。

第二天，经过普陀山，到栖霞寺。

第三天，到南薰亭游览，那里堤上绿柳成荫，青山淡远，回旋环绕，景致一改险峻变为平和，真是别具一格。

最后一天，游览木龙洞。游览口甚是狭窄，没有火把照明，就无法入洞，洞内的钟乳石有的像半开的莲蓬，有的又像溃烂的肉脯，在那里一行行挂着，似乎随手可摘。再到刘仙岩，登阁眺望斗鸡山，斗鸡山就像展翅奋飞的雄鸡，只是不会鸣叫罢了。山腰中有山洞，空明透亮如一轮明月。

袁枚担心忘记了这里的山川美景，就写诗歌来吟咏；又担心记叙不详细，又写成了游记《游桂林诸山记》。

广西巡抚吴垣邀请袁枚到官署一聚，这对吴垣来说是礼节，对袁枚来说是心愿。这吴垣也特别会来事，把袁枚要来的消息发布出去，当地一大帮文人就早早来到官署，等在前坪。这天早上，袁枚一行几个人健步来到，吴垣跨前一步迎接，众文人簇拥过来，亲切地打着招呼。袁枚都一一热情地回应。

吴垣引袁枚来到官署，这是五十年前旧游之地。一脚迈进官署，一幕幕往事涌上心头，物是人非，人非物在，袁枚不觉鼻子一酸，忍不住抹了眼泪。只有金铽的恩情是不能忘记的。先来到八桂堂，袁枚驻足凝望这里的一桌一椅，一杯一碟，感慨万千，诗意顿时喷涌而出。吴垣早就准备好了纸笔，袁枚大笔一挥，写了一首《重登抚署八桂堂怀荐主德山公》：

> 彭宜当日谒安昌，一见倾心在此堂；
> 亲向灯前修荐表，几回座上叹文章。
> 人天渺渺恩难报，函丈依依事未忘；
> 今昔西州侬再过，几行衰泪落荒庄。

此次出游，袁枚还差点丢了性命。

袁枚游桂林时养了一条犬，非常温驯，袁枚不管到哪里都要把它带到身边。有一天，袁枚独自一个人带着它上山，行到半山岭的时候，突然肚子痛得厉害，倒在地上，卧到树林和野草之间。正好碰到有人扫墓时焚烧纸钱，山上起了野火，火势很大，很快就要燃烧到袁枚身边来了。袁枚肚子痛得厉害，根本动弹不得。当此危急之时，犬投身于附近潮湿的泥土之中，再起来以身扑火。火一会儿就扑灭了，但犬已因疲惫不能站起来，等袁枚肚子不痛的时候，犬已经死了。袁枚含泪解下狐裘将义犬裹了，从很远的地方喊了打柴的人来，让他们挖坑把义犬埋了，并拜了两拜，做好标记再离去。回家后，袁枚对儿子袁迟说：没有义犬我就不能返乡井，你要记住这条义犬啊。

袁枚离开桂林时，众人租船相送。

离开桂林，袁枚坐船经过兴安、全州、永州，顺道游了钴𬭁潭、朝阳洞、柳宗元祠堂诸景。十月中旬到达衡阳，游了南岳衡山，登上了山顶。在祝融峰观日出时写了诗歌二十四韵。虽无游记，但二十四韵诗也足以表达袁枚对衡山的喜爱之情。

十一月二十七日，袁枚来到长沙。据笔者考证，袁枚到长沙仅此一次。

离开长沙后，袁枚来到岳阳，游了岳阳楼。接下来到了湖北武昌，游了黄鹤楼、祢衡墓。十二月二十六日，经过江西彭泽，因大风在江上被阻。乾隆五十年（1785）正月初一，与刘霞裳进入安徽境内，正月十一日，回到随园。

这一次南国之游，从上一年的正月二十五日，到下一个年度的正月十一日，历时几近一年整，前后搭着两个年头。历游广东、广西、湖南、湖北、江西、安徽、江苏七省，真正算得上是一次漫游，一次"长征"。"长征"途中，袁枚交了朋友，开了眼界，见了世面，写了许多诗歌，还有不少游记，可谓收获多多。

四、游武夷山

漫游南国归来，袁枚在随园待了一年多时间，这一年多又经历了很多事情，引发了他对人生短暂的慨叹。两个多月后，即乾隆五十年（1785）二月二十四日，袁枚的好友蒋士铨去世，袁枚赋诗哭之，又将噩耗告知赵翼，赵翼也赋诗哭之。三月二日是袁枚七十岁的生日，袁枚赋诗纪之，毕沅等海内官员文人赋诗相和者众多。五月，又为赵翼的《瓯北集》作序。九月份时，袁枚的堂弟袁树因十二年前在霍丘知县任内失察连降三级，被追究责任而解职。看来，官员的责任终身追究制在清朝就已经实施了。袁枚闻讯，因一家能够团聚，喜而赋诗。

这年的十二月，程晋芳灵柩在毕沅的帮助下，从陕西归葬江宁。袁枚前往凭吊祭奠，并于其灵前焚毁程氏所欠五千两银子的借券。此事另有述及。第二年，乾隆五十一年（1786）二月二十三日，袁树从广东回江宁的路上，也就是经过南昌的时候，夫人陈氏去世，袁枚感到十分忧伤，并亲自为弟夫人作墓表。直到三月份，袁树抵达江宁，暂时借章攀桂的安园以居住，当时城中米价涨得飞快，城里的社会治安也非常乱，袁枚两个月不敢出门。直到夏天，袁树新建的寓园完成，寓园与袁枚的随园、章攀桂的安园相距各四五里，从此兄弟朝夕相处。七月二十四日，章攀桂携带毕沅所赠的三千两银子来到随园，向袁枚告知毕沅用这笔钱抚恤程晋芳的孤儿和寡妻。袁枚为好友的遗孤生活有了着落而十分欣慰，赋诗纪此事，并赞美毕沅："推美毕公，而不自居功。"

这一系列的大事，都发生在这一年多时间，袁枚当然就没有远游的心情。直到毕沅资助程晋芳遗属的事尘埃落定，袁树也已经安居，袁枚才又觉得放松起来，旅游的冲动又开始在内心里滋长。

八月二十八日，袁枚开始出发游福建武夷山。九月十日，经过吴江县，九月十五日，经过杭州，本来想去拜访蒋和宁，没想到蒋已于九月六日过世，于是赋诗哭之，后为他作了墓志铭。然后经过江山、仙霞岭。

袁枚在《游武夷山记》里详细记录了他这次游山的感受。

袁枚觉得，凡是人在陆上行走就容易疲劳，在水上行走就比较安逸。但是对于游山的人来说，往往陆地多而水路少。

武夷两山中间夹着一条小溪，一条小舟摇曳着往上走，溪流湍急，发出清脆的声响。游客有的坐有的卧，有的躺着脸朝上，只要感到舒适哪种姿势都行，而且奇妙的景色都能看到，他觉得这是游山最好的去处了。

袁枚投宿在武夷宫，走下曼亭峰，登上小舟，他对带路人说："这座山有'九曲'的称号，如果每经过一曲，你一定要告诉我。"于是第一曲到了玉女峰，三座山峰一样高，就像高地。第二曲到了铁城障，长长的屏障层叠不穷，再雄厚的声音也难传进去。第三曲到了虹桥岩，洞穴中的木头支柱、梁架成百上千，横的、斜的参差不齐，既不腐朽也不掉落。第四、第五曲到了文公书院。第六曲到了晒布崖，悬崖的形状就像刀切的，就像用倚天剑砍断石头作为城墙，耸立着就像刀削一般，气势无法抑制。袁枚暗笑人凭借权势逞强，上天必定会惩罚他，只有山势纵横直刺云霄，凌驾在莽苍大地之上，而上天却不发怒，这是为什么呢？第七曲到了天游山，山更高，路更窄，竹林更密。第二天早晨到了小桃源、伏虎岩，这是武夷山的第八曲。听说第九曲没有什么出奇的景色，于是袁枚从山崖下返回。

袁枚感叹自己是学古文的人，用文章谈论山水：武夷山就像文章没有直笔，所以曲折；没有平笔，所以陡峭；没有重笔，所以新奇；没有散笔，所以紧凑。概括来说这座山，它的超逸隽秀的气概，在两界（天地）之外独树一帜。袁枚想到自己年老衰弱了，头发斑白了，游遍了东南地区的山川，还有什么不知足的呢？他挥笔记下旅行的经历，庆幸自己能够出游，也借此表明以后要停止出游（但事实上他后来并未停止出游）。

袁枚下山后，经过草鞋岭，绕道江西，游览了铅山县积翠岩，又经过玉山，进入浙江境内。经过杭州时，朱珪等邀请袁枚与众文人相聚，然后赋诗留别，众人相和。十二月经过苏州，又应友人邀请游了寒山等景点。经过扬州时，拜访了赵翼。到年底才回到随园。

这第四次出游，又是四个多月。

五、重游沭阳

乾隆五十三年（1788），农历戊申年的上半年，袁枚主要在苏州、常熟等地走亲访友。这年春天，袁枚坐船经过燕子矶，遇到狂风大作，波翻浪涌，上游的水流汹涌而下吞没了许多船只，那些翻了的船只把整个江面都遮住了，顺流而下。当时刘霞裳也坐在船上，惊骇欲绝，僮仆也被震吓得面无人色。只有袁枚一个人坦然无惧，端端正正地坐着，神态自若，并随口吟了两句诗："江神如识我，应送好风多。"过了一会儿，潮平风正，船上的人都相庆获得了再生。刘霞裳问："江神是何人？"袁枚说：江神就是裘文达公，裘文达公临死前，对家人说：'我就是燕子矶的水神，今天要复位了，死后你们送灵柩回江西，必过此燕子矶，那里有座关帝庙，你们可以到那里去求签，如果求的是上上第三签，那么我就仍为水神。否则可能被贬谪，不能复位了。'说罢就死了。家人听了以后，半信半疑，我却坚信，认为实有此事。"刘霞裳问："你凭什么知道？"袁枚说："裘文达公为王太夫人所生，太夫人本来是江西人，其宗人曾对我说过，渡江时曾求子于燕子矶水神庙，梦一袍笏者来说：给你一个儿子，并给你一个好儿子。过了一年，果然生了文达。文达的妻子熊夫人送枢回江西时，到了燕子矶，按照裘文达公的话到关帝庙求签，果然求得上上第三签。于是在庙里立了一块木。我诗中所说的江神，就是裘文达公。"刘霞裳感慨地说："原来如此！"这只是逸事，未必可信，且录于此。

这一年最重要的旅行，当然是重回沭阳。

乾隆五十三年（1788）十月，七十三岁的袁枚重回他当了四年县令的沭阳。

说起这次旅行，还得先介绍一个叫吕昌际的人，是他三次致信诚意邀请袁枚，袁枚深感盛情难却，决定作沭阳之行的。

吕昌际（1735—1807）字峄亭，号莱园，是沭阳韩山人。自幼随父亲吕又祥当官去外地。他不是科举出身，但他的诗有些像白居易，字体临摹苏东坡。他喜欢读历史，是一位豪杰之士。

吕昌际的父亲吕又祥为功曹官，身怀杰出的才能。袁枚跟他非常投缘，无话不谈。他一生视袁枚为恩主，得袁枚之助，他后来升官做了常德太守，那时，吕昌际才四岁。吕又祥二子三孙，分别官拜山西、河南、河北、江西等省知州、知府、道台、按察史等要职。其后人还有五人诰封资政、中宪、朝议大夫。

吕昌际出身豪门，但不愿做一个纨绔子弟，始终苦读诗书，于乾隆二十四年（1759）赴广西任职。由于政绩突出，升任商虞通判、捕河通判、山西平阳知府和冀宁道按察使，后因父亲病重辞官归里。吕昌际回到故乡以后，仍然关心民间疾苦。乾隆五十六年（1791），沭阳受灾，吕昌际向官府建议减征，得到大吏认可，减千余顷田赋。晚年娱情花木竹石，颇受地方民众爱戴。

袁枚十月五日渡过淮河，途经钱家集，住宿在钱接三家里，五十年前，钱家就是袁枚的东道主了，袁枚在钱家住过，钱接三的父亲瘦而胡子很长，钱接三跟他的父亲很像。袁枚跟钱接三谈他父亲的事，钱接三只是笑着摇头，说不记得。也难怪啊，袁枚离开沭阳时，钱接三才断奶。

天快断黑的时候开始摆酒吃晚饭，晚饭做得特别丰盛，又是当地的好酒。举酒欲饮时，听到辘辘车声由远及近，抬头一看，才知是吕昌际派人来迎接了。于是大家一起用餐，住在钱接三家，晚上大家天南海北，谈得甚是热闹。第二天天刚亮，来接的人就带着袁枚出发了，走了近六十华里后，到了十字桥，车子停了下来。吕昌际站在桥头，翘首相望。袁枚步下车来，与吕昌际紧紧拥抱，不知说什么好，几行热泪从两人的脸上流了下来。

骈辚同驱，大概走了一顿饭的工夫，袁枚就望见一片片新的房屋，知道那便是沭阳新城了。数十位士大夫、官绅争着来给袁枚扶车，这是表达欢迎的最隆重的方式。

吕昌际有座别墅叫莱园，为迎接袁枚的到来，打扫得干干净净。

为使袁枚饱览沭阳风土人情，尽兴而游，吕昌际邀请邑中贤达名流、诗文里手，朝夕相陪，或吟，或饮，或游，或弈，无人不诗，无事不诗，重叙旧谊，畅论文史，欢快之情，使袁枚"遂忘作客，兼忘身之老且衰也"。

一天，袁枚带吕昌际参观沭阳县衙。一进县衙大院，只见自己五十多年前栽的一株紫藤树已然是参天之树，虽说时令是深秋，枝枯叶落，却依然能感受到其隐藏着的勃勃生机。袁枚非常高兴，心情愈加开朗起来。站在树前停留良久，摸摸枝叶，抚抚枝干，感慨万千。吕昌际说：先生亲手植的这株紫藤，生命力如此旺盛，估计会生长千年以上啊。

在外面游观后，又到机关里面看。袁枚在众人的簇拥下慢慢地一步一步地走，不觉思绪万千。参观的过程中，来了一名姓张和一名姓沈的老吏，都是原来在袁枚的县衙里公干的，两人都有八十岁了，一见袁枚都热情地向前来施礼。两人一到，现场就更热闹了，他们说起当时袁枚决断某件案子时是如何神明，如何妙断，如何成人之美，如何挖幕后主谋，说到县学考试时他们如何揭开帘幕推荐试卷，不落掉一个优秀人才。他们两人讲得激情澎湃，说得眉飞色舞，在场的人都深深感动了，都觉得袁枚是个好官，只可惜没有在沭阳多干几年。袁枚听着听着，又激动又高兴。

沭阳一个姓朱的教谕和八十三岁的礼部书吏张朝魁、秀才吴廷贡等前往吕府莱园拜望袁枚，朝夕过从，互相赠诗，气氛热烈，十分友好。如果一天没有来，吕昌际和袁枚都要催促。张朝魁的书法很好，他向袁枚献了一首长诗。

沭阳城里有个朱广文工于写诗，而吴中翰精于鉴赏，汪老头精于医术，有个姓解的和一个姓马的后生善于画画，又喜欢下棋。而主人吕昌际喜欢论史鉴，每每到了深更半夜，仍然与袁枚滔滔不绝地谈。

吕昌际还安排袁枚专程去虞姬沟畔瞻仰虞姬庙，袁枚题诗《过虞沟题虞姬庙》（据说虞姬是沭阳人）：

为欠虞姬一首诗，白头重到古灵祠。
三军已散佳人在，六国空亡烈女谁？
死竟成神重桑梓，魂犹舞草湿胭脂。
座旁合塑乌骓像，好访君王月下骑。

吕昌际还安排袁枚游云台山，因年事已高，路太远，最后还是取消了这个计划。

住了半个多月，苏北的天空慢慢变得寒冷起来。早晨起来，袁枚感到刺骨的冷风吹得树枝刮刮地响，天空中飞起了霜霰和雪粒，时间过得飞快，又快要过年了。袁枚想要回家了，便向吕昌际苦苦相辞，吕昌际再三挽留不成，于是又送袁枚上车后，吕昌际深情地问：何时再见先生？袁枚的眼泪忍不住流下来了，他没有回答，不是不答，而是不忍心答呀。袁枚心想：我今年七十又三岁了，我忍心欺骗你说再来吗？我忍心伤害你说不来吗？

吕昌际赋诗送别：

半月追陪兴正豪，平生饥渴一时消。
相逢不敢相思久，忍听骊歌过野桥？

河桥送别满城悲，驻马临风怨落晖。
人影却输原上草，江南江北傍征衣。

袁枚也写了《留别峄亭观察》七绝五首。踏上回归路程时，吕昌际和地方官员、老友、百姓为袁枚送行，个个泪流满面，依依惜别。袁枚自己也甚为激动，潸然泪下，心潮难平，写下《出沭阳口号》：

征衫斜挂早春天，绾绶潼阳愧两年。
路饯酒倾七十里，赠行诗载一千篇。
无情胥吏多垂泪，满地儿童尽折鞭。
平时使君嫌枳棘，者回回首亦潸然。

袁枚此次重返沭阳虽然只待了半个多月，但留下诗文数千言，载入史册，在沭阳文化发展史上，留下辉煌一页。当时有谚语云："诗坛大师袁才子，一路诗歌进城来。"

袁枚重游沭阳的事在亲友圈的弟子中传开，有人赋诗，有人祝贺，被传为美谈。这一次离别，袁枚觉得不能学太上之忘情，因此画了两幅图，即《重到沭阳图》，并写了记，一幅交给吕昌际，一幅用以自存，用以传示子孙。

此后，袁枚又有几次出游。但没有游这么远了，主要是因为刘霞裳这个美男子离开了他。袁枚是很喜欢美男子的。袁枚曾说美人易得，美男子难得。数十年来，所见潘阳唐翰林寅保、同乡张静山、扬州吴楷等，都貌美如冠玉，但比刘霞裳都要略逊一筹。乾隆五十五年（1790），刘霞裳就九江府观察书记之聘，十月十八日出发往九江，袁枚依依不舍，虽然年纪七十有五，仍亲自送刘霞裳到九江，赋诗九首赠之。其中有这样的句子："而今失却刘郎伴，再到天台花不开。""琵琶弹罢佳人去，知否香山泪尚流。"

乾隆五十七年（1792），袁枚七十七岁时第二次游天台，乾隆五十九年（1794）七十九岁时，第三次游天台。一座山游三次，也只有天台山得袁枚如此之"宠幸"。乾隆六十年（1795）袁枚八十岁时，还游了苏州、杭州，第二年嘉庆元年（1796）八十一岁时患病，病情稍好后袁枚又出游了江苏吴江，直到病重才杜门不出。真是生命不息，出游不止。袁枚对自然山水的热爱可以说是骨灰级的，他可谓真正的大自然的儿子。

第十五章

肝胆照知己

一

嘉庆元年（1796）九月九重阳节，江苏南京东郊，沈凤墓前，八十一岁的袁枚手里拿着一把砍柴刀，边走边劈开一些荆棘、茅草，后面跟着的袁迟背着一把锄头，紧紧地随着父亲。

袁枚在沈凤墓前扫了杂草，挖掉周边的一些杂草灌木，又在墓上填了草皮，然后父子俩先后行了跪拜礼，放了鞭炮。

袁枚对儿子说："这是沈凤沈伯伯的墓，沈伯伯已经去世四十一年了。沈伯伯的两个儿子也已去世，孙子杳无音讯，所以我每年都要来祭扫。我今年八十一岁了，感到身体大不如前，明年可能就来不了了，所以今天特意要你来。你一定要记住沈伯伯的墓，每年都要记得来祭扫。"

袁迟懂事地说："父亲，别这么说，您会长命百岁的，沈伯伯的墓，明年起就我一个人来祭扫吧。您放心。"

这的确是袁枚最后一次祭扫沈凤的墓了。

几个月后，也就是嘉庆二年（1796）正月十六，袁枚得了痢疾，卧床不起，真的不能再给沈凤祭扫了。

袁枚在弥留之际，家人守在袁枚的床前。袁枚勉强撑坐起来，要袁迟拿来纸笔，亲笔写下了遗嘱，其中有这样的内容：

> 瑶坊门外有三妹、陶姬坟，与老友沈凡民先生之坟近，每年无忘祭扫。

把祭扫沈墓作为遗嘱的一个内容，并把沈坟与家人坟并列，慎重交代，袁枚对亡友孤坟，可以说是仁至义尽，难能可贵。真正体现了"从来友朋意，转比子孙真"！

《清史稿》中写袁枚只千来字，却对此事有记载。可见袁枚对朋友的真诚，也深深地感动了史家。

袁枚对待朋友真可谓肝胆相照，死而后已。

还是来介绍一下沈凤吧。

沈凤（1685—1755），字凡民，一字补萝，江苏江阴人。袁枚任江宁县令时结识，时袁枚刚过三十，而沈凤时已六十多岁，长髯飘拂。沈凤博学多能，精于考古，善辨碑版彝器朝代的真伪。沈又精于刻画金石，有一次在京师逗留，公卿争相以玉石请为握刀，因之其名气更加大振。袁枚爱好古器，但少研究，每逢鉴别，常请教于沈，奉以为师。沈凤对袁枚的赤胆忠心、横溢诗才格外佩服，两人相互仰慕，亦师亦友，倾心相交，无话不谈。

沈凤是个传统的纯粹意义的文人，他不善理财，一生都贫困潦倒。小时候，家里起了一次大火，房屋财产全部被烧光。

为官从政后，家里也一直没有固定的资产，虽然曾七次任县令，但他对于当官的事不太喜欢，也从不贪污。俗话说，"三年清知府，十万雪花银"，但沈凤七次当县令并没有积累什么财产，甚至连衣服都没有几件像样的。每每要出席重要的场合，整理行装时，也总是服饰萧然，贫困如故。

沈凤对文化的纯粹与袁枚对朋友的赤诚都是十足的纯金，不掺丝毫的假，因此，两个忘年交的心才能如此零距离地接触，不受世俗礼仪的约束。

乾隆十二年（1747），袁枚初购随园时，沈凤约两个知交带着酒到随园作贺，宾主赋诗助兴。彼时的随园，房屋荒芜，杂草丛生，一副破落地主庄园的样子。

而袁枚的家属那时仍住杭州，所以沈凤等三人来随园时，总是自带酒菜。袁枚这位主人就暂时先做客人。他们以相聚为乐，在这荒芜破落的环境里，几个知己在此相会，破败的随园是他们的精神后花园。

袁枚辞官后，尹继善为他这种行为感到很恼火，想要派人做袁枚的思想工作。想了很久，觉得只有沈凤最合适。沈凤是绞尽脑汁，推心置腹，好话说了一船，知心的话儿道了几天几晚，袁枚感受到沈凤对朋友的深情，最后自己写信向尹继善解释，甚至用了"知之转浅"的句子，让恩人了解自己不做官的决心。

当时还有位书法名家王虚舟，名冠海内，是沈凤的书法老师。沈凤十九岁时师从王虚舟游，王虚舟向他传授八法源流，因而沈凤擅长书法，并工画，尝自称生平以篆刻第一，画次之，书又次之。

乾隆十六年（1751），沈凤将赴建德为县官，拿出老师王虚舟及朋友裘鲁三人各人临摹的《兰亭集序》，嘱袁枚题签。于是袁枚题诗四首，并有序纪事。序是这样写的：

> 凡民与王虚舟、裘鲁交最狎。沈、王工楷法，五十二岁时，各临兰亭一本，互角精能。画者作流觞曲水，貌三人于其中。亡何，鲁清死。又数年，虚舟死。凡民每哭一人，则跋数语于卷尾。乾隆十六年十一月，凡民来白下，出图命题。余生晚，不获见裘、王两先生，而其时凡民之官建德，余又将赴长安。感三友之多情，逢两人之将别，磨墨怆然，不能自已。

袁枚在题兰亭卷子第二年的正月，再次出山求官，意外被"发配"到陕西。只是年底因父丧又回家守制，于是下定决心回到金陵定居。

而沈凤当官不久，也因病请假归金陵，两个不想当官的人终于不再为官所累，两个不愿分离的朋友终于去官又聚到了一起。于是两人又相聚于石头城，重续友谊。

此时另有"扬州八怪"之一的李晴江，与袁、沈二人都非常友善，三人朝夕过从，颇有点形影不离之感。他们结伴出门时，被人称为"三仙出洞"。

而三人也有一日不见，如隔三秋之感。

有一个秋夜下着雨，袁枚因候两人不至，倍感孤寂，于是写了《秋夜杂诗》十五首。

沈凤不仅擅长书、画、篆刻，而且健谈，三朝典故及前辈流风，娓娓而谈。袁枚说他"如上阳宫人说开元遗事"，诙谐杂作，使人倾靡欲绝，是一个富有风趣的老人。

在随园附近，有隐仙庵、古林寺，是三人常游之地，袁枚曾以琴与古林禅师易竹，种于随园，名之曰"竹请客"。中秋后，三人同赴隐仙庵探桂，再到古林寺小憩，并作诗记录。

随园各个景点建好后，袁枚对所造各景都分咏赋诗，只是袁枚一向不满意自己的书法，题额就得请人代劳。正好沈凤是书法家，他所擅长的篆刻和画在晚年都不作了，只有书法尚肯握管。于是山中题额，都请沈凤挥毫，为景点增色。沈凤自然义不容辞。

三十多幅题额，这是一个浩大的工程，在挥毫泼墨的过程之中，两人的感情也慢慢地融入血液，融入骨髓。随园落成之后，袁枚更是天天睹字思人。

乾隆二十年（1755），袁枚全家由杭州迁入随园，正式过起了定居随园的日子。再好的朋友也走不进家庭。不管多么注重哥们儿义气的朋友在有了家庭之后，都会与朋友保持一定的距离。朋友也会觉得待在这个家庭是多余的，袁枚的两位朋友也不例外。但袁枚对朋友的感情丝毫没减。

于是，随园的两位常客沈凤与李晴江也就在这年分散。李晴江因病还乡，袁枚写了三首七律送行。沈凤已老态龙钟，精神颓唐，到乾隆二十年（1755）病故，享年七十一岁。

二

乾隆五十年（1785）十二月二日，程晋芳的葬礼在南京郊外隆重举行。参加葬礼的有许多达官显贵。程晋芳生前贫困潦倒，是受湖广总督毕秋帆的资助，其家人才得以将其遗体从陕西运往南京，举行这个体面的葬礼。至于他的职位，《四库全书》的纂修，其级别应该不会低。

葬礼上，人们一叠一叠地烧着纸钱，表达对死者的敬意。袁枚却拿来一张程晋芳签字盖章的五千两银借据，对着棺木连揖三次后，把这张相当于真金白银的借据投入了纸钱焚烧炉中，一团闪耀的火苗过后，这张借据化为了灰烬。

所有看到这个举动的人都目瞪口呆。父债子还，天经地义，有谁把借据当作纸钱焚烧？袁枚竟是如此仗义。袁枚一生大大小小的事都喜欢用诗记录，唯独这件事他却没有记录，大概他觉得这是小事一桩，不足挂齿，但《清史稿》的撰写者却记录了这件事。

袁枚所焚的借券共有九家，袁树也以慷慨著称，家中存的借券有六万余金。袁枚曾以诗规劝堂弟："弟身非天女，何苦散空花？"袁树读了诗后笑着说："阿兄可谓泥佛劝土佛呀！"兄弟俩都爱慷慨助人。

程晋芳字鱼门，号蕺园，家世业盐，为两淮巨富，家极豪侈，可谓真正的出身豪门巨富。这样的出身，是很容易成为纨绔子弟的。可他与他的哥哥、弟弟都不一样，他唯一的爱好就是读书，对金钱没有什么概念。他曾经倾罄资产购书五万多卷，招收博学多闻之士，共与他讨论，颇有孟尝君之风。

程晋芳是太爱读书了，智商是绝对的高。但与他的出身截然不同的是，他没有一点儿"财商"，他不像袁枚这样懂得经营，可以说他根本不会经营，家奴中小人较多，他们觉得这个主人不管事，也就放肆地从他这里盗取钱财。他对朋友非常热情，慷慨大方，疏才仗义。这样一来，家业慢慢在他手里衰落下去。

袁枚是在江宁为县令时与程晋芳结识的，现在所知他们最早的交往记录是程晋芳《勉行堂诗集》卷一所写的《送袁明府存斋之任江宁二首》诗，这两首诗写于袁枚赴任江宁县令之时，其时程晋芳二十八岁，袁枚三十岁。

两年后程晋芳写的《夜梦袁存斋是日存斋书至，因作诗寄之》一诗就透露出了两人情谊的加深。在这首诗中，程晋芳先写自己头夜梦寻袁枚，结果第二天果得袁枚书信之事。诗中记载了袁枚的牢骚和不满："作吏非所难，苦滞百寮底。况是绛霄人，何堪久尘滓。读书结初愿，有田誓归矣。"表达了袁枚对自己沉于下寮的不满和打算归田隐居的想法。

袁枚在其辞官一年后写了《寄程鱼门》诗七首。在这组诗里袁枚谈学问，评诗歌，说友情，也提及了他辞官后的心情，表达了要与晋芳终身为友的愿望。这组诗寄给晋芳之后，程晋芳也回了《酬袁存斋四首》。在这组诗里，程晋芳写到了袁枚辞官后的奉亲之乐和生活在随园里的逍遥自在，同时也流露出了自己的羡慕之情。经过一段时间的交往，两人的关系更为密切，友情更加浓厚了。

乾隆十七年（1752），程晋芳来到金陵参加乡试，第一次踏进了他神往已久的梦中的随园，这让程晋芳十分快意。在随园，他游览、读书、谈论，并把这一切都记在了《随园四首呈袁存斋》中。诗中还清楚地记载了他阅读袁枚草编的志怪故事后的心理感受，这志怪故事就是后来《子不语》的最初形态。此外，程晋芳在诗中还谈到了袁枚的藏书很多，分类清楚，同时也表达了要与袁枚互通藏书的愿望。

当然，这一年里程晋芳乡试未中，而袁枚也有一段赴陕任职又辞归的挫折经历，这让两人更增添了一份同病相怜、惺惺相惜的情感。

两年后，袁枚来到居住在淮浦（今属淮安）的程晋芳家中，两人愉快地相处了一段时间。在程晋芳的桂宦藏书楼前，有一盆高不盈丈的黄山松，这是十年前程晋芳的父亲从黄山天都移来的，袁枚见而爱之，程晋芳随即赠送给了他。为此商宝意写了首《移松歌》，而程晋芳也写了首《赠松歌》，最后袁枚写了首《乞松诗》。三人各为一盆松写诗一首，足见三人雅趣，亦见三人情谊。乾隆二十一年（1756），晋芳又一次来到金陵，在参加完乡试之后，他第二次来到随园，并写了《留宿随园，临发赠袁存斋》诗五首。从诗中可以看出他对随园一见如故："五年抚游历，小住已忘归"，有一种久别后宾至如归的感觉。

由于他们此时都已是四十上下的人了，因此在时间上有一种紧迫感："古人浑易到，壮岁倏云除。"为此他们商定"穷非虞卿甚，相期各著书"，定下了著书传千秋的计划。然而程晋芳毕竟为科举所累，这让他难以释怀。果不出其所料，这一年秋榜下后他又一次落第了，这让他十分痛苦。袁枚的《随园诗话·卷一》记载了程晋芳此时的心情："也应有泪流知己，只觉无颜对俗人。"为此袁枚写了首《韩昌黎孙衮中状元而世人不知，咏之寄慰鱼门落第》对其加以劝慰："韩门曾有状元郎，底事无人说短长。想见世间公道事，不将科举当文章。"劝程晋芳不要将此事放在心上。

乾隆二十四年（1759）及二十五年（1760），程晋芳又先后两次来到随园，这在《勉行堂诗集》卷十二中有载。但这两次为何来金陵，原因不详，或是为了寻亲访友，或还是为了科举。由于这次同样没有结果，故两人的诗文对这其中的原因都没有反映。

程晋芳命运的真正改变是在乾隆二十七年（1762），这年春天乾隆皇帝南巡，召试江南诸生，程晋芳参加了江南省试，作《江汉朝宗赋》四章献给乾隆，天子大悦，将他的诗确定为第一名，赐程晋芳举人出身，并授中书舍人的官职。从此这个饱读诗书的人算是有了功名。而此时晋芳父母早已双亡，由于其不善营生，且又乐善好施，故家道渐落，此时他家的藏书屋也为讼家所得，自己多年购置的几万册藏书只好暂放在亲友家。于是，他悉弃产业，偿还宿债，举家北上。临行前，他赶到摄山与袁枚言别。一月后，袁枚又涉江来到邗上为他送行。袁枚在其《送鱼门舍人入都》中深情地说："云龙踪迹记前因，海内论交子最亲。""深喜故人从此贵，怜怜知己自今稀。"表达了对故人入都的祝贺和知己离去的惆怅，其恋恋不舍之情和对晋芳的情深意长跃然纸上。而程晋芳此时也是愁肠百结，憔悴伤感，他在回赠袁枚的《留别袁明府简斋即次见赠原韵》中说："风摧征幔叶飘闱，人似林禽相背飞。"表达了离别的惆怅与伤感。甚至在其北行的路上，他对袁枚也是梦魂牵绕。

程晋芳入都后，两人书信不断。

《小仓山房诗集·卷十八》收有袁枚于程晋芳入都一年后写的《寄鱼门舍人一百韵》。在这首诗里，袁枚对两人交往的历程及晋芳此前的经历作了一番回顾，表达了对晋芳的思念之情。一年后，程晋芳回了首《答寄袁简斋一百韵》，也表达了同样的情感。

乾隆三十四（1769）年，程晋芳请假南归。次年他来到随园，又一次见到了阔别八年的袁枚，为此他十分高兴。此时他们都已头生华发，然而心中依然豁达。

乾隆三十六年（1771），程晋芳回京参加会试，结果一蹴而就，授官吏部主事。

乾隆三十八年（1773）开四库全书馆，程晋芳任纂修。袁枚获知这一消息后感到莫大的欣喜。因为他和晋芳都爱买书，收藏书籍。现在晋芳参加四库全书的纂修，可以饱览群书，正得其所。于是袁枚写长诗寄贺。诗中说晋芳到四库馆，正如鱼游大海，而自己则只有对屠门大嚼，垂涎欲滴。

四库馆开时，程晋芳作为一个藏书大家，曾奉诏进献数百种藏书，《四库全书总目》著录其"编修程晋芳家藏本"书有三百五十余种，其中有一百八十三种书籍共三百三十二卷被用作为编辑《四库全书》的底本，另有一百六十七种书籍被作为存目编入到《四库全书总目提要》中。可以说，没有程晋芳，就没有《四库全书》，或者说《四库全书》就没有这么全。

乾隆三十九年（1774），程晋芳家乡遭遇洪水淹没，其藏书亦星散于民间。

为了找书，程晋芳于乾隆四十九年（1784）奔走于陕西西安，投陕甘总督毕沅幕下，没想到竟在那里死去，留下《周易知旨编》《尚书今文释义》《礼记集释》《群书题跋》《勉行斋文集》《蕺园诗文集》等著述。

而此时，袁枚正应袁树之邀作岭南之游，在孙士毅中丞处用餐时突然得到程晋芳病逝的消息，袁枚万分惊愕，震惊不已。袁枚后来在程晋芳的墓志铭中写道："时方召食，惊泣至失匕箸，归舟惘惘，行五六千里不能释君于怀。"袁枚写了四首挽诗，表达对程晋芳的沉痛哀悼。袁枚一生挽友人诗甚多，所写标题，对一般友人，大多用"挽"字，对知交好友，则用"哭"字，唯对程鱼门，用了"志恸"两字。

程晋芳死的第二年，毕秋帆将其柩从秦中运到金陵安葬，丧事排场。遗母孤子也被接到金陵，只是生活尚无靠。毕秋帆又为之买屋，并寄巨金，解决其生活困难。袁枚看到毕秋帆对程晋芳家人的帮助，心里如释重负，为之感动，写了一篇《抚孤行》，歌颂毕秋帆做了一件好事。毕的高风义举，也随着袁枚的不朽名篇而传名。

在程晋芳死后十年，其家属要把藏书卖掉，请袁枚为之整理，袁枚和程晋芳同是书迷，程鱼门藏书五万卷，已亡失十之七八。儿子五岁即丧父，怎能守成父业？卖书势所必然。袁枚目睹这一情景，自然要想到自己的藏书。这时他的嗣子阿通和儿子阿迟都已入学，但不怎么爱读书，"两儿似我年，见书殊漠然"。显见将来自己的书也难免这一遭遇，未免感伤以自遣。

三

乾隆十九年（1754），此时的袁枚已经铁了心离开官场。便有了更多的悠闲访友。这年春天，袁枚前往扬州访友，路过金陵燕子矶宏济寺。

袁枚在寺里看到题壁诗七绝两首，其中一首写道："随着钟音入梵宫，凭谁一喝双耳聋？挱椤不能无言旨，孤负拈花一笑中。"另一首写道："山水争留文字缘，脚根犹带九州烟。现身莫问三生事，我到人间廿四年。"署名"苕生"。

袁枚一见，非常欣赏，抄录带回，并到处打听苕生是谁。但当时蒋士铨并未出名，所问之人都说不知。直到一年以后，在罢官后侨居南京的江西才子熊涤斋太史席上，袁枚向其打听蒋士铨的情况。

袁枚问："有个叫苕生的后生，诗写得非常好，我打听了很久都没有找到这个人，太史知道吗？"

熊涤斋说："我也知道一个叫苕生的，不知是不是这个人。世上同名同姓的人很多啊。"

袁枚于是把他抄录的那两首诗拿出来，递给他。熊涤斋一看，拍了一下大腿说："就是他，我们江西的才子，他的真名蒋士铨，是位诗人。我们是老朋友了，我可以帮你转达你的意思。"

袁枚高兴地举起酒杯与熊涤斋对碰，说："太好了，我等会儿就写封信，你帮我带给他。"

蒋士铨到底是个什么样的人？袁枚不断询问，熊涤斋有问必答。

雍正三年（1725）十月二十七日，蒋士铨出生于"南昌垣东街小金台"（旧宅），蒋士铨在这里成长到了三岁，父亲蒋坚是位秀才，性好任侠，擅长刑名之学，有古烈士遗风，曾长期佐幕于山西泽州，屡雪疑案，为当世所重。

因父游宦，由母课读，母亲钟令嘉也知书识礼，工诗善文，著有《柴车倦游集》，是位才女。

蒋士铨四岁时，母亲便断竹篾为波磔点画，攒簇成文，教之识字。稍稍长大后，即教以《四书》《礼记》《周易》《毛诗》等经，使他能够背诵。母亲教子得法，且课督甚严，酷暑严寒，未尝少倦。

甚至在病中，母亲仍在四壁贴上唐诗，抱士铨行走其间，边走边吟。蒋士铨就在这样的环境中耳濡目染，受到中国传统文化的浸润，打下了深厚的文化功底。父母的知书识礼，使他从小就受到良好的家庭教育。蒋士铨七岁时，随父母离开瑞洪外公外婆家，返回南昌老家居住。十五岁读完九经，才开始到外面就学。这时的蒋士铨，功底已非常扎实。

题壁诗是乾隆十二年（1747）下半年，蒋士铨启程赴京，准备来年会试考进士，九月途经南京逗留时写的。

袁枚从熊涤斋这里获悉蒋士铨的情况后，当即给蒋写了一封信，请熊涤斋转交并转达他对蒋的欣赏之意。

不久熊涤斋将袁枚对蒋的赞赏转达给蒋士铨，蒋士铨得信后，也非常激动，感到袁枚对自己的高度赞扬是两人的"神交"，是自己得了一"知己"，当即写了一诗寄袁枚，诗中有"鸿爪春泥迹偶成，三生文字系精魂，神交岂但同倾盖，知己从来胜感恩"之句。

寄诗后又赠袁枚四首长词《贺新凉》《百字令》等，对袁枚推崇备至。这时，蒋士铨已在京任内阁中书，正准备将全家从家乡迁到京都，并写信给袁枚，说是路过金陵，将泊石城，约与袁枚相会。但这次相约并未实现，原来这次船行出了事故，为此船没有在金陵停泊。

转眼又过了三个年头，乾隆二十一年（1756），袁枚寄信给蒋士铨，有"爱而不见，于今三年"之语。蒋回寄四阕词，有"却到江山奇绝处，遇双鬟，都唱袁子才。情至者，竟如此"，"六代青山横浅黛，都作袁家新妇。酒客清豪，名姬窈窕，小令歌红豆。香名艳福，几人兼此消受"。表达思念之情与诙谐之趣。

蒋士铨仕途并不顺利，乾隆十二年（1747）会试失利后，乾隆十七（1752）年又应礼部恩科试，乾隆十九年（1754）再应会试，皆失利。直到乾隆二十二年（1757），三十三岁的蒋士铨会试中二甲十二名进士，改庶吉士。

袁枚得到喜讯，特别高兴，当即寄蒋两首七律。诗中有"何当置酒旗亭雪，乞与吴趋送晚潮"之句，表达了期望与蒋士铨相聚金陵，同送晚潮的愿望。

蒋士铨在当时已是有名的戏曲家，所著曲本，盛行于京师。袁枚赞扬蒋的戏剧，歌满六宫，并以建安七子的应玚、刘桢比喻他和自己的并世齐名。

蒋士铨才高名大，却难容于官场。他在任内阁中书时就不满于与同僚相处。其母对此早有预料，官至翰林后，这位了不起的母亲却告诫儿子："文采莫骄人，安贫即报亲"，并认为儿子性格不适合官场，嘱其告归。蒋士铨成为一代文学大家，他的母亲钟令嘉实在是功莫大焉，应该说，他的母亲是一位了不起的教育家。因此蒋士铨也奉母至孝。

在京居官八载后，蒋士铨确实已倦于仕途。在征得母亲同意后，蒋士铨就辞官了，辞官但并没有归里，即并没有回到家乡江西，而是将全家迁到金陵，和袁枚做了近邻，实现了袁枚想与之共送晚潮的愿望。

蒋家住在鸡鸣山下十庙附近，其屋后为古台城遗址，离谢公墩不远，距袁枚随园亦近。居所楼外有一树红梅，其《卜居》诗有"半窗红雪一楼书，廿载辛勤有此庐"之句，因而名其为"红楼"。晚年其戏曲著作署"红雪楼"字样。

蒋士铨选择南京居住，除了袁枚的原因外，另外还有三个原因，一是老家铅山"本无田里可躬耕"；二是"钟山本姓蒋"，他愿意仿效前人，留下"六代江山两寓公"的佳话；三是他二十八岁时置办的藏园当时还正在建设中。

蒋士铨到南京已是十二月，安顿好居处就前往随园拜访。此时袁枚四十九岁，蒋士铨四十岁。两人先后走上先仕后隐的道路。二人虽初次相见，却神交已久，有相见恨晚之感。袁枚设盛宴为蒋全家接风洗尘，宴后两人漫步随园，说不尽的知心话。当然说得最多的还是诗歌。说到诗歌两人是"和而不同"。袁枚不喜黄庭坚而喜欢杨万里，蒋士铨则正好相反。袁枚认为蒋士铨的诗过于刚硬，推心置腹地说："君之诗气压九州，可惜能大而不能小，能放而不能敛，能刚而不能柔，不知君以为然否？"蒋士铨心悦诚服，说："吾今日始得真师。"此后，诗风为之一变。

没过多久，袁枚还引荐蒋士铨与尹继善相识，蒋士铨多次与袁枚及袁枚弟子秦大士等受邀同宴总督府，与尹继善赋诗唱和。尹继善还为蒋题赠了一块"文章气节"的匾额。

袁母与蒋母均以淡泊为怀，乐于与子共过隐居生活，两老人居相邻，志相同，游相得。袁枚与蒋士铨更是各以文章自负，同心相契，互相倾慕，交换诗集，互相校订，共同推敲诗句，相互题诗，甚为相得。

蒋士铨的父亲蒋坚无功名。蒋士铨任编修时，为父做行状，请于朝廷，得赠编修。到金陵后，元旦那天，蒋士铨披七品官服拜先人灵，即携带行状，径谒袁枚，请袁枚为其父作传。袁枚深感蒋之至诚，连续几个晚上通宵为阅行状，转而作传，并赞扬了蒋坚有子高才，能将父善行，腹存手集，罗缕毕贯，他才得就其荦荦大者而为传，以扬风烈。

袁枚的爱女阿良五岁夭折，蒋士铨写了一篇《悼阿良》，说阿良不只是父母宠爱，他全家也都喜爱她。在得到消息时，蒋士铨的母亲、妻子齐哭，邻人为之惊愕。蒋全家并到随园，慰问袁枚全家。两家休戚相关，不是亲眷，胜似亲眷。

蒋士铨与袁枚同在南京只做了一年左右的"寓公"，还曾一度回江西，料理家务，营造藏园，以作回家打算。

一年之后，蒋士铨应熊涤斋之子、浙江巡抚熊学鹏之聘，主持蕺山书院，全家迁到蕺山。

蒋士铨不适应官场，但在书院却能如鱼得水。到书院讲学，职务清高，所相处的是学子文人，不像朝廷官员那么难处，日子相对好过多了。与袁枚虽然分别，但仍然是同在江南，经常有晤面及诗作的往来。

乾隆三十年（1765）春天，四十一岁的蒋士铨从南京金陵再次回到南昌，此时，经过多年的打磨，藏园已建得非常漂亮，可以正式"交房"了。

藏园是蒋士铨晚年的居所，占地约二十亩，经过多年的兴建，藏园成为南昌城著名的庭院，在南昌的影响非常大。藏园里有鳞次栉比的楼亭、房屋、廊庑，还有池塘和菜圃。园内地面铺的是铅山运来的卵石，曲径通幽、树木繁茂。当年的南昌广泛流传民谣："弯弯曲曲的蒋家（蒋士铨），红红绿绿的裘家（裘曰修）。"

数年后，蒋士铨的母亲在扬州病故，蒋奉母柩归里，手书袁枚，乞袁枚为母作墓志铭。在蒋家守制期满后，乾隆皇帝南巡，赐诗彭元瑞。称彭与蒋为"江右两名士"，并屡问及之，于是朝中人叠函促蒋进京。

在野多年，终又被皇帝记起，并被称为"江右名士"。

消息传来，蒋士铨顿感皇恩浩荡，感激涕零，于是，力疾起官，第二次入京，携带长子知廉、三子知让同行。这次出行，可能在很大程度上是为了两个儿子的前程。那时长子知廉已被选拔为贡生，三子知让才华卓绝，二子前程则有待发轫。这二次出山果然如愿以偿。蒋充国史馆纂修官，记名以御史补用。

看来，皇恩对蒋士铨一家来说确实有点浩荡，蒋士铨既为父亲乞官号，也为儿子谋了前程，这都是"皇恩"。而袁枚虽与高官交往甚多，但却从来没有过如此直接地沐浴过"皇恩"。

蒋士铨在京重作编修，依然难容于众，又爱喝酒，又不会保养身体，因而得了沉疴。蒋一病缠身，半体偏废，留滞京中六年，最后又以病辞归，回到南昌藏园。乾隆四十九年（1784），袁枚六十九岁那年作岭南之游时，经过南昌，特意到藏园探视，那时蒋士铨已卧病两年。

当卧病在床的蒋士铨看到袁枚高大的身影突然出现在他的床前时，简直感到梦中的老友从天而降，喜出望外。

为了与蒋士铨尽量多待些时刻，袁枚在藏园待了五天。

此时，蒋士铨的三个儿子都已是科名中人物，第三子知让二十六岁，也已是举人，就他一人在蒋跟前侍奉。袁枚亲见知让对其父无微不至的照料，说他是才子又是孝子。知让代父热情地接待袁枚，并陪袁枚到滕王阁游玩。滕王阁是袁枚少年赴桂林路过南昌时的旧游之地，这次重游，不禁想到五十年来一系列的经历，赋诗感旧。诗中有"谁知五十年前客，依旧长江槛外看"。

袁枚因岭南之行，不能久留。

临行前，两位诗人作最后的告别。蒋士铨先将诗集交给袁枚，口吃吃地说："藏园诗非先生序不可。"袁枚双手接过，点头应允。

接着，蒋士铨拿着一叠厚厚的文稿，全部是自己的行状，颇有点儿颤颤巍巍地交给袁枚，欲言又止。袁枚双手接过，显然，这位诗人、知己将一生盖棺论定的大事托付给了他，但又不好言说。袁枚紧紧握着老友的手，情状凄恻。

袁枚赋诗离别，诗中有"公虽不言我自知"的句子，表达了两位诗人心相通、意相连的境界。

袁枚将诗集和行状随身带着，刚带到广州，就听说蒋士铨逝世的消息。半信半疑之时，收到蒋的来信，方知是误传，虚惊一场。

次年正月，他回到随园后，即赶忙为蒋诗作序，还没来得及寄出，蒋就在这年二月病故。得知噩耗，袁枚心如刀割，诗序未能让蒋士铨亲自读到，他非常遗憾，于是放声痛哭，哭罢写《哭蒋心余太守》二首，其一首云：

> 西江风急水摇天，吹去人间老谪仙。
> 名动九重官七品，诗吟一字响千年。
> 空中香雨金棺掩，帐下奇儿玉笋联。
> 如此才华埋地底，夜深宝剑恐腾烟。

在蒋士铨逝世次年，蒋士铨的长子知廉到随园，请袁枚为其父写墓志铭，说："我的大父大母的传志，都是父亲请前辈写的，现在父又亡，将葬，敢循例以请？也是光父之大志。"袁枚自然是义不容辞。在墓志铭的前段，他写下了这样两句话："而古人之所谓死友者，非君而何？"

乾隆五十一年（1786），蒋士铨葬于铅山。

从袁枚在燕子矶见蒋士铨的题壁诗后，袁、蒋二人相交三十多年中，两人同气相求，如笙磬同音，相互激励，相互慰藉。"交易作严师，相期各千古"，果然两人各自成为大家，名垂千古。两人的偶然遇合与深挚交谊，也就成为文坛一段史话。

四

乾隆四十四年（1779）三月，袁枚带着刚满周岁的儿子阿迟回杭州祭祖。祭祖后，袁枚又游了绍兴、禹陵、兰亭等地，再返回杭州。经过三竺路时，袁枚看见对面一个人带着惊喜的神情望着他，快速朝他走来。

"请问您是否是袁枚兄？小弟是赵翼呀！"

"我正疑惑是不是你——贤弟，真是相见恨晚啊！"

两人热聊着对对方的仰慕。两位大诗人居然偶遇于途，实为奇事。

原来，此时赵翼也在杭州，他无意间听说袁枚也在杭州时，便到处打听袁枚的寓所，没想在三竺路意外相逢。

两人为此赋诗。赵写了《西湖晤袁子才喜赠》三首，其中一首是：

> 不曾识面早相知，良会真成意外奇。
> 才可必传能有几，老犹得见未嫌迟。
> 苏堤二月春如水，杜牧三生鬓有丝。
> 一个西湖一才子，此来端不枉游资。

袁枚写了两首，其中一首是这样写的：

> 乍投名纸已心惊，再读新诗字字清。
> 愿见已经过半世。深谈争不到三更。
> 花开锦坞登楼宴，竹满云楼借马行。
> 待到此间才抗手，西湖天为两人生。

这里有必要简单介绍一下赵翼。

赵翼（1727—1814），清代文学家、史学家、诗人。字云崧，一字耘崧，号瓯北，又号裘萼，晚号三半老人，江苏阳湖（今江苏省常州市武进区）人。乾隆二十六年（1761）进士。官至贵西兵备道。不久辞官，主讲安定书院。长于史学，考据精赅。论诗主"独创"，反模拟。五、七言古诗中有些作品，嘲讽理学，隐喻对时政的不满之情，与袁枚、张问陶并称清代性灵派三大家。所著《廿二史札记》与王鸣盛《十七史商榷》、钱大昕《二十二史考异》合称"清代三大史学名著"。

几天后，浙江临驿道陈准邀袁枚、赵翼等宴集，也算是为两位大诗人相会庆祝。

袁枚六十四岁才与赵翼见面，真是"愿见已经过半世"了。

那么，他们又是何时开始神交的呢？

乾隆十九年（1754）赵翼任内阁中书时，袁枚刚刚辞官隐居随园。赵翼南归省亲，途经南京时，久闻两江总督尹继善为人善良，学问也不错，于是斗胆登门拜谒。尹氏对赵翼的才名也略有所知，于是热情将其引入书斋叙谈。

步入尹氏书斋，只见满架书卷，层层叠叠，他内心不觉地叹其为儒官，佩服之至。二人当然离不开谈诗和诗人。尹氏提及袁枚，称为当代大才子。赵翼说："赵某才疏学浅，虽久闻其名，却少读其诗。不知先生处可有袁枚诗集？"尹氏随手取出一本《小仓山房诗集》递给赵翼，说："这是我刚刚在读的诗集，你不妨看一看。"赵氏起身接过，急不可耐地看了起来。虽是粗粗翻阅，已感觉袁枚的才气扑面而来，不觉感叹说："以前只读过袁子才几首诗，今日一看，始终对其了解太浅，如同吃甘蔗只吃了个甘蔗尾。"尹氏笑道："那何不发几句感慨？"赵氏站起来说："正有此意！"于是两人走到笔墨案前，赵氏略一沉吟，提笔写了数首，其中有"子才果是真才子，我要分他一斗来"之句。赵翼的诗是题在袁枚送尹继善儿子雨林的诗册上的。

袁枚从陕西回随园时，尹氏已离开南京。尹氏重返南京时，袁枚因重孝在身，不便访客。直到第二年才去总督府拜访尹继善。尹继善向袁枚展示赵翼题诗之册并介绍会面时的情景。袁枚拿到手上细细读来，当读到"今日艺林谈此事，教人那得不推袁""始叹知君殊太浅，前番犹是蔗梢头"等句时，深为赵氏的知己之情打动。当即题诗一首，题于尹继善之子尹雨林的诗册上，其中有"自无官后诗才好，但有春来病即消""何时同作萧郎客，君夺黄标我紫标"之句，抒发了自己与赵氏如芝兰般高雅的情趣相投，愿共同努力创作的情怀。袁枚又将此诗抄寄给当时已被授内阁中书的赵氏，赵氏又答谢一首诗，其中有："何当一访随园去，鸿爪双双迹互标"之句，表达相见心情之殷，且表示愿意到随园去拜访袁枚。

然而事与愿违，此后经过二十多年，赵翼经历了入翰林院，外任滇、粤、蜀等地官职，直到辞官还乡，也没有和袁枚见面。

乾隆四十年（1775），袁枚编成《随园全集》六十卷，次年即寄赠已归里的赵氏一套。赵翼十分欣喜，赋七律二首、五律一首以示庆贺，其中有"其人其笔两风流，红粉青山伴白头"之句，对袁枚的一生进行了高度的概括。赵氏对比他早许多年就看破官场的袁枚十分钦佩。

两人在路上偶遇后，袁枚邀赵翼到自己寓居的湖楼彻夜长谈。两个相互仰慕的大诗人见面，有说不完的话。赵氏还取出自己的《瓯北集》诗稿，请袁枚指教。袁枚一边看一边赞赏。当读到"苏小坟连岳王庙，英雄儿女各千秋"之句时，大声叫好，说："我的乡亲苏小小与岳王各占千秋，君之见识着实不凡。"两人边饮酒，边谈诗，边赏景，都格外珍惜这难得的相聚时光，心情好不惬意。不知不觉，夜色已深，两人却依然谈兴浓浓，毫无睡意。谈到半夜三更，赵翼赠诗三首，袁枚还赋诗作答："愿见已经过半世，深谈争不到三更！"

第二天两人又泛舟西湖，在西湖上漂了整整一天，真到日落西山才回湖楼。此时，钟姬正倚栏远眺，盼着夫君归来。美人落照相映生辉，湖楼上的钟姬在落日余晖照映下，更显得美丽动人。袁枚见状，一连望着楼上使了几个眼色，钟姬见夫君一副焦急不安的样子，正不解何意，望着袁枚发了一下呆。袁枚连忙挥了几下手，示意钟姬到屋里去，不要被外人瞧见了。钟姬这才会意，很快到里面去了。不想袁枚这些"小动作"被细心的赵翼看得一清二楚，赵翼心里涌过一丝不快，心想：几十年的神交，这两天又如此倾心交谈、游玩，可在这个方面，还是把我当贼防着。袁枚这小子，真是重色轻友得可以。但他转念一想，在这个方面，哪个男人不自私？于是释然一笑。共进晚餐时，赵翼赋诗一首调侃道："漫因妾面防郎面，未便他心似我心。平视原来才子气，近嗅休引丽人吟。"袁枚接过诗，不好意思地笑了笑。

赵翼在湖楼与袁枚小住数日后，才告辞回常州，并邀袁枚回随园时顺路去玩。袁枚爽快地答应了："我倘渡江双桨便，定来瓯北捉闲鸥。"

袁枚五月才离开杭州，返南京途中，果然停泊常州，走访了赵翼。此时正好他们共同的文友王述庵来赵翼处，赵翼于是又邀数好友宴集，十分尽欢。

过了几个月，赵翼又写了一首七古，再赠袁枚，表示他对袁枚由衷的佩服。

袁枚在六十六岁，也就是袁、赵在西湖会晤后两年，写了三十八首

《仿元遗山论诗》，其中第十九首就是为蒋士铨、赵翼而作。诗是这样写的："云松自负第三人，除却随园服蒋君。绝似延平两龙剑，化为双管斗风云。"

袁枚将蒋士铨、赵翼同写在一首诗内，赞美他两人的诗如龙剑斗风云，也是夸耀了自己。因为在三个中他被赵翼推为第一人。赵翼自负第三人。

赵翼自负第三人有一个故事：赵翼是辛巳年的探花，本已殿试呈卷为第一名。乾隆看到第三名是陕西人王杰，赵翼是浙江人，他说陕西在他朝内，从未有出状元。于是将赵翼与王杰名次对换，赵翼就成为第三名。

赵翼曾对袁枚说："我本欲占人间第一流，而无如总做第三人。"他们三人的名次，也就因此排定，而为当世所流传。

过了四年，袁枚游岭南回随园，带来蒋士铨诗集，为蒋诗作序，正巧赵翼也寄来诗集，请袁枚作序，于是袁枚同时为两人写了诗序。称蒋为"奇才"，说赵翼诗是"天之所与"，把蒋士铨诗序也一并寄给赵翼看，并将赵翼诗浓圈密点。有四十题诗还加了批，批语高度赞扬了赵翼诗的拔尘绝伦。

赵翼是史学家，他的咏史诗和有关历史典故的怀古诗，更是具有独到之处。赵翼在答谢诗序的书中，说到袁枚给蒋士铨写的诗序，有"非心余不足以当此序，非公不足以序其诗"的话，也可用到他自己的序上。

就在序成不久，蒋士铨病故，袁、赵两人交往更勤，袁枚带了近年写的游纪诗访赵翼。同年八月，袁枚到武夷山，袁枚曾有诗说："半生梦想武夷游"，这次偿了夙愿，尽兴地游遍了武夷一带名胜，曼亭峰、九曲溪、天游峰、一览台等等，有的冒雨而游，有的在月下欣赏，每游一处，必有一诗或数诗纪胜。在他的归囊中装了数十首得意之作，于是将闽游之乐夸于赵翼。

赵翼在壮年，曾游了滇、蜀边远地区，广东罗浮是他做广州知府时早游之地，独未至闽，读了袁枚的旅游诗，不禁心向往之。事有凑巧，赵翼在广州时的上司李侍尧总督，因剿台匪之乱，奉命办军务驻闽，因在滇曾与赵翼同行军，深知赵翼的才能，路过常州，邀赵翼同行，赵翼遂同赴闽。

在李侍尧幕中，赵翼代为谋策均甚得力，尤其是奉旨护民内渡一事，赵翼认为如照办将失台，劝李侍尧将旨封还，并为书奏。次日即奉旨追还前旨，此事李侍尧获乾隆殊奖。军事行动结束后，赵翼畅游武夷及闽南各地名胜，并受到李侍尧的巨金酬劳。由于赵翼的善治生，晚年由此家大起。在游闽归家后，又主扬州安定书院讲席五年。

袁枚和赵翼，除了诗、札的往还，后来也有数次会晤。

乾隆五十一年（1786），袁枚出游武夷归来，又与赵氏相见常州。赵翼见袁枚写了那么多旅游诗，游了那么多地方，非常佩服，说："先生好诗真是以性命换来，而不求荣不求利，如同童痴。"袁枚笑道："此乃老夫聊发少年狂也。"

赵翼曾说要到随园会袁枚，数次失约。

在七十五岁那年秋冬之际，袁枚腹疾久不得愈，因而想起相士的预言。相士曾说他六十三岁得子，已经灵验。于是他也相信了相士说他七十六岁寿终的预言。他作歌预先自挽，并广寄知友，征和诗，等待和诗不至，又写口号四首催索，应征者仍然寥寥。毕竟，这样的诗谁愿意作呢？赵翼也没有做。

常州会面后五年，即乾隆五十六年（1791）春，这时袁枚七十六岁，正是相士说他寿考之年。赵翼启程游庐山，途经南京，绕道随园拜访袁枚，两人才遂了随园相会的心愿。袁枚陪赵氏游随园，赵翼觉得不是走在园林中，而是走在画图中。随园之美令他感慨万千，因而对袁枚所享之清福也倍加羡慕。

这时袁枚正是四处索"挽诗"，自然不肯放过赵氏。赵翼只得开玩笑地写了四首七绝。说"故人唯恐君真去，不肯轻为执绋词"，"君果飘然去返真，让侬无佛易称尊"。意思是三人中只剩他一人，那就要唯赵翼独尊了。

赵氏还专为随园题了诗。他在《游随园题壁》七律二首中写道："名园欲访屡愆期，到及梅花正满枝"，"问渠何福能消受，四十年来住画图"。

但是袁枚平安地度过了七十六岁，在除夕又写了《除夕告存诗》，广寄好友。这次可不比生挽诗，祝贺他的诗纷至沓来。赵翼也戏作了八首七绝，说相士莫非司马懿，"不能料死只料生"。就在写贺袁枚诗的这年，赵翼辞去了书院讲席。这两位寓公，可以有更多的诗歌往来及宴会欢聚，极林下之乐。

第二年，赵氏又来随园，祝贺袁枚度过"寿考"之年，在随园住了多日。后来，两人又于扬州相会。频繁的往来，更加深了两位大诗人的感情。

在袁枚逝世那年年初，赵翼还有《答子才见寄之作》，可见袁枚还有诗相寄。不久，袁枚到扬州就医，又寄书赵翼，再索生挽诗，这次不像前次自己先写，也没有广泛征求，只是单独对赵翼的要求。赵翼已体会到袁枚的病势不轻，不像是开玩笑，是袁枚希望自己能得到他的评价，于是很认真地把袁枚的生平概括写了两首七律，一方面让他亲见挽诗，另一方面也将同前次一样起到留行的效用。诗中有如下的句子："昔年索挽却仍留，再为先生赋远游。生有自来从万里，死无遗恨占千秋。""不早休官也列卿，超然湖海结鸥盟。烟花享尽人清福，诗卷遥收世大名。不古不今成一则，非仙非佛自孤行。未须便办迎笙鹤，天尚留君赋鹿鸣。"最后两句正是袁枚暮年最大的愿望，次年即为袁枚中举纪念之年，袁枚已写好《拟重赴鹿鸣琼林两宴诗》稿，只要一过年就可以重赴鹿鸣宴了。而且紧隔着第二年，又是己未琼林宴之期。

只是天不假年，没有等过年，袁枚真的病故了，赵翼又写了《袁才子挽诗》二首，其二写道：

三家旗鼓各相当，十载何堪两告亡。
今日倚楼唯我在，他时传世究谁长？
本非邢、尹生相妒，纵到彭、聃死亦殇。
袁朽只悲同调尽，独搔白首览苍茫。

赵与袁两人交谊二十多年，老来更感老友之可贵，袁枚亡故，赵翼倍感丧友的孤独。袁枚去世后，赵翼到随园两次，一次是在袁枚去世后四年，一次是在他八十四岁，到金陵重赴鹿鸣宴，特绕道随园，往吊袁枚。两次都赋诗感怀。

五

袁枚的朋友之中，既有如蒋士铨、赵翼这样生活和写作上的知己，也有如沈凤、程晋芳这样思想上和生活上交往很深的朋友，还有相见恨晚，或者一辈子都没有见面，或者很少见面，却神交很久的亲人般的友人。这些人中有名气比他小得多的人，用今天的眼光来看，是一些名不见经传的人，当然也有名气与袁枚旗鼓相当的人，陶元藻、童二树、郑板桥就属于此类。不管是对哪一类朋友，袁枚都是极为真诚的，只要遇到他欣赏的好诗，他就要想方设法找到这个写诗的人，也会极力赞美。

乾隆十七年（1752），袁枚初次辞官三年后，因家中"余禄荡然"，父、母、妻、妾盼望他再登官场。于是他勉强再次出山，在赴都途中，路过河北良乡时，在旅馆里读到一首题壁诗：

> 满地榆钱莫疗贫，垂杨难系转蓬身。
> 离怀未饮常如醉，客邸无花不算春。
> 欲语性情思骨肉，偶谈山水悔风尘。
> 谋生销尽轮蹄铁，输与成都卖卜人！

这首诗把漂泊谋生的无奈写到了某种极致，袁枚看了一遍又一遍，不觉怦然心动，有一种找到知音的感觉。

诗的末尾署名"篁村"二字，显然不会是作者真名，只是别号或笔名，又没有姓氏。想凭此找到这个人显然是不可能的，但他真想找到这个作者。有什么办法呢？最好的办法就是和诗，有和诗就会引起人议论，有人议论就会把他们两人扯到一起，就可能辗转找到此人。于是，袁枚在壁旁写了一首和诗：

> 天涯鸿爪认前因，壁上题诗马上身。
> 我为浮名来日下，君缘何事走风尘？
> 黄鹂语妙非求友，白雪声高易感春。
> 手叠花笺书稿去，江湖沿路访斯人！

袁枚到秦中不久，因父丧，即回家守制，一曲东山再起的求官之路，草草收场，辞官定居随园，日子过得滋润悠闲。十多年时间一晃而过。

乾隆二十八年（1763）秋，扬州太守劳宗发造访随园，告诉袁枚一件事：四年前，他在大兴当县令时，因公到良乡，在旅店见到了袁枚和篁村的题壁诗。旅店主人正准备粉刷墙壁，迎接新来的方制府。劳宗发遂向方制府求情，两首诗得以留存在墙壁上。

袁枚本以为两首诗早就被污，自己又没留底稿，肯定没了，一直有点感到惋惜。没想到因宗发之故，两首诗都得以保留，并且劳宗发当场将这两首诗背诵出来，袁枚真是太高兴了。只是"篁村"到底是何人？这对袁枚来说依然是个谜。

时间一晃又过了六年，乾隆三十四年（1769）八月，中秋前的四天，江宁的梁瑶峰在瞻园宴请当地诗人作诗会。梁瑶峰是乾隆年间状元，入直南书房，累任学使，是一位很有号召力和影响力的人。

这瞻园是巡抚的官邸，早在乾隆二十五年（1760），托师健巡抚住瞻园时，袁枚就常到瞻园赴诗会。这次诗宴一共三天，袁枚写了一首五古长诗赠给梁瑶峰。

在诗会的前两天，袁枚认识了一位萧山陶君，这陶君苍发渊雅，袁枚初见时就有似曾相识的感觉，但又想不起在哪里见过。袁枚与之相谈甚乐，两天的诗会，两人聊成了好友，但袁枚也没打听他真实的名字或笔名。

诗会的第三天陶君迟到，所以他送诗置于案上时，正在专心题诗的袁枚没有注意到他的到来。不久，袁枚十年前的老友陈古渔入室时见到案上诗，细视小印，情不自禁地叫起来："哎呀，陶篁村在此啊！"袁枚听到"陶篁村"三字时，顿时有触电般的感觉，也吃惊地望着陶君：您就是篁村？上前一把搂住，转起了圈来。"如结解，如谜释，如天上物堕，适适然起舞"，袁枚如老友重逢，高兴地与陶君相互拥抱，其神情跟率真的小孩无异。

席间，袁枚把良乡题壁写和诗，以及劳宗发和方制府如何保护诗壁的经过道来，参加诗会的众人都感慨万千，陶君更是感动不已，眼睛都湿润了，想到保存那两首诗的方制府、劳宗发两位都已谢世而大为感伤。大诗人袁枚寻访篁村也就成为这次诗会一个众人相传的故事，篁村这名普通的诗人也因此一举成名。

袁枚这才探到了这个"篁村"的底：他的真名叫陶元藻，字龙溪，号篁村，浙江人。著有《泊鸥山房集》，家世能诗，自为诗友。少负才名，但久困场屋，没有功名。他襟怀非常旷达，不问生计钱财之事，常常穷得典衣卖文。陶元藻曾至广陵，为两淮转运使卢雅雨充当幕僚。卢雅雨大会名士七十余人于扬州红桥时，众诗人分韵赋诗，陶元藻顷刻成十章，莫不倾倒，时称"会稽才子"。

诗会散后，袁枚邀请篁村到随园做客，篁村欣然前往。袁枚陪同观赏随园全景。时值随园四十余株桂花树盛开，两人一起赏花吟诗，甚是快乐。袁枚还向篁村一一倾述自己二十多年逐步打造随园的情况，篁村对袁枚的巧具匠心心领神会，在临别时写了两首诗赠袁枚，诗中有"胸中原有真丘壑，眼底重开好画图。四部虫鱼藏复壁，六朝烟雨接平芜"之句，赞美袁枚治园之心，消受美景之乐，通篇写的是天然风趣，以王维的辋川别业来比拟随园，正是篁村胸襟淡泊的高士风格的体现。

时间一晃又过了十年，袁枚带着出生才半岁的儿子阿迟到杭州上坟，听说篁村搬家到杭州，住在孤山，就前去看望。

篁村初到杭州时住在西湖北的葛岭，房屋较旧，篁村为之修葺一新，名为"泊鸥山庄"，并写了四首律诗。哪知诗刚写好，房屋就被官府征用，于是迁到孤山。篁村在这里建了一座泊鸥庄，专事著述。

孤山是西湖内外两湖中间的一山，宋朝的林和靖曾结庐在此，有"梅妻鹤子"的传说。篁村选择此地定居写作，也有借其地气的意味，真是得其所矣。

袁枚在一个月色柔美的晚上步行访友。

篁村似乎有某种预感，想到屋外走走，意外看到袁枚背着幼子来访，喜出望外，连忙快步上前迎接。

当晚，两人剪烛论诗，非常快乐。

一阵快乐的谈诗话友后，袁枚发现篁村是一人独居，苦苦著述，于是话题一转："篁村贤弟，你这样一个人独居，生活没个人照顾，不是回事。兄弟我有个建议，不知妥否。"

"子才兄，您有何见教，不妨直说，兄的指教，我自当领受。"

袁枚轻轻地说："贤弟，我建议你置一姬，陪你过日子，照顾你的生活，这样更有利于你的著述。"

置"姬"陪伴？篁村听了袁枚这个"大胆"的建议时暗暗吃惊，觉得不可思议，这真是离经叛道啊。

可是内心深处，篁村也确实深感到孤寂之苦。

篁村低头沉思着。

袁枚于是现身说法，讲了自己姬妾众多、怜香惜玉的情感。这些篁村也是知道的，从来没有反感过，没有因此而贬低过袁枚。他是否曾在内心深处也涌起过一丝丝的向往？毕竟人的内心世界是微妙的。

篁村对女人的防线其实是一张自设的网，一戳就破。他内心深处也早就想找一个美女陪伴，只是碍于社会舆论，怕这样做有损自己的"清名"，一直没有付诸实施。

篁村低头沉思了好一会儿，终于抬起头来，说："我不想成为一个孤寂的老朽，要向老兄追赶一步。"

袁枚会心地笑了。

过了一段时间，篁村果然纳了一个温柔漂亮的小妾，夫妻相伴，生活和美。

数年后在袁枚游天台山再到杭州时，知箓村已纳妾，就没有前去打扰。读了老友梁山舟戏赠箓村四首七绝后，袁枚非常高兴，特意将那四首诗抄纳入《随园诗话》，也算是袁枚为箓村成就了一段佳话。

有美女陪伴，箓村的日子就过得滋润多了，他住泊鸥庄历三十余年，著有《全浙诗话》五十四卷，《凫亭诗话》四卷，《越谚遗编考》五卷，《泊鸥庄文集》十二卷，《越画见闻》三卷，直至八十六岁去世。

六

浙江山阴(今绍兴)有个叫童钰的，喜欢画画、写诗。画又善画兰、竹，尤长于画梅。年轻时候，有个叫刘凤冈的朋友梦见童钰化为梅花二树，高兴地告诉他，从此他便以"二树"为号。

这个人很有性格，他不喜欢科举，专门攻诗、画。与同郡的刘文蔚、沈翼天、姚大源、刘鸣玉、茅逸、陈芝图结文学社，被称"越中七子"。蒋士铨有《越州七诗人小传》。童二树与刘鸣玉、陈芝图又被称为"越中三子"，有《越中三子集》。

童二树自言学诗画梅成癖，仿佛自己就是为梅花而生，视梅花为"老友"，号称"梅痴"。童二树饱读诗书，精于文物鉴赏和文献考索，多次受聘修志。

袁枚也爱梅，只是没有二树那么痴狂，却安闲适意，始终如一。诗集中颂梅、记梅的很多，如《买梅》《种梅》《看梅》《折梅》等，充满生活情趣。袁枚与童二树，对梅的趣味固有不同，然视梅如友的爱梅之心则是一致的。

袁枚在乾隆二十一年（1756）时看到《越中三子集》后，特别喜爱童二树的诗，只是无由得见其人。

而童二树则更早倾心袁枚的诗文，推袁枚为当代第一。由于袁树与其他诗友的间接介绍，在乾隆二十九年（1764），童二树致函袁枚，说是画了一幅梅花，但是要袁枚先题诗才寄。

还没见人见画就要求别人先题诗，这样的要求实在有点古怪，不太合乎常理。如果是些摆谱的"大"诗人，则有可能对这样的要求置之不理。

但童二树敢于向袁枚提这样的"无理"要求，显然也是基于他自信与袁枚精神相通，不会被拒绝。

果然，袁枚因看过童二树的诗，他觉得早已与之精气神相通了，没有觉得二树这样的要求不合理，或者另类，接信后，欣然题了一首长诗。

收到袁枚的诗后，童二树也就欣然寄画。两人的交往就这样拉开了序幕。

两人虽交换了诗画，但依然无缘相见。

一晃就过了十多年。

这一年，发生了一件令袁枚难以忘怀的事。

话说袁枚博学鸿词科报罢后，流落京都，居无定所，食无定餐，生活漂泊不定。其间，在高怡园观察家住馆三个多月，高怡园对袁枚无所求，却非常客气，照顾有加（详见本书《漂泊在京城》一章）。

袁枚是一个深怀感恩之心的人，将此事深深地记在心里，一直想报答高怡园，却找不到合适的机会。

四十多年后，听说高怡园因病在家乡去世，袁枚极为悲痛，为高撰写了墓志铭，赞颂高怡园平生来的清严。秀才人情纸一张，以文报德是袁枚一贯的做法，许多人因袁枚的以文报德而名垂青史。

在这篇墓志铭里，袁枚还写了高怡园的外貌"身短而癯"，对下属和蔼可亲，对大府则敢争敢言，也写了自己穷途末路时在高家寄食三个多月，无功受禄等。

童二树对袁枚的诗、文有得必读。一天中午睡午觉时，他梦见一个又矮又瘦的老者，拿着纸笔找到自己，请他画十幅梅花。童与老者并不相识，不觉惊醒，醒来时看到袁枚为高怡园写的墓志铭正摆在案上，童觉得文中的"身短而癯"的老人就是自己梦见的老人。正纳闷时，童的同乡张蒙泉来到，童即以梦中情景告张。张对高怡园家庭情况熟悉，就告童说："高怡园的清严，乞养回杭州后更贫，现在家有九柩没葬，是不是想借你的画归土呢？"一语提醒梦中人。童二树认为肯定是这样，因为童当时画的梅花已为中州人士（当时童被聘为中州写各县县志）所乐购，而且"润格"相当高，他画十幅梅花如果义卖，肯定能筹一大笔款子，解决高家九柩归葬的问题。

童二树将袁枚写的墓志铭细读，感到高的清严是美德，令人尊敬。而其家景况如此，实在应该帮助。于是毅然握管画了十幅梅花，如梦中数，每一幅都标明为助葬而作。

这是一个爱心义卖，要葬九柩，必需一笔巨款，一时买者无人。

没多久，河南有一个叫施耐真的太守来到中州，得悉这一情况后说："画梅助葬，真盛德事。"于是出资二百两银子，取梅而去。后来施太守作了一首七绝，最后两句是："耶溪太守捐清俸，了却幽人梦里缘。"诗写好后，得到骚坛不少唱和，订成集，名为《梦中缘》。

袁枚得到这本诗集后，对童二树的义举感到非常激动，并因为童二树所施恩的领受者正是他要报德的恩门，更对其充满感激之情。

一晃到了乾隆四十七年（1782），正当袁枚带着刘霞裳游天台时，童二树在扬州修志，专程渡江去拜访随园，却扑了个空，于是写信给袁枚说以后再来。袁枚当即回信说，秋天他要去扬州，到时去拜访童二树。

到了秋季，袁枚却因事拖延，并没成行。而此时，童二树已得了重病。病中的童二树每天都盼望袁枚的到来，一直到初冬季节，北风呼啸，每每听到风吹门帘响，就说袁先生来了。在临终前一天，还让人扶起来为袁先生画梅，画得枝干如铁，画完后题诗，可还没有题完，突感手僵，停笔而逝。临终之前还因盼着袁枚到来而睁开过眼。

袁枚对此毫无所知，到了初冬才启程去看童二树，袁枚到扬州之日，已是童二树逝世十日之时。这个意外对袁枚来说简直是晴天霹雳，他感到万分悲伤和震惊，深悔自己来迟。

童二树的儿子将其父盼望袁枚来访的情状讲述给袁枚听，袁枚呆立良久，倍感悲戚。然后，童二树的儿子拿出其父的诗集和行状交给袁枚，说是遵父命转交的。袁枚闻言，入哭寝门，见书房里堆诗高盈尺，曾赠梅画，尚未加点，状极凄其。袁枚知道，童二树是以诗稿校定相托，深感责任重大。于是他抱着童二树的遗稿回随园，到随园后悉心读童二树诗全稿，校定编定十二卷，并为作《序》，写墓志铭，铭中不忘记童二树画梅助高怡园九柩入葬一事，并写了一首哭诗："苦累先生望眼枯，迟来十日渺黄垆……九原此日吟魂在，知我灵前一恸无？"

袁枚朋友遍天下，终身不得一面而又如此深情的，可能就是童二树了。

袁枚在临终之前的一年写了十一首《后知己诗》，是继他前四十年所写《诸知己诗》而作，内有童二树一首，诗中有"屈指平生交，唯君尤断肠！"之句。

袁枚的《诸知己诗》和《后知己诗》都是以文报德的诗，是袁枚最怀感恩之情的诗。写童二树的诗能列入此列，是因为袁枚认为童二树画梅助葬是对高氏有大恩大德，是代他报了恩，因而对袁枚来说也是大恩大德。袁枚感恩之心如此真诚。为了感恩童二树，袁枚为童二树校定诗集，写序，写墓志铭，也是袁枚对高氏之所以报德。袁枚还把童二树为他画的绝笔梅花带回，泣跋数行，命子孙世世代代作为墨宝，常常悬挂于小仓山的房壁上，客人一到就先看到这幅梅花，以获睹为幸。

七

袁枚隐居随园，对当时诗坛的消息是非常关注的，他的诗友洪稚存（名亮吉）在京任史馆编修，每认识一个诗人必函告袁枚，张问陶就是由洪亮吉推荐认识的。袁枚向洪亮吉打听京中何人善诗，洪亮吉回信推荐了张问陶，并寄两人仿韩愈的诗。袁枚收到后当即抄付梓人，刻入《随园诗话》。

这里，有必要先说一说袁枚与洪亮吉的关系。

洪亮吉（1746—1809），清代经学家、文学家。初名莲，又名礼吉，字君直，一字稚存，号北江，晚号更生居士。阳湖（今江苏常州）人，祖籍安徽歙县。乾隆五十五年（1790）科举榜眼，授编修。嘉庆三年

（1798），以《征邪教疏》为题考试翰林和詹事。洪亮吉著文，力陈内外弊政数千言，为时所忌，以弟丧辞职回乡。嘉庆四年（1799）为大学士朱圭起用，参与编修《高宗实录》。同年，上书《乞假将归留别成亲王极言时政启》，指陈时弊，当时和珅已倒，但洪亮吉认为，清朝官场的腐败不是一个人的问题，是整个官场的不知检点和胆怯懦弱，才使得和珅走得那么远，还含蓄地批评了嘉庆帝未能着力于改革图新，并指出士大夫的纲纪松弛、营私舞弊所引发的遍地叛乱，绝不能仅仅归之为某个权臣之胡作非为，而应当归之于官员这个群体的无动于衷。"今天子求治之心急矣，天下望治之心孔迫矣，而机局未转者，推原其故，盖有数端。亮吉以为励精图治，当一法祖宗初政之勤，而尚未尽法也。用人行政，当一改权臣当国之时，而尚未尽改也。风俗则日趋卑下，赏罚则仍不严明，言路则似通而未通，吏治则欲肃而未肃。"在肯定了嘉庆帝的做法后，洪亮吉表达了可能再出现巨贪及其朋党的疑虑和隐忧，"朝廷常若今日清明可也，万一他日复有效权臣所为者，而诸臣又群起而集其门矣"。

洪亮吉的这篇文章触怒嘉庆帝，被下狱并定死罪，后改为流放伊犁。百日之后，即被释放回籍，从此家居撰述至终。

洪亮吉是一位非常著名的汉学学者，他不但醉心汉学，而且认为写字也要回归古人，一个叫朱筠的学者闻后非常高兴。朱筠是清著名文献学家、藏书家、学者。

袁枚曾在生活中给过洪亮吉帮助，在给洪亮吉的信中，及时对洪亮吉和朱筠这种回归古人的做法进行了批评。袁枚说：我和你都是今人，而不是古人，生今反古，是圣人所戒的。古人的东西有当反的也有不当反的，你写唐宋以后的文章却用唐宋以前的字，就好像短衣楚制，好像席地抟饭……你不古其文，而古其字，这像什么呢？

洪亮吉写诗喜欢学韩愈和杜甫，并将其诗寄给袁枚。袁枚又对此进行了批评。袁枚回信说：你前学杜，今年又学韩，以你的心思学力，为什么不写你洪亮吉的诗，而要写韩愈和杜甫的诗呢？无论仪神袭貌，终嫌似是而非。就算是韩愈和杜甫，恐怕千百年后人们也只读韩愈和杜甫的诗，而不读类似于韩愈和杜甫的诗。

对于袁枚的批评和提醒，洪亮回信表示接受，他的作诗作文也开始转变。他们的关系越来越好。后来，袁枚还对洪亮吉"养老娱神，凉少著述"的心态给予戏嘲和善意的批评。袁枚对洪亮吉的学术思想的形成起了重要作用，作为诗人的袁枚不赞成汉学、宋学的划分，而是崇尚自然。正是这样，使他对洪亮吉模仿古人给予批评，对其成绩给予鼓励。乾嘉时期，崇尚汉学、崇尚古风的风气非常浓厚，袁枚的这种清醒的批评，难能可贵，可谓独树一帜，让人醍醐灌顶。

那么，洪亮吉向袁枚介绍的张问陶又是个什么样的人呢？

张问陶（1764—1814），清代杰出诗人、诗论家，著名书画家。字仲冶，一字柳门，因故乡四川遂宁城郊有一座孤绝秀美的小山，形如船，名船山，便自号船山，也称"老船"，因善画猿，亦自号"蜀山老猿"。他与袁枚的好友洪亮吉是同年，即乾隆五十五年（1790）进士，曾任翰林院检讨、江南道监察御史、吏部郎中，后出任山东莱州知府，后辞官寓居苏州虎丘山塘。晚年遨游大江南北，嘉庆十九年（1814）三月初四日，病卒于苏州寓所。他与袁枚、赵翼合称清代"性灵派三大家"，他是性灵派的殿军，也被誉为"青莲再世""少陵复出"，为清代"蜀中诗人之冠"，还被誉为元明清巴蜀第一大诗人。

张问陶的一件异事值得一提。乾隆五十年（1785）秋，问陶与兄问安去成都参加乡试。因问陶所写诗歌传抄者众，诗名大噪，成都盐茶道林儁（号西厓）爱慕其文才，将其女林韵徵（名颀，号佩环）许配予他，乾隆五十二年（1787）九月，在盐茶道署成婚，其家里因此出现了世界诗坛罕见的"三兄弟三妯娌诗人"，即张问陶及其兄问安、弟问莱、嫂陈慧殊、妻林韵徵、弟妇杨古雪均是诗人。

袁枚读完张问陶的两首诗后。很想读到张诗全集，回信给洪亮吉说："吾年迈八十，可以死，所以不死者，以足下所言张君诗犹未见耳。"

一个文坛前辈如此高看一位年轻人的诗，实属罕见。可当时张问陶请假回老家了，等到张问陶销假回京，洪亮吉已离京外任。于是，洪亮吉将袁枚对张问陶诗的喜爱及想读其全集的情况告诉好友法式善，请他转告张问陶。

那么，法式善又是什么人呢？

法式善（1753—1813）是清代官吏、文学家。姓伍尧氏，原名运昌，字开文，别号时帆、梧门、陶庐、小西涯居士。乾隆四十五年（1780）进士，授检讨，官至侍读。乾隆帝盛赞其才，赐名"法式善"，满语"奋勉有为"之意。法式善曾参与编纂武英殿分校《四库全书》，是我国蒙古族中唯一参加编纂《四库全书》的作者，著有《存素堂集》《梧门诗话》《陶庐杂录》《清秘述闻》等。

法式善将此信转告张问陶后，张问陶得悉袁枚对自己的青睐，受宠若惊，于是将诗集选写三百首，装订成册，封面题名为《推袁集》，并附七绝一首：

先生八十方知我，不死年年望寄诗。

叠纸细书三百诗，邮筒飞递未应迟。

袁枚接到诗册和送他的七绝，即写了一信作答，说诗册名《推袁集》不敢当，"损执事之名，折野人之福，千万以换去为祷"。张问陶还请求袁枚寄墨宝数行，袁枚自认为书法不好，但还是答应写字数行。

张问陶的寄诗和袁枚的作答，为两人互相倾慕的初次书信来往，两人都非常客气。在袁枚，是出于对才子诗人真诚的喜爱，爱才惜才是袁枚一惯的本性。在张问陶，则是出于对前辈的敬重和对袁枚性灵诗的高度认可。

张问陶二十二岁时，曾由京回蜀，路过金陵时遇到大风阻止行程，很想顺便到随园一访。但当时尚没有科第，又没有人给他介绍，不好意思去拜访，只是隔着很远从路边看了看随园。"小仓烟景望中收"，自然两人无由见面。

不久，袁枚忽然想起自己应博学鸿词试落第后，曾寓居同乡赵横山家，当时四川少年张顾鉴也住赵家，联床交谊，与赵横山的儿子赵书山三人结为车笠之盟（不因为富贵而改变贫贱之交）。袁枚心想：这张问陶与张顾鉴有没有瓜葛呢？

于是他向老友张顾鉴去了一封信询问。原来，张问陶竟然是张顾鉴的儿子。张顾鉴与袁枚分手后当过太守。这样一来，张问陶理所当然就是晚辈了。于是张顾鉴父子都寄书袁枚，张问陶在信中称袁枚为父执，袁枚因此也恢复了与五十年前故人的通信。

获知父亲与袁枚的关系后，张问陶又回了一封信给袁枚，并赠"寄简斋先生诗一首："公八十，我三十，前世已堪称父执。我庚戌，公已未，二十三科前后辈。人海何茫茫，望公如隔世。因缘毕竟缘文字，忽枉随园一纸书……"诗中还讲述了其父对袁枚的深厚感情，为其父早年与袁枚交往而感到荣耀。诗歌最后表达了希望袁枚"飘然竟作陵云游"，游览四川，到时他父亲一定到江边迎接。可是袁枚已年近八十，不可能远游，而张问陶一直住在京都。他们书信之间的邀请，当然也只是一种客气。

但袁枚还是非常高兴，他回信说：

> 仆生平不喜佛法，而独于"因缘"二字，信之最真，以为能补圣经贤书之缺。使当日无横山阁学，则长安人海，未必能交尊公；此时无稚存编修，则路隔关山，如何知有阁下？少陵云"文章有神交有道"，信不诬也。

袁枚相信缘分，也珍惜缘分，他诚恳地邀请老友和张问陶父子到访随园，并希望自己多活一段时间，能够与老友相会。

袁枚八十大寿时，张问陶写了八首贺诗，是袁枚收到的最早的贺诗。其二有"山在园中小，人为世上无"之句，其三有"古今才一石，公在不曾分"之句，其四有"好诗堪下酒，退笔定有山"之句，其六有"小说兼时艺，曾无未著书"之句，对袁枚其人其著述给予高度赞扬。

袁枚八十大寿收到的贺诗来自四面八方，正如他在《三月二日》所写的"千里人来万首诗"。但他对张问陶的诗，认为不同凡响。为此袁枚特地写诗作答。

张问陶与袁枚一样，力主性灵，所谓"热肠涌出性情诗""好诗不过近人情"，并反对肌理派以考据为诗，强调"写出此身真阅历"。张问陶重个性和独创，"自吐胸中所欲言"，"诗中无我不如删"，反对拟古，"模宋规唐徒自苦，古人已死不须争"。他还重视诗人的灵感："凭空何处造情文，还仗灵光助几分"，这些都与袁枚的观点相应和。其诗作也被评为"自出新意，独写性灵"。他也有许多游戏之笔，与袁枚相类。但张问陶并不承认模仿袁枚，而强调只是抒发自己的感受，所谓"愧我性灵终是我，不成李杜不张王"。他还说："诗成何必问渊源，放笔刚如所欲言。汉魏晋唐犹不学，谁能有意学随园。"他公开声明性灵是自己独有，并非有意学随园。这并不是藐视前辈，而是主观上确有独写性灵的努力。但也有人读了张问陶的诗后说："分明欲说随园派，不学随园是矫情。"可见，还是不知不觉受到随园的影响。

袁枚病故时张问陶在四川老家，第二年回京时写的《补丁巳年四先生挽诗》，袁枚就是"四先生"之一。张问陶对一些故旧门生在袁枚身后不遗余力地攻击袁枚是不以为然的，为袁枚说了很多"公道话"，认为那些人是"吹毛求疵"，但后来他将《推袁集》改为《船山诗草》，也反映了所受压力之大。

八

郑板桥长袁枚二十三岁，从年龄来看，是名正言顺的长辈。郑板桥以画为主，但同样以独具性情名世。袁枚以诗为主，也以性灵著名。两人都是进士出身，都辞官隐退。两人之间互相抬许与互相批评之事均发生过，相当耐人寻味。他们一个卖文为生，一个卖画为生。他们互相英雄相惜，又相互之间有讽喻微词。诗文往来多次，而见面却只有一次。

郑板桥原名郑燮，字克柔，号理庵，又号板桥，人称板桥先生，江苏兴化人，祖籍苏州。康熙年间秀才，雍正年间举人，乾隆年间进士。

官山东范县、潍县县令，政绩显著，后客居扬州，以卖画为生，为"扬州八怪"重要代表人物。

郑板桥一生只画兰、竹、石，自称"四时不谢之兰，百节长青之竹，万古不败之石，千秋不变之人"。其诗书画，世称"三绝"，是清代比较有代表性的文人画家。

郑板桥卖画，不像历来文人画家那样犹抱琵琶半遮面。既然已经迈进市场，索性大大方方的。他制定《板桥润格》，成为中国画家明码标价卖画的第一人。"大幅六两，中幅四两，小幅二两，条幅对联一两，扇子斗方五钱。凡送礼物食物，总不如白银为妙；公之所送，未必弟之所好也。送现银则心中喜乐，书画皆佳。礼物既属纠缠，赊欠尤为赖账。年老神倦，亦不能陪诸君作无益语言也。"还在最后附了一首诗："画竹多于买竹钱，纸高六尺价三千。任渠话旧论交接，只当秋风过耳边。"明明是俗不可耐的事，但出诸板桥，转觉其俗得分外可爱，正因他是出于率真。

乾隆二十八年（1763）三月三日，两淮都盐运使卢雅雨邀文人雅士于扬州红桥三贤祠集会，这个活动也叫红桥修禊。

袁枚与郑板桥皆在被邀之列，故得以相见。

先得介绍一下红桥修禊。

红桥，后改名虹桥，人称瘦西湖第一景。修禊，源于周代的一种传统民俗，即农历三月上旬"巳日"这一天，人们相约到水边沐浴、洗濯，借以除灾去邪，古俗称之为祓禊。后文人饮酒赋诗的集会，也称为修禊。春日踏青有春禊，秋日秋高气爽，文人怎能辜负这大好时光，自然会有秋禊，时间一般是在农历七月十四。

历史上最为有名的修禊当数兰亭修禊和红桥修禊。

开红桥修禊先河的是清代著名诗人王士禛（后人亦称王渔洋），他在扬州任推官期间，"昼了公事，夜接词人"，"与诸名士游无虚日"，是一位主持风雅的人物。他死后，扬州人民把他和宋代欧阳修、苏轼并列，建"三贤祠"纪念。

二十多年后，康熙二十七年（1688）三月三日，年届不惑的风流才子孔尚任在广陵期间，又一次发起了"红桥修禊"。此次参加的名士二十四人，其中不少还是王士禛的朋友，因为参与者籍属八省，所以孔尚任称这次聚会为"八省之会"。

而就其规模、影响言，蔚为壮观的当为时任两淮盐运使的卢见曾（亦称卢雅雨）主持的第三次红桥修禊。卢见曾为官颇有政绩，且为人正直，喜好诗文，"主东南文坛，一时称为海内宗匠"，是清代著名的文学家。才子纪晓岚将长女嫁给他的长孙，足见其威望。在扬州期间卢见曾广结文人，饮酒作乐，集一时文酒之盛。他效王士禛、孔尚任红桥修禊旧事，数次修禊红桥，郑板桥、金农、袁枚、罗聘、厉鹗等名士均曾参与。其中最为出名的是乾隆二十二年（1757）三月三日，卢见曾邀集诸名士于倚虹园"虹桥修禊"厅，作七律四首，其中名句有"十里画图新阆苑，二分明月旧扬州"等，各地依韵相和者竟有七千人，最后编辑出的诗集达三百余卷，并绘《虹桥览胜图》以纪其胜，红桥修禊的美名传遍了大江南北，成为中国诗歌史上的盛事。

卢见曾在文人雅士宴集时，独创出"牙牌二十四景"的文酒游戏，即将瘦西湖二十四景刻在象牙骨牌上，大家依次摸牌，以所得之景，当场吟诗作句，不能者则罚酒一杯。这种游戏方式，很快就在全国流行起来，二十四景也随着文人们的诗句声名远扬。

乾隆二十八年（1763）三月三日，卢雅雨组织的红桥三贤祠修禊，郑板桥和袁枚都应邀参加，因此两人得以相见。其时郑板桥在扬州赋闲卖画为生，袁枚也早已辞官在随园定居，尽享林泉之乐。

郑板桥与袁枚相互久仰，但这次席上相见对两人还是头一次，因而两人互不相识。

袁枚见一位老者，却叫不出名字，其实那人就是郑板桥。

袁枚猜测这可能是郑板桥，便问道："敢问足下是不是板桥先生？"

郑板桥说："在下就是郑板桥，请问这位贤弟尊姓大名？"

"我叫袁子才……"袁枚自信地回答说。

郑板桥高兴地说："你就是袁才子啊，我曾经说过，天下虽大，人才屈指不过数人，山阴胡天游与袁子才均旷代奇才也。"

袁枚闻言,暗暗吃惊。这颇有点曹操与刘备青梅煮酒论英雄的味道,"天下英雄唯使君与操耳"。袁枚想,郑板桥这话,既是夸他,也是自我肯定,有英雄相惜之感。

袁枚谦虚地说:"前辈如此看重,袁某感到诚惶诚恐。"

板桥笑道:"你别跟我谦虚,画画你不如我,但写诗,你现在是国朝第一高手,大家公认。认识你,真是幸会啊!"

袁枚说:"认识前辈我更感荣幸,下次有时间,请您一定到随园来做客。"

板桥哈哈大笑道:"好啊,有时间一定来。你了不起啊,我跟你没得比,七十多岁了,还像个叫花子一样卖画为生。"

袁枚顿时无语,不知这是夸他呢还是损他。

袁枚随即自我解嘲道:"前辈,您卖画为生,我卖文为生,两者有什么区别吗?"

板桥忍不住哈哈大笑,转移了一个话题:"据说你最喜品评食物,每尝佳味,著之笔墨,极有辨别本事。"

袁枚说:"略有研究而已,我知道前辈喜欢吃狗肉,但我的《随园食单》中找不到吃狗肉的方子,因为我不喜欢吃狗肉。"

郑板桥深表遗憾,说:"怪不得啊,你那《随园食单》,我翻遍了全书,也找不到我认为是'至味''神味'的狗肉,我早听说你确信因果,生平不取尝狗肉,这是袁家才子之大缺陷啊!"

袁枚笑了笑:"这个没办法啦,人各有好,前辈!"

郑板桥无奈地摇了摇头。

这两位清代著名的文学家,年龄虽相差二十多岁,但却有许多相似之处。二人不但同是乾隆年间进士,而且都曾担任过多年县令,都是有口皆碑政绩卓著的清官。辞官的原因也差不多,郑板桥是为放赈救灾,得罪上司;袁枚是厌恶官场迎来送往阿谀奉承,不甘心为"官奴"。辞官后,郑板桥以卖画为生,袁枚则以卖文为生。

最重要的是,二人都反对当时的程朱理学和考据之学,反对"格调说""神韵说"。在写诗作文上二人都倾向于痛快淋漓地抒发真情实感,追求清新自然，强调雅俗共赏，反对堆砌辞藻滥用典故。正是在这一点上，二人才惺惺相惜，视为知己。

这是袁枚与郑板桥唯一的一次见面。袁枚曾赋诗《投郑板桥明府》七律一首记录此事：

> 郑虔三绝闻名久，相见邗江意倍欢。遇晚共怜双鬓短，才难不觉九州宽（君云："天下虽大，人才有数"）。红桥酒影风灯乱，山左官声竹马寒。底事误传坡老死，费君老泪竟虚弹（有误传余死者，板桥大恸）。

有学者认为，袁枚在舟上的赠诗实为一联句，即："遇晚共怜双鬓短，才难不觉九州宽。"这符合在舟上联句的特点。七律则为事后加工而成。

郑板桥回赠袁枚的诗也为一联句："室藏美妇邻夸艳，君有奇才我不贫"，对袁枚的自负进行委婉的讽喻。两位大诗人，显然同中有异。

当然，郑板桥回赠袁枚的诗后来也有全诗：

> 晨星断雁几文人，错落江河湖海滨。
> 抹去春秋自花实，逼来霜雪更枯筠。
> 女称绝色邻夸艳，君有奇才我不贫。
> 不买明珠买明镜，爱他光怪是先秦。

只是颔联有所区别："室藏美妇"变为了"女称绝色"。口占诗联与事后整理的定稿会有区别，事后进行了修辞提炼。

两人有时还相互批评。

袁枚曾说郑板桥"深于时文，工画，诗非所长"。对这个评价，郑板桥则在《与伊福纳》信中说："至谓板桥不会作诗，我不愿辩；若云深于时文，一深字谈何容易，则我岂敢当之。板桥何人，而能领此一深字乎，袁枚之言，雅不愿闻。"

郑板桥对袁枚的志怪笔记小说《子不语》颇有微词，在《寄杭大宗书》中，措辞激烈地批评此书"一卷未终，恶心欲呕"，"以此恶札刊而行世，殊令我为袁家才子惜，为士林叹，为天下人哭，悲从中来，百方抑制而未能自已也"。郑板桥的批评显然有过火之处，即使从今天来看，《子不语》的许多故事依然闪耀着思想的光芒，颇有进步的意义。

郑板桥与袁枚互骂"走狗"。

郑板桥曾给袁枚做一个评价："斯文走狗"，这是因为郑板桥看不起袁枚在《随园诗话》中收录并吹捧一位贵夫人的诗作。

袁枚在《随园诗话》中以大量笔墨来点评毕秋帆（毕沅，字秋帆，清代著名才子，状元，历任陕西、山东巡抚，湖广总督）母亲的诗作，郑板桥认为写出这样的诗话，简直是为富贵人家做犬马，认为毕太夫人诗既不佳，事无可计，选之何为？事实上，袁枚是极尊重毕沅的，毕沅是一个非常仗义之人，袁枚的好友程晋芳去世后，就是毕沅出资，将程晋芳运回老家安葬，并赠其子女财物以助其生活。袁枚若非出自真心，是决不会写赞美文章的。当然，袁枚的诗话中也收了一些水准不高的诗，这是事实，是他经营文化产业或者说谋生的一种手段。

袁枚被骂后，不动声色，却也反唇相讥地说郑板桥自称是"走狗"。

袁枚《随园诗话·卷六》第三十条写道："郑板桥爱徐青藤诗，尝刻一印云'徐青藤门下走狗郑燮'。童二树亦重青藤，题青藤小像云：'抵死目中无七子，岂知身后得中郎？'又曰：'尚有一灯传郑燮，甘心走狗列门墙'。"

由于《随园诗话》流传甚广，影响极大，这几乎就成了定论。

其实，在这里的"走狗"，表达的是郑板桥对徐青藤画的喜爱、欣赏和崇拜。徐渭是明代嘉靖、万历年间的大画家，有许多名号，其中以"青藤道人"最著名。

郑板桥如此崇敬青藤，绝非偶然。板桥画兰竹，徐青藤却极少画兰竹。郑板桥说："盖师其意，不在迹象间也。"现代画家齐白石也说过："恨不得生前三百年，或求为诸君磨墨理纸……亦快事也。"齐白石还有诗，也是说"我欲九原为走狗，三家（徐渭之外另有两家）门下转轮来"。这也是说，甘为其门下走狗，这是极佩服极崇敬的意思。袁枚说的郑板桥自称"走狗"，实际上就是这个意思，并不是针对郑板桥私下里骂他"斯文走狗"而反唇相讥。有人考证出板桥自己刻的闲章有"青藤门下牛马走"。

其实，牛马走是自谦之词，司马迁《报任少卿书》中有这么一句："太史公牛马走，司马迁再拜言。""走狗"和"牛马走"意思都差不多，都是表示敬畏、愿效犬马之劳的意思，表达了对徐渭的一种崇拜。

那么，这到底是袁枚对郑板桥的反唇相讥，还是郑板桥本来刻的就是"走狗"？由于郑板桥自己并没有出面发声"辟谣"，也就只能任由后人去"考证"了。

袁枚与郑板桥扬州相会后，直至两年后郑板桥去世，两人未再相见。

九

扬州八怪中，袁枚与郑板桥的关系有点亦敌亦友的味道，袁枚与李方膺却是赤诚相交的好友，李氏也是八怪中与袁枚交往最早、关系最亲密、志趣亦最相投的人。

李方膺（1695—1755），清代诗画家，字虬仲，号晴江，别号秋池、抑园、白衣山人等。

雍正六年（1728），雍正帝为更新吏治，实行全国荐才，李方膺以"贤良方正"受到举荐。第二年，其父福建按察使李玉鋐到京城述职，三十四岁的李方膺随父进京。觐见时，雍正皇帝怜悯李玉鋐年老，问："有儿子和你一同来么？"李玉鋐回答说："第四子方膺同来。"问："什么职务，适合当官吗？"李玉鋐老实地回答说："是个生员，性憨，不适合当官。"雍正本来就怜悯其老，又见他如此老实，就笑着说："没有先学会了生儿子再嫁人的。"于是召见，特旨交主管河南、山东的河东总督田文镜委派为沿海知县。

雍正八年（1730），李方膺任山东乐安知县。当年夏秋之际，乐安大水成灾，万家漂橹，情势紧迫。李方膺未得上司批准，开仓赈济，下令动用库存皇粮一千二百石，以工代赈，募民筑堤，缓解了灾情。但随即因私开官仓被青州府弹劾。总督田文镜未予置理，反而称赞李方膺胆识过人，有功于民。灾后，经实地考察，李方膺写下《小清河议》《民瘼要览》《山东水利管窥》等著作。雍正十年（1732），因功升任莒州知州。雍正十二年（1734），他奉调返任乐安知县，同年冬改任兰山知县。

雍正十三年（1735），他因反对新任总督王士俊的垦荒令，上书直陈弊端，触怒上司，被罢官入狱，成为当时震惊朝野的"兰山冤案"。民众哗然："公为民故获罪，请环流视狱"，兰山、莒州一带农民成群结队，自带鸡黍米酒前往青州监狱探视。狱吏不许见，老百姓就把带来的钱物、食品往监狱的高墙里扔，留下的酒坛子把监狱的大门和甬道都堵住了。这场冤狱，一拖三年。直到乾隆元年（1736），乾隆追究起开垦失策扰民之事，罢王士俊，才得平反。那天二鼓，文书传到青州，当夜李方膺就被释放。李方膺入都觐见，立候在军机房丹墀西槐树下，大学士朱轼指给诸王大臣说："这就是劝阻开垦的知县李兰山。"觐见后，调安徽以知县任用，李方膺请假回乡奉养老母而不就任。

乾隆四年（1739）后，李方膺父母相继去世，在家服丧六年。守制期满，受命任安徽潜山县令，权知滁州府，不久调任合肥县令。这时又逢饥荒，李方膺按过去做法，自订救灾措施，且不肯"孝敬"上司，遭嫉恨，太守加之莫须有的"贪赃枉法"罪名，罢官。前后做县令二十年，竟三次为太守所陷，李方膺感慨万千地说："两汉吏治，太守成之；后世吏治，太守坏之。"

李方膺罢官后在南京寄居金陵（南京）项氏借园，自号借园主人，常往来扬州卖画以资衣食，他在晚年有诗说："我是无田常乞米，借园终日卖梅花"，画上也常钤"换米糊口"之印。与居住在南京的大诗人袁枚和篆刻家沈凤过从甚密，时常联袂出游，时人称之为"三仙出洞"。

袁枚因李方膺被罢官，特作《释官一篇送李晴江》安慰他。其开头说："心，天之官也。耳、目、口、鼻，五官也。公、卿、大夫、百官也。天官、五官，岂我有哉？天与之。百官岂我有之？人与之。以偶然之有，逢不可必与之数，而又未有而求之，既有而昵之，业已无有而思之，是制于与不与也。夫与不与，彼又有所制也。天制于气数，而不敢与，不敢不与；人制于天，而不能与，不能不与；吾又受制于所受制之天与人，而望其与，震其不与。吁，其惑哉！虽然，有天官而后有五官，有五官而后有百官。以公、卿、大夫易耳、目、口、鼻，愚者不为也；以耳、目、口、鼻易其心，愚者亦不为也，乃以公、卿、大夫之故，而累其身，并累其心，是以千金之珠易土苴也。"

此论认为"天官""五官"是自然赋予的，"百官"则是人给予的；而"天官"即人心是头等重要的，"五官"次之，"百官"则居末。这是袁枚崇尚自然、尊重人性哲学观的反映。他反对因贪图"百官"而累身累心，因为这是违背自然、背离人性的。他最后强调："不以百官病其五官，而五官全，不以五官病其天官，而先生全"，意谓要保持身体健康，人格健全，任随自然，这才是第一紧要之事。言外之意是罢官何足道哉？

袁枚之论引起李方膺强烈共鸣，可见于做官问题上袁枚、李方膺灵犀相通，观点一致。袁枚对李方膺之画梅艺术极为欣赏。乾隆十九年（1754）二月，袁枚邀李方膺至随园赏梅，请李方膺画梅，并有《白衣山人画梅歌赠李晴江》：

> 随园二月中，梅蕊初离离。春风开一树，山人画一枝。春风不如两手速，万树不如一纸奇。风残花落春已去，山人腕力犹淋漓……于今北海不作泰山守，青莲流放夜郎沙。白发千丈头欲秃，海风万里归无家。傲骨郁作梅树根，奇才散作梅树花……

诗以自然与艺术对比，赞扬李方膺画艺之高超；又借古今对照，吟咏了李方膺的坎坷遭际；以梅花与人相融，讴歌了李方膺的傲骨奇才。乾隆十九年（1754）秋，袁枚自记："八月九日，雨浩浩不绝，桂无留花。

交好沈（凤）、李二公，爱而不见。灯下寒螯萧瑟，逼我书怀。"于是写《秋夜杂诗》一组，其中一首专门怀念因秋雨而不得相见的李方膺，可见其对李方膺感情之深。其开篇即直言："我爱李晴江，鲁国一男子。"又赞扬李人品耿直："超超言锯屑，落落直如矢"；称两人思想相通："君言我爱听，我言君亦喜"；最后说友情已胜过乡情："人生得友朋，何必思乡里。"两人感情之深得到充分的表现。

乾隆二十年（1755）春，李方膺因病拟返乡疗养，袁枚作《送李晴江还通州》诗三首，表达了依依不舍之情，第三首写道：

> 小仓山下水潺潺，一个陶潜日闭关。
> 无事与云相对坐，有心悬榻竟谁攀！
> 鸿飞影隔江山外，琴断音留松石间。
> 莫忘借园亲种树，年年花发待君还。

诗中想象李方膺离开南京后，自己孤独寂寞的情景，并表达盼望李早日返回的心愿。后来还写《戏招李晴江》尺牍一封，说："旧雨不来，杏花将去。仆此时酒价与武库争先，足下车来，亦须与东风争速。不然，则残红满地，石大夫虽来，已在绿珠坠楼之后，徒惹神伤。"殷殷之情，溢于言表。

李方膺于夏季即至南京，但入秋后身体又不佳，再次返乡。袁枚闻讯十分关切，于是亲自到借园送行，并赋《夜过借园见主人坐月下吹笛》诗二首，诗写听到李氏月下吹笛，音调凄婉，两人"相逢流露下，流影湿衣襟"，"三更挥手别，心与七弦期"，抑郁之情充溢诗中。袁枚感觉到一种不祥之兆。

果然李方膺还乡仅一个月，其家奴鲁元送信给袁枚说："方膺归里两日，病笃矣。今将出身本末及事状呈子才阁下。方膺生而无闻，借子之文，光于幽宫，可乎？九月二日拜白。"

信没读完，鲁元跪着哭泣说："这是我家主人死之前一日，力疾书也。"袁枚惊闻至友噩耗，悲痛莫名，为之作墓志铭自是义不容辞。并于墓志铭中记云："（李方膺）罢官后得噎疾，医者曰：'此怀奇负气，郁而不舒之故，非药所能平也。'竟以此终。年六十。"结尾说："已而已而，知子者我乎！"袁枚特别记录下医者之言，不无深意：李方膺之死的真正原因是虽怀满腹奇才，而不为统治者所容，致使遭遇坎坷，才气不得舒张，积郁成疾。他实际上是腐败吏治的牺牲品，盖袁枚对吏治之弊早有深刻认识。仅此一点即可证明袁枚确实是"知子者"。

袁枚与金农、罗聘师生亦有较密切的交往。金农（1687—1763）比袁枚年长二十九岁，字寿门，又字司农、吉金，号冬心先生、曲江外史等。钱塘（今杭州）人，与袁枚同乡。据金农自述，其"家有田几棱，屋数区，在钱塘江上，中为书堂，面江背山，江之外又山无穷"。金农天资聪颖，早年读书于学者何焯家，与"西泠八家"之一的丁敬比邻，又与吴西林同时，与号称"浙西三高士"交往熏陶，更增金农的博学多才。乾隆元年（1736）受裘思芹荐举博学鸿词科，入都应试未中，这一年袁枚从广西桂林赴京参加博学鸿词试未中，两人是同乡，又同试一科，此年应已结识。金农报罢后，郁郁不得志，袁枚继续留京参加举人、进士科的考试，金农却不再参加科举考试，从此周游四方，走齐、鲁、燕、赵，历秦、晋、吴、粤，没有再遇到推荐他参加博学鸿词科考试的"知己"。年方五十，开始学画，由于学问渊博，浏览名迹众多，又有深厚的书法功底，终成一代名家。晚年寓扬州卖书画以自给，为扬州八怪之首。

乾隆二十八年（1763）三月三日的扬州红桥三贤祠集会，金农也是应邀参加者之一。而且金农是与会的二十多位名士中，最先成诗的诗人，他写的诗是："看清都是白头人，爱惜风光爱惜身。到此百杯须满饮，果然四月有余春。枝头红影初离雨，扇底狂香欲拂尘。知道使君诗第一，明珠清玉比精神。"

诗写完后，卢雅雨非常高兴，一座为之搁笔。袁枚对金农的钦佩之情溢于言表，写诗赞美，并将其诗收入《随园诗话》。

为维持生计，金农曾画灯托袁枚出售，可见两人关系不疏，也可见金农经济条件不佳。但作为江宁旧令的袁枚，竟然没能帮上这个忙，加之自己去安徽滁县管理田产，没能及时给金农回复，心里倍感内疚。回来后连忙回信表示歉意，并表示璧还画灯。但金农没有收到袁枚的回信，并且又来了一信催问卖灯一事。袁枚赶紧抄写前一封信，同时又去一信，表示歉意，自责以极，并对其赠诗表示感谢。

乾隆二十八年（1763），金农于扬州谢世，享年七十七岁。患病期间，其弟子罗聘服侍左右。去世后，罗聘尽其所能，料理丧事，并护送金农灵柩，归葬浙江临平。他搜罗金农遗稿，出资刻版，使金农的著作得以传于后世。

罗聘小袁枚十七岁，号两峰，罗聘作画的水平高，常常为师代笔，他的画似乎比师傅的更有市场，有"抢购"之象。金农去世后，罗聘独立卖画为生，曾到京师漫游三年，后居江宁普惠寺。罗聘在江宁与袁枚多有交往，袁枚曾多次为罗聘的画题诗。罗聘在京师画的《鬼趣图》八幅画成后，翁方纲、钱大昕、蒋士铨都有题诗，回江宁后，袁枚也作《题两峰〈鬼趣图〉三首》。袁枚的《子不语》以文字记鬼，罗聘以图塑造鬼，都是借鬼喻人，借鬼讽世。

袁枚还曾邀请罗聘到随园赏芙蓉，罗聘对随园的美景大表赞赏，流露出十分艳羡之情，赋诗道："怪道年年不想归，手把花枝吟不已"，表示已理解袁枚"乐不思蜀"的原因了；又说"诗成要我画作图，醉眼重看影欲无"，则此行袁枚又要他舞弄画笔了；最后说"南山终日对悠悠，篱菊花黄应更采"，罗聘已开始向往再来随园赏菊矣。

罗聘居普惠寺时曾无米下炊，袁枚闻知，即派人送来，罗聘深受感动，赋《谢简斋太史馈米》诗云："正报诗粮尽，行厨冷夕曛。且临《乞米帖》，不作《送穷文》。清况谁知我？高情独感君。炊烟看乍起，一袅袅秋云。"对袁枚雪中送炭的"高情"厚谊，他表达了发自肺腑的感激之情。

罗聘在南京时曾为袁枚画像。对此画像袁枚于《戏题小像寄罗两峰》中称："两峰以为是我也，家人以为非我也，两争不决。"想来此像重神似而不重形似，故以写实眼光欣赏此像的家人会以为画得不像。袁枚乃发高论解决此"争端"。他认为："我有二我：家人目中之我，一我也；

两峰画中之我，一我也。人苦不自知，我之不能自知其貌，犹两峰之不能自知其画也。毕竟视者误耶？画者误耶？或我貌本当如是，而当时天生之者之误耶？又或者今生之我，虽不如是，而前世之我，后世之我，焉知其不如是？故两峰且舍近图远，合先后天而画之耶？然则是我非我，俱可存而不论也。"此论反映了袁枚通脱的人生态度，即凡事不可"过于执"，不可拘泥常理，应该多角度地看待世间之物，此亦一是非，彼亦一是非，不无老庄的意味，又有点禅意，尽管袁枚并不佞佛。袁枚怕此图自藏为家人毁坏，乃"托两峰代存"，认为罗聘"势必推爱友之心，自爱其画，将与《鬼趣图》，冬心、龙泓两生生像，共熏奉珍护于无穷，是又二我中一我之幸也"。

十

黄允修是江宁一个普通的读书人，他因家贫，无书可读，向袁枚借书。袁枚慷慨地把书借给他。袁枚爱书，少年时经历过借书的艰难。他自己的书只要有人借，他就会慷慨地出借。他还写了一篇《黄生借书说》，鼓励他人借书看。这既是对黄生说，其实也是对所有爱读书的年轻人说的。

黄生允修借书，随园主人授以书，而告之曰：

书非借不能读也。子不闻藏书者乎？七略、四库，天子之书，然天子读书者有几？汗牛塞屋，富贵家之书，然富贵人读书者有几？其他祖父积，子孙弃者无论焉。非独书为然，天下物皆然。非夫人之物而强假焉，必虑人逼取，而惴惴焉摩玩之不已，曰："今日存，明日去，吾不得而见之矣。"若业为吾所有，必高束焉，庋藏焉，曰"姑俟异日观云尔"。

余幼好书，家贫难致。有张氏藏书甚富。往借，不与，归而形诸梦。其切如是。故有所览，辄省记。通籍后，俸去书来，落落大满，素蟫灰丝，时蒙卷轴。然后叹借者之用心专，而少时之岁月为可惜也！"

今黄生贫类予，其借书亦类予；惟予之公书与张氏之吝书，若不相类。然则予固不幸而遇张乎？生固幸而遇予乎？知幸与不幸，则其读书也必专，而其归书也必速。

为一说，使与书俱。

袁枚不但借书给他读，而且"怜予之贫并饮之、食之、居之、衣之焉，是一借而无不借也"。黄生在随园住了六年多时间，"曾住名园六载余，别来容易想当初"。

黄允修对袁枚深怀感恩，以至临死之前交代家属，要将自己葬在随园，陪伴袁枚："生执一经为弟子，死营孤冢伴先生。"

乾隆三十七年（1772）三月的上巳节，安徽的十几名读书人在当涂采石的太白楼举行集会，饮酒赋诗。参加这次聚会的黄景仁年纪最小，只有二十三岁，他穿着白色的衣服站立在日光下，显得鹤立鸡群。顷刻间他就赋诗数首，激情澎湃，当场朗诵，艺压群雄。当时安徽的学政朱筠正在当涂以词赋考试学子，就带着学子们一起来到了太白楼，大家一起吟诗作对，一时有纸贵之势。而黄景仁又是朱学政幕僚，此时聚会，他名声大噪，有"天才诗人"之称。

袁枚看了黄景仁的诗，又听说了他的故事后，竟许黄景仁为当代李白。

乾隆三十九年（1774），黄景仁应江宁乡试，袁枚听说黄景仁来参加考试，即托信表示要宴请他。但黄景仁却因病没能前往。最终这次考试也未成功，不幸落第。虽然落第，但落第后他先游虞山，为业师扫墓，然后又返回江宁。因为袁枚曾盛情相邀他去随园，而他也想专程拜访仰慕已久的袁枚。袁枚非常欣赏黄景仁的才华，热情接待了他，两人无话不谈，非常投机。袁枚留他在随园过春节，其间黄景仁作诗两首对袁枚表达倾慕之情。

春节过后，黄景仁离开江宁，夏季曾主寿州（今寿阳）正阳书院讲习，冬季北上京师，谋求仕途。他客居京师七年，其间参加三次顺天乡试，均未获售。在京师期间他曾写诗怀念袁枚。由于没有稳定收入，长期漂泊，他欠债甚多，后为债家所迫，乾隆四十八年（1783）抱病离京，想去陕西，结果到达山西运城的时候，不幸病卒，年仅三十五岁。袁枚甚为痛惜，写了《哭黄仲则有序》诗以悼念。

"随园弟子半天下，提笔人人讲性情。"说起随园弟子，人们往往就会想到是女弟子，其实随园弟子中也有男弟子。其中，何士颙、孙原湘是两个男弟子的优秀代表。

何士颙，字南园，金陵人，生于雍正四年（1726），小袁枚十岁。他一生贫困多病，靠坐馆为生，虽然秀才出身，但不喜欢八股文；喜欢读书，却从不向人夸耀博学；爱好写诗，却从不堆砌典故。因而其性情与袁枚甚是相通。袁枚对何氏的才情非常赞赏，何氏也非常钦敬袁枚，推举其为诗坛盟主。袁枚将何氏抒写性情的诗篇收入《随园诗话》，并为其诗集《南园诗选》作序。称之为"其人之天有诗，脱口能吟"。但由于经济原因，《南园诗选》并没有付梓。乾隆五十二年（1787），何氏患病，袁枚获悉后即往探视，看到何氏病重，袁枚担心其诗稿散失，于是亲自搜集，得诗稿若干。何氏病逝后，袁枚将其诗整理成两卷，并为之付梓、发行，使其诗作得以留传至今。

孙原湘的故事已在《铿锵女弟子》一章讲述，因为孙原湘的妻子席佩兰是随园女弟子。

乾隆二十四年（1759），江南乡试考完之后，程晋芳等众多好友都到随园小聚，不久袁枚生病，主考裘曰修也到随园看望他。同时随园也来了一位不速之客，是年纪五十多岁的丹阳贡生何震，他背着一本诗集来见袁枚，自己说："苦吟半生，无一知己。如果袁枚大诗人也认为我的诗没什么可取的，那我就投江死了算了！"袁枚大惊，既而大笑，为了不让这位五十多岁的文痴投江，只好违心地写了几联肯定的话，何震大喜而去。袁枚的记室（相当于文秘）黄星岩听了大笑，写了一联记录此事：

> 亏公宽着看诗眼，
> 救得狂人蹈海心。

有个叫彭湘南的文友与长沙一个叫陈恪敏的文友交情甚好。彭湘南到随园拜访参观时年纪已经七十岁了。他即席赋诗，有"落日红未尽，远山青欲来"之句。袁枚特别欣赏。席间，彭湘南又拿出其所画的小像一帧：室中并没有其他显眼的东西，只有一个老头端坐着，旁边有偷儿持斧凿洞往里看。袁枚笑着说："这幅画可取个这样的名称：窃比于我老彭。"

袁枚对朋友忠肝义胆，对某些爱摆架子的官员却毫不客气。到随园来的人，也有一个冒充父执之人。某大官胸无点墨，却想附庸风雅，袁枚素来就有点鄙视他，那个大官自己不知道，贸然来拜访袁枚。袁枚对他非常冷漠，那大官发怒了，对袁枚说："你不知道你的父亲是我的朋友吗？"袁枚严肃地说："先父离我而去十多年了，如果有一个字提及的人，我都不敢忘记。实在不知道您是先父的朋友。"那个大官顿时满脸惭容。

十一

袁枚对待朋友是圆中有方，他做人的原则不会因为任何人而有所改变。

南昌彭云楣，天才敏达，与纪晓岚一样有才子之称。纪晓岚步行很快，真可谓"行如风"，每次入朝，同僚们都赶不上他。彭云楣当时任编修。一次，他和同僚们戏对，纪晓岚听到后，马上迎对，对得工整而妥帖。全联是：

> 晓岚确是神行太保
> 云楣不过圣手书生

众人听了皆叫绝。"神行太保"和"圣手书生"是《水浒》中人物戴宗和萧让的绰号，以此为对，又嵌了双方的名字，真是妙极。

某年秋天的乡试，诗人汪大绅竟然被摒弃没被录取，当时的学使就是彭云楣。袁枚知道这件事后立即求见彭云楣。彭云楣惊讶地说："这个人是我所选拔的岁考第一名，岂有遗才不取的道理？"袁枚说："他已经坐船回去了。"彭云楣立即手写其名，补付提调，而派人去追汪大绅。当时已经八月初七，傍晚汪大绅才到，有诗这样写道："业已湛庐归越国，忽蒙追骑唤王孙。"这首诗就是感谢袁枚的。

袁枚如此重视朋友感情，为朋友的功名奔走。但他对朋友很有原则，决不牺牲自己的观点。

后来，汪大绅写信劝袁枚信佛，袁枚坚决不同意，写了一封回信《答汪大绅书》，对汪大绅进行了批驳，无意中也表达了自己坚持诗主性灵的观点。

这封信批驳汪大绅佞佛谬论，义正词严，具有朴素的唯物主义的思想。

袁枚开头申明自己既不佞佛，也不辟佛。认为好佛就像人们好弈、好锻、好结牦一样，人各有癖，好尚不同，不必强求一致。他之所以要写这封信，是因为汪大绅来信强要自己信佛，迫不得已，只好把事情辩论清楚。

袁枚接着从三个方面批判佞佛谬论。

首先，批所谓"收放心，非念佛不可"。先以连续设问的方式从根本上批驳念佛收心的不科学，一连串的问题像一个个重磅炸弹落地开花，轰得论敌无法招架。接着指出孟子是教人收心以勤学，主张积极入世；佞佛者是教人废学问以求放心，是要人们出世而遁入空门，二者有原则区别。然后，指出要想收心，必须用自己的心去收，而不能求佛去收。若舍心求佛，那就像淫奔之女舍弃亲夫而求野田之夫。语言犀利，设喻尖刻。

其次，批所谓"慈悲戒杀，即圣人仁民爱物之心"。先引经据典，用大量事实说明圣人主张"仁民爱物"和佛教宣扬的"慈悲戒杀"根本不同，强调圣贤主张"贵人贱畜"，物应该为人所用。同时又指出佛"慈悲戒杀"的不彻底性。动物、植物皆有生命，既戒杀动物，也应该戒杀植物，就应该不食粟，不吃菜，但佞佛者是做不到的。

最后，批所谓"佛戒嫁娶"。文中说，佛对人类戒嫁娶，对禽兽又戒杀；又认为人人可以成佛。那么，如果天下人都信佛，都戒杀，戒嫁娶，禽兽繁衍，人不生育，人类尽灭，又有谁去信佛、供佛呢？作者以和佞佛者彭尺木对话的方式，巧设机关，引君入瓮，终于使论敌理屈词穷。这封信气势充沛，笔带锋芒，气畅辞达，继承了孟子散文善于论辩的优秀传统，有战国时雄辩家的气概。

十二

韩愈的《师说》中有这么一句话："巫医乐师百工之人，君子不齿。"从这句话可以解读出这么几个信息：一是古代巫医不分，说明医学解决不了的病，就靠巫师做法术；二是医生与各种手工艺人一样，都是没有社会地位的人，这些都是"下品"。那么，什么才为君子所为呢？显然，那就是文学，就是读书。读书才是上等人做的事，所谓"万般皆下品，唯有读书高"。

这是整个社会的思维定势，摆脱这个思维定势，那需要怎样的勇气与胆识？

擎起"性灵学"大旗的袁枚就敢于"标新立异"，他是真诚地认为，各行各业都有杰出的人，杰出的手工艺人、杰出的医生与杰出的文人是同样的高尚，在历史上应该有同样的地位。

所以，袁枚写了中国历史上第一篇厨师的传记《厨者王小余传》，为梓人武龙台写诗。而当名医薛雪的儿子要袁枚为其父写墓志铭，极力将其塑造成为一个"文学家"而不是一个医生时，袁枚对这样的观点给予了严肃的批评，认为医生的社会作用和地位，并不亚于一个文学家。薛雪去世，其孙子薛寿鱼为祖父写了一篇墓志铭，寄给袁枚讨教。文中概述了薛雪的生平，将其置于理学家的行列，却"无一字言医"。

袁枚阅后大为愤慨，写了《与薛寿鱼书》，对其进行了严厉批评。

袁枚如此看重和尊敬医生，是跟他与名医的几次重要交往分不开的，他切身体会到了医者的作用。

《随园诗话·卷五》第七篇记录了袁枚与名医薛雪交往的故事。

薛雪是一位孝子，他因母多病而悉心研究医学，博览群书，最终精于医术，特别擅长于温热病。著有《湿热条辨》，该书对湿热之辨证论治有进一步发挥，丰富并充实了温热病学的内容，对温热病的发展有相当贡献。又曾选辑《内经》原文，成《医经原旨》六卷。唐大烈《吴医汇讲》录其《日讲杂记》八则，阐述医理及用药。另有《膏丸档子》（专刊稿）《伤科方》《薛一瓢疟论》（抄本）等。

越是有才能的人就越是有个性。薛雪也是一个非常孤傲的人，他本身就不愿当官，也就不愿与官场之人为伍。王公大卿请他去治病，根本就请不动他。但是袁枚如果有病，不用请，薛雪只要听到了消息，就会主动上门服务。这也可见袁枚的人格魅力。

某年春天，袁枚在苏州访友，而随园的厨师王小余得病一卧不起，气息奄奄，大家都认为没得救了，准备将其抬到棺材里去。正在这时，薛雪不知从哪里得到了消息，提着一个药箱子来到随园，大家喜出望外。这时天色已晚，大家点起蜡烛照明。薛雪来到王小余病床前，笑着说："已经死了！不过，我这个人就是喜欢跟疫鬼斗，说不定斗赢也难说啊！"他的轻松、幽默、自信，给了众人一种无形的力量。众人齐刷刷地望着他，眼神里充满了期待。

薛雪拿出一个药丸，捣碎后与菖蒲汁调和在一起，然后说："来两个力气大的挑夫，用铁筷子撬开他的虎齿灌进去！"于是两个有力的挑夫上前来，按其方法做了。果然，一剂下去，王小余就喘了口气，微微睁开了眼睛，大家万分惊喜。第二天再服两剂药，王小余就坐了起来，行走自如。随园上下争相传薛雪为神医。

某年冬天，袁枚又去苏州访友。随园有个叫张庆的厨师，得了一种叫作狂易的病，看见日光就认作是下了雪，吃东西也吃不得，稍微吃一点点东西，就肠痛欲裂，很多医生来看了都治不好。

薛雪又一次不请而至，听人说得那么紧张，他却出奇地淡定。他也不用什么望闻问切的方法，双手拢在袖子里，在张庆的脸上上下下扫了几眼，很有把握地说："这是冷痧，一刮就好了，不必诊脉！"

于是，工人们按照薛雪的指导，给张庆刮冷痧。一刮，身体上出现手掌般大的黑瘢！大家惊讶了：这身冷痧真的猛啊！冷痧一刮出来，人霍然就好了。袁枚摆下酒宴，与之对饮，对其医术赞不绝口："先生医术真是神啊！"薛雪笑着说："我的医，就像您的诗，纯粹以神行。所谓人居屋中，我来天外是也。"这不但是对自己的医术，也是对袁枚诗歌的巧妙、中肯的评价。

其实，薛雪也是一个相当不错的诗人。如《夜别汪山樵》："客中怜客去，烧烛送归桡。把手各无语，寒江正落潮。异乡难跋涉，旧业有渔憔。切莫依人惯，家贫子尚娇。"《嘲陶令》云："又向门前栽五柳，风来依旧折腰枝。"《咏汉高》云："恰笑手提三尺剑，斩蛇容易割鸡难。"《偶成》云："窗添墨谱摇新竹，几印连环按覆盂。"

当然，袁枚在《随园诗话》中收录这几首诗，一方面是薛雪的诗确实写得不错，另一方面也是对薛雪某种意义的感恩回报。

袁枚在《随园诗话·卷二》第二篇中记录了自己与名医赵蓼村的交往。

某年九月，袁枚得了暑虐，早上起来喝了一个姓吕的医生开的药，快到中午的时候，突然不停地呕吐，头极度晕眩，似有千斤重。年迈的母亲见状很着急。袁枚只觉得血气从胸中喷起来，性命好像旦夕间就会失去。一家人急得像热锅上的蚂蚁，不知如何是好。

正在这时，外面报说有一个名叫赵蓼村的人来访，袁母连忙说："跟客人说，实在不好意思，人正病着呢，请他改天再来好吗！"

家人去回复客人时，客人说："我是懂医术的！"家人大喜过望，将客人请进来。

来人叫赵藜村，是袁枚的朋友，据《中医人物词典》介绍："赵藜村，清医家，江西南丰人，擅治暑症。"

他进来把了下袁枚的脉，又看了下药方。十几双眼睛紧张地盯着他，赵藜村一点也不紧张，轻松地笑了笑，说："容易！"家人焦急地问："怎么办？"赵藜村说："赶快去买石膏，与我开的药投在一起。"家人立即照办，药调好后，刚刚喂了一勺下去，就好像以千钧之石，将肠胃压下，血气全消。袁枚只喝了半碗，就沉沉睡去，额头上出了些微汗，朦朦胧胧中听母亲感叹说：难道真的是仙丹吗？

睡了一会儿醒来，赵藜村还在，问袁枚："想吃西瓜吗？"袁枚点头说："非常想。"赵氏让人去买西瓜，说："凭君尽量，我先走了！"袁枚吃了几片西瓜，如醍醐灌顶，头为之轻，目为之明，晚上就开始吃粥了。

第二天，赵藜村又来看望，说：你所患的病，是阴阳经疟，吕医误诊为太阳经，以升麻、姜活二味升提，将你的妄血逆流而上，只有白虎汤可以治，但也非常危险了。赵藜村走时，袁枚写一联诗相送：

活我自知缘有旧，
离君转恐病难消。

赵藜村也有回诗：

同试明光人有几？
一时公干鬓先斑。

《随园诗话·卷十二》第五十篇记录了袁枚与名医徐灵胎的交往。
袁枚青年时在京城漂泊，就听说吴江布衣徐灵胎有权奇倜傥的名声，只是一直没有机会相见。某年七月，袁枚患臂痛，于是乘船去找徐灵胎看病。两人一见如故，徐灵胎快八十岁的人了，依然谈笑风生，不但帮袁枚看好了病，还留袁枚喝酒，赠送了一些好药。徐灵胎有写得好的诗句："一生那有真闲日？百岁仍多未了缘。"《自题墓门》云："满山灵草仙人药，一径松风处土坟。"徐灵胎还有《戒赌》《戒酒》《劝世道情》等著作传世。后来，袁枚还给徐灵胎写了传记《徐灵胎先生传》。

以上是袁枚与三位名医交往的小故事，并且都是袁枚亲自记录下来的亲身经历。

十三

乾隆诗坛的前期盟主是格调派领袖沈德潜。沈德潜（1673—1769）字确士，号归愚，祖籍浙江湖州。他与袁枚有"四同"：乾隆元年（1736）同应博学鸿词试（都报罢），此谓一同；乾隆三年（1738）同于京师应顺天乡试中举，此谓二同；乾隆三年，同中进士，同入庶常馆，此谓三同；乾隆十四年（1749）同年乞归，是谓四同。

两人也有四大不同：一是年龄大不同，沈德潜年长袁枚四十三岁，可以说是爷爷级的长辈；二是受皇帝恩宠大不同，庶常馆散馆后，沈德潜被授编修，深得乾隆宠爱，被乾隆称为"江南老名士"，此后连年升迁，七十四岁时被授内阁学士，七十五岁时被授礼部侍郎，入上书房辅导诸皇子。他经常与乾隆诗酒唱和，备受恩宠。乾隆十三年（1748）七十六岁时乞退，未获准。第二年又乞归。乾隆为他的诗集《归愚集》作序，称他的诗伯仲高（启）、王（士禛）。乾隆二十二年（1757）加赐礼部尚书衔（即大宗伯）。乾隆三十四年（1769），沈德潜去世，享年九十有七。乾隆赠太子太师称号，并祀贤良祠。沈德潜晚年得志，并居庙堂之高；袁枚少年得志，却处江湖之远。这可谓两人的第三个大不同。第四个大不同则是两人在诗歌主张方面的大不同，简直可以称之为"敌"。沈主格调，袁主性灵。

　　袁枚的诗歌主张与实践，与沈德潜的主张与实践，几乎是水火难容。但两人在生活上私交还不错。仅从几件事就可见一斑。乾隆二十八年（1763），袁枚游苏州时患病，退休在家的沈德潜时已九十一岁高龄，闻讯后即赴袁枚居所即唐静涵家中探视，袁枚深受感动，两人娓娓而谈，甚是相投。袁枚写了两首诗送给沈德潜，即《赠归愚尚书》诗二首。其一有"手扶文运三朝内，名在东南二老中"之句，对沈德潜在文坛的地位备加肯定。其二有"蒙过病中谈娓娓，早衰蒲柳若为情"之句，对其探病表示感谢。

　　另一件事是袁枚曾请有"传神名手"之称的吴省曾（字身三）画《随园雅集图》，这当然是艺术创作，画上面画谁不画谁，不是以谁到过随园雅集为标准，而是要体现随园"谈笑有鸿儒，往来无白丁"的神韵，到随园"雅集"过的人实在太多，但上画的只能有几个代表。除了自己外，袁枚另外只选了四个代表性人物，这四个人分别是沈德潜、陈生熙、蒋士铨、尹似村（庆兰）。其中，陈生熙是袁枚的弟子，蒋士铨是至友，尹似村是尹继善第六子，也是袁枚至交之一。可见，袁枚与此四人感情非同一般。又可见，在生活上，袁枚与沈德潜的感情是不错的。

　　袁枚在《小仓山房诗集》中，收录自己赠沈德潜诗多首，当沈氏谢世之后，袁枚不仅作挽诗四首表达哀思，还撰写神道碑，追忆沈氏一生为人宽厚及与自己"三科同年"的忘年之交，感情十分真挚。沈氏对袁枚也颇友善，多有赠诗。

十四

　　乾隆五十八年（1793）初春的一个夜晚，西藏拉萨郊外的军营中，一排排营帐在夜色中显得异常整肃，军旗在凛冽的夜风中猎猎作响。

　　突然，一匹军马来报，径直来到驻藏军主帅孙士毅的营帐外，军差将一封邮件交给帐外的站岗人。

　　这么晚来的邮件到底是什么人写的？哨兵一看信封，不敢耽搁，他知道主帅对这个人的信是很看重的。于是转身进入帐内，把来信交给了孙士毅。

孙士毅，字补山，杭州人，小袁枚十岁，官至兵部尚书。他六十岁入西藏之前于广东与袁枚相识，此后二人多次相互赠诗通函。孙执弟子礼，以"师"称袁枚。

孙士毅此时已经睡下，接过信就着营帐内微弱的烛光一看，见是袁枚寄来的诗稿，顿时睡意全无，立刻翻身坐起，令士兵燃起夜间办公的通明灯火，展开诗稿吟读起来。袁枚这位大诗人，又给他寄诗来了！作为一介武夫，能与当红的大诗人进行文字的往来沟通，实在是太幸福了。

孙士毅拿起笔来，蘸了墨汁，开始苦吟起来，奉和袁枚的诗，一连写了好几首。其中一首这样写道："泉明生挽索诗忙，暮景如何返鲁阳？喜得桑田巫失召，三元依旧饮桃汤。"诗写完后，又写了一封信《寄随园先生书》。

原来，袁枚七十六岁之前曾向孙士毅索生挽诗，这次是过了七十六岁即乾隆五十七年（1792）元旦写的告存诗。由于路途遥远，孙士毅收到后已是一年以后了。这一吟一写就是好几个时辰。

等把这一切做完之后，孙士毅猛然发现众多将卒已环列帐外，皆屏声静气，等候下令。原来他们看到孙大帅帐中半夜通明，以为是有紧急军务，纷纷惊起前来待命。

孙士毅全神贯注写诗，没有注意到帐外的将士，直到猛然望到帐外将士，才启帐告知并无战事，让众将士安睡。众人才知是孙大帅因与大诗人袁枚和诗，半夜大发诗情雅兴，并无军情，这才松了一口气，回帐睡下。

而孙大帅爱诗的雅名也从此在军中传开。

第二天，孙士毅又将此情景写了一首诗寄给袁枚，诗曰：

夜半牙旗卷朔风，帐中笔响一灯红。

群惊草檄传军令，岂料题笺寄野翁。

> 万里雁随云入塞，六章诗似将成功。
>
> 老兵磨墨应含怒，何物袁丝累相公。

孙士毅于嘉庆元年（1796）病故，病故前还派人赠丰厚白银给袁枚，并附信说："非贪泉也，先生可饮。"

一员大将对诗人袁枚发自内心的敬重，可见一斑。

不少皇亲国戚对袁枚也心怀崇敬，福康安就是其中一例。

福康安生于乾隆十九年（1754），户部尚书米思翰的曾孙，察哈尔总管李荣保的孙子，经略大学士、一等忠勇公傅恒的第三子，乾隆帝嫡后孝贤皇后的侄子。因为是富察家族的子孙，乾隆帝在他身上看到了自己早殇的嫡子端慧皇太子永琏和皇七子永琮的影子，便把他接入宫中亲自教养，待之如同亲生儿子一般。福康安十八岁即任四川总督，历任云贵、闽浙、两广总督，官至武英殿大学士兼军机大臣。

福康安对袁枚也心怀景仰，他读过袁枚的《随园诗话》《子不语》等，并从大司空和琳（和珅之弟）处借阅过《小仓山房全集》，对袁枚之诗文非常饮佩。于是，他给袁枚写信并附四首七律，信中说："余自束发时，即耳闻随园名，知为当代作者。但南北相睽，不得一见，心辄向往……以见倾倒之有素耳。"并赞颂袁枚的诗"独开生面领骚坛，万首诗成墨未干"，"知否有人三藏地，把君诗卷佛香薰"。

袁枚对人是非常真诚的，交往也并不避讳官场人物。袁枚见福康安如此青睐，于是写诗答谢，并于《随园诗话》中记载此事。称"见怀四诗，情文双美"。嘉庆元年（1796），福安康在楚地征苗时死于军中，被皇帝赐封为异姓王。袁枚闻后泣下，赋诗哭之："如此哀荣真绝代，千秋竹帛有辉光。"两人虽一生未曾谋面，但相互尊重。

和珅是乾隆的大红人，和珅的胞弟和琳在袁枚面前也执弟子之礼。

和琳出生时，他的母亲因难产去世，几年后他的父亲在福建去世。两兄弟从小相依为命，他们读书时作了分工：和珅从文，和琳习武。后来和珅先做官，和琳由生员补吏部笔帖式，历任兵部侍郎、工部尚书等职。他骁勇善战，行事节俭，亦工书法，轻不与人，存世极罕。

和琳虽是武夫，但他的性格脾气温和，为人处世也相当不错，能够受到别人的尊重。后来和琳跟随福康安，一身武艺得以施展。和琳在西藏军中与福康安配合默契，立下了战功。

乾隆六十年（1795），和琳赴贵州从福康安镇压石柳邓领导的苗民起义，次年福康安病死，他代为主帅，在围攻平陇战役中染病身亡，被追封一等公爵，年仅四十二岁。乾隆晋赠其为世袭一等公爵，谥"忠壮"，赐祭葬，配享太庙。

和琳行军途中总是携带《小仓山房全集》，利用"马上、厕上、枕上"的时间，如饥似渴地阅读此书。他对袁枚的思想表示由衷敬佩，认为"随园先生为当代龙门"，"圣世奇才，久思立雪"。"立雪"一词就表达了愿意拜袁枚为师，执弟子之礼的意思。

但两人一直没有机会见面。一天，和琳于军中突发灵感，写了两首诗，自我感觉还好，于是将两首诗寄给袁枚。其中一首写道："数卷《仓山集》，先士道性灵，锦心罗万卷，妙手运无形。"对袁枚的"性灵说"给予高度肯定和评价。袁枚收到和琳的诗后，感到很愉快，就给和琳回了一封信，称和琳是"真有才者"，是"知己"，表达了想见面的愿望。

嘉庆元年（1796）五月，和琳又给袁枚写信，表达了愿意为袁枚弟子之意。信中说："宋儒之为道拘，犹士大夫之为位拘也。读先生之文，知先生之为人。以致愿为弟子之心，拳拳不释。"不料这年八月，和琳即死于征苗军中。袁枚不但赋诗哭之，并评价说："擎天兼捧日，兄弟各平分。"（指他们兄弟一文一武）而且收集其诗稿，编入《随园诗话》中。

与袁枚交往的王公大臣还有不少，不一一述说。

第十六章

通达生死观

话说杭州有个巨富，名叫汪壑庵，他笃信佛教，在靠近西湖的一座山中，筑了一座禅院，命名为灵妙庵，作为静修之所。

可能由于静修久了，他的思想变得特别通达起来，想法也与一般的人很不一样，对一些俗事看得很透。

到后来，他完全不想管那些与财产有关的家务俗事了，要家人提前送他"上山"，到山上清静地度过余生。家里人自然都是极力反对和劝阻。

汪壑庵不理家人的反对，亲自去订购纸钱魂幡，聘请鼓吹乐队，选定丧服、灵柩、丧礼出殡日期，并通知了亲戚好友、邻里街坊。

家人认定他已不会回心转意了，亲朋好友都已通知到位，事情已经不可逆转，便不得不顺从他的决定，为他筹备丧礼出殡。

到了他的丧礼那天，亲友们都来祭奠。出殡时，乐队先行，魂幡招展，纸钱纷飞，梵音齐诵。沿途观看的，人山人海，路祭者有百余家。家人都披麻戴孝，假装哭泣。他坐在灵车中，频频向道旁观看的人招手。这样，在前呼后拥下，一直被送到灵妙庵中。

到了灵妙庵，他对妻子儿女说："以后，我不再回家了！"

家人一听，几乎晕倒！

没想到他真的要假戏真做。

他继续说："以后我就在这里茹素伴佛参禅，或去游山玩水，以终余年。假如你们要见我，便到这里来；要是不来，我也不会召唤你们。到了这里，也不准谈家长里短，要谈家长里短的，就不要来见我。"

家人只好怏怏而归。

这样过了十五年后，汪辇庵无疾而终。

这是一个真实的故事，而且是袁枚亲自记录下来的，记录在袁枚的《书汪辇庵》一文中。

袁枚本来不信佛，为何却写这样一个信佛之人？不是袁枚对信佛之人感兴趣，而是他对汪辇庵这种生死通达的态度感兴趣。袁枚写传记、墓志铭等不是随便写的，要么是有恩于他的人，要么是交往很深的人，要么是以重金相求的人。而袁枚与汪辇庵没有任何交情，却为何要写他呢？袁枚记录这样一个故事，显然是对这个故事感兴趣，也与故事的主人公心气相通。

说到袁枚不信佛，还有这么一件事值得一提。袁枚的小妾方姬供着一尊观音像，像长约四寸。袁枚从不对像施礼，但也不禁止，任其自然。但有一个叫张妈的女仆，敬奉观音像非常虔诚，每天早上起床之后，第一件事就是到观音像前焚香叩拜，然后再做洒扫庭除之类的家务活。有一天袁枚起床后，呼叫洗面水叫了好几次，张妈都不搭理，照旧焚香叩拜，充耳不闻。袁枚于是大怒，把观音像取下来狠狠地扔在地上，居然没有摔烂。袁枚于是用脚去踩踏。方姬伤心地哭了，说："昨天晚上梦见观音来跟我告别，说：明天会有一小难，我要到其他地方去了。今天果然被您抛在地上还用脚踏，难道不是劫数吗？"袁枚踩碎观音像后，把那些碎片丢到火里边，大火烧得啾啾有声。袁枚认为佛法全空，又怎么能够这么狡狯？必定是有鬼怪依附在上面。从此以后，再不许家人信佛。

袁枚对随园生圹的营造（本书第八章第二节中有详述），向好友索生挽诗等，直接体现了他的豁达生死观。

袁枚不信佛，但他有点相信命中注定。四十六岁那年有个叫胡文炳的相士给袁枚看了一回相，说袁枚会在六十三岁得子，七十六岁寿终。对此，袁枚虽是姑妄听之，却也牢记于心。而后袁枚真的在六十三岁时得子，于是他对相士说他七十六岁寿终的说法也就完全相信。

或许是有这个心理预期，袁枚在七十五岁那年就觉得状况不对。这年二月二十八日晚上，袁枚做了一个噩梦，梦见一个老僧人推门进来，对他作了个长揖。袁枚平生最不喜僧人，对僧人的打扮、穿着都很反感，可是这僧人竟然进了屋，袁枚没有办法，很不耐烦地问僧人有什么事。僧人作完了揖就说："恭喜先生二十二日还仙位。"袁枚大惊，心想：不是七十六吗？怎么七十五就要我还仙位呢？难道提前了一年？袁枚又问："哪个月？"僧人说："本月。"袁枚非常厌恶，说知道了。僧人起身退了出去。袁枚闭目养神，但只过了一会儿，又不知从哪里进来一个道士，说的话跟僧人说的完全一样。袁枚非常愤怒，他平生最不喜欢僧道，心想：死就死吧，别来烦我。于是手一挥，大声叫道："走开，我知道了！"正说着梦就醒了。

到了夏天，袁枚患了腹疾，他感到死期是真的要近了。但他并不害怕，他写信给陈药洲说："按我的意思，老而病不如老而死，为什么呢？死则与化同归，凌云一笑。病则残形剩魄，终日支离。不但别人讨厌，自己也讨厌。"可见袁枚对死亡不惊不惧，泰然处之，非常通达。

到了七十六岁这一年，袁枚的身体果然是大不如前。先是梦见僧道言死，继而又"忽婴腹疾形神枯"，于是袁枚深信自己是死期将至。一想到自己不久就要远离人世，袁枚并没有感到恐怖、绝望和悲伤，而是感觉到这就像六十三岁生子一样，是一个必然要发生的经历。他首先想到的是学习陶渊明，自己做挽歌。这一辈子，自己不就是学的陶渊明吗？把官场看得那么透，把死生之事也同样要看得那么通。既然看通了，那就不如自己挽一下自己吧。

于是，袁枚给自己写了一首"挽"诗，袁枚的自挽歌题目很长，叫《腹疾久而不愈，作歌自挽，邀好我者同作焉，不拘体，不限韵》：

307

人生如客耳，有来必有去。

其来既无端，其去亦无故。

但其临去时，各有一条路。

……

逝者如斯夫，水流花不住。

但愿着翅飞，岂肯回头顾？

伟哉造化炉，洪钧大鼓铸。

我学不祥金，跃冶自号呼。

作速海风迎，仙凫陪白傅。

或游天外天，目睹所未睹。

勿再入轮回，依旧诗人作。

写完之后，他广泛邀请同仁好友给他写挽诗。朋友们当然不好意思为活着的人写挽歌，所谓预凶非礼，因而响应者寥寥。特别是钱竹初，更是对他此举表示非议，认为袁枚这样做是"不达"，是"矫情"。袁枚就耐心地解释说，孔夫子之歌，就是陶渊明自挽诗的滥觞，自己的自挽诗，陶渊明是始作俑者。这样一来，钱没话说了，这是仿陶渊明，有什么不对呢？死亡对袁枚来说，不仅不是恐惧之事，而且是可以吟咏的一种特殊的审美对象，是可以从中获得审美愉悦和创作灵感的。袁枚说："人之所以有死生者，命；其所以命有长短者，气数也；其所以有气数者，虽问圣人，圣人亦不能知也，任其自然而已。"袁枚对生死的这种达观态度，超过了陶渊明。陶渊明虽然明乎生死，却对死之将至还是感到心焦："从古皆有没，念之心中焦。"

袁枚知道朋友们会有疑虑，于是就一个一个地催，见一个催一个。有时还敲门到朋友家做客，催索挽诗。为了催促朋友们写挽诗，他又写了《诸公挽章不至，口号四首催之》，对大家进行引导和鼓励。其中三首写道：

久住人间去已迟，行期将近自家知。

老夫未肯空归去，处处敲门索挽诗。

莫怪诗人万念空，一言我且问诸公。

韩苏李杜从头数，谁是人间七十翁？

腊尽春归又见梅，三才万象总轮回。

人人有死何须讳？都是当初死过来。

　　袁枚把挽歌这种诗歌体裁升华到纯审美的境界，已不再是悲悼的载体，这是袁枚一生好诗，临"死"之前最生动的表现，其乐生乐死的思想境界已远远超出了陶渊明。

　　袁枚的真诚使友人打消了顾虑，于是挽诗翩然而至，赵翼、姚鼐、孙士毅、钱维乔、法式善、洪亮吉、钱大昕等三十余人写了"挽"诗。有的对袁枚的生死观给予了高度评价。例如："作诗既自挽，复邀人其为。此调久绝响，渊明其先师"（项墉），道出袁枚生死观与陶渊明一脉相承的关系；"先生本达观，归寄久参彻"（梁履绳），"自古皆有死，达人每不讳"（吕昌际），对袁枚参透死生的达观表示钦佩；"人惟畏死乃易死，譬若忧贫贫不已"（钱维乔），则是赞叹袁枚不畏死的脱俗的人生态度。

　　由于是生挽，有些诗当然也带有调侃的味道，但更多的是挽留、赞美、歌颂。袁枚对死的达观态度，索生挽诗，一时成为文坛佳话。

　　乾隆五十六年（1791）的除夕，这天袁枚起了个大早，妻儿都没有起床，偌大的随园静悄悄的，只有鸟鸣的声音打破寂静。袁枚望望室内的一切陈设，望望书房里满橱的书，一股淡淡的悲凉和留恋涌上心头：这是我的最后一天，我就要与这个世界告别。这一切都将留给妻妾，留给十三岁的幼子阿迟。

　　转而一想：老天让我活到七十六，居然让我活到最后一天，也算是看得起我了。老天是不是很忙，忘记了这事？想到这里，他不禁诡异地笑出了声。

还是跟随园作个最后的告别吧。

袁枚在园内慢慢地独行，冷落、凄清又有点儿惆怅。但他没有灰心，没有绝望，只是带着恋恋不舍的眼光看着园内的一草一木，一桥一路，一亭一榭。

午餐后，他又独自一人去给父亲扫墓，也深情地看了父墓旁边他为自己营造的生圹，望着那口生圹，袁枚感慨万千：再过一天，你就不会"空虚"了，让你久等了啊！

下午晚些时候，袁枚又一次整了衣冠，他要好好地衣着整齐地告别这个世界。他把家人召到一起，一一话别后，他便坐在那儿静静地等待死亡的降临。此时，包括八十三岁的姐姐在内的全家人都在惴惴不安地守着他"坐以待死"。

可他自己也觉得奇怪：我没病没痛的，真的今天会死吗？老天是多么奇怪啊，为什么会把我这个身体健康、精力旺盛的人收进去呢？至少也要给我一点预兆啊。他胡思乱想着，不知不觉就到了晚上。在这个最短而又最长的夜晚，全家人都陪着他"守岁"，大家的心情都很复杂。袁枚一再交代，这是过年，任何人都不许哭，也不许对小孩说死的事。大家在一起静静地坐着，眼睁睁地看着死神会怎样将袁枚夺去。

袁枚纵然通达，但当生命真的要终结时，还是不能不留恋。"诸公莫信袁丝达，不到鸡鸣我尚愁"，在象征新的一天、新的一年的鸡鸣声到来之前，袁枚还是忧愁的。毕竟，眼睁睁地看着生命离去，怎能无情到不舍呢？通达与不舍是两码事啊。

在这种紧张的煎熬中，大家谁也没有注意时间的快慢。

突然，一声公鸡的长鸣划破了夜空的寂静，宣布一个新的日子到来了！

大家还没有反应过来，倒是袁枚的姐姐喜泪夺眶而出，她拥着袁枚。袁枚自己也喜出望外，看来，那个叫胡文炳的相术，也是先灵后不灵啊。

家人一一与袁枚拥抱庆贺。袁枚更是高兴得手舞足蹈，一边跳一边大叫："我要把自己的名字改叫'刘更生'，不，不，应该叫'李延年'。"

然后袁枚来到书斋，一连写了七首七绝表示庆贺，命为《除夕告存戏作七绝句》，一个戏字，以及七绝句中"相术先灵后不灵，此中消息欠分明"之句，道出了当时那种逃过一劫之后的欣喜、庆幸之情。试摘七绝中一首如下：

> 手种梅花四十春，暗香疏影尽缠绵。
> 花神似向天神奏，还乞林逋管数年。

似乎他这幸运地活下来，是花神向老天求下来的结果。其幽默与豁达之情，溢于字里行间。

重获"新生"的袁枚，怀着无限热爱生活的激情，又一次离开随园，重游天台，投向大自然的怀抱。

乾隆五十九年（1794）年，袁枚七十九岁时作《八十自寿》诗十首。按照"男上女满"的风俗，男人满七十九岁就可以算是八十岁。十首诗中有"潇洒一生无我相，逢迎到处有人缘，桑榆晚年休嫌少，日落红霞尚满天"之句，对自己年届八十，依然享受人生，感到无比自豪和幸福。

八十一岁这年，袁枚仍然在不停地奔走。这年三月份，他就访问了钱东、卢元素夫妇，并到扬州与王友亮相聚，还到吴江梨里家小住三日。九月九日这天，袁枚还亲自祭扫了老友沈凤的墓，心知年老，来日无算，乃赋诗诀别。九月二十日是袁枚的夫人王氏的八十生日，他在家里好好待了一天，为老妻庆生。

第二天，他又去了苏州。然后又过吴江，与女弟子严蕊珠相见，此次他又招收了好几个女弟子。十二月二十六日，朱石君给袁枚写信，劝他约束风流习性。朱氏是嘉庆皇帝的老师，袁枚回信对朱氏的观点一一驳斥。真是到死都要爱美人。

嘉庆二年（1797）正月十六日，袁枚得了痢疾病，而医生误投参者，导致病情加剧。病中，他想到明、后两年有重赴鹿鸣、琼林两宴之事，豪情依旧，各赋十章诗。二月，张复纯赠送袁枚大黄，袁枚冒险服了三剂，果然痢疾就好了。闲居无事，于是为袁通批点诗集。五月份接连接到两个朋友的讣告，内心伤痛不已，旧交的零落，再次点燃了袁枚的诗情，于是他又写了《后知己诗》十一首。

六月份时，痢疾病复发，这一次病发彻底摧垮了袁枚的信心，他自度不起，于是口述遗嘱。但袁枚并没有放弃生的希望，八月份他又去扬州求医，并再一次向赵翼索生挽诗。赵翼写了两首"挽诗"，实际上是安慰袁枚，认为老天至少会留他赴鹿鸣、琼林两宴。九月份时，果然病又稍微好了一点，为了不让妻子挂念，他高兴地写信给家人，说要回江宁。但到了九月二十日这天，病复发，而且迅速加剧，袁枚自知无望，于是赋诗两首，一首《病中作绝命词留别诸故人》是留别故人，对生命终结之事，显得非常豁达：

> 每逢秋到病经句，今岁悲秋倍怆神。
> 天教袁丝亡此日，人传宋玉是前身。
> 千金良药何须购，一笑凌云便返真。
> 倘见玉皇先跪奏：他生永不落红尘。

还有一首《再作诗留别随园》是留别随园的：

> 我本《楞严》十种仙，谪来游戏小仓巅。
> 不图酒赋琴歌客，也到钟鸣漏尽天。
> 转眼楼台将诀别，满山花鸟尚缠绵。
> 他年丁令还乡日，再过随园定惘然。

这两首七律是袁枚一生最后的诗篇，可以说是他的绝命词。他淡然面对生死，并以期望来世不再落红尘的愿望将这种豁达表达得淋漓尽致。

在生命的最后几天，袁枚向袁通、袁迟口述了他的《遗嘱》。

对于丧事的办理，袁枚在《遗嘱》中交代，一定要从简："五十金可办，我不敢厚过先人也。"

对于墓碑，袁枚要求不必写什么官号名号，就写"清故袁随园先生之墓"就可以了，他自信"千秋万世必有知我者"。

墓碑是对一个人的盖棺论定。很多人对此都很重视，而官至何级，恐怕是最重要的内容。袁枚不写任何官职，也不写人人引为骄傲的翰林院出身，显示他对这些官方给予的名号极不看重，而对自己的诗文特别自信，相信后世会有人知道他。

袁枚《遗嘱》洋洋数千言，无微不至，而在末尾加了这么几行：

> 吾百岁后，诸事具备，所有诗文亦均付梓，惟《随笔》三十卷，考据之学非我本怀，只宜于身后刊之。汝弟兄二人分任，一理丧仪，一刻此书。

立下《遗嘱》后不几日，嘉庆二年十一月十七日（1798年1月3日），袁枚的心脏停止了跳动，享年八十有二。嘉庆二年十二月二十六日（1798年2月12日），其二子葬袁枚于小仓山南岭随家仓的百步仓上，并按袁枚《遗嘱》立碑曰："清故袁随园先生之墓。"并树"皇清诰授奉政大夫显考袁简斋之墓"石碑一块。袁枚的墓志铭是姚鼐撰写，袁枚的同乡梁山舟手书，共刻有两方石，一块藏于幽宫，一块镶嵌山房之右的厢壁上。

关于随园，袁枚曾说：我身全得保此园三十年，我愿足矣。袁枚的两个儿子躬承庭训，凡一花一木，手自经营。其孙辈读书园中，也以仰承先志为勉。但袁枚死后二十多年，随园就衰败得大不如前。曾任河南巡抚的满族正黄旗人伍拉纳的儿子在袁枚死后二十二年写道："比嘉庆己卯，三过随园，则荒为茶肆矣。"

一生未试科举的清朝笔记作家钱泳在《履园丛话》中记载："至道光二年九月，偶以事赴金陵，则楼阁倾倒，秋风落叶，又是一番境界矣。"至道光二十七年（1847），随园已完全败落，连袁枚稿本也被随便抛弃了，袁枚收藏的古董也被散尽。

袁枚的孙子袁祖德官至上海县令，另一个孙子袁祖志擅诗文，袁祖志也出任过县令、同知等一类官职。光绪九年（1883），袁祖志随招商局总办唐廷枢游历西欧各国，归国后著有《谈瀛录》《出洋须知》等书。光绪十九年（1893）下半年，袁祖志应聘为《新闻报》总编辑，同时编刊《随园全集》。他们兄弟二人复兴了随园。大臣李鸿章也到随园参观，并为袁枚族孙袁起的《随园图说》题了长诗。其弟李鹤章、其兄李瀚章都为随园题了诗。

太平天国军占领南京后，传言随园还保存着。因此，清宫中的某宫保、中丞等人都写信给曾国藩，要他入城后留意保存随园，希望将随园做他们晚年的住所。然而曾国藩入城之后，直抵小仓山下，发现除了妙相庵独存之外，随园、寓园等园都不见寸椽片瓦，随园所藏的三十万卷图书和名人笔墨、图册、额联，以及《小仓山房全集三十种》的雕版，均付劫灰。于是，先前写信的那些宫保、中丞等，都不再存觊觎之心。

南京城被攻克后一个月，袁祖志进城觅探，看到的是一片长得很茂盛的野草。不但亭榭、花木荡然无存，连瓦砾都找不出一片。问当地的老百姓，才知是太平军在绝粮时，到处垦种禾麻、菽麦的原因。除了妙相庵巍然独存之外，其他如袁枚的寓园等名园都付劫灰。在山坳处捡得墓石一方及"环香处"三字砖。从袁枚去世到咸丰癸丑年（1853）间被毁，随园保留了五十五年，袁枚可以无憾矣。

太平军占领南京期间，袁祖志的堂姐、族姐喝药自尽，几个亲戚和男女仆数人也遇难。其时袁祖德在上海任县令，袁祖志奉母就养于上海县署中。但这年秋天的八月，上海也失陷，袁祖德被上海小刀会的人杀死。

太平军之所以要毁掉随园，据说是因为袁枚的孙子袁祖志曾在苏州做过县令，与太平军交过手，让太平军锐气大伤，太平军嫉恨袁枚的孙子，恨屋及乌，也就嫉恨袁枚，毁掉随园。二十世纪五十年代，袁枚墓被列为江苏省级文物保护单位，墓前有石牌坊，上刻"清故袁随园先生墓道"。因为没有写官职，袁枚的墓被太平军保留。"皇清诰授奉政大夫显考袁简斋之墓"石碑一块也被保留。二十世纪六十年代仅残留墓址。

袁枚的墓原为江苏省省级文物保护单位。1974年3月，因建五台山体育馆，经批准，由南京市文物保管委员会对该墓进行了清理。二十世纪八十年代，因南京旧城改造，曾对袁枚墓予以发掘，发现其墓已遭人盗。袁枚的墓碑及若干遗物，现存于南京市博物馆。墓碑题字依稀可辨："考袁简斋公，妣王太宜人之墓。"

袁枚的长子袁通，官河南内县，著有《捧月楼词稿》，袁通生有儿子三个；次子袁迟，官南河州同，喜欢绘画，生儿子、女儿各三个。袁枚的六个孙辈都当过县令一类的官职。关于袁枚的孙辈和曾孙辈，袁枚的孙子袁祖志在《随园琐记》中都有记载，再往下就难以找到文字记载。但袁枚的第八代孙袁建扬、第八代孙女袁建中都与袁枚研究专家、苏州大学王英志教授有联系，他们向王英志教授提供了袁枚纪游册手写稿的翻拍片。袁枚的第九代孙、第十代孙的介绍详见本书《美食与性灵》一章。

但随园两个字并没有消失，最有名的就是南京师范大学的随园校区。2013年笔者到南京考察时，发现今天的清凉山公园没有一个字提到随园、提到袁枚，着实有点令人费解。但还有以随园命名的建筑，除了南京师范大学随园校区以随园命名外，还有随园宾馆等以随园命名的地名。看来，随园已经成为一种文化的标记烙在了南京人的心中。

第十七章 『性灵』独抒 余韵悠长

一

　　袁枚的"性灵说"在当朝和后世的影响都不可估量，蒋子潇《游艺录》曾记载"性灵说"在当年诗坛的反响："乾嘉中诗风最盛，几于户曹刘而人李杜，袁简斋独倡性灵之说，江南北靡然从之，自荐绅先生下逮野叟方外，得其一字荣过登龙，坛坫之局，生面别开。"

　　客观地说，乾隆诗坛前期的盟主是格调派主将沈德潜。关于沈德潜、袁枚二人在乾隆诗坛的地位，舒位后作《乾嘉诗坛点将录》，将沈氏喻为"托塔天王"晁盖，将袁枚比作"及时雨"宋江。晁盖是梁山前期首领，并无多大作为；宋江则是梁山鼎盛时期头领，成就了梁山大业。于两人的论诗，清人钱泳在《履园谈诗》中称"二人谈诗判若水火"，不能相容，尽管二人有私交，但在原则问题上互不相让。

　　沈德潜是一位诗论家，其诗论不乏精义，是清朝大诗论家叶燮的门生，其主张"格调说"，崇奉盛唐诗排斥宋诗，宣扬诗的"善伦物、感鬼神、设教邦国、应对诸侯"的封建功能，对诗坛影响甚大，在吴下兴起复古的风气，并形成清代格调派。他还是一位著名诗选家，从乾隆十年（1745）开始，花了十四年时间编选了《唐诗别裁集》《明诗别裁集》《国朝诗别裁集》（今人改名《清诗别裁》），选诗原则是"合乎温柔敦厚之旨，不拘一格"，所选诗的风调音节，都接近唐贤。

二人在诗坛地位的变化，源于论战。

二人论战是沈德潜首先发难的，当他看到、听到袁枚关于主性灵的系列观点后，就给袁枚写了一封信，以老诗人的身份教诲袁枚，认为诗要推盛唐，宋诗不可取。又说当今浙派沿宋习而败唐风者以厉鹗为祸首，还说了诗应该"温柔敦厚"的论调。

袁枚收到信后，认真读了几遍，见沈尚书向自己亮出诗学观点，十分高兴。因为袁枚对沈氏《说诗晬语》及几本《别裁集》所宣扬的观点早有异议，而且其说流毒甚广，有不少盲从者，只是碍于情面，没有公开批判而已。现在沈老先生既然主动写信来挑战，等于授人以柄，正好给自己一个进行反驳、亮明观点的良机，万万不可错过。于是，袁枚连夜写成《答沈大宗伯论诗书》一信。

袁枚首先引出靶子，引出沈氏的来信。沈氏在来信中批评浙江人的诗，说他们沿袭了宋诗之俗，败坏了唐诗的风格。显然，沈氏认为，诗只有唐朝的好，现在也不能改变唐诗的风格。这是典型的复古论调。

针对沈氏的复古论，袁枚说："诗有工拙，而无古今。自葛天氏之歌至今日，皆有工有拙，未必古人皆工，今人皆拙？""今之莺花，岂古之莺花乎？然而不得谓今无莺花也；今之丝竹，岂古之丝竹乎？然而不得谓今无丝竹也。"

然后，袁枚针对沈氏的复古论提出了"变"论，认为诗的风格在于"变"："唐人学汉魏，变汉魏，宋学唐变唐，其变也，非有心于变化，乃不得不变也。"然后打了一个非常生动的比方："子孙之貌，莫不本于祖父；然变而美者有之，变而丑者有之，若必禁其不变，则虽造物有所不能。先生许唐人变汉魏，而独不许宋人之变唐，惑也。"

袁枚更深刻地指出，就是在有唐一朝，风格也并非一成不变的，而是自变其诗的。"初盛唐一变，中晚唐再变，至皮、陆二家，已浸淫乎宋氏矣。"

在此基础上，袁枚又提出了一个更新的观点：学习的目的就在于改变。他说："变尧舜者，汤武也；然学尧舜者，莫善于汤武；变唐诗者，宋元也，然学唐诗者，莫善于宋元，莫不善于明七子。"汤武是学尧舜学得最好的，也是改变尧舜的；改变唐诗的是宋元，学唐诗学得最好的也是宋元，也没有谁像明七子那样不善于学习唐诗的了。为什么呢？应当变化就要变化，相互传递的在于心思；应当变化而不变化，那就是拘泥守旧。袁枚还打了一个生动的比方：鹦鹉能说话，但不能得知它所说的意思，那难道不是因循守旧而致的吗？"

针对沈氏的"诗贵温柔，不可说尽，又必关系人伦日用"的诗论，袁枚先退一步含蓄地说："仆口不敢非先生，而心不敢是先生。"接着就以《诗经》为例进行反驳，称《诗经》中既有含蓄者，也有说尽者，并非都是"温柔敦厚"。又以孔子为据，孔子之言"远之事父，迩之事君"是"诗之有关系者"，而"多识于鸟兽草木之名"，却是诗之无关系者，不可一概而论。最后说"仆读诗常折衷于孔子，故持论不得不小异于先生"。这实际是以子之矛攻子之盾。因为沈氏是奉孔子思想为圭臬的，袁枚此语无疑是委婉而不可辩驳地告诉沈氏：你这个观点与你奉为圭臬的孔子之说也是背道而驰的。这样就把沈氏的观点批得体无完肤，没有立足之地。

此信发出后，出人意料地没有收到沈氏回信。是沈氏不屑作答，还是无言以对呢？在等待回信的日子，袁枚又翻阅了沈氏编的《明诗别裁集》，见其中不选明末清初诗人王次回的诗，因为王次回的《疑雨集》中颇多艳诗。沈氏认为"艳体不足垂教"，故弃而不取。袁枚认为沈氏道学气太重，于是写了《再与沈大宗伯书》，专门探讨艳诗问题。

袁枚在第二封信里，首先引用《诗经》的开篇诗，以证沈氏贬斥艳诗的可笑："夫《关雎》即艳诗也，以求淑女之故，至于辗转反侧。使文王生于今，遇先生，危矣哉！"然后又引用《易经》来说艳诗："《易》曰，一阴一阳之谓道；又曰：有夫妇然后有父子。阴阳夫妇，艳诗之祖也。"这是打鬼借助钟馗之法，先置以遵经守道自许的沈氏于"离经叛道"的尴尬地位。

然后，袁枚使用类比的方法，把观点说得更为透彻：一代才人，该入传的就应该入传，不应拘泥己见而狭隘取舍。宋人说蔡琰再嫁失节，范史云认为其传不应该收入《列女传》，这都是浅陋的说法。《列女传》写的是女子的列传，不一定要刚烈的。有道德有才能，有关国家安危的，都可以列入。好像写公卿的传记，也不一定都是死难的。以证明"诗之奇平艳朴，皆可采取。亦不必尽庄语也"。"艳诗宫体，自成诗家一格，孔子不删郑、卫之诗，而先生独删次回之诗，不已过乎？"这样一推理，把以尊孔奉孔自居的沈德潜置于了反孔的位置，让他有口难辩。

结尾一笔更是有千钧之力："谨以鄙意私于先生，愿与门下诸贤共详之也。"这就无异于表明：我不仅是向你，更是向你格调派所有人的公开宣战！

袁枚与沈氏论战的信被文友们广为传播，并迅速成为文坛热点。沈氏一出手后就偃旗息鼓，袁枚以全胜收兵。从此袁枚名声大振，沈氏则大为受挫。乾隆诗风从此发生变化，格调派逐渐凋蔽，淡出诗坛，而性灵诗迅速风靡大江南北。从此，袁枚取代沈德潜成为诗坛盟主。

但此次论战之后过了一段时间，袁枚又收到一个叫施兰垞的来信论诗，现在来看这人名不见经传，是袁枚弟子还是沈氏弟子也无法考证。他对袁枚的"不宗唐"非常赞赏，却支持袁枚"宗宋"。袁枚感到啼笑皆非，于是连回两信，说他比沈大宗伯更糊涂，同时也在信中进一步阐明了性灵学的一些观点，以正视听。

袁枚驰骋乾嘉诗坛近五十春秋，名满天下。姚鼐在《袁随园君墓志铭并序》中说："士多效其体，故《随园诗文集》上自朝廷公卿，下至市井负贩，皆知贵重之。"

当时的学林士子，青年男女，竞相依附门墙，以做袁枚弟子为荣。甚至一些封疆大吏、文武权臣也自称袁门弟子，竞相厚礼相送。袁枚到外出游，围观的群众里三层外三层，有一次竟把桥都挤垮了。

据《随园琐记》记载，凡是制府、将军以下驱车来访随园的，都要于一里路以外留下随从，单车入园，表示对袁枚的尊重。

在袁枚去世之后，还有许多人前往参拜。浙江一位中丞的公子来到随园，先到袁枚的像前参拜，然后从袖子中拿出朱提一笏，恭敬地写上四个字："瓣香之敬。"袁家人不敢接受如此厚礼，坚决推辞。而公子坚持要送。袁家人只好拿出一套《袁枚全集》作为答谢，这位公子于是高兴地把书带走了。

清代中叶以后，图书市场上有四大畅销书：《三国演义》《红楼梦》《聊斋志异》和《随园诗话》。

对于《随园诗话》与上述三本书并列畅销书，今天的读者可能会感到意外：一本诗评，怎么会成为畅销书？但它的确是畅销书。

据中国社会科学院文学研究所研究员蒋寅统计，《随园诗话》自乾隆五十五年（1790）至清末一共刊印六十二次，这个数字除了《四书》（这是明清两朝的课本）外，很少有能达到的。直到民国时期，《随园诗话》仍是文人们的重要话题和关注重点。清末谴责小说《二十年目睹之怪现状》第二十五回中也说到《随园诗话》是"人人都看的"。

袁枚对诗人的影响，第一当推乾隆三大家的另两位：蒋士铨、赵翼，第二是被袁枚称为"天才诗人"的黄景仁。

就个人而言，除前已述及者外，清朝受袁枚影响最大的当数杭州诗人陈文述。

陈文述（1771—1843）初名文杰，字谱香，又字隽甫、云伯、英白，后改名文述，别号元龙、退庵、云伯，又号碧城外史、颐道居士、莲可居士等，钱塘（今浙江杭州）人。嘉庆时举人，官昭文、全椒等知县。他没有见过袁枚，袁枚逝世前在《随园诗话补遗·卷十》录其《赋团扇》诗一篇。《赋团扇》一诗颇有来历：乾隆六十年（1795）八月二十四日，阮元奉旨调任浙江学政，嘉庆元年（1796）陈文述应杭州乡试，阮元以《仿宋画院制团扇》命题，陈文述诗最佳，末句云："歌得合欢词一曲，想教留赠合欢人。"阮元大赞，在诗旁批曰"不知谁是合欢人"，并以团扇赠陈文述，人称其为"陈团扇"，名声于是传了开来。

陈文述仰慕袁枚，在其《书随园诗集后》中写道："君生太早吾生晚，惜未空山礼导师。"在另一首诗中写道："生平未见仓山叟，绝代风流亦吾师。"他与袁枚之子袁通交情颇深，早年写性灵文字，并涉艳情，中年后诗风改变，晚年后也效仿袁枚，招收女弟子。女弟子有吴规臣、张襄、汪逸珠、钱莲因、王仲兰、吴苹香等，并效仿袁枚编《碧城仙馆女弟子诗选》，为杭州女子作诗张目。

舒位受袁枚影响也比较大。舒位（1765—1816），清代诗人、戏曲家，字立人，号铁云，自号铁云山人，小字犀禅。直隶大兴（今属北京市）人，生长于吴县（今江苏苏州）。乾隆五十三年（1788）举人，屡试进士不第，贫困潦倒，游食四方，以馆幕为生。从黔西道王朝梧至贵州，为之治文书。博学，善书画，尤工诗、乐府，书各体皆工。作画师徐渭，诗与王昙、孙原湘齐名，有"三君"之称。

舒位最有影响的著作当属《乾嘉诗坛点将录》。舒位和陈文述以及二三名士，酒余饭后，闲谈当时诗坛人物，就成了这本书。其中以沈德潜为托塔天王，袁枚为及时雨，毕沅为玉麒麟，钱载为智多星，蒋士铨为大刀，赵翼为霹雳火……此外当时诗坛名人如洪亮吉、黄景仁、阮元、张问陶等人也各有其位。点评的结果传出去，知者无不绝倒，以为毕肖。

对同时代的诗人进行评点与排名，不是一件容易的事；然而我们两百多年后来看《乾嘉诗坛点将录》，亦不能不讶服于其公正与准确。这一方面是由于舒位在诗歌上的卓绝见识，另一方面也是由于他的评论态度："或盖棺而论定，或盍簪而勿疑，或廉蔺之无猜，或尹邢之不避。"（《乾嘉诗坛点将录·序》）

舒位对袁枚"性灵说"以真性情为诗之根本非常认同，他认为古代的诗之所以流传至今，脍炙人口，就是因为其表现的是人的真情实感。他说："性情各有真，片语不能强。非心所欲言，虽奇亦不赏。"没有真性情，再奇特的句子也不值得欣赏，可见他把真性情排在了第一位。

袁枚"性灵说"非常重视诗人的才、学、识，舒位对此也非常认可，只是舒位更重视识，而袁枚更看重的是才。舒位成为后期性灵派诗风的一员。

袁枚的"性灵说"到底有何实质内容？有何历史底蕴和传承？且听笔者慢慢道来。

二

袁枚从乾隆元年（1736）写《钱塘怀古》开始，到嘉庆二年（1797）逝世，六十多年的辛勤创作，给世人留下古、近体诗四千四百八十四首，是中国古代诗人中写诗最多的之一。有一种说法是，写诗最多的第一是乾隆皇帝，写了四万多首诗；其次是南宋诗人陆游，传世诗九千三百多首；第三就是袁枚，存世诗四千多首；第四是北宋诗人杨万里，创作两万多首，存世诗四千二百首。

袁枚对诗文的喜爱，并不亚于对美色的垂青。他"选诗如选色"，任江宁知县时期，其门下士谈敏奇曾为之刻印《双柳轩诗文集》，这是袁枚的诗文首次结集。但辞官后，他又认为那时的诗写得不好，将刻版烧掉，可见其追求品位之高。

乾隆十二年（1747），袁枚自编诗集十卷。十二年后又编诗集，并由好友蒋士铨校定。乾隆四十年（1775）编成诗文集《随园全集》六十卷。此外编有《小仓山房外集》四卷。十五年后，又补编一次诗文集，各增至三十二卷。最后诗集增至三十七卷，文集增至三十五卷，骈文集增至八卷。此外，加上《随园诗话》二十六卷，《子不语》三十四卷，《随园随笔》二十八卷，《袁太史稿》一卷，《牍外余言》一卷，《随园食单》一卷。"著作等身"对于袁枚并不虚夸。

他"不贪长寿只贪诗"，临终前还在《答东浦方伯信来问病》一诗中说："偶作病中诗，高歌夜不止。推敲字句间，从头直到尾。要教百句活，不许一句死。"此时此刻，他仍笔耕不辍、挥毫愈勤，推敲愈工，真是生命不息，创作不止。

综观《随园诗话》诗论，主旨是强调创作主体应具的条件，主要在于真情、个性、诗才三要素，并以这三点为轴心生发出一些具体观点，袁枚的"性灵说"，实际上由真情论、个性论、诗才论所构成。

"性灵说"本身具有深厚的历史渊源。

在《庄子》中可以找到"性灵说"的萌芽。《庄子》中有如下论述："真者，精诚之至也。不精不诚，不能动人"，"真悲无声而哀，真怒未发而威，真亲未笑而知。真在内者，神动于外，是所以贵真也"。"故圣人法天贵真，不拘于俗"。袁枚曾说"胸有庄生《齐物论》"，可见袁枚的主真情，明显有庄子的影响。《庄子》还追求无待、无累、无患的"逍遥游"，崇尚"独与天地精神往来"的独立自由情态，这与袁枚张扬个性，倡导"独抒性灵"，反对依傍，在精神上也是相通的。

主"真情"的性灵说，显然还受了孔子的影响。孔子提出诗歌具有"兴、观、群、怨"的社会功能，袁枚独取其诗可以"兴"，即诗歌传递出来的真情可以感动人。

性灵说主真情，其诗歌创作实践的渊源来自《诗经》。他的女弟子金纤纤认为袁枚的诗作从本质上看都体现出了一个"情"字，她说："圣人曰：《诗》三百篇，一言以蔽之，曰'思无邪'，余读袁公诗，取《左传》以蔽之，曰'必以情'。此可谓知师之言。"

西晋陆机的《文赋》首次提出"诗缘情而绮靡"的观点，是对传统的"诗言志"载道观的一大突破，袁枚把志化为各种形态的感情，正与"缘情"说一脉相承。袁枚在著作中多次提及陆机，并于《随园诗话·卷十》征引《文赋》词句，可见其对陆机《文赋》确实颇加青睐。

古典文论著作中首先采用"性灵"一词的是南朝刘勰的《文心雕龙》，虽然刘勰的"性灵"一词不是直接论诗，而是指人的"聪明精粹"，但对"性灵"说有很大影响。

稍后于刘勰的南朝著名评论家钟嵘在其诗论专著《诗品》中，直接以"性灵"论诗的品质。他评论阮籍《咏怀》之作可以"陶性灵，发幽思。言在耳目之内，情寄八荒之表"。显然，这里的"性灵"是"情寄八荒之表"的情，即《诗品序》所强调的"物之感人，故摇荡性情"。钟嵘主张诗"陶性灵""吟咏情性"，即抒发内心的思想感情，是针对"理过其词"的玄言诗而发的，这是其诗歌美学的主旨。钟嵘重抒情、尚自然、崇真美的"性灵"之说直接影响了袁枚"性灵说"的核心内容。袁枚在《仿元遗山论诗》诗三十八首其三十八论"夫己氏"一首说得最为明白：

> 天涯有客号冷痴，误把抄书当作诗。
>
> 抄到钟嵘《诗品》日，该他知道"性灵"时。

这首诗也是袁枚自述"性灵说"源头，是《诗品》的有力证据。

严羽的诗论也与"性灵说"有关。严羽明确标举"诗者，吟咏性情也"的观点，又强调"诗有别才，非关书也；诗有别趣，非关理也"，这正是其"独抒性灵"的实质所在。严羽还反对"以文字为诗，以才学为诗，以议论为诗"。《四库全书总目提要》评严羽"独任性灵"。袁枚多次引用《沧浪诗话》中的观点论诗。

"性灵说"在明代有了更长足的发展。明朝的统治者在思想领域鼓吹程朱理学，前后七子倡言"文必秦汉，诗必盛唐"，掀起复古之风。因此，徐渭、李贽、公安派及汤显祖等一批富于反叛精神、追求个性解放的有识之士，在明代社会经济已经萌发了带有资本主义性质的新的生产关系幼芽的背景下，又以"性灵说"为武器，向假道学与复古的形式主义文风宣战。特别是李贽提出的著名的"童心说"，强调"童心"即是真心，人的纯真之心，是人的天然本性，真实感情，包括人的"自私自利之心""贪财好色之心"，即不受封建伦理纲常束缚之心。

以袁宏道、袁宗道、袁中道为首的公安派，反对前后七子的复古，其"性灵说"的核心思想是"独抒性灵，不拘格套"，强调"非从自己胸臆流出，不肯下笔"，反映了对创作个性的要求，也强调感情、本性的真实自然。但公安派"性灵说"唯心色彩较浓，加之清人存在"公安无学"的看法，轻视公安派。袁枚也认为"明季士大夫，学问空疏，见解迂浅"，所以袁枚对公安"三袁"并无公开赞同之词。

湖北竟陵人钟惺、谭元春为代表的竟陵派也标举"性灵"，但他们注重于表现其"孤怀孤诣"，距离社会现实较远，不为袁枚所赞赏，被袁枚贬之曰"钟、谭论诗入魔"。

袁枚倡导的"性灵说"特别强调"性情""真情",在感情这个特定含义上,"性灵""性情""情""真情"往往是相互包含、交叉使用的。《随园诗话·卷一》开宗明义:

> 杨诚斋(杨万里)曰:"从来天分低拙之人,好谈格调,而不解风趣,何也? 格调是空架子,有腔口易描;风趣专写性灵,非天才不办。"余深爱其言。须知有性情,便有格律;格律不在性情之外。《三百篇》半是劳人思妇率意而言情之事;谁为之格? 谁为之律?"

袁枚在《答曾南村论诗》中说:"提笔先须问性情",把"性情"作为创作的首要条件。有性情才提笔写诗,没有性情就不要勉强,不要为了写诗而写诗。必须内心有真情冲动,笔下才有真情流露。他赞成唐人许浑的观点:"吟诗好似仙成骨,骨里无诗莫浪吟。"必须骨子里有诗,诗才有一种自然的节奏。把文字拼得像诗,那只是文字游戏。

《毛诗序》曾提出一个著名观点:"情动于衷而形于言,言之不足故嗟叹之,嗟叹之不足故咏歌之,咏歌之不足,不知手之舞之,足之蹈之也。"揭示了诗人由于内心感情冲动而发言为诗的创作规律。这个观点与袁枚的观点异曲同工,说的都是指诗歌创作必须有真情。袁枚甚至认为,从《诗经》以来,凡是流传来下的诗,都是性情诗。"自《三百篇》至今日,凡诗之传者,都是性灵,不关堆垛。""《三百篇》专主性情。""圣人编诗,先《国风》而后《雅》《颂》,何也? 以《国风》近性情故也。"的确,国风都来自民间,没有宫廷文人创作那么多顾忌,也更接地气,更因在民间流传,当然更接近性情。袁枚还认为唐朝之所以以诗盛,就是因为唐诗重性情,对杜甫、白居易"创为新乐府,以自写性情"的创作,评价为"此唐之诗所以盛也"。

袁枚在《答程蕺园论诗书》中说:"且夫诗者由情生者也。有必不可解之情,而后有必不可朽之诗。情所最先,莫如男女。古之人,屈平以美人比君，苏李以夫妻喻友，由来尚矣。"袁枚不但认为诗要有真情，而且认为男女之情是排在第一的。对于谴责男女之情的伪道学言论，袁枚也给予辛辣的讽刺。在这封信中，他还说："宋儒责白傅杭州诗，忆妓者多，忆民者少。然则文王寤寐求之至于转辗反侧，何以不忆王季、太王而忆淑女耶？孔子厄于陈蔡，何以不思鲁君而思及门生弟子耶？"

这种反驳，以伪道学家们奉为圭臬的经典来反驳他们自己，真是具有千钧之力，让伪道学家们没有还手之力。还是在这封信中，袁枚针对沈朗的"关雎言后妃，不可为《三百篇》之首"，反驳道："然则《易》始《乾》《坤》，亦阴阳夫妻之义，朗又将去《乾》《坤》而变置何卦耶？"袁枚说，这种谰言，真让人想去锤击他。

袁枚还认为，我国诗论的开山纲领"诗言志"的"志"，也是指的性情。他说："千古善言诗者，莫如虞舜，教夔典乐曰：'诗言志。'言诗之必本乎性情也。"

当然，这是袁枚自己对"诗言志"的理解。看似有点牵强，但志难道不与情有关？从来志气、理想之中，确实包含着一个强烈的思想感情。

对于没有真情的科举诗文，袁枚比之为"俗客"。他说："于无情处求情，于无味处索味，如交俗客，强颜以求欢。"

清代诗人朱彝尊曾作长篇情诗《风怀》，有人劝其删，朱氏坚决不从。袁枚对此大为赞赏。他说：朱彝尊的文集保存《风怀》一诗，考虑会被衬祭牵累，这是一时开玩笑的话。试想，如果他删掉《风怀》一诗，今天的孔庙真的能为他安排一个席位吗？

"性灵说"的核心观点之二是：诗必须有个性。

清代前期诗坛规唐模宋，都是缺乏个性和独创精神的表现。袁枚在《续诗品》中质问："竟似古人，何处著我？"

袁枚认为："作诗，不可以无我"，因为"有人无我，是傀儡也"。诗中没有"我"，就没有生命力。他在《随园诗话》卷四中说："凡作诗者，各有身份，亦各有心胸。"袁枚又说："诗者，各人之性情，与唐宋无与也"，"而无自得之性情，于诗之本旨已失之矣"。拘束了个性，就扼杀了"自得之性情"，取消个人的个性，这样就失去了诗的个性及表现自己思想感情的"本旨"。

"有我"的另一个含义是强调艺术表现的独创性。袁枚在《书所见》六首之五中写道："但须有我在，不可事剽窃。"在袁枚看来，模仿也是"剽窃"，模仿名家就等于"为大官作奴"，就是寄人篱下。而诗是不能寄人篱下的，与其为大官作奴，不如"为小邑之簿尉"。到大官身边当个被呼来唤去的奴才，还不如到小县当个副职，当个副职至少还可以活出个性，活出点自我来。当个副职，大小也是个"爷"们儿，而当个奴才，不管给多大的官当差，也只是个奴才而已，没有本质区别。意即写诗歌必须独创，独创才有特色，独创才有个性。而模仿就像当奴才，是不可能有个性和特色的。

袁枚的诗歌创作独具个性，从不刻意模仿任何名家。他旗帜鲜明地说：

> 若问随园诗学某，
>
> 三唐两宋有谁应？

要有个性就必须是独创，是独创就必有新意。袁枚用祭祖先的肉必是新鲜肉打了个比方。他在《随园诗话·卷六》中说："要之，以出新意，去陈言为第一要着。乡党云，祭肉不出三日，出三日则不食之矣。能诗者，其勿为三日之后之祭肉乎？"袁枚委婉却又尖锐地批评了不出新意的诗，跟别人的风，模仿别人写的诗，就像三日后的祭肉，都是腐臭之物了。这样的诗，一点价值也没有。

袁枚坚定地认为写诗作文要有个性，必须独创。因而他对那些"穷经"这样的貌似"千真万确"、可以立于不败之地的言论也给予尖锐的批评。在《答惠定宇第二书》中，对惠定宇的"读书人要控制自己的行为，不用经书是不行的"（"士之制行，非经不可"）言论进行的反驳就是一例。

袁枚首先说，穷究经典但又不知经典名称的由来是不行的。

这开头一句就嘲笑鼓吹所谓穷经者并无知识。然后，袁枚有根有据地解释"经典"的由来:"六经"的名称,是从庄周开始的,《经解》的名称,是从戴圣开始的。庄周,是异端邪说(乾隆时期是如此);戴圣,是个贪污受贿的下等佐史。他们的命名不可成为根据。"六经"中只有《论语》《易经》可以相信,其他经书是值得怀疑的。怀疑,并不是圣人禁止的。孔子说:"多闻缺疑(多听,有怀疑的地方加以保留)。"我对经典的疑问,并不是出于私心去怀疑的,而是用经书去证明经书而产生疑问的。汉朝的王充说:"著作者为文儒,传经者为世儒。著作者以业自显,传经者因人以显。是文儒为优。"

袁枚怀疑经典,实际上是鼓励独创。文儒优先,也就是独创优先。

他在《随园诗话·卷五》中对模仿痛下针砭:

> 抱杜、韩以凌人,而粗脚笨手者,谓之权门托足;仿王、孟以矜高,而半吞半吐者,谓之贫贱骄人;开口言盛唐及好用古人之韵者,谓之木偶演戏;故意走宋人冷径者,谓之乞儿搬家;好叠韵、次韵,刺刺不休者,谓之婆恕谈;一字一句自注来历者,谓之骨董开店。

此段评论,可谓精彩绝伦。

袁枚"性灵说"的第三个核心观点是诗才论。他认为要写诗必须有诗才或天分。他在《蒋心余藏园诗序》中说:

> 作诗如作史也,才、学、识三者宜兼,而才尤为先……诗人无才不能役典籍、运心灵,才之不可已矣如是乎!

有才方能役典籍。好一个"役"字,才华是主人,典籍是奴才,才华能让典故呼之即来,用得恰到好处,浑然天成,毫无勉强、堆砌之痕。

袁枚的诗文并非无典,他的用典是信手拈来,如盐之溶于水,几乎看不出来。这就是才气,也是才力。

袁枚非常强调诗人的天分（才气），他在《随园诗话·卷十四》中说：

> 诗文之道，全关天分。聪颖之人，一指便悟。

他在《随园诗话·卷十五》中又说："用笔构思，全凭天分。"

他在《何南园诗序》中说："诗不成于人，而成于其人之天。其人之天有诗，脱口能吟；其人之天无诗，虽吟而不如其无吟。"

袁枚倡导"性灵说"，并没有专门的理论著作，而是在诗话点评中，在书信中，在为别人写的诗文序中，以片言只语的形式，将其核心观点表达出来，给人极深的印象。而其"性灵说"的观点，也就在这些精彩的碎片化的诗文点评中，得以广泛地传播开来，影响日益扩大。

袁枚强调诗人的天分，但并不否定后天学习的重要性，他同样认为诗人是必须有学习、有继承的。他在《与梅衷源》中说：

> 诗宗韩、杜、苏三家，自是取法乎上之意。然三家以前之源流，不可不考，三家以后之支流，不可不知。《书》曰：德无常师，主善为师。子贡曰：夫子焉不学，而亦何常师之有？杜少陵曰：转益多师是我师，皆极言诗法之不可不宽也。三家虽是大家，然拘守之，则取径太狭。

用最简单的话来理解袁枚这段话，就是：作诗有法，诗无定法。但又必须转益多师，从前人的诗中领悟其精妙之道。

袁枚认为，诗人有才，其精气神才能与外物息息相通，才能伤四时之变化，才会多情善感，才会有灵感和顿悟，然后发之为诗。

袁枚在《续诗品》中说："鸟啼花落，皆与神通。人不能悟，付之飘风。唯我诗人，众妙扶智。"

造化所造的自然界的一切，都是与人相通的。但如果没有才，没有天分，那一切都付之如风，不会令人心动。只有有才的诗人才能领悟到那神秘的一切，领悟了之后才能写成诗。

他在《随园诗话·卷六》中引法时帆的诗进一步阐明了这个观点："情有不容已，语有不自知。天籁与人籁，感召而成诗。"他认为诗不是冥思苦想而来的，而是自然而然地来的。"我不觅诗诗觅我，始知天籁本天然。"

既然诗是有才的诗人自然而成的，因而他并不认为写诗是诗人的专利，有灵性的人都可以写诗，说不定还能写出好诗。他特别欣赏"妇人女子，村氓浅学"及小贩工匠等普通劳动者发自性灵、近乎口出而成的小诗，并誉之为"天籁"，认为那就是最好最自然的诗。这也是袁枚广泛收集无名诗人的诗作，鼓励妇女作诗的思想前提。

既然诗是天籁之音，他当然主张诗歌应该有浑然天成之美，反对诗歌中人工雕琢的痕迹。他在《随园诗话·卷四》中说："诗宜朴不宜巧，然必须大巧之朴；诗宜淡不宜浓，然必须浓后之淡。"

袁枚反对诗歌人工雕琢的痕迹，并非认为诗可以信手而写，相反，他对诗歌语言的锤炼提出了更高的要求。他在《答东浦方伯信来问病》中说："一切诗文，总须字立纸上，不可字卧纸上。人活则立，人死则卧；用笔亦然。"

这里说的就是诗歌语言的锤炼，他认为立不起来的字就是死字，就像死人一样。他用这个生动的比喻，说明了诗歌的语言必须灵动鲜活，富有生气。为了让诗歌语言活起来，就是用"辣语""荒唐语"入诗也是可爱的。

诗歌语言要活，那么用典就不能"填书塞典"，那样就会"满纸死气"。用典必须"无填砌痕"，"用典如水中着盐，但知盐味，不见盐质"。（均出自《随园诗话》）

三

袁枚在当朝的影响已远达朝鲜、日本及台湾地区。

据《随园轶事》记载，高丽（今朝鲜半岛）派到清朝的使臣李丞熏、洪大荣等，奉命来到中国，无意间读到袁枚的诗文集，都击节赞叹，发自内心地倾倒。于是，两人来到随园，都自己出钱，各买下数十部书，带回国后分送给同事、文朋诗友。袁枚的书在高丽被争相传阅，供不应求。于是一年后，高丽又派人到随园，专程购买袁枚的书，购买的数量是以前的数十倍。从此之后来随园买书的高丽人络绎不绝，形成了洛阳纸贵、价重鸡林之势。

所谓鸡林，有人以为就是现在的吉林，其实不然。鸡林位于今朝鲜半岛，唐朝龙朔三年（663），在彼处设立鸡林都督府，所以才有鸡林国之称。

据元稹《白氏长庆集》载，诗人白居易的作品深受大家喜爱，广为流传，连鸡林国的宰相都出高价让人代购。后来就以"鸡林传咏""鸡林诗价""句满鸡林""价重鸡林"形容作品价值之高、流传之广。

清代中日文化交流频繁。江户时代（1603—1867），汉学在日本成为一门显学。清代诗集在日本刻印的多达二百多部。而王士禛、袁枚的诗集格外受重视。袁枚有以下作品已流传到日本：

《随园诗话》一共二十九部，《小仓山房集》一共十六部，《小仓山房尺牍》一部，《小仓山房文钞》一部，《随园三十种全集》十五部，还有《随园诗钞》《随园女弟子诗选》《随园文钞》。

也就是说，几乎袁枚所有的著作都在日本刊行了，而且在刊行时往往附有日本学者写的序文，当然这些序文都是结合袁枚的诗文与日本时代精神的契合点来说的。袁枚的"性灵说"非常符合日本"我为自我"等时代思潮的的需要。

日本"折衷诗派"的创作，更是直接受到袁枚的影响。

例如，日本汉诗人市河宽斋（1749—1820）1797年作《示儿诗》，有"唤婢休嗔迟午饭，夜来多是雨沾新"之句，就是化用袁枚《随园诗话·卷十二》所收刘悔庵句"冷早秋衣薄，天阴午饭迟"与顾牧云句"衣轻晓寒逼，薪湿午炊迟"而来的。

日本诗论家菊池五山（1769—1849）曾仿袁枚《随园诗话》编《五

山堂诗话》，收录日本汉诗人逸事，不少人争求收载诗作入诗话，刊行后影响甚广。

日本汉诗人中岛松隐（1780—1856）以袁枚知己自许，认为袁枚诗歌的美感魅力，有暑热时"消夏"之功。

日本汉诗人赖山阳（1780—1832）深受袁枚《仿元遗山论诗》绝句三十八首的影响，写了二十七首论诗七绝。

日本学者藤森弘庵（1796—1863）为田忠子中所编《随园诗钞》所写的序文中，把文章分为理学之文、诸学之文、史学之文、议论之文、考据之文、才子之文六类，他最欣赏的是才子之文，认为袁枚的文章就是才子之文，大为赞赏：

> （袁枚的文章）发挥新异，兼有瑰谲，奇思独运，词必己出。结想所到，飘忽天外，铿锵辉煌，震耀心目。时而春华灿烂，时而秋霜刻削，时而烟波无际，时而孤峰插天。如鼍鼓逢逢，如朱弦疏越；如波斯之肆，异宝错陈，如郇公之厨，珍羞丰积……笔墨秀练，无剿说之陋。

此序对袁枚的赞美不乏溢美之词，主要赞扬袁枚的创新精神，但也符合实际。

日本诗人广濑旭窗（1807—1863）很尊崇袁枚，其《咏诸家三首》之一，即专咏袁枚：

> 春花明艳放奇香，无实也能辉四方；
> 山浅岸卑人易到，流传早已动扶桑。

赞美袁枚的诗歌如明丽春花，光照四方，通俗易懂，能打动读者心灵，传遍了整个日本。

日本诗人何野铁兜（1825—1867）的论诗诗也有袁性灵说的影子。其《答人诘问诗法》一诗写道：

人籁亦从天籁生，五音谁不自然声？

霓裳散序教坊谱，只是听风听水成。

"人籁""天籁"正是袁枚性灵说重自然的观点。"天籁"之作就是自然天成之作，如风行水上，自然成文，即所谓"听风听水成"。

袁枚在台湾地区也有较大的影响。

笔者在网上淘到一本台湾名望出版社 1976 年出版的书，书名是《唐寅郑燮袁枚》，是名望出版社出版的"别传丛书 12"，编著者为杜英穆，其中关于袁枚的是第七篇，篇名为《风流才子袁枚》，共五十二节，以时间为序，写袁枚的人生经历、逸事、故事，比较生动传奇。可见得袁枚在台湾地区是有影响的，其故事是广为流传的。

四

袁枚在当代中国的影响非常普遍，特别是近几十年来的影响，可谓有增无减。

毛泽东对《随园诗话》非常喜欢，经常把此书放在他的床头。据毛泽东身边的工作人员回忆，毛泽东每次外出视察，他所带的书都是从卧床边堆放的书中挑选，《随园诗话》则是他老人家必带的书。

因为毛泽东喜爱楹联，爱读楹联，所以，在读《随园诗话》时，对这部书中谈到的有关对联显得分外注意，阅读一则，圈画一则。例如，《随园诗话·卷一》第二十四条中写的征求戏台的对联。姚念兹集唐句云："此曲只应天上有，斯人莫道世间无。"又，张文敏公戏台集宋句云："古往今来只如此，淡妆浓抹总相宜。"苏州戏馆集曲句云："把往事，今朝重提起；破工夫，明日早些来。"这些联语，既幽默，又贴切，毛泽东阅读时很有兴致。本卷第四十五条还有这样一段："……'学然后知不足。'可见知足者，皆不学之人，无怪其夜郎自大也。鄂公《题甘露寺》云：'到此已穷千里目，谁知才上一层楼。'方子云《偶成》云：'目中自谓空千古；海外谁知有九州？'"毛泽东在阅读中，在这些联句旁都画上了道道。

《随园诗话》中类似这样的楹联还有不少，毛泽东在阅读中多有圈记。从各种圈点和勾画的标志中，我们可以看出，他老人家在阅读这些楹联时，看得仔细，读得认真，表现出了很大的兴趣。

著名学者钱钟书的《谈艺录》评价《随园诗话》："家喻户晓，深入人心，已非一日。自来诗话，无可伦比。"

但郭沫若写的《读随园诗话札记》一书，对《随园诗话》持否定态度。不过，他否定的也只有七十七条。他在简短的序中说："袁枚，二百年前之文学巨子，其《随园诗话》一书曾风行一世。余少年时尝读之，喜其标榜性情，不峻立门户，使人易受启发，能摆脱羁绊。尔来五十余年矣。近见人民文学出版社铅印出版（1960年5月），殊便携带。旅中作伴，随读随记。其新颖之见已觉无多，而陈腐之谈却为不少。良由代易时移，乾旋坤转，价值倒立，神奇朽化也。兹主要揭出其糟粕者而糟粕之，凡得七十有七条。条自为篇，各赋一目。虽无衔接，亦有贯串。贯串者何？今之意识。如果青胜于蓝，时代所赐。万一白倒为黑，识者正之。"

在笔者看来，且不对郭沫若札记作评论，但从人民文学出版社在1960年出版《随园诗话》以及郭沫若作为当时文学巨子，能够出版《读随园诗话札记》一书，至少说明《随园诗话》在二十世纪六十年代依然有巨大影响。

郭沫若此书中第六条是《谈林黛玉》，对《随园诗话·卷二》第二二则提出了尖锐批评。该则是袁枚对《红楼梦》唯一的评价，也应该是文学史上对《红楼梦》最早的评价之一。

《诗话·卷二》第二二则，标题为《曹氏父子》，原文如下：

> 康熙间，曹练亭为江宁织造。每出，拥八骑，必携书一本，观玩不辍。人问："公何好学？"曰："非也。我非地方官，

而百姓见我必起立，我心不安，故借此遮目耳。"素与江宁太守陈鹏年不相中。及陈获罪，乃密疏荐陈。人以此重之。其子雪芹撰《红楼梦》一部，备记风月繁华之盛。明我斋读而羡之。当时红楼中有某校书尤绝，我斋题云："病容憔悴似桃花，午汗潮回热转加。犹恐意中人看出，强言今日较差些。威汉棣棣若山河，应把风流夺绮罗。不似小家拘束态，笑时偏少默时多。"

郭沫若在《谈林黛玉》中说，明我斋所咏者毫无疑问是林黛玉，而袁枚却称之为"校书"，这是把红楼当青楼去了。看来袁枚并没有看过《红楼梦》，他只看到明我斋的诗加以主观臆断而已。

于是，郭沫若也写了两首七绝讽刺袁枚：

随园蔓草费爬梳，误把仙姬作校书。
醉眼看朱方化碧，此翁毕竟太糊涂。

诚然风物记繁华，非是秦淮旧酒家。
词客英灵应落泪，心中有妓奈何他？

郭氏认为袁枚误将红楼当青楼，是因为袁枚心中有妓。

这无情的讽刺，将置袁枚于何地？

但事实是否如此呢？关于袁枚厌恶妓色，前文已述及。在此只就"校书"是否等于妓女作一解释。

《全唐诗·卷一六八》录有李白的一首《赠薛校书》，是李白赠送给唐朝诗人薛涛的诗，校书是古代掌校理典籍的官员。汉有校书郎中，三国魏始置秘书校书郎，隋、唐都设此官，属秘书省。

据清朝袁斌诚《睢阳尚书袁氏家谱》："九世枢（袁可立子），校书四种，闲中偶录诸书。"

巴金的《家》中也这样提到："在祖父自己诗集里也曾有不少赠校书的诗句，而且受他赠诗的，又并不止某某校书一个人。"

可见，"校书"与妓女根本不能画等号。郭沫若的此番宏论，实在有点可笑。

那么，读者也许会怀疑，郭沫若会犯如此低级的错误吗？女校书完全没有妓女的意思吗？只能说，沾了一点边。

据唐王建《寄蜀中薛涛校书》，诗中有"万里桥边女校书，枇杷花里闭门居"之句，薛涛本是能诗文的名人，后来因此以"女校书"作为歌女的雅称。

袁枚是否看过《红楼梦》，笔者没有考证。据考证，袁枚与曹雪芹是同年所生，当然曹雪芹的生辰没有定准，但曹雪芹为康熙晚期所生是确定的，与袁枚属同一时代之人，出生日期应相差无几。对于同时代的小说作家作品，作为诗人的袁枚是否阅读，当然难下结论。

不知什么原因，在二十世纪六十年代至八十年代的中小学语文教材中，袁枚的诗文没有一篇入选。而在高等学校汉语言文学专业的古代文学教材中，对袁枚的提及也非常少。但从二十世纪九十年末开始，袁枚的多篇诗文陆续入选中小学教材，从小学一年级到高中都有。

笔者作了一个整理，袁枚入选中小学教材的诗文，已知的有五首诗、三篇散文。五首诗分别是《所见》《春日郊行》《纸鸢》《秋海棠》《推窗》，散文三篇分别是《随园后记》《帆山子传》《与薛寿鱼书》(节选)《黄生借书说》。

附录一

袁枚年谱

康熙五十五年（1716） 一岁

生于杭州府仁和县艮山门内大树巷中。

康熙五十七年（1718） 三岁

袁枚由其姑沈氏夫人抚育。本年沈氏夫人年三十一而寡，无所归，归奉母守志，抚其侄枚。

康熙五十九年（1720） 五岁

袁枚生了一场病，祖母爱而怜惜之，将其抱至怀中同眠，袁枚从此与祖母同眠至弱冠之年。沈氏夫人于抚育之余，也给袁枚讲述经义。

康熙六十一年（1722） 七岁

随家人祭仁和县半山祖茔，同年迁居仁和县葵巷，始就学，从师于史中。

雍正二年（1724） 九岁

史中有位朋友携《古诗选》至学馆求售，袁枚偶尔阅之，如获至宝，爱不释手，于是吟咏而模仿。这是袁枚学诗的开始。

雍正五年（1727） 十二岁

春夏之交，袁枚应童子试，入泮成生员。因袁枚是以髫年入泮，乡人争相道贺。同入泮者，还有袁枚的业师史中。

雍正六年（1728） 十三岁

史中命袁枚赋诗言志，袁枚写有"每饭不忘惟竹帛，立名最小是文章"之句，先生嘉其有志。

雍正七年（1729） 十四岁

赴科试，未举。本年写《郭巨埋儿论》《高帝论》。

雍正八年（1730） 十五岁

冬，以岁试二等，被补为增生。

雍正九年（1731） 十六岁

杨绳武主教万松书院，袁枚仰慕其文，录而诵之。

雍正十一年（1733） 十八岁

祖母柴氏卒。袁枚入万松书院肄业。

雍正十二年（1734） 十九岁

岁试第三，补廪生。

雍正十三年（1735） 二十岁

应浙江博学鸿词之选，落选。同年秋，参与科试，考列前茅。

随即入闱乡试，仍落选。

乾隆元年（1736） 二十一岁

父袁滨命袁枚投叔父袁鸿于广西巡抚金铁幕中，受到金铁的赏识和厚遇。金铁补荐其参加当年的博学鸿词科考试。落选后，开始在北京漂泊。

乾隆三年（1738） 二十三岁

得友人助，捐顺天监生，得以在京应举试。九月十日，袁枚中举。

乾隆四年（1739） 二十四岁

三月参加会试，喜中。四月殿试被钦点为二甲第五名。五月参加朝考，得尹继善力挺，得选翰林院庶吉士，命习清书。冬天，袁枚乞假归娶。

乾隆五年（1740） 二十五岁

娶同里王氏。秋，闻金铁亡讯，赋诗悼之。

乾隆七年（1742） 二十七岁

三月，乾隆颁旨命诸臣荐言官，大臣留保欲推荐袁枚应诏，被袁枚婉拒。四月散馆，袁枚因满文考居末等，毕业时交两江总督德沛以知县用。秋天抵江宁，授溧水知县，居官两个月。冬天离溧水知县任，改官江浦。

乾隆八年（1743） 二十八岁

初春，离江浦知县任，改官沭阳，率领百姓抗旱灾、捕蝗虫。

乾隆十年（1745） 三十岁

初春，得尹继善之助，离沭阳任，移知江宁，吏民送于途。三月二日到江宁,甫到任,案牍蜂屯,袁枚悉力治之,戴星出入,食饮几废。初冬时作《俗吏篇》,备述为官之苦。十一月二十九日,《袁太史稿》刻成。

乾隆十二年(1747) 三十二岁

春夏之交,袁枚欲重修《江宁县志》,乃设志馆。六月十一日,闻高邮州缺,两江总督尹继善、江苏布政使王师以袁枚应荐。七月,江南学政尹会一来江宁,为某大将军家奴冲撞,袁枚为擒治。八月十七日,袁枚因本年任内漕项钱粮征收未完,被送户部咨参。十月,高宗依户部奏,照例停袁枚升转,并罚俸一年。荐举高邮知州事,因之受阻。十月,尹继善入京见高宗,袁枚赋诗相送,也有乞归之意。

乾隆十三年(1748) 三十三岁

正月,苏州友人唐静涵以家婢方聪娘赠给袁枚。秋天,得家书,闻母章氏病,心忧不已,时又染疟疾,于是上书尹继善,托病辞官。

乾隆十四年(1749) 三十四岁

正月初一抵达钱塘家中,与家人相聚甚欢。十五日启程,带堂弟袁树、外甥陆建一起回到金陵。

乾隆十五年(1750) 三十五岁

春,堂弟树还杭州应童子试,不久入泮成为生员。五月在苏州卧病,得薛雪救治乃除。

乾隆十六年(1751) 三十六岁

闰五月十三日,黄廷桂离任,尹继善三授江南总督之职,袁枚闻讯,喜而赋诗。闰五月末,归随园。时家居有年,余禄荡然,于是有再仕之意。

乾隆十七年（1752） 三十七岁

正月十二日，北上入都，准备复仕。二月，得讯将官陕西，颇感意外。三月离京，历直隶、河南入陕。六月，父亲袁滨卒于江宁。九月，袁枚接父亡讯，即刻南归。冬，抵达随园，以未获视先父含殓为恨。

乾隆十九年（1754） 三十九岁

正月，随园广种梅花。二月，应尹继善之招，赴清江浦。时于署中交尹继善第六子庆兰，一见倾心。庆兰不慕功名，性喜诗。五月，堂弟袁树往安徽寿春，袁枚赋诗送之。

乾隆二十年（1755） 四十岁

三月，尹继善屡遣人探望袁枚，袁枚拜谒尹继善，时见赵翼去年题诗，喜而赋答。袁枚与赵翼的交往自此始。

乾隆二十一年（1756） 四十一岁

三月初，袁枚赴杭州扫墓。

乾隆二十三年（1758） 四十三岁

与郑板桥等人初交。二人相见于扬州。

乾隆二十四年（1759） 四十四岁

六月，刘稻扬州，新娶大金姬。袁枚共有侧室五人，是为陶姬、方姬、陆姬、钟姬、金姬。十一月三日，三妹袁机卒于随园，年仅四十。

乾隆二十五年（1760） 四十五岁

二月二十八日，沈凤之子卒，见所藏旧画中有书己之旧赠者，感而赋诗。次女珍姑生，陆姬所出。

乾隆二十六年（1761）　四十六岁

二月，沈德潜《国朝诗别裁集》重刻成印，集中增补袁枚三妹袁机之作，而颇有改动。

乾隆二十九年（1764）　四十九岁

正月，闻柴致远客死于广西，赋长诗哭之。二月八日，三女良姑生，陆姬所出。春，连襟吕文光卒，袁枚后为作哀辞。

乾隆三十年（1765）　五十岁

正月，袁枚嘱无锡吴省曾作《随园雅集图》，图中绘沈德潜、蒋士铨、庆兰、陈熙及袁枚五人。十月，抵杭州，时往见钱惟城，嘱题《随园雅集图》。冬，过苏州，见孀女成姑，为之伤怀。十一月十三日，归江宁。

乾隆三十一年（1766）　五十一岁

本年手编骈、散文及韵语、杂著数十卷，并撰《子不语》一种，已小有规模。后见元人说部有雷同者，乃改为《新齐谐》。

乾隆三十二年（1767）　五十二岁

孀女成姑卒，哭以诗。十一月，葬三妹袁机、陶姬等四人于上元之羊山。本年赋《续诗品》三十二首，尽写作诗之苦心。

乾隆三十三年（1768）　五十三岁

三月，仿西湖山水之意，营构随园，略有所成，因作《随园五记》记之。十二月二十九日，蒋士铨为袁枚题《随园雅集图》。十二月，三女良姑夭，年方五岁。袁枚赋诗哭之，蒋士铨闻讯，也为诗悼之。

乾隆三十四年（1769） 五十四岁

三月二十四日，第五女阿如生，陆姬出。九月七日，沈德潜卒，袁枚赋诗悼之，后又为撰神道碑。秋，风传江宁知府刘墉欲逐袁枚归杭州，一时间亲朋好友，咸来问讯。十二月六日，葬父于小仓山北。当时已置己之生圹于旁边。

乾隆三十五年（1770） 五十五岁

五月，作《随园六记》。

乾隆三十六年（1771） 五十六岁

四月二十二日，尹继善卒，袁枚闻讯，赋长诗悼之，有"知己一生休之叹"。次年，为撰神道碑。

乾隆四十年（1775） 六十岁

三月二日，袁枚六十寿辰，时仍在苏州，欲招名妓百人作会，而终未知其数。秋，袁树以丁母忧归江宁，居处与随园相近，因与袁枚时相往返。十月十四日，袁树得第二子，过继袁枚为嗣，取名袁通。

乾隆四十一年（1776） 六十一岁

正月，闻座主邓时敏亡讯，赋诗哭之。三月，陶易迁江宁布政使，袁枚赋诗为贺。七月十一日，袁通生母韩姬卒。

乾隆四十二年（1777） 六十二岁

六月十三日，袁枚纳钟姬。夏，赵翼读袁枚《小仓山房集》，为赋题词三首。十二月，袁树将赴四川宁远为官，袁枚赋诗送之。

乾隆四十三年（1778） 六十三岁

三月九日，母亲章氏卒，年九十四，袁枚悲恸不已。七月二十三日，钟姬生一子。袁枚嗔其来迟，因以"阿迟"名之。

乾隆四十四年，（1779） 六十四岁

三月，赵翼来游杭州，二人相见甚欢。

乾隆四十六年（1781） 六十六岁

八月，罗聘来江宁，袁枚为其所画《丁敬身像》、《鬼趣图》（真迹现藏浙江博物馆）题诗。九月九日，袁枚邀罗聘等集随园赏芙蓉。十月十八日，交刘霞裳。后刘入随园门下。

乾隆四十七年（1782） 六十七岁

正月二十七日，偕刘霞裳同游天台、雁荡。五月二十七日，归随园。

乾隆四十八年（1783） 六十八岁

四月六日，偕刘霞裳同游黄山。四月二十五日，黄景仁卒于赴陕途中，袁枚闻讣，赋诗哭之，有"叹息清才一代空"之语。时与安徽按察使袁鉴有过从。旋过五溪、贵池、桐城。适姚鼐以病家居桐城，遂与袁枚订交。六月五日，袁枚归随园，时两接袁树家书，戒袁枚游山，乃赋诗答之。

乾隆四十九年（1784） 六十九岁

二月十五日，应袁树之邀，偕刘霞裳南下作岭南之游。四月初八日，抵肇庆府，喜晤袁树。七月，往游广州。广东巡抚孙士毅邀袁枚饮，席间告以程晋芳亡讯。袁枚闻讯泣下，乃赋诗志恸。十月初，抵桂林。十月七日，游桂林诸山。十一月，入湖南景，时曾往游衡山。途中追忆程晋芳，凄然有作。十一月二十七日，过长沙府，时过洞庭，往岳阳楼一游。入湖北境，在武昌，往游黄鹤楼、祢衡墓，旋入江西境。十二月二十六日，

过彭泽，阻风江上。

乾隆五十年（1785） 七十岁

正月初一日，入安徽境。正月十一日，抵随园。三月二日，袁枚七十寿辰，赋诗相纪，一时和者甚众。十二月二日，程晋芳葬于江宁，袁枚往奠，于灵前尽焚程氏借券五千金。时又为作墓志铭一篇。

乾隆五十一年（1786） 七十一岁

八月二十八日，袁枚出发游福建武夷山。九月，过吴江县、杭州，抵武夷山，宿武夷宫。绕道江西，游铅山县积翠岩，复过玉山，入浙江境。十二月，袁枚过苏州、过扬州，往访赵翼。十二月，袁枚返回江宁。

乾隆五十三年（1788） 七十三岁

十月，应吕昌际之邀，重游沭阳。

乾隆五十五年（1790） 七十五岁

本年《随园诗话》正式刊成。

乾隆五十六年（1791） 七十六岁

除夕，以相士寿终之言未验，戏作"告存诗"七章，一时和者甚多。

乾隆五十七年（1792） 七十七岁

四月十三日，在杭州，邀王文治及女弟子等七人，再会于湖楼。闰四月，赋诗留别杭州故人。

乾隆五十八年（1793） 七十八岁

六月，张问陶赋诗见怀，又寄《推袁集》一册来，袁枚感其意，引为生平第一知己。

乾隆五十九年（1794） 七十九岁

二月二十一日，袁枚抵常州，与赵翼等往来。三月十九日，偕
李鼎元、刘霞裳等游佘山，时来观者以几十计，桥为之崩一角。

乾隆六十年（1795） 八十岁

正月，袁树赴京补官，袁枚临别黯然，赋诗送之。三月二日，
袁枚八十诞辰，先有自寿诗，和者如云。袁枚择其佳者，刻《随
园八十寿言》六卷。袁迟也于是日完婚，娶沈荣昌之女全宝。

嘉庆元年（1796） 八十一岁

九月九日，袁枚往祭故交沈凤之墓，以年老，怆然赋诗与诀。
九月二十日，为夫人王氏庆八十寿，事毕即往苏州。过吴江，
访严蕊珠。十一月十三日，张问陶赋诗答袁枚手书。十二月
十四日，袁枚还江宁，此次在苏，复识闺秀五人，至此随园女
弟子已达二十余人。

嘉庆二年（1797） 八十二岁

正月十二日，袁枚病痢，医者误投药，遂至大剧。二月，张复纯
赋以大黄，袁枚服之，三剂而愈。六月，痢病复发。闰六月十五
日，袁枚自度不起，口述遗嘱。九月二十日，袁枚病又作，旋转
剧。自知无望，赋诗留别，是为绝笔。十一月十七日（1798 年 1
月 3 日），袁枚卒，享年八十有二。

附录二　参考书目

1.《清史稿》，赵尔巽等撰，中华书局。

2.《清高宗实录》，中华书局。

3.《清史列传》，王钟翰点校，中华书局。

4.《清代文字狱档》，原北平故宫博物院文献馆编，上海书店。

5.《国朝名家诗钞小传》四卷，（清）郑方坤编，《清代传记丛刊》第24册。

6.《清代闺阁诗人征略》十卷，施淑仪编，《清代传记丛刊》第25册。

7.《随园先生年谱》，（清）方濬师编，《北京图书馆藏珍本年谱丛刊》第98册。

8.《黄仲则先生年谱》，（清）毛庆善编，《北京图书馆藏珍本年谱丛刊》第117册。

9.《袁枚年谱》，傅毓衡编，安徽教育出版社。

10.《张问陶年谱》，胡传淮编，巴蜀书社。

11.《清史稿艺文志及补编》，章钰、武作成等编，中华书局。

12.《袁枚年谱新编》，郑幸著，上海世纪出版股份有限公司、上海古籍出版社。

13.《袁枚全集新编》二十卷，王英志编纂校点，浙江出版联合集团、浙江古籍出版社。

14.《随园诗话》（1—4），陈君慧注译，线装书局。

15.《袁枚评传》，杨鸿烈撰，《近代中国史料丛刊》第1辑第938册。

16.《袁枚评传》，王英志著，南京大学出版社。

17.《子才子：袁枚传》，罗以民著，浙江人民出版社。

18.《城市知识分子的社会形态——袁枚及其交游网络的研究》，王标著，上海三联书店。

19.《清代科举考试述录》，商衍鎏著，百花文艺出版社。

20.《清诗话考》，蒋寅著，中华书局。

21.《别传丛书12袁枚唐寅郑燮》，杜英穆编著，名望出版社（台湾）。

22.《袁枚故事诗选》，欧阳剑平编著，百花洲文艺出版社。

23.《袁枚与沭阳》，韦泽洋、杨鹤高主编，方志出版社。

24.《袁枚书信集》，张敬珠译注，半村工作室。

25.《袁枚》，丁昶著，江苏古籍出版社。

26.《袁枚的思想与人生》，宋致新著，南京出版社。

27.《随园诗话》，雷芳注译，崇文书局。

28.《袁枚文选》，高路明选注，作家出版社。

论文

1.《袁枚研究的回顾与思考》，石玲撰，《兰州大学学报》1999年第2期。

2.《袁枚蒋士铨订交考》，朱则杰撰，《苏州大学学报》2000年第3期。

3.《袁枚佚文与异文两篇》，陈玉兰撰，《文献》2002年第1期。

4.《清代袁枚研究发微》，汪龙麟撰，《阜阳师范学院学报》2004年第1期。

5.《20世纪后20年袁枚研究述评》，汪龙麟撰，《苏州大学学报》2005年第1期。

6.《随园老人的吴江缘》，陈正宏撰，《新民晚报》2006 年 12 月 5 日。

7.《袁枚〈写心杂剧〉题词》，王英志撰，《新民晚报》2007 年 2 月 10 日。

8.《袁枚集外文〈十三女弟子湖楼请业图〉二跋考——兼订正其两次湖楼诗会时间的误记》，王英志撰，《中国典籍与文化》2008 年第 1 期。

9.《手抄本袁枚日记》（1—12），王英志整理，《古典文学知识》2009—2010 各期。

后记

2012 年到来的时候，眼看着就要迈进五十岁的门槛，我感到时光就像一只义无反顾的鸟儿，一个劲地只管往前飞，我想拦住它，或抓住它的尾巴问为什么要飞得这么快，但它根本听不见我的呼唤。望着它一刻也不回头地飞翔的背影，我知道一切都是徒劳，除非与它一起飞翔。

我从小就志大才疏，曾梦想写很多皇皇巨著，并被译成外文，希望报纸上登满了对我的书的评论。然而，快到五十岁的时候，还在为一家小报写着通讯和专访，还在写着广告软文，还在为一个几百元的红包写一则貌似新闻的"消息"稿，还在与小官员小老板们虚与委蛇……最悲哀的是，也是最不能原谅自己的，似乎还忙且快乐着。

可是，我总是忘不了我的最初梦想，忘不了为内心而写作的初衷。

这一年我在中国作协的官方网站上看到了"中国历史文化名人传"丛书征作者的公告，这就像是一只天鹅向癞蛤蟆伸出了橄榄枝，我能够参加到这个行列中去吗？这是在向全中国征集作者呢！我能行吗？

不过我想还是试试看吧，不就是一封电子邮件吗？争取不到也不会失去什么。于是斗胆向丛书编委会发了一封信，问自己有没有资格。为了保险起见，我没有敢申报"热门"题材，就申报"冷"一点的题材吧。于是我选择了袁枚，我想袁枚毕竟是本家，说不定研究袁枚还有意外的收获呢。信发出去不久就收到了回信，居然同意我写，让我一个月内写一万字的提纲。

我居然也有资格写提纲？本来我对袁枚并没有特别的研究，只知他是清朝性灵派诗人，毛主席到外出差经常带着他的《随园诗话》，仅此而已。为了写好这个提纲，我立即从网上购了一批写袁枚的书。经过近一个月的苦读和撰写，终于拿出了一个不到一万字的提纲，发到了编委会的邮箱。

就像每一次投稿一样，这次我也没抱什么希望，全中国这么多作家，估计申报袁枚的都上百人吧，我心里这样想。

提纲发过去时，我记得组委会似乎回了封例信，说是否通过端午节前会有消息。我没抱什么希望，过了端午节也没有消息，我想肯定是没希望了。

我也不以为意，觉得这本来就是意料之中的事。我一个普通的业余作者哪有资格为袁枚作传，参加国家级的出版工程？

但端午节过后不久的一天下午，我骑着电动车正在上班的路上，突然听到手机短信的提示铃声，停下来一看，是"中国历史文化名人传"丛书编委会工作人员原文竹女士发来的，我的提纲经过专家论证通过了！

我兴奋得就像中了彩票！怎么可能？王蒙等一大批名家都参加了这个项目！我简直觉得像是在做梦。

于是，我更加紧购书，准备写作。8月份的一天，原文竹女士通知我到北京参加"中国历史文化名人传记"丛书的创作会。8月22日，在北京亮马河酒店的会议室，我第一次见到了许多久闻大名、"如雷贯耳"的作家，有鲁迅文学奖、茅盾文学奖获得者，有大学博导、终身教授，有著名作家，有人民日报的资深编辑，有当过省人大常委副主任、宣传部长的文化官员……我这个小人物，居然与他们在同一个起点竞争？我感到就像麻雀飞到了凤凰窝。

争取到这个项目之后，我多次想到要辞职写作，把这本书写好。我利用一切时间来看书、写作。然而，工作太离不开人了，我没有办法请假。

我就这样在焦灼中写作。我在报社附近租了一个写字间，平时在写字间写作，报社有事即到报社去工作。然而，事实上报社的工作实在是忙得我焦头烂额，经常加班加点，有时一连几天都没有去写字间，有时去了也无法进入写作状态。时间一拖就是一年，又是一年，许多关心我的人见了面就问我《随园流韵——袁枚传》写得怎么样了，我不知如何回答。

就这样一拖再拖。2015年6月，我突然接到原文竹女士的催稿电话，才知道这套丛书已经出了四十本，我感到自己实在有点不像话了，再也不能拖了。但我还是觉得进入不了状态。虽然我已经写了两稿，大事年表和参考书目也列了出来，但我感到一点也不满意，不敢交稿。

2015年10月，我去济南参加"中国报告文学创作年会"。年会上济南的一位作者介绍经验，重点提到了《高明传》，得知此书的作者竟然是三名小学教师，工作也很忙，并且调课也很困难，可见学校并没有给他们提供特别的方便。但他们还是挤出时间，四处采访，硬是写出了《高明传》，已经正式出版，完成了这项国家级工程。这给了我极大的震撼！难道我的条件比他们还差吗？

有个文友说过，如果你没有成功，就是你的功夫下得不足！这句话总是在警醒着我。老天已经给了我机会，如果因为功夫没有下足而导致失败，难道不会遗憾终身吗？我想，一定要开足马力，下足功夫，做到无怨无悔！

当然，我之所以要下决心写好袁枚，还不仅仅是因为以上的原因，更主要的是我在研读相关图书资料的过程中，感觉袁枚确实是我喜欢的作家，他的心气、性灵是与我相通的，他的许多思想和作为都让我敬佩不已。我花再多的气力在这个人的传记上也是值得的。正像许多演员在接到一个角色的表演活计之后，都有一个从想进入角色到不断深入再从角色中走出来的过程一样，我现在还是在不断的深入之中，但深入的时间这么长了，我应该尽快从里面走出来。我属于那种倚马千言的人，一有灵感，立即打开电脑敲击，草成之后发到个人微信公众平台上或投寄给报章，在获得点赞或获得发表的时候就有某种满足感甚至成就感。而写袁枚是相当慢的一个过程，往往一个晚上还写不了千把字，并且文字出来之后自己很不满意，要么觉得引用太多，要么觉得文学性不够，要么总觉得比名家的文字要差，拿不出手。

时间不等人，无论如何，我都要硬着头皮掘进，就像用木棍去打一个矿井，既然接下了这个光荣的任务，就要把矿井打好。

2015 年 11 月下旬，就在我的写作进展得非常顺利的时候，原文竹女士通知我到有"天下第一村"之称的华西村去开丛书创作会。我知道这是一次催稿会，抱着一半惭愧一半欣喜的心情来到了我神往已久的华西村，中国作协副主席何建明在开幕式上开宗明义地说，希望作家们借华西村一点力，帮助我们完成写作。参加这次创作会的都是一些"落后分子"，但这次会开得很轻松，华西村"老支书"的精神似乎给了我某种神奇的力量。会议安排的是桌餐，赵瑜老师等几位著名作家与我一桌，我们聊得海阔天空，非常开心。这是我第一次与这么多文坛名家一起吹牛皮。与这些著名作家的亲密接触使我受益匪浅。回来后我更是开足马力，常常忙到深夜，没有节假日，妻子甚至明显感到受了冷落。2016 年新年过后不久，妻子带着小女儿冰瑶到广州与内弟一家合伙创业，这就给我腾出了全部的独处时间，我把电脑搬到客厅，在更加阳光更加开阔的环境下，开始了几乎是全天候的写作。2016 年 5 月，我终于完成了自己基本满意的第三稿的写作。在紧紧张张忙忙碌碌中，我几乎停掉了其他稿件的写作，全力以赴打磨书稿。

在重新审阅全稿后，我对大部分章节是比较满意的，重点又对《七载芝麻官》和《肝胆照知己》进行了打磨。当时的县官最重要的职责就是判案，那时的知县兼着法院院长的角色，而且是亲自审案、断案，显然，断案是县官的重要职责。那时人们最关注的就是社会公平，而只有父母官的断定才是最公平的。袁枚一开始有当循吏的理想，自幼又受其擅长刑名之学的父亲的影响，断案的水平高、速度快，既彰显公平，又能权衡多方利弊，多有人性化断案，因而备受百姓颂扬。人们把袁枚断案的故事编成歌曲传唱，编成戏剧表演。因此，重点打磨其断案故事，读者可以从中感受到一位有为民情怀的循吏是如何全力为民，赤胆忠心还民以公平。拯救难民于水火的袁枚辞官之后最重要的事就是交游，袁枚对朋友赤胆忠心，肝胆相照，八十一岁时仍为去世已四十一年的朋友沈凤扫墓就是典型一例，并还将扫墓的事写进遗嘱，交代后人。袁枚的交游本来就可以单独写成一本书，限于篇幅，这一章也只重点写了袁枚交游的十来个朋友。

"温文尔雅诗言志，赋到沧桑句便工。"《随园流韵——袁枚传》在临近交稿时，我依然在进行最后的打磨，连大学毕业三十年的同学聚会也没有去参加。我的个人公众号"杂文日报"也连续几个月没有更新杂文，许多读者都发微信或来电询问、催促更新。但我想，只有把这本书写好，我才对得起编委会的信任，对得起关心我的著名作家们，对得起支持、关心和关注我的妻子刘华、女儿奥妮和冰瑶，以及亲友、同学、同事的期盼。

背负"作家"的名头已久矣，甚至背负"袁主席"的称谓也有好几年了，但只有在这本书完成之后，我才觉得自己像一个作家。

本书虽然是历时四年而写成，但我还是觉得时间"仓促"，错误和不足都难以避免。历史是常写常新的，我也并不认为我这本书就把袁枚写到了"极致"。袁枚的人生故事和我的这本书，希望得到读者您的喜欢。

补记：

此书稿于 2016 年 9 月 1 日送审，2017 年 2 月 14 日收到"中国历史文化名人传"丛书编委会工作人员原文竹女士发来编委会邮件，我惴惴不安地打开邮件，一口气往下读。《随园流韵——袁枚传》是生是死，就在这封邮件了，我的心提到了嗓子眼。读着读着，我兴奋起来，读完已是激动不已。刘彦君老师对拙书稿给予如此高的评价，是我始料未及的，令我非常感动、彻夜未眠。2 月 21 日，又收到原文竹女士发来中国报告文学学会常务副会长李炳银老师的审读意见。李老师在充分肯定本文稿的同时，又提出了非常具体的补充修改润色的意见，每一点意见都说到了我的心灵深处。于是，我又花了两个多月的时间对全稿进行修改、润色、订正，同时，又补写了《"性灵"独抒 余韵悠长》一章，对"性灵说"的来源、影响进行了集中表述。2017 年 7 月，作家出版社的江小燕老师作为责编审阅全稿后，要求补写《美食与性灵》一章，篇幅压缩三分之一，并对全书提出了非常详尽的修改意见，于是我又花一个多月时间进行补写、修改、压缩、润色。还有许多文友、读者一直期待本书的出版，给予了很多的期待和关注，在此一并致谢！

<table>
<tr><td rowspan="10">第五辑已出版书目</td><td>41</td><td>《真书风骨——柳公权传》 和　谷 著</td></tr>
<tr><td>42</td><td>《癫书狂画——米芾传》 王　川 著</td></tr>
<tr><td>43</td><td>《理学宗师——朱熹传》 卜　谷 著</td></tr>
<tr><td>44</td><td>《桃花庵主——唐寅传》 沙　爽 著</td></tr>
<tr><td>45</td><td>《大道正果——吴承恩传》 蔡铁鹰 著</td></tr>
<tr><td>46</td><td>《气节文章——蒋士铨传》 陶　江 著</td></tr>
<tr><td>47</td><td>《剑魂箫韵——龚自珍传》 陈歆耕 著</td></tr>
<tr><td>48</td><td>《译界奇人——林纾传》 顾　艳 著</td></tr>
<tr><td>49</td><td>《醒世先驱——严复传》 杨肇林 著</td></tr>
<tr><td>50</td><td>《搏击暗夜——鲁迅传》 陈漱渝 著</td></tr>
<tr><td rowspan="10">第六辑已出版书目</td><td>51</td><td>《边塞诗者——岑参传》 管士光 著</td></tr>
<tr><td>52</td><td>《戊戌悲歌——康有为传》 张　健 著</td></tr>
<tr><td>53</td><td>《天地行人——王船山传》 聂　茂 著</td></tr>
<tr><td>54</td><td>《爱是一切——冰心传》 王炳根 著</td></tr>
<tr><td>55</td><td>《花间词祖——温庭筠传》 李金山 著</td></tr>
<tr><td>56</td><td>《山之巍峨——林则徐传》 郭雪波 著</td></tr>
<tr><td>57</td><td>《问天者——张衡传》 王清淮 著</td></tr>
<tr><td>58</td><td>《一代文宗——韩愈传》 邢军纪 著</td></tr>
<tr><td>59</td><td>《梦溪妙笔——沈括传》 周山湖 著</td></tr>
<tr><td>60</td><td>《晓风残月——柳永传》 简雪庵 著</td></tr>
</table>

81   《天地放翁——陆游传》 陆春祥 著

82   《二拍惊奇——凌濛初传》 刘标玖 著

图书在版编目（CIP）数据

随园流韵：袁枚传 / 袁杰伟 著. -- 北京：作家出版社，
2018.9（2022.6重印）

（中国历史文化名人传丛书）

ISBN 978-7-5063-9101-6

Ⅰ.①随… Ⅱ.①袁… Ⅲ.①袁枚（1716～1798）- 传记
Ⅳ.①K825.6

中国版本图书馆CIP数据核字（2018）第126381号

随园流韵——袁枚传

作　　者：袁杰伟

传主画像：高　莽

责任编辑：江小燕

书籍设计：刘晓翔＋韩湛宁

责任印制：李卫东　李大庆

出版发行：作家出版社有限公司

社　　址：北京农展馆南里10号　　　　　邮　　编：100125

电话传真：86-10-65067186（发行中心及邮购部）

　　　　　86-10-65004079（总编室）

E-mail:zuojia@zuojia.net.cn

http://www.zuojiachubanshe.com

印　　刷：三河市紫恒印装有限公司

成品尺寸：152×230

字　　数：330千

印　　张：22.75

版　　次：2018年9月第1版

印　　次：2022年6月第2次印刷

ISBN　978-7-5063-9101-6

定　　价：75.00元（精）